明恵上人樹上坐禅像

——高山寺蔵、写真提供＝京都国立博物館

献辞

文学の師・森敦先生と
人生の師・原田正純先生の御霊にこの著作を捧げます

高瀬千図

二〇一八年　夏

まえがき

明恵上人の物語を書きたいと思いはじめたのは二〇年前（一九九八年頃）のことです。高山寺の鳥獣人物戯画は多くの方がご覧になった記憶があると思いますが、そこにおられた明恵上人については残念ながらあまり知る人はありません。

鎌倉初期、多くの優れた宗教家、法然、親鸞はじめ日蓮などが現れ、今も良く知られています。しかし、その偉大な思想家のひとりであった明恵の名がなぜそこにないのか、疑問に思われる方も多いと思います。

その疑問に対する答えは簡単です。明恵は信仰や宗教的意識はあくまでも個人の内部のこと、心の中のことであるゆえに、決して教団や組織を作ってはならない、と遺言したからです。

今では私たちの現実は私たち自身の意識の投影であることに気づいている人も多くなりました。さまざまな精神世界のマスターはじめ、興福寺の唯識《ゆいしき》教学でもこの意識の投影については多くを語っています。量子力学的にも意識はさまざまに作用を生むとされています。

私が明恵上人にどうしてこうも心惹かれたのかと言えば、すでに八〇〇年も前に意識が自分の現実を生み出していること、また起きることのすべてはその人の意識の具現化であること、ゆえに意識が変わらなければ世界は変わらないと語っていたからです。

私は目を見張り、ますます明恵上人という方に魅せられていきました。

仏教での悟りとはシッディ（密教では悉地《しつじ》）を成就することから始まります。シッディとはサンスクリット、英語であればInvincibility（無敵性）となります。つまり敵対するものや批判、対立するものが存在しない、すべてが受容された状態、と言うことができます。これは日常的に使われている無敵とはまったく意味を異にするもので、本来的には自他という概念のない『一なるもの』ワンネスの状態に到ることを意味します。

宗教戦争にかぎって言えば、その原因はただひとつ「私は正しい。私は間違ってはいない」という信念があるからです。世界には異なる価値観、異なる世界、異なる民族とその文化と思想がありますそれを批判、否定することはいかなる宗教であれ、その教えの本質から遠ざかってしまうのですが、それが今この地球で起きている現実でもあります。


日本人の宗教観には多神論が存在します。木々や草にも、岩や石ころにも、雨や露の一滴にも神が宿る、と感じた古代の日本人。この多神論には実は現代科学における正しい認識が含まれています。すべては変化し続ける分子・原子の集合体であるということです。

無常、というのはそういう意味であり、ものごとは常に変化し留まることがないということです。明恵は鎌倉初期にあって、そのことにも触れています。人間も自然も物質も実はその組成は同じであり、すべてが変化し続けていると弟子たちに語っています。

燦然と輝く仏であれ、神であれ、それは外にあるものではなく、人の心がつくりだしたもの、故にその意識によってその姿も意味も変わるとも述べています。

これは華厳経による考え方のひとつです。華厳経はお釈迦様が悟りを開かれた時にご覧になった世界の描写だとする説が有力ですが、機会があればぜひ一度その華厳経の一部でも覗いてみてください。（参考書・東京美術刊　鎌田茂雄編著　和訳『華厳経』ダイジェスト版）

華厳経は「如是我聞《じょしがぶん》……我はかくのごとく聞けり」という弟子の一言から始まります。

「あるとき、仏はマガダ国の寂滅道場におられた。仏がはじめて悟りを開かれたとき、その地は金剛石のように堅固で清らかに整えられ荘厳されており、たくさんの宝石や花々で飾られていた。妙なる宝輪は円かに満ち、清らかで、計り知れないほどの妙なる色によって様々に荘厳されていて、まるで大海のようであった。

宝で飾られた旗や天蓋は光り輝き、妙なる香りや花飾りが周りを取り囲み、七宝でできた網がその上を覆い……光が流れる雲のようにひろがって、不思議な宝珠の光がその上を覆い、様々に変化して仏の仕事をなし」という描写が続きます。

悟りの境地に至った者が見る世界とはコンピュータ・グラフィクスでも描ききれないような光また光の世界です。また、「悟りを開かれたお釈迦様のその肌の毛穴のひとつひとつから無尽の菩薩たちが生まれ、そしてその菩薩たちの毛穴のひとつひとつからまた無尽の菩薩たちが生まれて光り輝きわたるのをご覧になって仏はかく申された」といった内容が続きます。

話がそれてしまいましたが、明恵は華厳経を広めることの必要性も感じていました。華厳経やその他の顕教でもその教えの本質には菩提心《ぼだいしん》があります。菩提心といえば難しく感じられるかもしれませんが、いわばキリスト教が言うところの『愛』と同じものです。

菩提心は誰の心にもあって目覚めるときを待っている。ゆえに内なる菩提心を目覚めさせることこそもっとも重要なのだ、と明恵は考えました。しかし、究極のところ、形こそちがえ、「真の愛を生きよ」という点ではいかなる宗教も本質においては同じものだと私は思っています。

明恵が法然の教えに疑問を感じたのは法然がその菩提心を無用のものとしたからです。

しかし、この両上人を対立軸でとらえる考え方に私は反対です。

人の内なる菩提心を覚醒させるための方法を探し求めた明恵と、鎌倉時代初期、飢餓と戦乱と疫病の蔓延する世界で、貧困と病に苦しむ人々、また人を殺すことを生業とした武士たちの心の痛みと悲しみ、堕地獄の恐怖と絶望をいかにして救えばいいのか、その果てに「阿弥陀如来の慈悲にすがるより他はない」と言ったのが法然です。

両上人とも地獄の様相を呈する世にあって、人々の苦しみをなんとしてでも救済したいという痛烈な思いを抱いたのは同じだったと思います。

人の中に希望を見いだそうとした明恵。いかように努力してもその業と現実から逃れられない人々に絶望の淵から「ただ阿弥陀如来の慈悲にすがり、ひたすら名号唱えなさい」と言った法然。

その苦悩において両上人には共通するものがあります。どちらも衆生救済のための究極の選択であったと思うからです。

これはまことに私自身の浅薄な考えではあるものの、疫病の蔓延、戦乱と飢餓の世で、ただ生きるために人はものを盗み、身を売り、子を売る、またそれが生業とはいえ人を殺さねばならなかった武士も、みな罪悪感を抱え、堕地獄の恐怖に怯えていたにちがいありません。

そこで法然は、無知蒙昧な人々に菩提心を説いたところで理解などするはずもなく、飢えから逃れたい、そのためには何でもやってしまう人間の現実、業を見据えたとき、この人々を救済するには、「阿弥陀如来の名号をひたすらに唱えれば、極楽に往生できる」と説く以外にはなかったのではないか。せめて死の間際、「恐怖を捨てさせ、安堵を与える」には、それしか方法がなかったのではないか、と思っています。

しかし、今も私は真の救済とは人々の意識が変わること、人が菩提心に目覚め、許しと愛を生きることだと思っています。

では、意識覚醒の方法はあるのか、またそのための実践法はあるのか、それを探し出すため、明恵はじめ多くの若き僧たちが家を捨て、名利を捨てて学び、生涯をひたむきに、命を賭して生きました。私は彼ら、衆生救済を叫んで真摯にその命を生ききった男たちのあったことを忘れることができません。この物語は明恵の物語であると同時に、その時代を生きた多くの心美しき男たちの物語でもあります。

日本男児のDNAに今も密かに息づくこの熱き思い、ひたむきさを、ひとりでも多くの方々に知っていただき、そしてこの物語を読んでいただければと願っています。

上

目次

明恵系譜

- 紀伊権守湯浅宗重 ―― 女（作中　仮に千賀とす）
  - 宗景
  - **上覚房行慈**（作中　仮に名を宗孝とす）
  - 盛高
  - 宗方
  - 宗光 ―― 女（作中　仮に名をリクとす）
    - 宗業
  - 嫡女（作中　仮に名を多恵とす） ―― 崎山良貞
  - 次女
  - 三女
  - 四女（作中　仮に名を彩とす） ―― 平重国
    - **薬師（後の明恵房高弁）**
    - 女子（作中　仮に名を加弥とす）

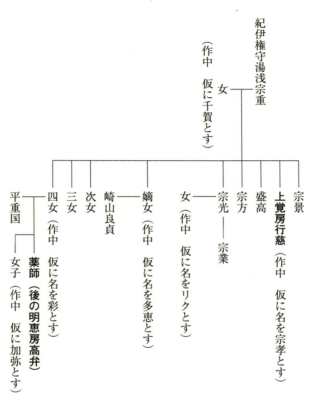

華厳血脈

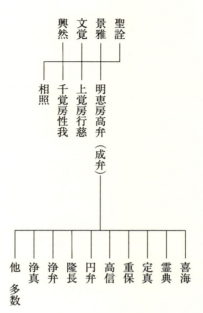

- 聖詮
- 景雅
- 文覚
- 興然

- 明恵房高弁（成弁）
- 上覚房行慈
- 千覚房性我
- 相照

明恵房高弁（成弁）

- 喜海
- 霊典
- 定真
- 重保
- 高信
- 円弁
- 隆長
- 浄弁
- 浄真
- 他　多数

源頼朝系図

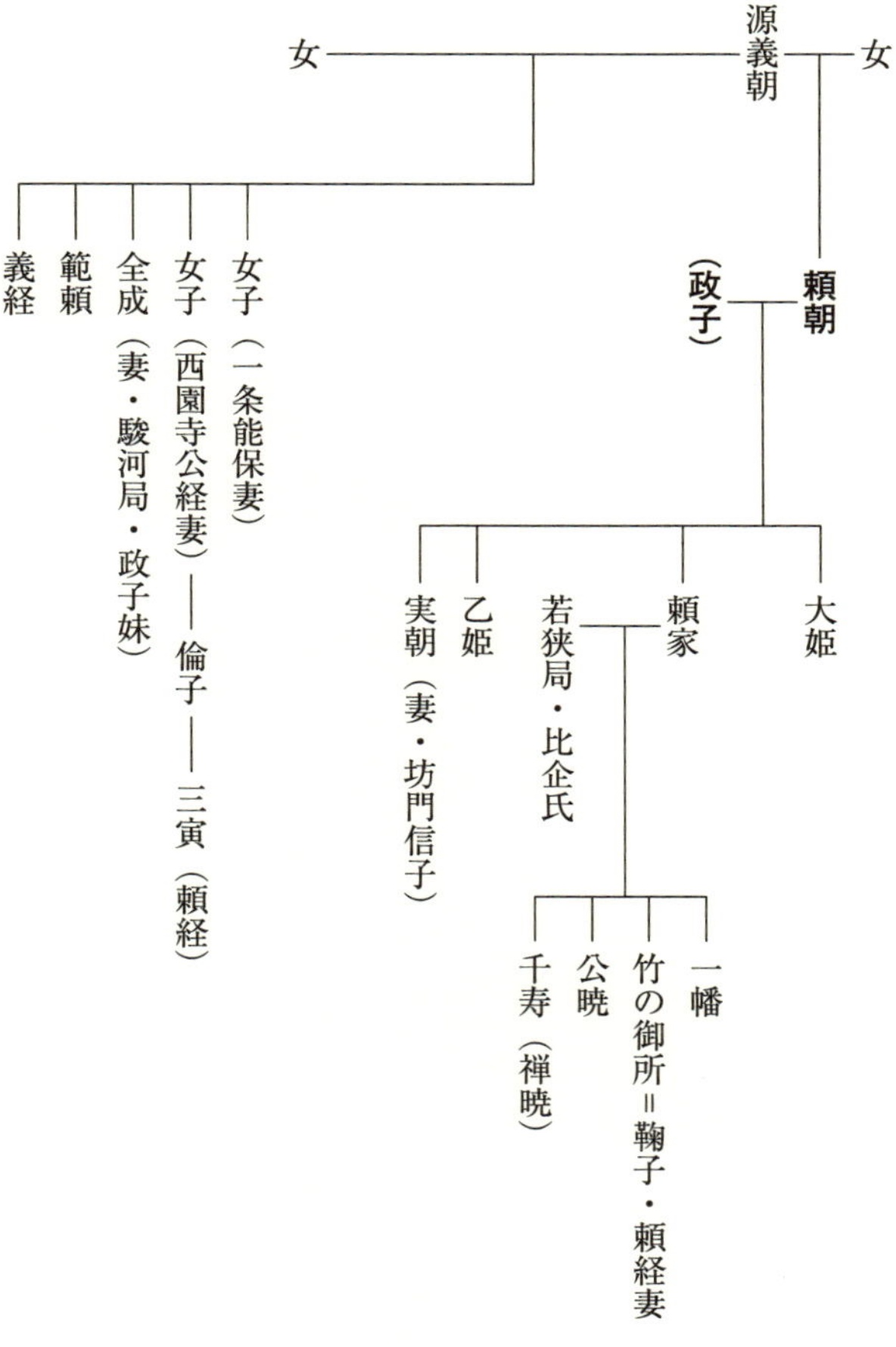
女
源義朝
女
頼朝
（政子）
大姫
頼家
若狭局・比企氏
一幡
竹の御所＝鞠子・頼経妻
公暁
千寿（禅暁）
乙姫
実朝（妻・坊門信子）
女子（一条能保妻）
女子（西園寺公経妻）
倫子
三寅（頼経）
全成（妻・駿河局・政子妹）
範頼
義経

北条政子系図

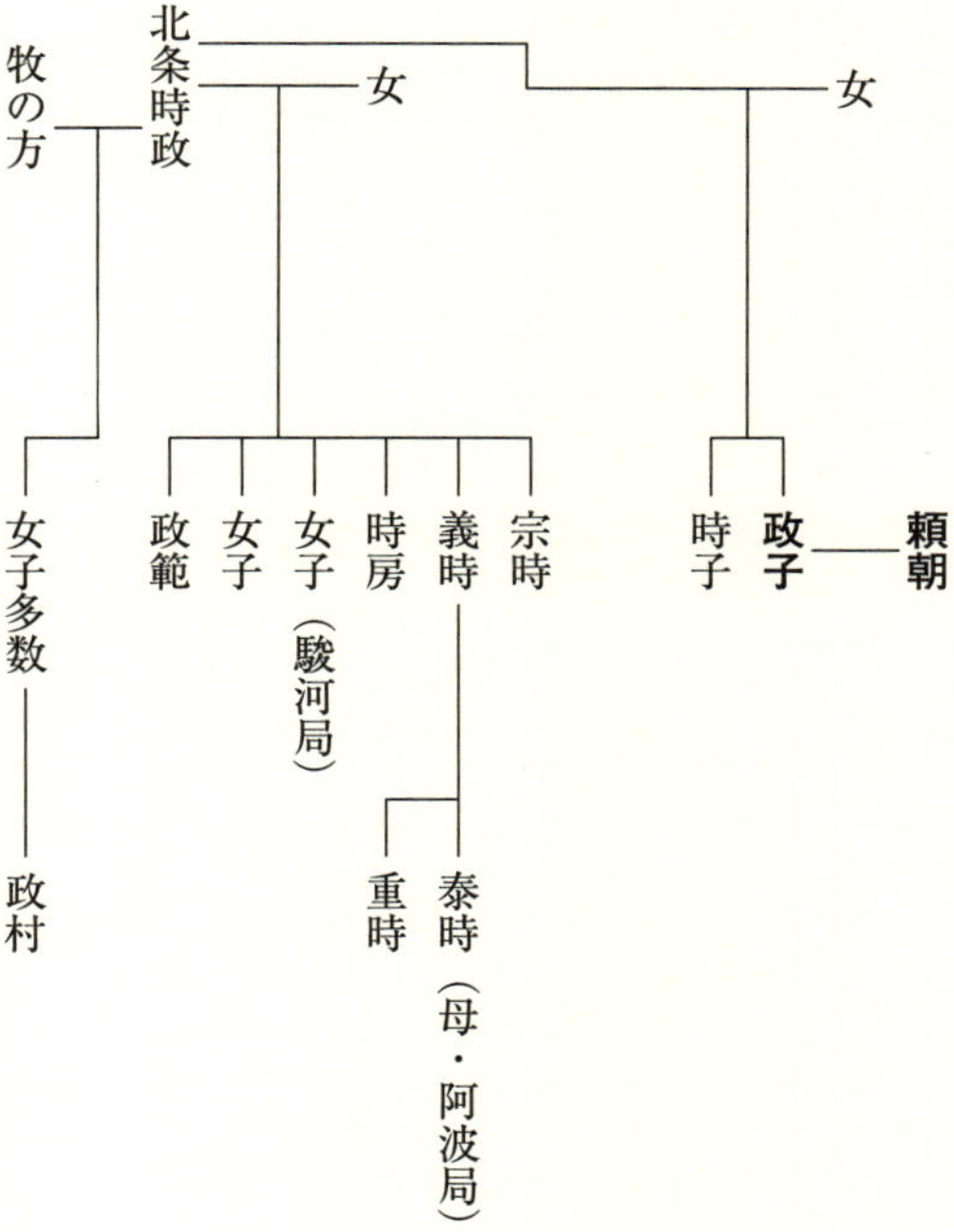

明恵　栂尾高山寺秘話　上

一　転生

神護寺《じんごじ》の境内に立って明恵《みょうえ》は暗い空を見上げた。

空を覆うほどに茂った樫の大枝が身もだえするように揺れている。嵐がまた近づいていた。暦では真夏だが、鳥肌が立つほど風が冷たい。六月になっても気温が上がらず、噂に武蔵国では雪が降ったという。

神護寺での講義が終わって明恵は弟子の喜海《きかい》と霊典《りょうてん》をともない清滝川《きよたきがわ》のほとりを高山寺へと戻っていった。

「この風の冷たさはどうだろう。蟬の声もついぞ聞かなかったな」喜海は霊典に言った。

「これでは今年もまた稲が育たないでしょう。ひどい飢饉にならなければいいのですが」霊典も相づちを打った。

寛喜《かんぎ》二年（一二三〇）夏、未曾有の大飢饉がこの国を襲おうとしていた。

さる承久《じょうきゅう》三年（一二二一）六月のこと、後鳥羽上皇は荘園を巡る鎌倉幕府の横暴に耐えかね、ついに倒幕を決意された。承久の乱である。しかし、東国武士団の結束は固く、戦が始まって一月もたたないうちに上皇側はあっけなく敗れ去った。

戦後処理は前例を見ないほど過酷なものだった。鎌倉幕府によって後鳥羽上皇は隠岐《おき》の島へ、順徳天皇は仲恭天皇へ譲位されて佐渡へ配流となった。土御門上皇もまた失意のあまり、自ら望まれて土佐へ渡られた。

「戦が続いた後はかならず国が疲弊する。この戦でも多くの血が流された。この風も私には死んでいった者たちの悲泣の声に聞こえる」喜海は霊典に言った。

「自然界は戦が嫌いなのでしょう。朝夕、五穀豊穣と、国土安穏の祈願をいたしておりますが、天はお聞き届けくださらない。なにゆえでしょう」霊典は先を歩いて行く明恵に問いかけた。明恵は足を止め、二人を振り返った。

「いや、いずれは聞き届けてくださる。自然界というが、踏みしだかれる草も木も悲しかろうが、彼らはそれでもけっして恨むことをしない。健気なものですぐに許してくれる。自然界が戦を嫌うというより、我らの心がこのような世を嘆き、悲嘆に暮れているのではないか。戦はつらく悲しい。その悲しみ、絶望の思いがこのような結果を生んだのだ。我らがいつかほんとうの平安に辿りつかないかぎり、世界は変わらない。飢饉も続く」

「この異常な天候も飢饉も我らが心の現れと申されるのですか」

「そうだ、例外はない。天変地異もまた我らの心が引き起こすのだ」

乱は収束をみたものの、その翌年あたりから異常気象が続いた。米は育たず、飢饉は全国に及んだ。それが理由で貞応、元仁、嘉禄そして安貞から寛喜へと次々に元号が改められたものの、その翌年の寛喜二年には気候はさらに異変をきたした。

真夏、武蔵国に雪が降った。しかも除雪しなければ人馬が通れないほどの大雪だった。気温が上がらないまま、秋になると毎日雨が降り続いた。農作物はおろかようやく実ったわずかな稲も長雨にたたられて腐り、収穫できなかった。

ところが冬に入るといきなり温度が上がりはじめ、十一月に桜が咲き、山では初夏を知らせるほととぎすが鳴き、はては蝉の声を聞いたという者まであった。

神社であろうと寺であろうと供物はたちまち飢えた人々に盗まれてしまい、地方から運ばれてくるわずかな食料も途中で暴徒に奪われて都まで届かず、洛中では次々に餓死者が出始めた。天皇が行幸されようとしても誰もが空腹で御輿をかつげず、武士の詰め所がある六波羅に代役を命じてくるありさまだった。

飢饉が続くと穀物の種も取れない。ついには植え付けのための籾までも食べ尽くしてさらに食糧事情は悪化した。

深く仏教に帰依し、殺生禁断の教えを守りつづけてきた人々もついに飢えには勝てず、牛や馬の肉をむさぼった。それでも餓死者はあとを絶たず、洛中いたるところに死骸が転がり、腐臭が漂っていた。

幕府のあるところなら生き延びられると、地方からは鎌倉や京に窮民たちが次々に流れ込んできた。執権職にあった北条泰時《ほうじょうやすとき》は国庫を開き、自らの蔵にあった備蓄米も放出した。与えられるだけのものは与えたが、飢えた人々を救うにはとうてい足りなかった。

承久の乱後、三上皇を島流しにした天をも恐れぬ諸行のこれは祟りかもしれない、そう思ったのは泰時ひとりではなかった。

鶴岡八幡宮では国土安穏の祈禱が行われ、鎌倉幕府もまた備蓄米を放出したものの、この年、餓死者の数は国民の三分の一にまで及んだ。万策尽き果てて、泰時は高山寺の明恵を訪ねていった。今はその叡智に頼るよりほか手立てはないと思われた。


未明から明恵は高山寺の裏山でいつものように瞑想に入った。平らな岩の上に結跏趺坐《けっかふざ》をくむ。目を閉じ、耳を澄ませると、風の音に混じって飢えて死んでいく人々の嘆きの声が聞こえてくるようだった。

巷には窮民があふれ、餓死者は後を絶たない。飢饉が始まってから、明恵は一日二回の食事を一回にした。毎朝、未明に起きて瞑想に入る習いだったが、日が昇る頃にはさすがに空腹にたえかねて裏山の湧き水を飲んだ。

弟子たちは次第に痩せていく師の健康を案じたが、明恵は取り合わなかった。衆生《しゅじょう》の下僕《げぼく》にすぎない僧が、飢えて死んでいく者らを捨ておいて物を口にする、空腹に耐えかねて物を食う、そんな自らの姿がどこか浅ましくうとましく思えてならなかった。

そうするうちにいつしか体が食物を受け付けなくなっていた。弟子たちにも黙っていたが、明恵には自分の死期が迫っている予感があった。このところたびたび見る夢もそのことを告げているのではないかと思った。

いかなる世界を見せられているのか、美しい夢ばかり見ていた。

五色の糸がたなびく青空におびただしい数の黄金の七宝瓔珞《しっぽうようらく》がきらめきわたり、風に揺れながら清らかな音楽をかなでていたり、透明な水晶のような体になって蓮の葉の上を一粒の露のように転がっていく夢や、またあるときは翼を持つもののように紺碧の空へと飛び立ち、きらめく巨大な星々の中を飛び、昴星《すばる》のなかに消えていく夢もあった。

あれはこれから行く世界を見せられているのではないか、と明恵は思った。


日が昇って間もなく喜海が静かに近づいてきた。「北条泰時様がお見えでございます」明恵の耳元でささやいた。

明恵は薄く目を開いた。「石水院でお待ちいただくように。すぐに参りますと伝えなさい」明恵は岩を降りて裾を払った。

寛喜三年、去年の秋以来、今度は梅雨になっても雨が降らなかった。夏の盛り、山の木々の中には紅葉したかのように赤みを帯びたものが目立つ。枯れ始めているのだ。

「ようこそおいでくださいました」

明恵は泰時の前にすわった。泰時は朽ち葉色の狩衣の袖をはらって深々と一礼した。

明恵は息を飲んだ。前に泰時が高山寺を訪ねてきてから三月ほどになるが、以前にもまして痩せている。先だって高山寺を訪ねてきた藤原定家《ふじわらのさだいえ》に話は聞いていた。形相が変わるほど、と定家は言った。明恵もまた泰時の姿を見て声を失った。

あのとき定家は言った。

「民が飢えているときに、執権である自分が腹を満たすわけにはいかないと、朝夕うす粥一膳しかとられないとか。激務にたずさわる方があれでは体が持ちますまい。どうかこれ以上無理をなさらぬよう、お上人様から進言してはいただけませんか」

定家の言うとおり、目の前にいる泰時はあたかも病人のように痛々しかった。

泰時はため息混じりに口を開いた。

「このたびのことは、すでにお聞き及びのことと存じます。天変地異にはなすすべもなく、人々が飢えて死んでいくありさまをただただ手をこまねいて見ていなくてはなりません。我が身の罪障の深さを思い知るばかりでございます」

しかし、そう言いながら泰時もまた明恵の姿に言葉を失っていた。青ざめ透き通る肌に頬骨が張り付いている。体が大儀なのか半身を脇息にあずけて明恵は静かに口を開いた。

「天の意志がいかなるものか、私たちのような凡夫には理解の及ばないこともございます。確かにこのたびの飢饉で死んでいく者は多くあり、私も胸を痛めております。ましてや国の政を預かるあなた様がいかに苦しんでおられるか容易に察しがつくというもの……」

「日々仏に礼拝し、経も上げ、その教えを真摯に学びたいと念じて参りました。今は食事も薄粥のみにいたし、家族にもそのように言いつけ、夜の灯明もつけずにおります。それでも私の精進がまだ足りないのでございましょうか。この国を治める私の罪障がこのような悲惨な事態を生んでいるのかと思うと、苦しくて眠ることもできません。いかにすればよろしいのかお教えいただきたく参上いたしました」

この国の権力の頂点に立ちながら、泰時の一途で純朴な人柄は昔も今も変わらない。明恵は心が和んだ。

「この期に及んで何を申すかとお思いになるかもしれませんが、たとえもしあなた様が経も読んだことがなく、仏法を学んだことがないとしても、それはたいした問題ではないのです」

明恵の言葉に驚いて泰時は顔を上げた。明恵は言葉をつづけた。

「生きるうえでもっとも大切なことは、心身ともに真実正しくあることだけです。一人の人間として、あるべきように生きること、日々そのことを知って行動すること、それだけです。さすれば諸天善神はかならずや良きように計らい、お守りくださいます。それには、あなた様が自らの欲心に気づき、それを捨て、愚かさを知って、ただただ心正しく政をなさることです。さすればやがて、この災禍も終わる時がまいります。いかなることがあろうとも、私どもにできることは、我執我欲を捨て、心身を正しく保つこと、それだけです」

「心を正しく保つ、とはいかなることなのでしょう。欲を捨て、とらわれなく生きるとはどのようにしたら可能なのでございましょう」泰時はひたむきな目でじっと明恵を見た。

「心はすべてを知っています。実は私たちの心はすでに絶対真理を知っているのです。ですから、心を正しく保つには難しい理屈などは無用です。心の声に耳を傾けること、そして、心がいやだと申すことは決してしないこと、それだけです。そうすれば自ずとすべては正しい方へと向かいます」

喜海がそっと入ってきて、白湯の盆を差し出した。明恵は暖かな白湯をすすってほっと息を吐き、微笑を浮かべた。

「このような飢饉に見舞われればなおのこと、みな神を恨み、仏の存在を疑います。神も仏も外にあるものだと思い込んでいるからです。しかし、仏は外にはなく、私たちの中におられる。神も仏も実は私たちの心が作り出すものなのです」

「このような世であればなおのこと、人は極楽浄土に生まれ変わりたい、生と死の苦しみから逃れたい、と申します。そのために仏法に帰依するのだと言う者もおります。極楽浄土に生まれ変わる、それこそが仏法の目的のように思われておりますが、極楽浄土もまた人の心の内にあると……」

「そうです。極楽浄土に生まれ変わるために仏法に帰依したいと思うなら、それはすでに我欲にとらわれているのです。いかに仏法を学んだところで、我欲を抱えていてはなんの意味もありません。この世は鏡の世界です。盗む者、嘘を申す者、自分だけ生き残ろうとする者が後を絶たない今こそ、そのような者を見ている自分自身にもその欲心があるのだと知り、それをこそ捨てる機会にしなければならない」

「では、この飢饉、飢えて死んでいく者の苦しみに私はいったい何を見いだせば良いのでしょう」

「あなたさまご自身の欲、保身の欲を捨て去る機会となさってください。それに徹するよりほかに手立てはありますまい。この世の現実のすべては私たち自身の心が映し出されたもの、酷く苦しい現実を作り出しているのは私たちの心なのですから」

　泰時はどこかまだ判然としないまま高山寺を辞した。喜海が送ってきた。

「喜海殿、この世の現実はすべて私たち自身の心を映し出したものにすぎないとお上人は申されます。分かったと申すにはまだどこか心許ない気がいたします。あなた様は明恵様の一番弟子、どのようにお考えになりますか」

「確かに生きていると理不尽で酷い目に会うこともございます。ましてや戦に巻き込まれ、罪もなく殺される者、天変地異で死んでいく者、そんな人々にとって、お前の現実はお前の心が作り出したのだ、といっても理解できることではありません。一人の意識だけではそこまでの悲惨は起こらない。悲惨な出来事の原因は私たち全員の意識にあるのだと思います。多くの民の心が疲弊すると、思いもかけない破壊力を持つのではないでしょうか。天変地異もその現れにすぎないかもしれないと思うのです。

　私は十一歳の時から明恵様のもとで教えを受け、修行をさせていただいてきました。この四十年の間に、分かってきたことがございます。この世界は不思議なところです。鏡の世界と申しますか、どんなに些細なことでも心の中にあるものはすべて現実として映し出して見せてくれます。同じ現実を見ても、捉えようがそれぞれ違うのは私たちの心のありようがそれぞれ異なっているからでしょう。それによって我欲に気づき、それを捨てていく、私たちにできるのはそれだけのように思います」

「お上人様も同じように申されました」

「何があろうとも、これだけははっきりしています。間違いなく、私たちはみんな一人残らず、仏への道を、覚醒への道を歩いています。何が起ころうとその道から外れる者はひとりもいない、そのための現実なのではないか、そう思うのです」

喜海は石段の下まで泰時を送っていった。

「ところで、泰時様こそお体は大丈夫でしょうか。先日、定家様もひどくご案じになり、こちらに相談に見えられました。ところが、お上人様も近頃はほとんど召し上がらなくなっておられます。不食《ふじき》の病は怖いものだと聞いております。断食もやり方を間違えれば命を落とすとか」

「私は大丈夫です。この身も政をあずかる以上、私だけのものでもございませんから、用心はいたします。しかし、お上人様のあのご様子は尋常ではない」

「飢饉以来、私たちにはきちんと食べて命をまっとうしなさいと申されながら、ご自分は時には粥すらも喉を通らないと申される。どこか意図的な気配も感じられるのです。もしかしたら、死期を悟っておられるのではないかと……」

喜海の言葉に泰時はふいに現実に引き戻された。死期。明恵を失う。泰時は動悸がした。

「お上人様は今年で幾つにおなりでしたか」

「五十八歳です」

「屋敷に戻りましたら、使いの者にいささかの米を届けさせましょう。お上人様に粥などこしらえて差し上げてください。私にとって、と申すよりこの国の民にとって大切な御方です。とにかく少しでも長く生きていただかなくてはなりません」

言い置いて泰時は高山寺を辞した。馬で六波羅《ろくはら》に戻っていきながら、明恵を失おうとしている、という現実が泰時の胸を締め付けた。

明恵は練若台《れんにゃだい》と名付けた小さな僧坊にこもった。瞑想に入るといつしか夢と現の間を行き来している心地になった。

焼け付く日差しの中を歩いて行く子供の姿が目に浮かぶ。懐かしい気がして明恵は声をかけた。振り向いたその子供は小さいときの自分のようでもあり、かつて神護寺に捨てられた知念という少年のようでもあった。

知念はいつも腹を空かせていた。帰る家もなかった。今はどうしているのか、年は明恵より十歳ばかり上のはずだから、もう死んでいるかもしれない。貧しい暮らしのせいだったのか、体も小さく、もの覚えも悪かった。あれから五十年の月日が過ぎた。しかし、明恵は知念のことを忘れたことはなかった。

「もう一度、知念に会いたい」と明恵は思った。会って詫びたかった。大事に育てられ飢えのつらさも知らずに育った自分は、あのとき知念の心の痛みも生きるつらさもわかってやることができなかった。

将来は神護寺の薬師如来に仕えさせたいという母の願いから、明恵は子供の頃、薬師《やくし》と呼ばれていた。今もまだ、「おい、薬師」と呼ぶ知念の声が耳に残っている。

「……知念、そなたはもう彼岸に渡ったのか。私ももうじきそちらに行く。そのときはもう一度、ともに春の野に草摘みに行こう」

明恵はいつしか子供の頃の自分に戻っていた。痩せた肩をいからせて知念は先を歩いて行く。知念、と呼ぶと振り向いた。

「おう、薬師か、あの世にも草は生えとるかなあ。コゴミやワラビや採ってきて、おまえにも食わせてやる。たんと食わせてやるからな」知念は得意そうに言った。明恵は夢の中で笑った。知念と一緒に笑っていた。

微笑んだとたん夢から覚めた。立ち上がろうとすると、めまいがした。昼間の熱気が室内にまだ淀んでいた。侍者を務める霊典が慌てて走り寄ってきた。

「外の気が吸いたい」

霊典に体を支えられて濡れ廂に出ると明恵は縁先に腰を降ろした。そこからは木々の枝越しに周山街道を見下ろすことができた。暮れていく街道には通る旅人の姿もない。

「少し横になってお休みになられては」霊典が背後から言った。明恵は軽く頷いた。

「洛中では人がたくさん飢えて死んでおるのであろう。実はしばらくまえから請雨の祈禱をやってみた。いつもなら少しの雨には恵まれるのだが、今回は効果がない」

「どうか、ご無理をなさらないでください。請雨の祈禱は私も喜海殿も金堂で何度か行いました。しかし、なんとも心許ないばかりでございました。いったい何が起きているのでしょう」

「天の配剤には人知を越えるものもある」

そう言いながら、今しがた見た夢を明恵は反芻していた。知念、経のひとつも覚えようとせず、その心はつねに荒んでいた。今の自分なら知念のために何かできただろうか、と明恵は思った。

「あのときも何もできなかった。そして今は……、やはり無力なままだ。しかし、私の心に隠れ潜んでいた自らの奢りも弱さもあの知念が教えてくれたのではなかったか。知念こそが私の隠された心の有り様をまざまざと見せてくれた善知識、私にとっての師ではなかったのか……」

明恵は暮れていく対岸の峰を眺めた。

「なあ、霊典、今生をまっとうしたら、私は兜率天《とそつてん》に生まれ変わりたいと思っている。そなたも知ってのとおり、兜率天とは菩薩行に身を投じるため、再び人間の母の胎内を借りてこの世に生まれ変わるところだと言われている。まだ足りなかったのだ。学び終えるにはまだ時間が足りなかった。私はもう一度生まれ変わりたい。この世に苦しみのある限り、まさにここに、私はまた生まれ変わる。この頃、眠る前に毎晩仏に祈るようになった。生きとし生ける者の苦しみのあるかぎり、どうか再びこの地上に生まれ変わらせていただきたいと。霊典、私はもう一度この地上に転生する、そう誓った」

霊典は静かに語る明恵の横顔を見ていた。夕闇があたりを青く染めはじめた。

「もう一度、瞑想に入る」

明恵は室内に戻り、仏眼仏母尊《ぶつげんぶつもそん》の軸の前に座った。間もなく禅定に入ったらしくその顔に安らいだ表情が浮かんだ。

そのとき、明恵の顔にふっとほのかな光が差した。霊典が見上げていると、明恵の頭上から白く淡い光の玉が降りてくるのが見えた。光はいくつもいくつも降りてきて明恵の体を包んだ。それはあたかも天上から降る花のようだった。あたりに芳香が漂う。

このような神変じみたことをはじめて目にしたときにはさすがに驚いたが、今ではすっかり見慣れてしまった。それはどこか懐かしくやさしい光だった。

「このおびただしい光は、もしかしたら兜率天から明恵様を迎えに来たものたちなのかもしれない……」と霊典は思った。

そう思ったとたん胸をえぐられるような悲しみが突き上がってきた。別れの時が近づいていた。

二　怪僧文覚

油照りのする夏の昼下がり、京の町は何もかもが熱を放ち、悪臭を放っていた。あちこちの辻で物乞いをしていた乞食の群れでさえ、木陰に逃れて眠っている。

目に流れ込んでくる汗を袖で拭いながら、少年は先を歩いていく母親の後を小走りについていった。今朝から何も食べてはいない。水を飲んだだけだった。今年も旱魃《かんばつ》で米は育っていないという。腹が何度も鳴った。

「これ、急がんかい」母親は市女笠を持ちあげ、少年にむかって苛立った声を出した。

少年の名は与師丸《よしまる》。自分がどこに連れていかれるのか知らなかったが、何が起きているのかは薄々分かり始めていた。

京の町を抜け、やがて仁和寺を過ぎて坂道にさしかかった。与師丸の足はさらに重くなった。これからどうなるのか、母親に尋ねてみたが、答えてはくれなかった。近頃通ってくるようになった男が恐ろしい剣幕で与師丸をどやしつけた。

「この役立たず、飯ばかり食いやがって、面を見ているだけで胸糞が悪くなる」と男は言った。腹立ち紛れにしょっちゅう殴られた。

それを見ても母親はかばってもくれなかった。与師丸にはもういる場所がなかった。黙って母親の後をついていくしかなかった。

父親が誰か分からない弟妹が四人いた。与師丸の父親は自分がまだ小さいころ、戦で死んだと聞かされていた。母親には次々に新しい男がやってきて、気が付いたら弟妹が四人になっていた。

貧しくて一日に一度、稗の飯にありつけたらそれで充分ありがたかった。食べざかりにさしかかった与師丸を養う余裕はない。口減らしにどこかにやられるにちがいなかった。

やがて周山街道を上りきると、街道をそれて脇道を降りていった。道沿いに川が流れていた。母親は橋の際で足を止め、息を整えた。それからゆっくりと神護寺に続く石段を上りはじめた。

「これ、与師丸、ここにはたいそう立派な法師さまがおられる。その方ならそなたを立派な法師にしてくださる。言うことをよう聞いて、気にいられるようよくよく気働きをするのじゃぞ。出家とはありがたいことだからな」

与師丸は黙って母親を見上げた。何を言っているのか、これからどうなるのか、さっぱりわからなかったが、どうやらこの寺に置いていかれるらしいということだけは分かった。

山門まで来ると、母親は与師丸の背中を押した。押されるままに与師丸は山門の中に入った。そして、ぼんやりと寺の荒れ果てたありさまを見廻した。ふと我に返って振り返るとすでに母親の姿は消えていた。樫の木が空を覆いつくすほど枝を広げ、蝉の声が辺りの空気を震わせている。

その寺は昼日中でも物の怪でも出そうなほど荒れ果てていた。境内をうろうろしていると、荒法師らしい男が金堂へ続く石段を足早に降りてきた。与師丸の姿を見止めるとまっすぐに近づいてきた。与師丸はとっさにその場から逃げだそうと辺りを見回した。

「どこから来た。名はなんと申す」

大声でその荒法師は聞いた。目つきの鋭い体躯の立派な男だった。坊主頭の毛は伸び、髭も伸び放題で、真上から落ちる夏の日差しがその顔をますます恐ろしげなものに見せていた。

「瓜生山《うりゅうやま》の方から来ました。名は与師丸と申します」蚊の泣くような声で与師丸は答えた。

「お主、何しに来た。誰に連れられてきた」

「母じゃに連れられてきました」

与師丸はそのままそこから逃げ出したかったが、逃げても行くところがなかった。

「わかった。お主は捨てられたのだ。ちと年は食っておるが捨て子だな。食うにこと欠いて捨てられたのよ。瓜生山とか言ったな、この神護寺まで連れてくれば、ひとりで戻ってくることもないと思ったのかのう」そう言って荒法師は笑った。

「わしは文覚《もんがく》という。今日からそなたの師である。言いつけは守ってもらう。言われたとおり、一所懸命働くなら、ここに置いてやろう。庫裏《くり》はこっちだ」

与師丸はほっとして泣きそうになった。やせ細った肩を落として、文覚の後についていった。

数日後、文覚に呼ばれて金堂に行くと、鋏と剃刀が用意されていた。

「お前の名は知念という。よいな」

垂れ髪《たがみ》を切られ、剃られた。手が荒く頭はあちこち傷だらけになった。着替えもなかった。この寺に来たときのまま、つぎの当たった麻の小袖に色あせた括り袴《くくばかま》のままだった。「知念」、と呼ばれてもしばらくは慣れなくて、返事も遅れがちだった。そのたびに文覚に怒鳴られた。

「そなたの勤めはなあ、まず毎朝起きたらすぐに閼伽《あか》の井戸の水を汲んで、金堂の薬師如来にそなえる。それから竈に火を起こして湯を沸かす。よいな。薪なら裏山にいくらでも落ちている。昼間はここの草を抜いて境内の掃除をする」

知念は庫裏のすみで寝起きをした。そこに置いてあったぼろ同然の破れた衾《ふすま》一枚にくるまって寝た。

勧進から帰った文覚がわずかに米を持ちかえる日もあったが、何もない日もあった。知念は少しずつ火のおこし方や粥の炊き方を覚えていった。文覚が出かけて留守のときは、裏山に上って何か食えそうなものはないか探した。

その朝も、言われたとおりに金堂の本尊と脇侍《わきじ》の前の土器《かわらけ》の水を入れ変えていると、背後で足音がした。びくりとして振り返ると、文覚が立っていた。

「おい、わしはこれから勧進に出る。そなたはここに残り、誰ぞ訪ねてきたら、金堂に連れてきて、教えたとおりに口上をのべよ。よいな。『この神護寺は文覚上人が再興なさるという大願を立てられました。ご喜捨をいただきとうございます』と言うのだぞ。よいな、では、言うてみよ」

「はい、神護寺は再興するので、文覚上人は……」

知念はその口上を繰り返すたびにどこかでつっかえた。緊張のあまりどぎまぎして度忘れしてしまうのだ。

「たったこれだけの口上も言えぬとは、まことに愚かな奴よのう」文覚は憐れむように言った。

「そなたに知念という名を与えた意味をよう考えてみよ。知は知る、知恵の知だ。念は現在ただ今に心をしっかと置いて、よくよく考えるという意味だ。そなたがいくらかでも思慮深くなるようにつけた。そのこと忘れるな」

しかし、親に捨てられ、師にも相手にされない惨めさを、知念はさほど気にしなかった。もともと頭も良くないし、器量も悪い。父は武士とはいうものの、比叡山の御堂の隅でいざというとき長刀を振り回すためにだけ養われていた名もない者たちのひとりだった。それも園城寺《おんじょうじ》との諍いで手傷を負い、それがもとで死んだらしいが、知念はその父の顔も知らない。

石段を駆け下りていく文覚の後ろ姿を山門から見送ると、知念はほっと息を吐いて、庫裏にもどった。鍋の底にまだ薄粥が残っていた。

年齢は自分でもよくわからないが、母親によれば十二歳になるという。十二になったから寺に預けるのだと言われたが、母親ですら、自分を産んでから何年たつのか覚えてもいなかった。

文覚のことは相変わらず恐ろしかったが、知念に経を覚えろとも作法を守れとも言わなかった。ただこの寺の小僧として真面目に働いていれば、文句は言わなかった。この先どうなるのか、知念は考えもしなかった。いつも腹がすいていて、頭の中は食い物のことしかなかった。

やがて秋が来て、知念は裏山の栗拾いに夢中になった。茸も出てきた。毎日せっせと食い物を集めた。文覚はそれを見ても何も言わなかった。犬のように扱われてもいっこうに気にもならなかった。眠るところがあり、わずかでも飢えをしのぐことができれば何の不足もなかった。

やがて冬が来た。知念はかじかむ手に息を吹きかけながら、毎朝、裏山に薪を拾いに行く。誰に小言を言われることもなく、竈のそばで火を焚いているときがいちばん楽しかった。


その朝はことに冷え込んだ。四条坊門高倉にある湯浅家の屋敷ではまだ誰一人起き出す気配はない。宗孝《むねたか》は眠ったのか眠らなかったのか判然としなかった。一晩中、夢を見続けていたような、考え続けていたような気がした。

寝床から出ると、暗がりを手探りで這っていき、妻戸を開けた。青白い光があたりをぼんやりと浮かびあがらせている。縁先に出ると、凍るような風が肌を刺した。西の空にはまだ星が消え残っている。眠り足りない頭に初冬の朝の冷気が心地よかった。

「今日こそ、父上にそのことを告げなくてはならない」と宗孝は思った。濡れ廂に出るとそのまま裸足で庭に下りた。

武士を捨てる、考えに考えた末の決断だった。すでに心は決まっていた。武士であってみれば人を斬るのが生業だった。しかし、それが宗孝にはもはや耐えられなくなっていた。人を斬るたびに、遁世への願望は募った。

とはいえ、どの寺へ行けばいいのか分からなかった。我が身をあずける寺が見つからなかった。比叡山も奈良の寺も口では菩提心《ぼだいしん》だ、信心だと言いながら、長刀片手に朝廷に押しかけ、横車を通そうとする。僧とは名ばかり、用心棒をやりながら糊口をしのぐ者たちの巣窟とかわりがなかった。なかには夜盗のごとき者まで紛れ込んでいる。

これでは出家したところで武士と何も変わらない。僧籍にある者としては、もっと始末が悪かった。

宗孝はそのまま屋敷の裏手にある井戸へ向かった。一面びっしりと霜柱が立っている。踏むたびに微かな音を立てる。足の裏に感じる痛みが、今もくすぶりつづけている不安をふっ切ってくれる気がした。

井戸に行くと、着ていたものを脱いだ。釣瓶で水をくみあげ、息をつめて一気に頭からかぶった。冷たさに思わずうめき声が漏れた。「武士を捨てる」と言ったら父はなんと言うだろう。怒り狂うのは目に見えていた。

部屋へ戻ると、用意しておいた藍色の直垂《ひたたれ》に着替えた。大殿油《おおたなぶら》に火を灯し、髻《もとどり》を結いなおした。これからやろうとしていることを考えたとたん、腹の底がかっと火を噴いた。

紀州有田の豪族、湯浅家は代々武士の家柄だった。その家に生まれた宗孝が、ほんとうに武士を捨てる気になったのは、ある僧に出会ったからだった。その人を見たとたん、長い間宗孝の心の奥底に眠っていた何かが目覚めた。自分が求めつづけてきたものが何であったのか気づかされた。その僧に弟子入りすることになんのためらいもなかった。初めからそうなることを知っていた、そんな気さえした。

その僧は文覚といった。荒法師として知られ、人は文覚を希代の物狂いだと嘲笑していた。噂によれば、たしかに奇行の多い人だった。

「しかし、私は私の見たものを信じる」と宗孝は思った。

身支度を整え、しばらく瞑目した。目を開くと、東の空がうっすらと明るくなっていた。屋敷内に人の起き出す気配がして、あちこちで蔀戸《しとみど》を開ける音が響く。宗孝は濡れ廂に出ると、まっすぐに父のいる北の対へ向かった。


高倉の屋敷には父湯浅宗重《むねしげ》と母の千賀《ちか》、兄弟姉妹がいっしょに住んでいて、たまに所領である紀州有田に戻るという暮らしをしていた。紀州には崎山に嫁いだ姉の多恵がいた。妹の彩はしばらく前に夫を迎えた。平重国《たいらのしげくに》、後白河院の侍所《さむらいどころ》に勤務する武士だった。宗孝の兄弟たちもみな父とともに平清盛に仕え、六波羅に勤務している。

宗重はちょうど朝餉をすませたところだった。なにごとかと目を上げた父の前に、宗孝はいきなり両手をついた。

「驚かれることと存じますが、この宗孝、お願いの議がございます」

「朝っぱらからなにごとぞ」宗重は不機嫌そうに言った。

「父上、どうか、この宗孝の所行をお許しください。よくよく考えたうえでのこと、神護寺の文覚上人に弟子入りをいたす決心をいたしました。どうか、そのことお許しいただきたく」

「今、なんと申した」宗重は疑わしげに宗孝を見た。「なにを血迷った。そなたも二十二歳、いよいよ武者として一人前の働きができる年頃になったと楽しみにしておったら、なにごとぞ。何を言い出すかと思えば、出家するのなんのと。なんと嘆かわしいことを申すか。ならぬ、出家など許さん」宗重は怒鳴りつけた。

「父上、どうかお願いでございます。出家をお許しください」

家のうちはしんとしていた。女たちは几張をめぐらせた中で二人のやりとりに耳をそばだてている。

赤々と炭がくべられた炭櫃《すびつ》のそばで宗重はじっと宗孝をにらみすえていた。直垂《ひたたれ》の上に羽織った鹿の皮衣といい、黒々とした口ひげといい、それが荒武者の誉れ高い宗重の顔をいよいよ猛々しく見せていた。

「どうかお許しください。この宗孝、よくよく考えたうえでのお願いでございます」

沈黙が続いた。宗孝は両手をついたままだった。

「ならぬ」

「お願いでございます」

押し問答が続いた。やがて宗重が折れた。

「どうしても神護寺に参ると申すか」

「はい、私の決心は変わりませぬ」宗孝は父親の前に両手をついたまままきっぱりと言った。

宗重は歯がみをする思いだった。宗孝はただ弓矢に長けているというだけの武者ではなかった。端正な風貌といい、歌詠みの才といい、兄弟のなかでもすべてにおいてぬきんでていた。いずれは平清盛の引き立てを受け、それなりの出世を遂げるにちがいないと内心期待もしてきた。北面の武士として御所に仕えることも夢ではなかった。宗重は裏切られた思いだった。

　宗重は唸った。

「お前をどれほど頼みにしてきたことか。それをまたよりによってあの文覚上人のところへなんぞ行こうと言う。文覚なんぞ当世きっての物狂いぞ。そのような者から何を学ぼうというのか。仏道なぞ無縁の荒法師じゃと笑われとるは。行あれど学なき荒上人などと京雀が囃したてておるのを、そなたも知っておろうに」

「噂は存じております。ただ……」

「ただなんじゃ。あの上人は日頃からなにかと奇怪な振る舞いが多いと聞く。だいたいが、坊主なぞというものは、甘やかせばいい気になりおって、すぐに天狗になりおる。近づきすぎてはろくなことがない。見てみよ。叡山も興福寺も僧とは名ばかり、槍や長刀なぞ振り回して、何かといえば朝廷におしかけて横車を通しおる。それをまた、よりによってあの文覚上人に弟子入りしたいとは」宗重は嘆いた。

「お上人様のこれまでのお噂は私もよくよく存じております。それで申せば、罪は罪としてあれほどまでに真摯に菩提を弔われた方を私は他に知りません。しかも、その後は弘法大師ゆかりの行場で荒行のかぎりをつくされ……」

「そなた、この父に口答えをいたすか」

「いえ、そのような……。ただ、人は罪を犯すもの。武士であればなおのこと、人を殺め、後生を祈ることさえかなわぬ生業にございます。それゆえに私は出家をいたし、人々の安寧を祈りたいと」

「ならばほかの寺でもよかろう」宗重はさもうんざりしたように言った。

「しかし、文覚上人の申されるとおり、この国と人々の安寧を祈られた弘法大師ゆかりの神護寺があのように荒れ果てておりますことは、まことに由々しきことかと。仰せのとおり、いまや叡山も僧兵の砦のごときありさま、興福寺とて事情は同じ。私にとってこの身をあずける寺は神護寺よりほかになく……」

「賢しいことを申すな。出家はいたしかたないとして、もそっと考えてからでもよいではないか。そう急くことはなかろうが。のう、そなたはまだ若い」宗重はなだめる口調になった。

「父上、どうかお許しください。仏弟子となるには、あの方をおいて他にはないと心得ます。すぐにも神護寺に参りますとお約束したのです。あのご気性ゆえ、ぐずぐずしていては弟子入りもかなわなくなります」

重い沈黙が続いた。几張越しに二人の様子をはらはらしながら見ていた母の千賀がとうとうたまりかねたように割ってはいった。

「あなたさまのお気持ちは分かりますが、この湯浅家から出家を出すことは後々よいことではございませんのか。もしもこの宗孝が私どもの後生を祈ってくれるというなら、湯浅家にとって何にもまして喜ばしいこと」

「出家を出すのはかまわん。しかし、宗孝、あの神護寺を見たら、いかなお前でも腰をぬかすぞ。あの荒れようは狐狸の住処どころではない。夜な夜な魑魅魍魎《ちみもうりょう》が跋扈《ばっこ》しおるは」

「それならば尚のこと私は神護寺に参らねばなりません。お上人様の神護寺再興のお手伝いをいたさねばなりません」

宗孝は一歩も引かなかった。それを兄の宗景《むねかげ》は黙って見ていた。父に荷担しようとはしなかった。

「もうよい。下がれ。頭を冷やせ」

宗孝は一礼して自室へ下がった。

宗孝が出ていった後、宗景は父の横に座ると穏やかに語りかけた。

「父上はどうあっても宗孝の出家がお気に召しませぬか」

「出家の一人や二人、この湯浅家から出すのはいっこうにかまわん。しかし、あの遠藤盛遠《もりとう》のところへやるのが気に食わんのじゃ。なんといっても女人にうつつを抜かしたあげくに、その女の首をはねたというではないか。生来の直情者よ、出家したからといって治りはせぬは」

それを聞いて宗景はいささかためらったものの、思い切って口を開いた。日頃口数少なく物静かな弟のこと、よほどの決意だと思わないわけにはいかなかった。

「父上、宗孝がこの兄の私なぞよりずっと思慮深いことはよくご存じのはず。このたびのことは宗孝なりによくよく考え抜いてのことでしょう」

宗景のことばにも宗重は返事をしなかった。

「私からもお願いいたします。どうか宗孝の意志を汲んでやってください」宗景は父の前に両手をついた。

もともと近郷の武士団をひきいる湯浅党の頭目だった宗重にとって、平家の春ともいうべき今の世は、なんの憂いもない日々だった。そこへ次男の宗孝がいきなり出家をすると言い出したのである。宗重は腹が立ってならなかった。もっとも期待をかけていた息子に裏切られたにもひとしかった。

宗孝が文覚に出会ったのは、三日前。屋敷の門前で、勧進に現れた法師がいくら追い払っても立ち去ろうとしない、と家人が告げに来た時、たまたま屋敷内には宗孝と妹の彩だけがいた。

「どこの法師だ」

「神護寺再興の大願を発した者だと申しますが、いやはやどう見ても乞食のようななりで、むさくるしいことこの上ないのです。断り申したら、まるでこちらの眉間を穿たんばかりの形相でにらみおりました。郎党なんぞに申しても分かるまい、この家の主を出せと申しまして、一歩も動きません」

「そうか、では私が出てみよう」宗孝は矢倉門まで出ていった。

行ってみると、確かに家人の言うとおり、荒法師然とした僧侶が門前に立っていた。年のころは三十前後、肩幅は広く、がっしりとした体つきだった。

寒風のなかにその僧は破れた法衣の腰に麻縄を巻き、胸には頭陀袋を下げ、裸足に擦り切れたわらじ履きという出で立ちで立っていた。日に焼けた顔に黒々とした眉、伸びほうだいの髭がいかにもむさくるしいが、その目は凛とした輝きを宿していた。

高雄の文覚上人の噂はすでに都の人々の口に上っていたが、もしやこの方がその上人かもしれない、と宗孝はとっさに思った。

「私はこの家の者にて湯浅宗孝と申します。ご出家の申されることならば、なんなりと伺わせていただきとうございます。ご用向きのほどをお聞かせくださいませ」

「なかなか殊勝なことを申される。この者は文覚と申す出家にて、全国行脚の後、弘法大師空海阿闍梨ゆかりの寺、神護寺を訪れましたところ、そのあまりの荒れ果てたる有様に痛憤の思い耐えがたく、神護寺再興の大願を発し、こうして勧進に歩いております」

「このようなところではなんでございます。どうぞ、こちらへお入りください」宗孝は文覚を書院に通した。


出会ったその瞬間から宗孝はこの文覚と名乗る荒法師に心惹かれた。文覚の体からは日向と草の匂いがたっていた。髭は伸び放題だったがよくよく見れば鼻筋の通ったなかなかの美丈夫に見えた。

その直情的な振る舞いはつとに有名で、朝廷の警護にあたる武士たちの中で、文覚上人にまつわる噂を知らない者はなかった。

「この方があの道ならぬ恋の果てに愛する女人を殺めてしまったという遠藤盛遠殿か……」

宗孝は思わず知らずこの僧の横顔をつくづくと眺めいる心地になった。熱情の人、という噂の若武者の面影を目の前の荒法師に重ねて見ようとしたが、しかし、その残滓はどこにもなかった。風と雨と日差しに洗われた一人の荒法師が端然とそこにいた。

噂によれば、出家をする前の文覚は、鳥羽上皇の皇女上西門院《じょうさいもんいん》の城南の離宮を護る北面の武士で、名を遠藤盛遠といった。しかし、十九歳の春のこと、同僚の武士である源渡《わたる》の妻、袈裟《けさ》御前に一目惚れをしてしまい、かなわぬ恋に身を焼くことになったという。

恋に悩み疲れた盛遠は、とうとう渡を殺害しようとまで思いつめたらしい。しかし、事前にそのことを知った袈裟御前は夫の身代わりとなって盛遠の手で殺されてしまったという。しかしそれがどこまで真実か、宗孝には確かめようもなかった。

その事件以来、盛遠は刀を捨てて出家を果たし、文覚と名乗るようになった。何年もの間、熊野や高野山は言うに及ばず、伊豆の山々からはては出羽三山にいたるまで踏み歩き、荒行の限りを尽くしていたらしい。宗孝が聞き知っているのはそれくらいのことだった。

噂はどこまでも噂に過ぎないものの、酒色に溺れ、稚児を囲い込みながらもっともらしい顔を取り繕っている僧侶の多い中で、文覚は明らかに違っていた。虚飾とは無縁の人だ、と宗孝は思った。

「私のような者がこのようなことをお尋ねするのはまことにもって失礼千万とは存じますが、勧進の方は進んでおりますのか」宗孝は遠慮がちに尋ねた。

「なかなか思うようには参りませぬ。平清盛とはただの成り上がり、六波羅に出向いても、仏に帰依するなぞと申しては手前勝手なご利益を願うばかり。はては、この勧進僧に門前払いを食わせおります」言って文覚はうすく笑った。

宗孝は自分のことのように恥じ入って顔を伏せた。

「面目もございません。この湯浅家も平家に仕える身でございます。父に申しても十分なご喜捨はできかねるかと……」

文覚は黙っていた。宗孝はことばを探した。そして長い間、疑問に思っていたことを口に出した。

「このようなことを今この場でお尋ねしてよいものかどうか。失礼とは存じますが、どうしてもお尋ねしたいことがございます」

「なんなりと」

「仏道と申しましても、顕教《けんぎょう》と密教とがございます。その二つにはどのような違いがございますのか。出家遁世にあこがれてはおりますものの、今日まで決心がつかずにおりましたのは、そのことにいまだ得心がいかず、肝腎のことが不明のままではこの身を預けるべき寺も分かりません。ただ顕教と申せば、今やどの寺も法師の方々は長刀を手に武者も同然。祈ることを忘れておいでになるような……。僧籍にある方々がなぜあのようなことになるのか、疑問はつのるばかり。まさに混乱の極みでございます」

「ご不審はごもっとも。簡単に申せば、そもそも顕教とは衆生のありように応じて教えを説くことを務めとしております。しかし、いかに優れた教えであっても、それをただ聞いただけでは、人がその教えを生きとおすことは難しい。そのことはどこの寺を見ても明らかなこと。人間というのは悲しいものでござる。どんなに優れた教えを百編、千遍聞こうと、行いが正しくなるというものでもない。真にその教えが心に響き、腑に落ちない限り、人は変わることがない」

「はい、まことにそのように思います。殺生を禁じた仏の教えを知りながら、武士は人の子を殺さねばなりません」

宗孝はずっと胸に抱え込んできた苦しみを言葉に出した。文覚は深く頷いた。

いつの間にか几帳の向こうに彩が来ていた。二人の問答にじっと耳を傾けている。

文覚は話をつづけた。

「人の世にあれば、人の世の法に従わねばならない、それが道理だと申すなら、なぜ人は仏の教えを求めるのか。人を殺し、出世欲や功名心にとらわれながら、一方で地獄に堕ちることを恐れる。人は滑稽としか言いようのない生き物でござる。そこで、今や矛盾と腐敗の極みと化した顕教と違い、密教はこの宇宙に遍満する姿なき仏たちが説く摂理を、自らの内に感得することを第一としております。そのための実践的な方法である修法を教えてくれます。個を通して、この身を通して宇宙の摂理のなんたるかを知る。それが密教でござる」

「宇宙の摂理を体得するということと、矛盾なく生きる、悟りへいたることとはどうかかわっておりますのか」

「密教は実践です。言葉ではその本質を伝えることが難しい。秘密にされている修法は出家した者にしか伝えることができません。出家とは本来、衆生救済を本気で覚悟した者のことです。しかし……」そこで文覚は言葉を切って笑みを浮かべた。

「空海阿闍梨はこう申されております。密教を学ぶことにより、人は誰しも三密加持を通して悟りにいたることが可能だと」

宗孝は一言一句をしかと心にとどめようと息を詰めてその言葉を聞いていた。彩もまた几帳の向こうで身じろぎもしない。

「しかし、いかにすぐれた教えといえども、人の口を介して伝わるうちに次第に変容する。この国ではいつしか顕教のみが仏教だと思われるようになってしまった。顕教は欲を捨てよという。欲は不浄だという。しかし、なんと言われても捨てられぬのが人間の欲というもの。そうではござらぬか」

「確かにそれはたいそう難しいことでございます。腹が減れば食い物のことが頭から離れません。恋をすればその女人が欲しくなる」宗孝は自嘲気味に言った。

「ところが密教は人の欲を嫌いませぬ。それは人とは切っても切れぬもの、確かにあるものだからです。欲がなければ人には死しかござらぬ。腹がすけばものが食いたくなる。喉が渇けば水が飲みたくなる。すべては道理でござる。そこで、そこもとにお尋ね申す。五欲をほんとうに捨てられると思われるか、いかがか」

ふいに喉元に刃を突き付けられたような気がして宗孝は返事に窮した。

「とくに私のように凡庸な者には、とうてい不可能かと」

「そなただけではござらぬ。人間なら誰しも欲を捨て去ることはできない。もし無理にこの身から五欲を引き剝がそうとしたら、逆にますますその欲にとり憑かれるのが我ら衆生。しかし、密教はちがう。密教とはそもそも『即身成仏』、我々が生きて悟り開くことを第一としております。仏とは外にあるものではなく、我々の内にある。仏も人間も実は同じだと申します。つまりは、仏とは悟りを得て迷いのない状態のことをいい、人とは迷いと執着を捨てることができず迷妄の世界にとどまっている状態だと申せばよいかと。その違いしかない。我々はそのことに目覚め、内なる仏と一体になることによって、初めて宇宙の真理を知ることができると説かれております。五欲を嫌わず、五欲と向き合ってこそ、五欲から解放されることが可能になる。それゆえ、密教は五欲を持つこの身をこそ菩提への、悟りへの手がかりとしております」

宗孝は目が覚める思いがした。この身と仏とは別のものではない、五欲を認め、向き合うこと、それよりほかに欲から解放される道はないという。

「空海阿闍梨は申された。顕教を学ぶは、病いに苦しむ人を前に病の原因、病の症状などをあれこれただ談義するに似たると。しかし、それに比して密教はただちに病人の脈を取り、薬を処方し、飲ませ、快癒させるものであると。言葉による教えだけでは人は救えぬのです。人の欲も罪も一抱えにして、菩提の境地に導いてくださるのは弘法大師空海阿闍梨が説かれた密教のほかにはない」

宗孝はとつぜん喉のところに熱いものが湧き上がってくるのを感じた。それがいきなり言葉になって口からほとばしり出た。

「もしも、この私のような者が弟子入りをいたしましたとして、それを学ぶことは可能でございましょうか」宗孝は座を退き、両手をついた。

「たいへん唐突なことを申すと驚かれることと存じますが、私をどうか末弟のひとりに加えてください。出家を果たしたくも、どなたにお願い申したらよいか分からず逡巡いたしておりました。

今、こうしてお上人さまにお目にかかり、ようよう得心いたしました。この日のあったればこその迷いでございました。どうか弟子にしてください。お願いいたします」

文覚はじっと宗孝の目を見た。眉間を穿たんばかりの、と家人が言ったとおり、誰しもたじたじとなるほどの鋭さがあった。文覚は宗孝をじっと見つめた後、静かに言った。

「父君はご承知か」

「いえ、これから申します。たった今、決心いたしたことでございますゆえ」

それを聞いて文覚は笑った。

「では、神護寺にてお待ち申そうか」文覚はそう言うとゆっくり立ち上がった。「断じて行えば鬼神もこれを避く」そう言い置いて帰っていった。

このところ、不安定な世情もあって、宗孝ならずとも僧らしき者ならいくらでも見ていた。食いはぐれた武者くずれが勧進僧をかたって屋敷の門口に立つ。どう見ても体のいい物乞いだった。頭を剃り、路傍でのたれ死んだ法師の衣を剝いで着込む。人と見れば、どこかで手に入れた地獄絵図を広げ、喜捨をせねばこのような地獄に堕ちると脅すだけでよい。誰もが慌てて喜捨をした。見れば寒気のする絵図だった。糞便地獄に落ちた男や女が蛆にたかられてもがいていた。死んだ赤子をむさぼり食う餓鬼と化した男がいた。畜生にももとる人間の群れ、見るだにおぞましい光景が子細に描かれていた。

人を殺すのが生業の武士であれば、それを見て笑い飛ばすほど誰しも剛胆にはなれなかった。武士にとって堕地獄の恐怖は骨にまで染みていた。

それかこれか法然という延暦寺から出た僧が武家の間でもこのところ評判になっていた。その教えは人を堕地獄の恐怖から救ってくれるという。

死の間際、「南無阿弥陀仏」と阿弥陀如来の名号を唱えさえすれば、人を殺めようが女を犯そうが、天網恢々《てんもうかいかい》、阿弥陀如来の慈悲の網からこぼれ落ちることはないという。

子供でも騙されはしないような話に一人前の武士が飛びつく。湯浅家の兄弟たちも例外ではなかった。しかし、何をやらかそうと「南無阿弥陀仏」のひとことで阿弥陀浄土に生まれ変わるというなら、人はいかにして身を律するのか。そんなことを考えたのは宗孝だけだった。

ものを盗み、女を犯し、生首を片手に酒を飲む。それでもよいというなら、人は生きながらすでに地獄をさまよう幽鬼そのものではないか、と。

それでも多くの武士たちが救いを求めて法然の教えに群がった。左大臣の九条兼実《かねざね》までが屋敷に法然を招いて教えを請うたと聞いた。宗孝には納得がいかなかった。

宗孝は諦めなかった。毎日、宗重の前で出家させてくれと懇願した。宗重は相変わらず不機嫌なまま、宗孝とはついに口をきこうともしなくなった。

しかし、十日目、さすがの宗重も折れた。

「さほどの決心なら、神護寺に行くがいい。しかし、二度とここへは戻ってはならぬ」吐き捨てるように言った。宗重は次男の宗孝を手放すのがそれほど惜しかった。

「ありがとうございます」宗孝は床に額をすりつけて言った。

さっそく部屋に戻ると、わずかな着替えと母親や妹が縫い上げたばかりの墨染めの衣と白衣、括り袴をひとまとめにした。胸が高鳴って、その夜はほとんど眠ることができなかった。空が白み始めるのを待って起き出し、妻戸を開けた。静まりかえった早朝の庭に初雪が舞っていた。

六波羅に向かうため門を出ようと馬を進めた宗重と宗景の前に、宗孝は膝をついて待っていた。最後の挨拶をしようと顔を上げた宗孝を宗重は無視して通りすぎた。

「達者でな。いずれまた会おうぞ」兄の宗景はさすがにそのまま行きかねて馬上から宗孝を振り返って言った。

「はい、兄上もどうか息災で」言いながら宗孝は胸が詰まった。宗重はついにひとことも口をきいてはくれなかった。いよいよ家を離れるときがきて、宗孝は母と妹に別れの挨拶をした。

「母上、これまで育てていただいたご恩、宗孝は決して忘れません」

「何を申されるかと思えばそのようなことを……。そなたが仏門に入られること、この母は心から嬉しく思っています。どうか、この上はよき法師となられ、わが湯浅家の後生を祈ってください」

笑顔を見せようとしてふいに千賀は声を詰まらせた。

宗孝には母の白髪が急に増えたように見えた。胸が痛かった。

「兄上さま、くれぐれもご無理をなさらずに、お体を大切になさってください。それにしても、私はやはり兄上さまが羨ましくてなりません。男子であれば、私もご一緒に参りましたものを」彩はまぶしげに兄を見上げた。

夫を迎えてからというもの、彩は一段ときれいになった。

「またもそのようなことを。そなたが重国殿と子をなして幸せに暮らしてくれるなら、この兄にはそれがなによりうれしい」

宗孝が言うと、彩は頬を染めてうつむいた。

「もし念願かなって男子を授かりましたら、武者になどいたしません。必ずや神護寺の薬師如来様にお仕えさせるつもりです。いずれは兄上のもとへ参らせますから、お待ちになっていてくださ い」

彩の言葉に宗孝は笑った。

「なんと、そなたの子を神護寺に参らせるとな。それにしてもまだまだ先のことだな。くれぐれも身を大切にな。けっして無理をしてはならぬぞ」

彩は一途な気質だった。優しげな面ざしに似ず、いったん言い出したら決して退かない。それがまだ子もできないうちに神護寺の薬師仏に仕えさせると言う。

「母上もどうかくれぐれも御身お大切に」

「これをお持ちなさい。米も味噌も邪魔にはなりますまい」

千賀がうながすと、侍女が荷物を差し出した。それを宗孝は背に括りつけた。

「ありがとうございます。お上人様にお給仕させていただきます。では……」

深々と一礼して、宗孝は四条坊門の屋敷を後にした。そして、一度も振り返らなかった。二度と会えないわけでもなかった。しかし、悲しみとはこのようなものか、と思うほど胸が痛かった。子どものころ、母と離れるたびに泣いた、あの思いに似ていた。

思いを振り切るように、宗孝は足早に朱雀大路を北へと向かった。


かつて赤子の死体までが捨てられ、ごみ溜めのようになっていた側溝も今はすっかりきれいになった。後白河上皇はことのほか美しいものを好まれると聞いた。検非違使別当《けびいしべっとう》の平清盛に命じられたのは、戦乱で荒れ果てたこの朱雀大路をまず整え直すことだった。

検非違使に追い立てられ、辻々にあふれていた乞食や貧しい身なりの物売りもいつの間にか姿を消した。しかも清盛は禿髪《かむろ》とよばれる間者を洛中に放って逐一人々の言動を監視していた。禿髪は十五、六歳の少年で、人々のなかに紛れ込み、聞き耳を立て、清盛に不満を持つ者を探り出して密告するのがその役目だった。赤い直垂を着ていた。少しでも平家への不満を口にしようものなら、禿髪の口から検非違使に伝えられ、清盛の耳に入る仕組みになっていた。そのような者は洛外追放なり、投獄なり、厳罰に処される。

権力の中枢に上りつめようとする者は権謀術数にたけていなければならない。平然と人を裏切るしたたかさも、また人心の裏にこっそりと手をのばし、欲を探り当てては金品で買う卑劣さをも必要なのだろう。清盛とはまさにそんな男だ。禿髪などという間者を洛中に徘徊させるなど、清盛でなければ思いつくまい、と宗孝は思った。

ずっと以前、宗孝は清盛を見たことがあった。まだ十二歳になったばかりのころ、父に連れられて行った熊野本宮大社でのことだった。初めて近々と清盛を見たとき、子供心に得体のしれない恐怖を感じた。酷薄で残忍な男。その印象は今も変わらない。

湯浅家が平家に仕えるようになったのは、平治の乱のおり、熊野詣でに来ていた平清盛を助け、都まで警護して無事送り届けたときからである。以来、紀州有田を出て、都に住むようになった。

平治の乱とは、鳥羽上皇の近臣のひとり信西《しんぜい》と、美福門院の一派が、後白河天皇に譲位をせまり、強引に二条天皇を即位させたことに端を発する。後白河天皇はあくまでも二条天皇即位までの暫定的な立場であることは、鳥羽上皇の意志でもあったことから、いったんは後白河天皇も政権から身を退かれた。

しかし、信西は譲位後もなにかと後白河上皇一派を圧迫しつづけ、それを不満として、ついに上皇の臣下であった藤原信頼《のぶより》と源義朝《よしとも》が、謀反を企てたのが平治元年（一一五九）十二月九日のことだった。信西とは縁戚関係にある清盛が熊野詣でに出かけた留守をねらってのことだった。

譲位以来、上皇側とは次第に政治的軋轢が高まっていたものの、よもや自分の留守を狙って乱が起きるとは清盛も予想だにしていなかった。熊野に伴ってきたのは女子どもばかり、警護の者もわずかしか連れていなかった。そのまま京に戻ることもならず、清盛は途方に暮れた。

それを見かねた熊野別当の湛快《たんかい》はすぐに紀州有田の湯浅宗重に使いを出した。湛快から知らせを受けた湯浅宗重はただちに配下の者たちを招集した。

日頃は網を曳き、山仕事に精を出す男たちだが、所領争いから小競り合いの止むことはなく、必要とあらば槍や刀を持つこともいとわない。常に鍛錬を欠かすことはなかった。たちまち鎖帷子に鎧をつけ、馬を引いて湯浅家に駆けつけてきた。

「宗孝、お前も行くのだ」宗重はそばにいた宗孝を振り返った。

有田から熊野までは馬を走らせればその日のうちに着く。それが宗孝の初陣となった。

熊野本宮に着くと、宗重はすぐに清盛の前に押し出された。宗景、宗孝の兄弟もその後ろに従った。

清盛は目つきの鋭い太りぎみの小柄な男だった。朱に金糸を織り込んだ直衣《のうし》が大殿油の明かりにきらめいていた。顔を上げるのもはばかられるようなその場の空気を痛いほど感じながらも、宗孝は清盛の姿をそっと盗み見た。

金粉をまぶしたかのような錦繍をほどこした豪奢な表衣をまとった女たち、それに仕える侍女たち、宗孝には初めて見る世界だった。清盛の右には宗孝と同じ年頃の少年が端然と座していた。清盛の長子重盛だった。

いかにも利発そうな面立ちをしている。ふいに重盛と視線が合った。そのとたん、宗孝はどぎまぎしてあわてて視線をおとした。


あのとき一行は夜になるのを待ち、星明かりを頼りに馬を駆って暗闇の中を都へと突き進んだ。日頃、山をよく知る者たちであればこその行軍だった。

十二月十七日、それでもどうにか明け方には無事、六波羅にある清盛の屋敷に入ることができた。清盛の周到な対応により、十日目には決着がついた。しかし、信頼《のぶより》らに襲われた信西《しんぜい》は逃亡し、自害。その首は切り取られて獄門にさらされていた。またその子息たちもすでに全員都を追われていた。

藤原信頼らは捕らえられ、六条の河原で首を斬られた。いったんは落ち延びた源義朝も途中裏切りにあって斬首され、その首は獄門にさらされた。

「武士の子ならば見ておけ」と、そのころ宗重は長男の宗景、宗孝や弟の盛高を六条の河原へ連れて行った。正月二十七日、ようやく初春の薄日が差し始めるころだった。

人が首を斬られて死ぬ、というその瞬間を宗重は息子たちにしっかと見るよう強要した。宗景も宗孝も前の夜から眠れなかった。獄門にさらされた首が烏に目をついばまれているのを見たことがあったからだ。首は乾いて黒ずみ、鼻は腐って削げ落ちていた。死ねばあのようになるのだとひどく怖かった。

それはまさに背筋が凍るような体験だった。人が死ぬ瞬間に見せる形相の凄まじさ。後ろ手に縄をかけられ、桟敷に引き据えられ、髻を切られた男の姿はあまりに哀れだった。全身が紫色にそそけ立っていた。

刀が振り上げられた瞬間、恐怖に凍り付いた目が、たちまち白目をむいて天をにらむ。憎い敵に恨みの限りを刻印しようとしたのだろうか。

刀が振り下ろされ横に引かれた瞬間、男たちは獣のような声を放ち、血しぶきが上がる。河原に転がり落ちた首、首が落ちても血を吹き上げながら座り続けている胴体。見ていて宗孝は気分が悪くなった。

悪夢が刻印された瞬間だった。足が萎え、しゃがみこみそうになるのを橋の欄干にしがみついて必死に耐えた。帰り道、何度も嘔吐した。

あの日から宗孝は生きること死ぬことに思いを巡らせ始めたように思う。

あの時の人々の思いはどのようであったのだろう、と思うともなく思っている。何度か生首が飛ぶ夢を見てうなされた。思い出すだに吐き気がした。

権力をめぐって血を血で洗う武士同士の抗争は果てしもなく続いていた。権力とはさほどに甘いものなのだろうか、と宗孝は思う。権力とは無縁のこの身も、このまま武士として留まれば、いずれその渦に巻き込まれずにはおかない。行き着く先は、否も応もなく人を殺すか、殺されるかのどちらかだった。

平治の乱の折、宗孝と同じ年齢だったという源義朝の次男頼朝は清盛の継母、池の禅尼の嘆願で命を長らえ、伊豆に流されたという。腹違いの弟義経は奥州の藤原にかくまわれ、その後、寺に預けられたと聞いた。父母を失い、ひとり遠い東国へ送られていく少年の思いとはどのようなものであったのだろう、とあのとき宗孝は思った。

やがて背中にふとぬくみを感じて振り向くと、家並みの上に朝日が昇ったところだった。薄雪をかぶった南大門が朝日を受けて金色に輝いていた。それを見て宗孝はようやくほっと息を吐いた。

大路を北に進むとやがて仁和寺に突き当たる。そこを左に折れるとやがて坂道にかかる。丹波へと続く周山街道だった。峠をふたつ越えれば、そこは高雄の山だ。空は抜けるほど高く青かった。

息がはずんだ。この数日の間に思ってもみなかった方向へと人生が変わった。本気で決断しさえすれば、人の生き方とは変えられるものなのだ、と宗孝は思った。これまでのことをさまざまに思い返してみても、宗孝の心に後悔はみじんもなかった。

「死に手を貸すよりは、生に手を貸したい」宗孝はそう思った。

三昧原を過ぎ、飛沫を上げてほとばしる清滝川のほとりまで来て、宗孝はようやく足を止めた。見上げれば、乾いた風に吹き煽られて身もだえする木々も、その枝先にはすでに銀色の芽をふくらませている。春はもうそこまで忍び寄っていた。

そう思うと、この数日、ずっと硬くなっていた心がいくらかゆるむ気がした。

橋を渡り、神護寺の山門に続く石段を自らの思いを確かめるように、一歩一歩、ゆっくりと上っていった。長い間、人に忘れられていた神護寺は予想をはるかに超えて荒みきっていた。木々は山門を覆い尽くすほど枝を伸ばし、辺りは枯れ草に覆われている。

ふと視線を上げると、山門の下に文覚がたたずんでいた。自分が今ここに来ることをどうして知っているのかと不思議だった。

宗孝を見て相好を崩した。はじめてみる文覚の嬉しげな顔だった。笑うと日焼けした顔に白い歯並みがこぼれた。

「参られたか」

「はい、参りました。今、私が参ること、どうしてご存じだったのですか」

「金堂で瞑想しておったら、薬師如来様が教えてくださったのだ。待ち人が今、石段を上ってくると」

文覚ならばそのようなこともあるのか、と宗孝は思った。

「どうかこれからのこと、よろしくお願い致します」宗孝は丁寧に頭を下げた。

境内にはいって、宗孝は思わず足を止めた。話に聞いた以上に神護寺は荒れ果てていた。四方の垣根は傾き、堂舎の壁はことごとく崩れ落ちてまるで廃屋のようだった。薬師如来と月光菩薩、日光菩薩の三尊が安置されている金堂も壁は落ち、扉もはずれて傾いていた。庫裏の屋根は破れ、枯れ草に覆われている。

「なんという荒れようでしょう」宗孝は絶句した。父の言ったとおりだった。ここに足を踏み入れてはじめて宗孝は文覚の嘆きの深さを知った気がした。

「人も法もことごとく破滅した今日の世相を映してあまりある。そう思わぬか。しかしのう、誰もが見捨てたゆえに、この寺はこの文覚のような学なき荒法師と揶揄される輩に託されたようなものだ。それがかえってありがたい」

何から手をつけたらよいのか、宗孝は茫然となった。寺には小坊主がひとりいた。知念といった。

「口減らしに母親がここに捨てていきおった」

文覚は知念を憐れむように見た。ひどく痩せているばかりか、扁平で貧相な顔をしている。どことなくおどおどしていて宗孝とも目を合わせようとはしない。

文覚も知念も廃屋同然の庫裏で寝起きをしていた。

その夜、宗孝も床に筵を敷き、肘を枕に横になった。千賀が持たせてくれた衾《ふすま》は文覚と自分のための二枚、真綿が入れてあり暖かかった。知念は二人から離れ、入口の隅で薄汚れた薄い衾にくるまって丸くなっている。

森がざわめき、遠く近く、ときおり狐らしい鋭い鳴き声が聞こえた。風が枯れ薄を鳴らす。破れ戸のすきまから絶えず風が吹き込んできて野宿と少しも変わらなかった。

「寒かろう」文覚が言った。

「はい、ただ野営には慣れておりますゆえ、ご心配には及びません」

そう言いながらもなかなか宗孝は寝付くことができなかった。下弦の月が昇り、やがて屋根の隙間から体の上に青い光が落ちた。

「宗孝殿、心に揺るぎはないか」

「はい、ございません」

「このようなところだが、拙僧は実は嬉しくてならんのだ。なんとなれば、まさにこの場所に空海阿闍梨がおられたのだからな。唐より戻られてから嵯峨天皇より東寺を賜るまでの五年間、この高雄の神護寺で過ごされた」

「はい」

「我が国の密教はここから始まったといってもよい。空海阿闍梨はまさにこの場所で鎮護国家を祈り、この国の人々の安寧と幸福を祈られた。平安の世はそうして生まれた。しかし、人とは浅ましきものよ。国を守るべき者らが、いまでは神も仏もなく醜き権力争いにうつつをぬかしおる。この寺の惨状はそのひとつの現れに過ぎぬ。人心が荒廃しておれば、おのずと国が乱れる。疫病も飢饉もすべては人心の荒廃が生んだものだ。かの清盛殿も目先の権力ばかり追い求めて、果ては物の道理も分からぬ輩になりはてておる。上皇様は今様狂い、日々歌い狂っておられるとやら。国の民の嘆きの声も聞こえず、魂さえ失った輩がなんの政ぞ。よいか、宗孝殿、この神護寺はこの国の魂、この寺を再興するということは、なかんずくこの国の魂を救い、衆生を救うということだ」

文覚の言葉を宗孝はいちいち頷きながら聞いていた。

知念は眠りかけながら、ふたりのやり取りを聞くともなく聞いていた。神護寺を再興すると文覚は言う。昼間でも物の怪でも出そうな寺を乞食にも等しい法師が再興するなどと、あきれた話だと知念は思った。誰がどう見てもただの物狂いではないか、と。

「いくら俺のような子供でも分かる。こんな話に騙される奴なぞいるものか。やっぱりこのお上人は気が狂っているにちがいない。けど、なにゆえこのように立派なお侍がこんなところに弟子入りしてきたのだろう……」

知念は眠ったふりをしながら二人の様子を時々盗み見た。しかし、話の内容がよく分からない上、朝が早いせいで間もなく睡魔が襲ってきた。たちまち正体もなく眠り込んでしまった。

文覚は話し続けた。ようやく話のできる相手に出会ったという心の高ぶりが伝わってきた。

「弘法大師が入寂されたあとも真済僧正やそのご門跡の方々がこの神護寺をお守りしてきたのだが、ここにきてとうとう人も法も断絶してしまった。誰もこの神護寺を顧みようとはせぬ。それならば、この文覚がこの寺を再興しようではないか、と思った。神護寺再興の大願を発したのは、ただひとえに弘法大師のご恩徳に報い奉り、一切衆生を利益せんがためだ。宗孝殿、覚悟はよいか。この神護寺再興は実はほんの手始めにすぎぬ。東寺、薬師寺、また高野山の金剛峰寺も、空海阿闍梨ゆかりの寺はすべてこの文覚が再興する」

「はい」

そう返事をしたものの、宗孝は内心呆然とする思いだった。着替えすら持たぬ一法師が、弘法大師ゆかりの寺をすべて再興するなどと言い切るのは物狂いの所行でなくてなんだろう。

「心の底ではそのようなことがこの乞食坊主にできるのかと疑っておるのではないか」

「いえ、そのようなことは……」宗孝はいきなり図星を指されて狼狽した。

文覚は笑った。

「いや、誰しもそう思うだろう。孤絶をいとわず、権力に媚びることを拒否して、さて何ができるのかと。しかし、できる。なぜなら、この俺ができると言っているからだ」

武士とは所詮、人を斬るのが生業。権力闘争に巻き込まれたその先に何が待っているかは子供でも分かる。斬るか斬られるか、それだけだった。それならば、この風狂の僧に従ってみるのも面白いではないか、と宗孝は思った。

「この宗孝、命を賭してお上人様についてまいります」宗孝は言った。ほんとうにできる気がした。

「そうか、そう言ってくれるか」文覚は静かに言った。

「のう、何も心配はいらぬ。これから先、我らになにがあろうとも、弘法大師空海阿闍梨は常にそばに立ち、見守っていてくださる。同行二人、誰がどのような妨害をしようと、何を言おうと、ひたすらに空海阿闍梨に思いをなして進めば、必ずや傍にいて我らを助けてくださる」文覚はそれだけ言うと静かになった。間もなく鼾が聞こえてきた。

宗孝は寝付けぬままに空を動いていく月明かりを見ていた。

やがて月は西の山陰に消え、あたりを闇が覆った。風が止んで、庵の外を徘徊する獣の気配がじかに伝わってくる。宗孝は寝返りを打った。そして文覚が言った言葉を反芻していた。

この荒れ果てた寺で何も持たぬ一介の僧がそれまで誰にもなしえなかったことをやろうと言う。人はただ物狂いの所行だと嘲笑するだろう。神護寺を再興する、そんなことがたかが乞食坊主一人にできるはずがない、と。

それにしても言葉とは、人の思いとは不思議なものだと宗孝は思った。文覚の言葉を聞いているうちに、それまで抱えていた武士を捨てたことへの後ろめたさ、乞食のように勧進に出歩くことへの躊躇いが薄らいでいた。

「空海阿闍梨が遺してくださった密教を学び、空海阿闍梨がこの国の人々のためになされたことをもう一度復活させる。それだけを願い、進めばいいのだ。ただそれだけなのだ。もう人を殺すこともなくなった」

そう思いいたって宗孝はふいに心が軽くなった。愉快にすら感じた。この文覚とともに思い切り、生きてみようではないか、と思った。天に我が身のすべてを預けて生きる。私心なくひたむきに、天の意志のままに。

翌朝、宗孝は煙の匂いで目を覚ました。知念が竈に火を起こしていた。

寝床に文覚の姿はなかった。宗孝があわてて外に出てみると、文覚は金堂にいた。そこには薬師如来と脇侍二体が修められている。中央の薬師如来像は力強い木調の立像でその表情は厳しく猛々しい。左に日光菩薩、右に月光菩薩が控えている。煙にいぶされたようなお姿ではあったが、その力強さが損なわれることはなかった。

「おはようございます」宗孝は声をかけた。

「おう、目覚められたか。のう宗孝殿、遠からずわしはこの金堂をまずは修繕したい。このように雨風の吹き込むようなところにおわしますお姿は見るにしのびない」文覚はつくづくと如来の姿を仰いで言った。

「ところで二、三日したら勧修寺《かじゅうじ》に参ろう。勧修寺の興然殿にはすでにそれとなく話はしてある。そなたは興然殿のもとで得度することになろう」

「勧修寺と申せば、代々法親王様をお迎えしているご門跡ですが……」

「密教の道場としてもすぐれた方々がおいでになる。そなたの今後のことを思えば、勧修寺がよかろうと思う」

荒法師として知られてはいても、文覚は正式に寺で修行したことがなかった。あたかも野に放たれた獣のように、心の赴くままに生きてきた。それゆえに宗孝に得度をさせるにも資格を持たなかった。しかも今の神護寺には入門灌頂《かんじょう》を行う場所すらなかった。

「情けないと思うか」文覚はぼそりと言った。

「いいえ、しきたりとはそのようなものなのだと知っただけです。ただ、お上人様が仏にお仕えになられるお心はどなたにも負けぬと存じます」

「資格だの段取りだのは、本質とは関わりがない。どこまで本念から仏に仕えるかどうかが問題だ、というのがこの文覚の言い分だと思っているのだろうが、実はそうではない。密教には正式に伝授の手続きが必要なのだ。なにをどう、どこから始めるのか、きちんと方法が定められている。それは形だけのことではない。そうしなければ複雑な密教の奥義に辿り着くことができないからだ。しかし、神護寺再興を誓ったこの文覚には今更そのような手続きを踏んでいる暇はない。それゆえ、そなたは正式に密教を学び、阿闍梨となって、この文覚を支えてほしいのだ」

山科の勧修寺は真言宗山階派の大本山で、昌泰《しょうたい》三年（九〇〇）、若くして亡くなられた母君のためにその菩提を弔おうと醍醐天皇が建立された寺である。本尊は千手観音。真言密教の道場として知られ、代々法親王が入寺される門跡であったことから朝廷からの下賜も滞りなく、寺は栄えていた。

奥へ通されると、興然が待っていた。乞食同然の文覚の姿にたじろぐ様子もなく、丁重に挨拶をした。興然は学僧らしくもの静かな方だった。

「湯浅宗重殿のご子息とか。よくぞ参られました」

宗孝は緊張の面持ちで一礼した。

「これよりこの者をお預けいたしますので、ご指導のほどどうか宜しくお願い申し上げます」文覚は興然の前で床に両手をつき、深々と頭を下げた。

「私はこのまま勧進を続ける。時々様子を見に参ることにしよう。そなたはここに留まってしっかりと修法を学ばれるがよい」そう言いおいて文覚は帰って行った。

「得度式は今宵、別院にて執り行うことになっております。支度をしていただかねばならないので、これより僧房にご案内いたします」

興然の指示で兄弟子のひとりが宗孝を僧坊のある別院に案内していった。

「今宵、こちらで入門灌頂が執り行われます」

道場の前を通る時、兄弟子が言った。護摩壇《ごまだん》のしつらえられた道場には香が焚かれ、すでに得度の支度が調えられていた。それを目にしたとたん、宗孝は胸が高鳴った。いよいよ待ちに待ったその時が来ようとしていた。


その夜、宗孝は道場に案内され、うながされるままに用意された床几《しょうぎ》に腰を下ろした。烏帽子を取り、目を閉じた。髻が切られ、髪がばさりと肩に落ちた。ざくざくと髪を切る鋏の音が耳に響く。やがて残った髪もすべて剃り落とされた。

湯殿に通され、浄めのために丁字を浮かべた風呂につかった。

すべてが沈黙のうちに進められていく。用意された白衣のうえに墨染めの衣を重ねると新たに身が引き締まる心地がした。そして、いよいよ入門灌頂が始められた。

居並ぶ僧たちの読経の声がいっせいに高くなった。宗孝は目隠しをされ、手を引かれるにまかせて、もうもうたる燻煙のなかを引き回されていく。どこをどう導かれているのか分からなかった。やがて階段らしきものを下りたところで足が止まり、そこで目隠しが取られた。

護摩壇の下あたりに穴がうがたれ、小部屋のようになっている。大殿油にひとつだけ火が灯されてはいるが、ようやく物の形が見えるほどの明るさだった。暗く温かなその場所はあたかも母の胎内を思わせた。

「……ああ、ここで私は今まさに仏の胎内から生まれ出る子となるのだ……。新たな誕生、これが入門灌頂というものなのか」

「これよりそなたを仏の弟子として迎える。法名を授ける」

伝法大阿闍梨の装束をつけた興然が恭しく一片の紙を懐から出して読み上げた。

「上覚房行慈。これがそなたの得度名である」

度牒《どちょう》が渡された。上覚房行慈、それが生まれ変わった宗孝の新しい名前だった。

香色の如法衣《にょほうえ》と数珠を授かり、身にまとった。その瞬間、宗孝は自分の内で何かが変化するのを感じた。これまで生きてきた俗界から、仏たちの住む未知の世界へと、一歩踏み出したのだ。覚悟、というのはこのようなことなのか、と宗孝は思った。

翌日には興然が師となり、山階流の法にのっとって修法が伝授された。最初に伝授されたのは十八道加行《けぎょう》といわれる礼拝作法である。

未明に起き、黙々と作務をこなし、粥と菜を添えただけの朝餉をすませた。冬の朝はなにもかもが凍り付いていた。口をすすぎ手を浄めると、如意輪観音のお姿が描かれた軸の前で如法衣をつける。火の気のない道場で上覚は百八回の五体投地を繰り返した。

「南無《なむ》帰命頂禮《きみょうちょうらい》　大聖如意輪観世音菩薩《たいしょうにょいりんかんぜおんぼさつ》　慚愧懺悔《ざんぎざんげ》　六根罪障《ろっこんざいしょう》　滅除煩悩滅除業障《めつじょぼんのうめつじょごっしょう》……」

五体投地を繰り返した後、約束通りに印真言を繰り返す。

「オンハンドメイ　シンダマニ　ジンバラウン……（帰命し奉る。蓮華、如意宝、火焔尊よ、満願せしめたまえ）」

呪《じゅ》はすべて梵語《ぼんご》である。本尊呪は千八十回、数珠を一巡りするたびに房玉一つを動かす。

しかし、十日もすると膝はやぶれ、額には血がにじみだしてきた。

三時の行とは日に三回、決められた次第にしたがって礼拝加行を行うことを言う。百座の行が義務付けられていた。痛みは日に日に激しくなっていった。武士としていかに鍛えてきた体とはいえ、骨という骨がばらばらに壊れていくような痛みに起きあがるのもつらい日が続いた。

「ああ、このためであったか……」と上覚は思った。

それまで溜め込んできたものがばらばらに壊され、燃やされ、汗となり血となって排泄されていく。肉体を極限まで追いつめることで、意識や観念などの入り込む隙を与えない。ただ空になる。それが行なのだろう。空になって初めて新たなものが流れ込んでくる余地が生まれる。

痛みはやがて感じなくなった。ようやく九十座に差し掛かるころになって、一度分解された体が再び組み立てられたかのように、全身に新たな力がみなぎるのを感じた。百座にいたろうとするある日、突然上覚の体内を閃光が走った。それは尾てい骨あたりから突き上げてきて脳天へと突き抜けた。すさまじいまでの光、それはいまだかつて体験したこともない激しい快楽に似ていた。

礼拝加行が満了し、上覚はひとまず神護寺に戻った。これからまだ阿闍梨となるまでには胎蔵界念誦次第、また金剛界念誦次第、五段護摩の次第を学び、実践しなくてはならない。すべてが終了するまで早くとも二年はかかるという。

目が覚めるほど美しい桜が山寺をおおっていた。そんな山の気配も仏たちが自分の帰りを待って咲かせてくれたようで、上覚は晴れ晴れしい心地がした。

神護寺に戻ってからは毎日、文覚に付き従って、京の町へ勧進に出るようになった。わずかな喜捨で糊口をしのぎ、寺の再興のためにと門口に立って経を上げる。わらじはすり切れ、足指には血がにじんだ。母や妹が縫ってくれた衣もいつしか破れ、つくろう手には皹ができた。

かつて同僚であった武士の屋敷の門口に立って経を上げるときなど、人の気配が近づいてくると、被った笠でつい顔を隠そうとしてしまう。勧進に歩くことに心はまだ抵抗していた。もはや護るものは何もない。ただ衆生救済の一念を胸にいだき、神護寺再興のため、門口にたって経を上げ、喜捨をいただく。それだけではないか、と何度も自らに言い聞かせなくてはならなかった。

それから間もなく、上覚は勧修寺で興然から胎蔵界念誦次第の伝授を受けた。そしてはじめて般若理趣経を授けられた。驚嘆すべき内容だった。ことに男女のことについて、惹かれあい、見つめあい、互いを欲し、抱き合い、交わることも全ては清浄であると書かれていた。命の営みに、汚れたものなど一つもない、と。

そして、百座の行が終わるころには、体内にこれまでにない気が満ちていた。

「胎蔵界念誦次第の行というのは不思議なものですね」京の街を勧進に歩きながら上覚はふと文覚に言った。

「ああ、そのようだ。この私は正式に伝授されたことはないが、大かたは分かる。あれはなあ、上覚房、宇宙に充満する精気を身の内に呼び込む力がある。あの行をきちんとやると、森羅万象を生み育て、死と再生を繰り返すこの宇宙の膨大な精気がこの身体に流れ込む道が開くのではないかな」

「はい、そのような気がいたします。百座に近づくころ、不思議な体験をいたしました。仏の声が聞こえたのです。善き哉、上覚房、そなたは我が身と同体である、と。胎蔵界のどの仏であられたのか、それは不明ですが」

「善哉《ぜんざい》、善哉、大安楽。般若理趣経こそが密教の精髄よ」文覚は空を見上げて言った。

そうして毎日、雨の降る日も夏の日も、二人は勧進に歩いた。

知念が留守をまもった。この頃では文覚が教え込んだ口上をようやくちゃんと言えるようになっていた。上覚はこの小僧がなんとなく哀れに思えて、夕餉の後など少しずつ読み書きを教えはじめたが、もの覚えの悪い子供だった。それでも食い意地だけは人一倍強く、目を盗んでは何かと口に入れていた。上覚にはそれすら哀れに思えてならなかった。親に捨てられたこのような子供も、衆生救済という大願からはずれるものではなかった。

それから一年あまりが過ぎ、わずかな寄進を集めつづけたお陰でようやく三間四面の仮金堂を建立することができ、薬師三尊をそこに移した。

上覚は嬉しかった。食うものも食わず、わらじをすり減らして京の町を勧進に歩いた日々がひとつの形になったのだ。仮金堂の薬師如来を見上げた時、上覚の心の底に淀んでいた躊躇いがまたひとつ消えた。

風のように生き、雨のように生きていた。勧進に歩くことも今では腑に落ちていた。それは武士であった自分の中に巣くっていた我執や虚栄心を洗い落していく行でもあった。

上覚は日一日とそれまで溜めこんできた内なる汚濁が濯がれていく気がした。濁りが消えていくにつれて身の内では命が躍動しているのが感じられるようになっていく。命の躍動、それは上覚がこの世に生を受けて初めて味わう感覚だった。

三尊を仮金堂に移した後は、いよいよ金堂の修理にかからなくてはならなかったが、修復のための資金は充分ではなかった。地蔵院も鐘楼もいまだ屋根は破れ、壁は崩れかけたままだった。寝起きをしている庫裏も嵐が来れば屋根は吹き飛び、ひどい雨漏りがした。冬の朝は身体にかけた衾が吐く息で凍っている。

神護寺再興の夢はまだはるか彼方にあった。

その日の明け方、彩は夢を見た。いつか絵巻で見たことのある唐の童子のような美しい姿をした子が傍らにいた。それが我が子だと彩は知っていた。その子を彩は両手に捧げ持ち、神護寺の薬師如来に差し出していた。

「善《よ》き哉《かな》、そなたの善行はわが記帳に記しておこうぞ」

薬師如来の声が虚空に響いた。薬師如来は壇を下りてきて彩の腕からその子を抱き取った。

「その子の名は薬師、貴方様にお仕えするために生れきた者にございます」

言いながら彩は嬉しさに涙があふれ、身の内に光がはじけるような喜びを感じた。

「仏はそのことよくよくご存知である。この者はやがてすぐれた知者となり、高僧となって、多くの衆生を導くであろう」

差し出した子は薬師如来とともに光の中に溶けていった。

目覚めてしばらくの間、彩は身じろぎもせず夢を反芻していた。体の中にはいまだ歓喜の余韻が消えずにいた。

「いかがなされた」夫の重国は目を覚ますと、妻の常にない様子に気づいて問いかけた。「頬が紅をさしたようにあかるんでおられる」

「夢を見たのです。子を神護寺の薬師如来に差し上げる夢でした。その子はありがたい法師になるとお告げがありました。もしや、子を授かったのではないかと思います。この夢はその知らせかと」

「それならば、まことにうれしいが……」重国は微笑みながら妻の肩を抱き寄せた。

彩は気真面目で一途な人だった。屋敷内の誰よりも早く起き出し、湯殿にはいって水垢離を取って身を清めると、毎朝、頂法寺の六角堂に詣でるために出ていく。ぜひにも男子を授かりたい、その一念から始めたことだった。

六角堂の前でひたすら観音経の普門品《ふもんぼん》を唱えた。この経は唱えているだけで体内に気が満ちてくる力があった。いかなる災難に会おうとも、またいかなる魔に取りつかれようとも観音の力を念じればたちまち救われると経には説かれている。

彩はこの経を一万巻唱えると誓った。そして、経を唱えあげるたびに、持っている麻紐にひとつ結び目を作った。そして、最後に念じた。「どうか男子を授けてください。男子を授けていただいたあかつきには、かならずやその子は出家をさせ、神護寺の薬師如来様に仕えさせます」と。その願いが聞き届けられたのだった。

桜が散り、辺りが目に染みるほどの若葉に覆われるころ、四条坊門では久しぶりに紀州崎山に嫁いでいる姉の多恵が顔を見せた。姉と話すうち、彩はふと思い立って言った。

「姉上さま、神護寺に参りましょう。先日の便りでは兄上も胎蔵界の行も終わられたとか。今は神護寺に戻っておられるはず」

「今は上覚房行慈と申されるのですね。それにしてもどうしておられるか気にかかっておりました。今日は日和もよい。ぜひにも参りましょう」と多恵は懐かしげに言い、母の千賀も誘った。

「ちょうど良い折かもしれません。先日、上覚殿から仮金堂が出来上がり、ひとまず薬師如来像と脇侍をそちらにお移し申し上げたと便りがありましたから」

千賀は米や味噌、寄進のための絹を数匹、その他さまざまな品を用意させた。

その日、女たちは車を仕立て、いそいそと高雄の神護寺に向かった。清滝川のほとりに牛車を置き、ゆっくりと石段を上っていった。足元には葉桜越しに木漏れ日が踊っている。

一足先にやってきた使いの者から知らせを受けて、上覚は山門まで迎えに出た。

女たちは三々五々石段を登ってくる。木の間隠れに虫の垂れ衣が見えた。その後ろから従者が二人、背には大きな荷物を担いで上ってくる。

山門までくると、彩が市女笠を上げて上覚を見た。萌葱《もえぎ》に黄色い山吹の花を散らした小袖をまとっている。

「みなさま、ようこそおいでくださいました。姉上もお久しゅうございます」上覚はよくとおる快活な声で言った。「さあこちらへ、お陰さまでようやく仮金堂が出来上がりました」

上覚は先に立って女たちを案内していった。真新しい仮金堂はさわやかな檜の香りがした。

「これが話に聞く薬師如来様、なんとご立派なお姿でしょう」千賀は立像の前に座ると手を合わせた。

「これへ」千賀が従者に声をかけると、大きな荷物がほどかれた。寄進のためにたずさえてきた絹や上質の巻紙などが入れられていた。

「ありがとうぞんじます。何よりのことです」上覚は千賀に一礼すると、それらの品々を仏前に供えた。もうひとつの包みには米や味噌、塩などが入っていた。

「なにほどのものでもなくて、かえってお恥ずかしいのですが……」

千賀はそう言いながら、宋銭のはいった錦の袋を上覚に渡した。ずしりとした袋を押しいただくと、上覚は丁寧に頭を下げた。

「このようにたくさんの寄進をいただけるとは思ってもみませんでした」

「父上からの心づくしです」

言いながら千賀は胸が痛かった。久しぶりに見る息子の頬は削げ落ち肩は尖って、かつて若武者であったころの面影はすっかり消えていた。

「母上、なぜお泣きになるのです」

「お許しください。あなたさまのお顔を拝見して、晴れがましくもあるのですが、いかに衆生救済のためとはいえ、そのように痩せておしまいになったのがいたわしくて……」

「修行三昧の日々、よけいなものは落ちてしまいました」

上覚はそう言って笑った。そこへ知念が入ってきた。盆に土器《かわらけ》を捧げ持っている。知念は盆を持ったまま、そこにいる女人たちの姿にぼんやりと見とれた。美しい人たちだった。

「この者は知念と申し、この寺で修行をしております。これ、挨拶をしなさい。私の母上と姉上、それに妹だ」

「知念と申します」その場に座ると、知念はぺこりと頭を下げた。

彩はやさしげな眼差しで知念を見た。

「ここで修行をされているのですね、なんとうらやましい。私の子もいずれはここに参らせ、薬師如来様にお仕えすることになっているのですよ」彩が言うと、知念は驚いて顔を上げた。

「……またまたこんな立派な方が自分の子をここに預けると言う。食いはぐれた自分のようなものが捨てられるところのはずなのに、なんと妙な人たちだろう」と思った。

「知念、何をぼんやりしている。水を注いで差し上げなさい」

知念はやっと我にかえり、あわてて竹筒の水を女たちの土器《かわらけ》に注いだ。

「先ほど汲んでおいた閼伽の井戸の水です。弘法大師様が自ら設けられた井戸と申しますゆえ、白湯よりはこちらのほうがよろしいかと」

「なによりの馳走でございます」千賀は土器をおしいただいた。

「兄上さま、ご報告がございます。念願がかない、身ごもりました」彩が言った。

「心願成就のため観音経一万巻を唱えられたのですと……」横合いから多恵が言った。

「願いを叶えていただいた以上、この子は出家をさせてこちらの薬師如来様にお仕えさせるつもりでございます。その子の名も約束を忘れることのないよう、薬師とするつもりです」

「しかし、重国殿はどう申されておいでです」上覚は思わず問いかけた。

「夫君とて願いは同じでございましょう。男子を授かりたいと、あの方もたびたび嵐山の宝輪寺に参っておいでになりましたもの」

「でも、出家させようとは思っておいでにならないのでは」多恵が口をはさんだ。

「いいえ、夫君がどう申されようと、生れてきた子を私は武士になどしたくはない」彩はきっぱりと言った。

「なにかとご不自由でしょうが、どうかくれぐれもお体をいたわってください」

「母上、ご心配はご無用に存じます。この上覚、体だけは父君にしっかりと鍛えていただいております。ますゆえ」

名残を惜しみながら、女たちは四条坊門高倉へと戻っていった。

「美しい方たちですね」知念は珍しく感想を言った。

「ああ、そうだな。いつの日か、彩の子がこの神護寺に参ったなら、そなたは兄弟子ということになるな」

それを聞いたとたん、知念は兄弟子という言葉が嬉しくて、にっと笑った。知念は上覚が好きだった。立派な体と凛々しい面立ちをしているが、体全体からなんとはなしに柔らかな感じが滲みだしていた。ものの言い方もやさしかった。今では読み書きも教えてくれている。

「お上人様がもうじきお戻りになる。夕餉の支度でもしようか」

「はい。いただいた米で粥を炊いてもよいでしょうか」

「そうしよう」

知念は走って庫裏に行き、竈に火を起こした。玄米を蒸して強飯《こわめし》を作り、それをさらに潰して粥にする。この頃では粥を作るのもすっかり上手になっていた。

「父上、そろそろ参りましょう」

長男の宗景が、両親のいる北の対に顔を出した。毎朝、二人は馬で六波羅へ向かう。清盛の指揮下、京の警護にあたっていた。

「戦がのうては力を持て余す。都の警護だけでは何とももの足りんのう」宗重は宗景と馬を並べて進めながら言った。

「しかし、戦がないというのは、民百姓にとってはなによりのことでございます。今年は米もよう育っておりますようで、しばしこの国も安泰でございましょう」宗景はのんびりと言った。

いまや平清盛の隆盛はとどまるところを知らなかった。

仁安二年（一一六七）二月、太政大臣の位を賜ったものの清盛はこれをすぐに辞退した。清盛のこと、何かの魂胆あってのことだろうと思わない者はなかった。その翌年には後白河上皇が東大寺で受戒され、法皇となられたのに従い、清盛も得度した。誰しもいよいよその本意をはかりかねた。

後白河法皇は清盛より十歳ほどお若い。今様に狂い、白拍子やいかがわしい者たちを呼び集めて宴三昧の日々をおくられているとの噂だった。当代きっての物狂いと陰口をたたかれておいでになったが、その実、したたかな駆け引きのできる方でもあった。平治の乱以来、武士と朝廷のあやうい均衡がどうにか保たれてきたのは、法皇のしたたかな駆け引きの能力による。

一方、財にかけては清盛の右に出る者はなかった。宋との貿易を独占し、そこからあがる莫大な利益は自らの権勢を盤石にするために惜しげもなく使われた。福原への遷都を計画し、御所の造営を可能にしたのも貿易で得たその利益による。

金銀の螺鈿《らでん》を施した朱塗りの調度、瑠璃《るり》や瑪瑙《めのう》を埋め込んだ櫛、豪奢で色鮮やかな唐織りの錦など、目にも彩な渡来品の数々に貴族たちは目の色を変えた。

その莫大な利益を使って、娘の徳子を高倉天皇のもとに入内《じゅだい》させ女御《にょうご》とさせた。入内の時には徳子のおつきの女房から女童にいたるまで、絢爛な装束はもとより豪奢な調度までがすべて清盛の手で調えられた。高貴な姫君にも到底手の届かないような贅のかぎりがつくされていた。後宮ではまさに徳子を中心に百花繚乱、日々女たちは重ねの彩りを競い合った。

そうして徳子は中宮にのぼった。

それから間もなく、清盛は後白河法皇と建春門院を、朱に金泥の装飾をほどこし、錦を飾った船をしたてて福原に迎えた。口実は千僧供養のためだったが、その権勢を天下に見せつけるためでもあった。

船は海の面をすべるように福原へと向かっていく。岸から眺める人々の目には、日を受けて輝く船があたかも黄金の海に浮かぶ宝玉のように映った。

饗応には全国から集めさせた山海の珍味は言うにおよばず、瑠璃の壺にいれられた南蛮渡来の酒、千里の海を越えて運ばれた海燕の巣の料理などが用意され、贅沢に慣れた人々を驚かせた。

その清盛がいまや心待ちにしているのは娘の徳子に皇子が生まれることだった。親王が誕生し、これを皇太子とすれば、いよいよこれで天皇の外戚に加わることも夢ではなくなる。武士階級でここまで高位に上りつめた者はいない。清盛は得意の絶頂にあった。

一方、湯浅家では彩が懐妊したことを知って宗重は手放しで喜んだ。

「めでたいことよ。さっそく祝いの宴とまいろうぞ」

そして数日後、四条坊門高倉の屋敷では、平重国と彩を囲んで祝宴が催された。

「のう、重国殿、彩の加減の良い頃を見計らって紀州に連れて行こうと思うがどうであろう。孫には紀州のあの土地で産湯を使わせたいと思うてのう。生まれた子がすべて無事に育つことは難しいものだが、この湯浅家の子らはみな息災じゃ。元気に育った。それもこれも紀州有田の水と風が何よりの良薬だからじゃ。京の冬は体に応える。そのうえまた疫病なんぞ流行り始めたら打つ手がない。身重の体はよほど大事にせねばならぬ。紀州ならば、降りた霜とてすぐに溶けてしまう。流行り病もあそこまでは追っては来ぬ」

重国は返事をしかねて彩の顔を見た。

「この方がよろしければ……」

「父上、彩は都にとどまりとうございます。紀州では夫君にもそうそう訪ねてはいただけませぬゆえ」彩は気遣わしげに言った。

「なにより大事なのはあなたのお体と生まれてくる子供のこと、私はいささか寂しゅうございますが、辛抱いたしましょう」重国はおだやかに言った。

「ほれ、夫君もこう申されておるではないか」

「私はここにとどまります。紀州に帰るのはいやでございます」

「わしはそなたのことを案じて言うておるのではないか」宗重は機嫌が悪くなった。

「今宵は祝いの宴、そのことはいずれまたご相談いたすことにして、さあさどなたか龍笛でも吹いてはいただけませぬか」

千賀はその場を取りなそうと、宗景にめくばせをした。意地の張り合いから彩と宗重が口論になるのはいつものことだった。

「それでは、一曲お聞かせ申そうか」

宗景は懐から龍笛《りゅうてき》を出すと吹き始めた。それに拍子を合わせて多恵が鞨鼓《かっこ》を打った。

「親の心も知らぬわがまま者めが」宗重は不平がましく言い、杯を干した。

千賀は思わず吹き出しそうになって袖で口元を押さえた。

「そこまで甘やかされたのは、はてどなたでございましょう。それにしても、申されることは確かにごもっとも。私からも紀州に戻るよう申しましょうからご機嫌をお直しください。それより彩、そなたの体にさわってはいけない。そろそろお休みなさい」

千賀の言葉に他の女たちもそうそうに席を立ったが、男たちの酒宴は夜が更けても続いた。

結局、両親の説得に負け、体調の落ち着くころを見計らって、彩は紀州有田に戻っていった。宗重は立派な網代車を用意させた。小童ふたりに警護の者が五人つけられ、彩は母と乳母、姉の三人に付き添われて車に乗った。

「かならずすぐに会いにまいります」重国は彩の手をとって言った。

彩は思わず涙をこぼした。

やがて逢坂の関を越えた。山ははや紅葉に染まり始めていた。道のわきには谷川が飛沫を上げて流れ、水しぶきを浴びて青いリンドウが咲いていた。その一枝を手折って小童が車のなかにそっと差し入れた。

「まあ美しいこと。彩、見てご覧なさい」

姉の声に彩はようやく身を起こした。屋敷を出てからずっと大儀そうに横になっていた。

「重国殿のことが気がかりなのでしょうが、すぐにまた顔を見に参ると仰せだったではありませんか」千賀が慰めようとしたが、彩は答えなかった。

夫を残して有田へ戻るのはやはりつらかった。もし、留守の間に他の女人に心を移されたら、そんなことをくよくよと考えていた。

「姫さま、ご心配はいりませぬ。姫さまが紀州においでになるとお聞きになられたときの重国様のお顔といったら、それをご覧になっていたら、さほどにお悩みにはなりますまいて」

乳母はからかうように言った。心の内を見透かされたようで彩はますます不機嫌になった。

四日目、峠を越えると青い大海原が目の前に広がった。

「海じゃ、海じゃ」牛飼いの童がうれしげに声をあげた。

車の物見から外をのぞいた彩の顔にようやく光がさした。青い海が日差しにきらめいていた。緑濃い岬の裾には白い波頭が砕け散っている。彩は幼い頃から日々この海を眺め、磯で遊んで育ったのだった。

「母上さま、このようにきらきらしい光は久方ぶりのことでございます。海の青が目に染みるような」

「さればこそ、父君はそなたを紀州にお戻しになりたかったのですよ」千賀が言った。

北には豊かな緑の小高い山々、南は視野いっぱいに大海原が広がる。風は大海原を吹き渡って山の木々を揺らす。ここには猛々しいほどに豊かな命の力があふれていた。

多恵の家の者たちは奥方が戻られたと聞いて、崎山から上がったばかりの海の幸を届けにきた。多恵の夫、崎山兵衛良貞《さきやまひょうえよしさだ》もかけつけてきた。

彩と多恵は、風の穏やかな日には連れ立って野遊びに出た。都では誰が訪ねて来なくとも、日々装束の色目なども吟味し、身だしなみを整えていなくてはならなかった。だが、ここにいると、髪も元結に結ってまとめ、壺装束に市女笠という出で立ちで気兼ねなく外へ行くことができた。海風に虫の垂れ衣がひるがえる。彩は海風に吹かれ、きらめく日差しを浴びていると、体中に淀んでいたものが吹き払われ、血が濾過されていく気がした。市女笠を取って、顔に日を受けた。都では日に当たることもなかった肌が一月もすると生気を取り戻し、弱っていた足も丈夫になった。

「すっかり野育ちにおもどりですね。そなたが元気になられた様子を都の父君にお知らせ申さなくては」千賀がうれしげに言った。

彩の頬には少女の頃のように赤みがさしていた。

彩のお腹の子は順調に育っていた。重国は公務の合間、馬を駆って有田までたびたび訪ねてきた。そして、秋も深くなったころ神護寺から上覚がやってきた。

上覚はいつものさわやかな笑顔を見せた。

「兄上さま、お久しゅうございます」

「おお、ずいぶん元気そうな顔をしておるな。お腹の子はどうだ」

「ええ、元気な子のようで、よう腹を蹴ります。それより早うわらじをお脱ぎください」

上覚は擦り切れたわらじを脱ぎ、桶の水で埃まみれの足を洗った。

風がとおる濡れ廂に並んで腰をおろすと、上覚はあらためて妹の顔を見た。

「そのようすでは念願の男子かもしれないな」

「はい、そう祈念いたしたのですもの。でも、これがもし女の子でも私は嬉しゅうございます。無事に生まれてくれさえすれば」

「ところで母上はどこにおられる」

「兄上さまのお文を受け取ってから、今日か明日かと待ちわびておいでになりましたが……」

そのとき奥から衣擦れの音が近づいてきた。

「ようこそご無事で」上覚の顔を見るなり千賀は涙声になった。

「母上、お久しゅうございます」

「さあさ、誰に遠慮もいらぬ。早う奥へ」

千賀のいる西の対にはみごとな厨子が置かれ如意輪《にょいりん》観音菩薩が安置されていた。首をかしげたお姿がいかにも愛らしい。左手には蓮の花がにぎられている。赤銅色のお体は手入れがいきとどき光沢を放っていた。那智にある青岸渡寺《せいがんとじ》の像を模して造られたもので小振りだが彩色が施された青い衣の美しい木像だった。

「朝な夕なあなたさまのご加護をお願いしているのですよ」

「この観音像を子供の頃はただ美しいお顔をしておられると、それだけしか思いませんでしたが、今はずっとこの身近くにおられるような心地がいたします。さっそくご供養をさせていただきましょう」上覚は印を結び、真言を唱え、如意輪観音を供養した。

「ところで都の様子はいかがですか。勧進のほうは進んでおりますのか」供養が終わると千賀が訊いた。

「いや、難儀しております。どなたも言を左右にして寄進をしぶっておいでになるゆえ、お上人様もいよいよお怒りになられて、さていかにしたものかと心悩ませておいでになります」

上覚の姿がその窮乏ぶりをよく物語っていた。僧衣は色褪せ擦り切れて、慣れぬ手でほころびをつくろった跡がそこここにあった。都からここまで、ずっと頭陀行《ずだぎょう》をしつつ辿り着いたのだろう。頬はさらにそげ落ちて、かつて華やぎすら感じさせた若武者の面影はもはやどこにもなかった。

上覚はその日から湯浅家ゆかりの者たちを訪ね歩いては、寄進を求めた。都でのように門前払いをされることもなく、誰もが丁重に上覚を迎え、親身に話に聞き入ってくれた。

しかし、有田に来てまだいくらもたたないうちに、上覚はもう都に戻る支度を始めた。

「も少しこちらに留まられてはいかがです。せめて墨染めの衣が縫いあがるまで」千賀は引き止めた。

「いやいや、そうのんびりしてもおられません。お上人様がお待ちになっておられます。しかし、この有田郡では湯浅党の方々に親身になっていただき、思いがけずさまざまに寄進をいただきました。そのことをお上人様に一時も早くお知らせいたしたいのです。それにこうして彩の息災な様子も見ることができましたし、この上は早く寺に戻って、安産祈願の祈禱をいたさねばなりません」

千賀はせめてもと持てるだけのものを持たせようとした。良貞も米と馬を寄せてくれた。

「やはり故郷はいいものです。人が暖かい。里心がついてはなりません。母上、そろそろ出立いたそうと存じます」上覚は思いを振り切るように故郷を後にした。

千賀は自室に戻るとすぐに筆を執った。使いの者に文を持たせて四条坊門へ行かせた。文には米を寺へ運んでくれるようしたためてあった。しかし、届けた折には決して名を告げてはならぬ、山門でも僧房でも入り口に黙っておいてくるように、と書いた。息子へのせめてもの母の心遣いだった。

上覚はひたすら歩いて三日の後には神護寺に戻った。

文覚は嬉しげに上覚を迎えた。

「久方ぶりの故郷はどうであった」

「故郷は良いものでございます。みなできるだけの寄進をしてくれました。大したものではございませんが、仏への帰依の心から出してくれた浄財です」

「そうかそうか、それは何よりだった」文覚は上機嫌だった。

そうして翌日にはまた上覚はいつものように文覚に従って勧進に出た。しかし、文覚の神護寺再興の計画は遅々として進まなかった。清盛は文覚の訴えなど一顧だにせず、後白河法皇もまた相も変わらず美麗な近習や白拍子などをおそばに侍らせて今様を歌い狂っておいでになっているという。

文覚の苛立ちと怒りは頂点に達した。

「奢る平家は久しからず」そう文覚はたびたび口にした。

「平家の者どもは仏への寄進をしぶり贅沢三昧、権力維持に汲々としておる。その上、法皇様は歌舞三昧の日々、朝から晩まで歌い狂っておられるとやら。このままではすむまいぞ。かならずや天誅の下る時が来る」

上覚もまた口には出さないまでも思いは同じだった。権力も富も手にした者たちがなにゆえ、この神護寺を見捨てておくのか。神護寺だけではない。高野山の金剛峯寺《こんごうぶじ》も、東寺、薬師寺も空海ゆかりの寺はどこも見捨てられたも同然のありさまだった。

洛中に入ると、ちょうど朱雀大路を清盛の絢爛たる行列が進んでいくところだった。福原を目指して木津あたりから船に乗るのだろう。その行列を一目見ようと人々が我先にと押しかけていた。女たちまでが車を仕立てて繰り出している。そんな人々の騒ぎようを警護の武者たちが馬上から冷ややかに眺めやっていた。

「所詮、すべては泡沫の夢、それと知らぬは清盛ひとり」文覚がつぶやいた。「今日はさてどなたの屋敷に参ろうか」

「はい、昨日は五条あたりを回りました」

「二条辺りでは門の内にも入れてもらえまい。九条殿の屋敷にまた参ろうか。無碍には追い返されまい」

二人は絢爛たる行列に背を向けて歩き出した。

毎日わらじをすり減らして洛中を勧進に歩いても思うようにはならなかったが、それでも文覚が気落ちする気配は全く見えなかった。文覚という人はほんとうに不思議な人だと上覚は思った。何が起きても動じるということがない。鼻先で門を閉じられようと、水をかけられようとかえって猛々しくなるだけで、傷つく様子はなかった。

武士の子に生れ、武士のあるべき姿を教え込まれて育った上覚には、あたかも乞食のように扱われ、武士の誇りを踏みにじられる日々に、内心耐えがたいほどの苦痛を覚えることもあった。誇りを捨ててでも本然に従って生きる、ということがどれほど難しいことか、折に触れて思い知らされた。

文覚に出会ってはや二年がたつ。今も自分がこの神護寺に来たのは間違いではなかったと思う。あの日、文覚に出会っていなかったら、今の自分はないということも分かっていた。

ものを感じることを禁じ、人であることを忘れ、獣の首でも落とすように人の首を斬る、それが武士の生業だった。親もいる、兄弟もいる、妻も子もいるであろう一人の人間を斬る。武士とは狂気の生業である。あの頃はその狂気のただなかにいた。

「どうだ、上覚房、このような暮らしもよいであろう」

賀茂川のほとりまで来て文覚は足を止めた。川面を鴎が飛び交っていた。岸辺に並んで腰を下ろすと笠を脱いだ。

「はい、武士であったころよりずっと今は我が身を我が身として感じられます」

「そうか、武士であったころは自分ではなかったのか。まあこの俺もそのようなものだがな。武士とは悲しいものよ。斬りたくもない相手を命令とあらば斬らねばならないのだからな」

「それに比べれば、勧進に出向いた先で犬のように追い払われるほうが、まだましです」上覚は自嘲気味に言った。

「ほんとうはつらいのであろう。無理もない。しかし、上覚房、我々はこの神護寺を再興するという大願を発した。そのような者にはつねに弘法大師空海阿闍梨がそばにいてくださる。そのこといずれ分かる」

はい、と答えたものの、上覚の心がすっかり晴れたわけではなかった。

「よいか、上覚房、なにがあろうと過ぎ越し方を振り返るのは大馬鹿者のすることだ。今為せることを為す。それに尽きる」

しかし、日々の勧進は徒労に終わることが多かった。比叡颪《ひえいおろし》に衣を吹き煽られながら門口に立って経を上げる。上覚はその惨めさにふいに心が折れそうになったことも一度や二度ではなかった。疲れきって寺に戻ると、かじかんだ手を竈の火で温める。いつも知念が粥を作って待っていた。あたたかな粥が母の温もりのように身にも心にも染みた。

そんなある夜のこと、生臭い息を鼻先に感じて上覚は飛び起きた。破れた戸口から漏れる月明かりがくっきりと体の上に伸びていた。庫裏の隅でがさごそと狸が数匹、わずかに取り置いた食い物を漁っていた。しっ、しっと、上覚が追い払おうとしていると、暗がりで文覚の笑い声が聞こえた。

「狐狸のすみかとはよう言うたものよのう」

「申し訳ございません。お起こししてしまいました」

「かまわぬ」

なんとか狸は追い払ったものの、月光があまりに明るく二人はすっかり目が冴えてしまった。

「どうだ、上覚房、悔いはないか」

「ございません。こうして月を眺めて眠る、人はさぞかし寒かろうと申しますが、ふしぎに身も心も暖こうございます。草木の息づく気配までがじかに伝わってくるような」

「そうか……」

暗がりで文覚が微笑むのが分かった。

「お上人さまはなにゆえ出家なされたのですか」

月光に誘われるように長い間聞こうとして聞けなかったことがふいに口をついて出た。

「噂は聞いておろう」

「噂は噂にすぎません。しかし、それがほんとうに出家された理由でございますか」

「そうだ。あのころ、俺は十九、血の気の多い若武者だった。幼いころ、両親を亡くした。母の顔も知らず、父のこともよう分からぬ。母は俺を生んですぐに死んだらしい。父は三つの時に死んだ。顔も覚えてはおらぬ。

不憫に思う人があって、丹波の保津庄にもらわれていった。青木道善という人だ。養子にはなったものの、親身にかわいがってくれる者はひとりもおらなかった。寂しゅうてならなかった。あの頃はあまりに寂しゅうて、じっとしておられず、暴れ回ってますます嫌われた。それでも十三歳になったとき、遠藤遠光《とおみつ》という滝口の武士が烏帽子親になってくれて元服した。それ以来、私は遠藤盛遠と名乗るようになった」

力が強く怖いもの知らずの暴れ者だったが、盛遠はなかなかの美丈夫だった。御所に勤務する武士は姿形が美麗でなければならないきまりである。形のいい額、くっきりとした目鼻立ちが幸いして、城南にある鳥羽上皇の皇女上西門院の離宮の守護人に選ばれ、その任につくことができた。

「荒武者にはちがいなかったが、我ながら殊勝といえば殊勝、幼いときに死に別れた両親の追福を祈ることだけはしておった。千手経《せんじゅきょう》は一日も欠かさず読誦した。私には叔母があってな、奥州の衣《きぬ》川《がわ》に嫁いでおったが夫を亡くしてからは京に戻ってきていた。鳥羽に住んでおったが、娘がひとりあって、名をあどまといった。愛らしい娘でのう。年は十四か十五、滝口の武者どもはみなその娘に血道を上げておった。かく申す俺もその一人だった。叔母は衣川におったゆえ、京に戻ってからは衣川殿《きぬがわどの》と呼ばれておったが、娘のあどまは人が驚くほどなぜか信心深いと評判で、いつしか人はあどまを袈裟御前と呼ぶようになっていた」

「……その人の名はあどまというのか」

上覚は目の前に薄紅のかざみを来た黒髪の少女がほのかに浮かんで見えた。

「私にもおぼえがございます。それでいかがなされたのですか」

「叔母にその娘を俺の妻にと懇願した。叔母が色よい返事をくれたもので、俺はいい気になっておった。ところが、あるところで橋供養があり、警護に出ていたところ、見物人の中に輿に乗った女がいた。御簾越しにちらりと見たその女の横顔があどまに似ていた。気になって後をつけていったところ、渡辺渡《わたる》の屋敷に消えた。俺はそこにいた者に尋ねてみた。あの方はどなたじゃと。すると、その者は言いおった。衣川殿の娘で渡の妻女だと。あの人はすでに渡の妻になっていたのだ。叔母は私に嘘をついていたのだと知って、逆上してしまった。
　叔母はこの俺が名うての暴れ者であったから、あどまの夫にはしたくはなかったのだろう。しかし、断ったらなにをしでかすか分からんと思うたにちがいない。俺に黙っていた。ところが、渡辺渡は俺と同じ上西門院の滝口の武士でのう。よりによって同僚の男に娘をやったとはなにごとか、まことに許せんと、ますます頭に血が上って、何もよう考えられなくなった。その足で怒り狂って、叔母のところへ怒鳴り込んだ」

　寝ても覚めても怒りと悔しさが突き上げてきて、文覚は胸をかきむしった。どうにも気持ちの収まりがつかず、恨みのあまり叔母を刀で斬り殺そうとまでした。怯えきった叔母の顔を見てさすがに殺すことはできなかった。

「一度でいい、あの方をこの腕に抱きたかった。そのためなら、どのような無体なことでもやった。雷に撃たれて死のうと、地獄に突き落とされて串刺しにされようとかまわぬ。あの方を一度で良い、この腕に抱きたかった」

「願いは叶いましたのか」

「かなった。一度だけ、その方を抱いた」

「ではその方もお上人様を慕っておいでになったのですね」

「いや、それは分からぬ。なぜにと言うて、俺が叔母を脅したからだ。あどまなしに生きることなどできぬ、お前は俺をだまし、そして殺したも同然だ。それゆえお前を殺す。叔母は恐ろしさのあまり口走った。あどまをここへ呼び出すから、気を鎮めてくれと。叔母は俺の目の前で文を書き、あどまのところに使いをやった。重い病にかかり心細くてならぬ、すぐに顔を見せてくれと。ただ人に騒がれてはいけないので、誰にも見られないようにこっそり来てくれと書いた。気持ちのやさしいあどまはなにも知らずにすぐに牛車でやってきた」

月明かりの中で見るその人は夢の中の女そのままに美しかった。桜重ねの袿にきらきらと金糸を織り込んだ羅《うすもの》の表着が月光を浴びて輝くさまはこの世のものとも思えなかった。

「待ち受けていたのが俺だと分かっても、あどまはだまされたなどと騒ぎもしなかった。俺が送った文のことはよう覚えておった。母上が決めた婚姻ゆえ、逆らうことはできなかったと言った。もしも俺が強引にあどまのもとへ通うておったら、俺の妻になったやもしれぬと言うてくれた。そうして朝までしみじみと語り明かした。夜が明ければ、あどまはふたたびあの渡のもとへ帰っていく。腕の中でうち震えるあどまをいっそ殺して自分も死のうかと思うてみたり、いや、あの渡さえいなくなればいい。渡を亡き者にすれば、あどまは俺のものになると思うてみたり。人はあさましきものよ。欲しいものは欲しい。どうにも諦めきれなかった」

あどまに言うと、あどまも文覚が恋しいと言った。ならば、渡を殺してしまおうと文覚がもちかけると、あどまは文覚の口をそっと細い指で塞いだ。

「このような密事を声に出してはなりません」そう言ってあどまは筆と紙を手に取った。『夫がある間はあなたと夫婦にはなれません。わたくしをそれほどまでに思うてくださるなら、夫の渡をば夜打ちにしてください』書いたものを文覚に見せた。

文覚は舞い上がった。「いとしや、あどま、いとしや」あどまを抱きしめた。「渡を夜討ちにするにはどうすればよい。あの渡を殺すにはどうすればよい」

あどまは文覚の体をそっと押しやると、また筆を執った。そして屋敷内の渡の寝所を描いてみせた。

「某月某日、丑の刻に屋敷に来てくれ。酒をたんと飲ませて眠らせておくから、そのまま首を掻き切ってくれと書いてあった。今となっては、なんという愚か者かと誰しも思うに違いないが、俺はあどま欲しさに目が見えなくなっていた。あどまの言ったとおり、その日その刻に屋敷に忍び込み、言われたとおりのところに行くと、たしかに几張を巡らせた中に渡が寝入っていた。酒の匂いがした。あどまの言うたとおりじゃと、俺は迷わず刀を抜いて、いっきにその首を掻き切った。首を持ち上げようとすると、烏帽子《えぼし》が落ちて黒髪がざらりと広がった。その首は女の物だった。あどまの首だったのだ」

それだけ一気に語ると、文覚はしばらく息をつめた。泣いているのかと上覚は思ったが、振り向いてその顔を見る勇気はなかった。文覚は息をついでまた語り出した。長い間封印してきた思いを解き放とうとでもするような淡々とした口調だった。

「俺はそれから気が触れたようになってあどまの首を抱いたまま、叫び声を上げながら夜の大路に走り出た。どこをどう走り回っていたのかよう分からぬ。死んでしまおうと思うても、我が身を何度串刺しにしたところでとうてい足りぬ、千々に引き裂いたところで生ぬるい。しかし、夜が明けるころになって、ようよういくらか気が鎮まってきた。いくら死にたくともそのまま死ぬわけにはいかぬ。このようなことになってしまった以上、渡に詫びてから死ぬのが筋だと思い直した。あどまの首を抱いて、俺は渡のところへ行った。渡は叫び声を上げてあどまの首を取ろうとしたが、あまりのむごさに手を引っ込め、泣きだした」

文覚は渡の前に膝をついて、そうなるまでのいきさつを一気に話した。

「俺を討ってくれ、どうか殺してくれ」文覚は渡の前に両手をつき、首を突きだした。「早う、この首を斬ってくれ」

しかし、渡はただ口を開けて泣いていた。

「お前がどれほど憎いか分かるか。しかし幾度お前を殺したところで妻は戻らぬ。この苦しみ、この悲しみは消えぬは」言いながら、渡は号泣した。

「今更、お前を討っても妻は生き返らぬ。こうなったのも、私の因果がそうさせたやもしれぬ。この上は出家を果たすよりない」渡は刀を抜いた。烏帽子を払い、片手で髻を掴むと、根本から切り落とした。髪がばらりと肩に落ちた。

「今日ただいまより、私は名を渡阿弥陀仏《わたるあみだぶつ》と名乗ることにする。阿弥陀如来の慈悲にすがるよりほかにないからだ」

その日以来、渡は都から姿を消した。

「風の噂に高野山におるとも聞いた。行ってみたが、それらしい者はおらなんだ」

文覚も自ら髻を切り落とし、盛《もり》阿弥陀仏と名乗った。

「俺はあどまの骸を葬った場所に塚を築いた。その傍らに石塔を建てて、三年の間、あどまの供養に明け暮れた。衣川殿のことも気になった。えらい嘆きようでのう。娘があのようにむごい死に方をしたのも、自分が俺のような無体な者に引き合わせたからだと言って嘆いた。天王寺に参籠して娘の菩提を弔っていたが、食い物も喉を通らず、眠ることもできず、気を病んでひどくやせ細り、その翌年に死んでしもうた」

文覚は溜め息をついた。

「俺はふたりの女を殺したのだ。我が身をどう責めさいなんでも、どう供養しても、自分が許せなかった。一度だけとはいえ、あどまは夫を裏切った。あどまにしてみれば、二人の男の間でこのまま生きても三人が三人、地獄を生きることになると思ったのであろう。操を立てるにはああするより他にないと思わせたのは、この俺だ」

文覚の話を聞きながら上覚は声を立てずに泣いていた。

「あどまの供養の明け暮れに、俺はつげの木でその姿を彫った。小さいものでのう、蓮華の上に座した菩薩の形に彫った。それを見ていたようにあどまが夢に現れて笑うておった。三年がたっておった。嬉しかった。俺は泣きながら目が覚めた。その日から、そのつげの菩薩を首にかけて俺は荒行に出た。我が身を殺すための日々だった。死んだほうがまだ楽になる。楽になってはならぬ。それゆえ、いかなる荒行もまだまだ手ぬるいと思った」

洛中の荒れ果てた寺で、七日の間、文覚は夏草の茂るなかに横臥して毒虫やら蛇やらが体を這うにまかせ、微動だにしなかった。夕暮れともなると数知れぬ蚊に襲われた。そうしていると、いつしか寺の者らが見物に来るようになった。

「七日目に起きあがって、見ていた者に尋ねた。修行とはこのようにつらいものかと。するとその者たちは言いおった。修行がそのようにつらく苦しいものなら、命がいくつあっても足りますまい、と。修行とはそんな程度のものかと知って、俺はさらなる苦行、荒行に入る決心をした」

それから黄泉の国熊野の那智の滝に打たれに行った。辿りついたのは十二月の半ば、その年はことに寒さが厳しく、滝は垂氷に覆われていた。その数日前に降り積もった雪が風が吹く度に氷の上をさらさらと舞った。辺りは薄墨色に煙り、鳥の声すら聞こえて来なかった。

しかし、文覚の決心は変わらなかった。所詮、捨てるつもりの命である。滝の前に座すと、二十一日間に三十万遍不動明王の慈救呪《じくじゅ》を唱える誓願を立て、褌ひとつになって氷を割って滝壺にはいっていった。

「ノウマクサンマンダ　バサラダ　センダ　マカロシャダ　ソワタヤウンタラタ　カンマン（三世十方に遍満する金剛部諸尊に礼し奉る。暴悪なる大忿怒尊よ。破砕したまえ。忿怒したまえ。害障を破砕したまえ。大空行。無我三昧）」

腰まで水につかると剣印を結び、ひたすら声を発して呪を唱え続けた。青岸渡寺に参籠に来ていた人々はそんな文覚の姿をただ驚きあきれて見ていた。

いかな覚悟があるとはいえ、凍りつくほどの水の中にい続けるのは至難の業だった。三日ほどたったころから意識が朦朧としてきた。やがて気を失うとそのまま流されていった。

「不思議なものよのう、凍死したも同然だったが、夢か現かそのときまことに清らかな童子が二人あらわれて、この両手を取って軽々と岸に引き上げた。不動明王様の使者、矜羯羅童子《こんがらどうじ》と制吒迦童子《せいたかどうじ》のようであった。実のところ、周りで見ていた者たちが見るに見かねて引き上げてくれたのだろうが、火を焚いて暖めてくれたらしい。やがて俺は息を吹き返した。むちゃなことはお止めくだされと口々に言いおった。それゆえ、俺は怒鳴った。二十一日間、この行をやり抜くと誓願を立てたからには満願の日まで止めるわけには参らぬ、と。皆、俺を見て恐ろしげにあとずさりしおった。しかし、俺はやり遂げた。死ぬこともなかった。これもまた不動明王の御計らい、時が来るまで人は死ぬことはないと知った」

文覚はその後も荒行を続けた。大峰三度、葛城二度、高野山、金峰山、立山、富士山、伊豆箱根、信濃戸隠、出羽三山、荒行の場は日本国中に及んだ。しかし、もっとも文覚がその心に刻んだ霊地は金剛八葉の峰、高野山だった。

「十三年の間、俺は日本国中の霊地を巡りながら、思うところがあった。空海阿闍梨がいったい何を遺そうとされたのか、なにゆえかくもこの大和の国の山を踏み歩かれたのか、いささか気づくところがあった。それゆえ決心いたした。密教を復活させねばならない。そのなかにこの謎を解く答えがあるはずだと。それで俺は都に戻ってきた。そして荒れ果てたこの神護寺を見たとき、まず自分に課せられた仕事がなんであるのか分かったのだ」

いつのまにか夜が明け始めていた。薄青い朝の光に白々とした空が浮かび上がる。それと同時に森では鳥たちがいっせいにさえずりはじめた。

上覚は外に出た。吐く息が凍りそうな朝だった。

「……二人の男と一人の女、それゆえに袈裟御前は死ぬよりほかなかったのだろう」

上覚は霜柱を踏んで井戸の方へ歩いて行った。あれほど重い話を聞きながら、その朝、上覚の心は不思議なほどに澄んでいた。


やがて正月というころ、紀州有田では彩の産み月が近くなり、宗重は心配のあまり都から戻ってきた。

「もしなにかことがあれば婿殿に申し訳がたたぬ」

「そのようなことを申されて、実は彩のことが気がかりでならぬからでございましょう。それにしてもまだまだ幾日もございます。落ち着きなされませ」

千賀にたしなめられても宗重は少しもじっとしていなかった。

「そうはいかぬ。女どもに任せておくと呑気すぎていかん。成道寺に使いは出したのか。いや、いかん、成道寺の法師などでは霊力が弱い。やはりここはもそっと霊験あらたかな法師でのうては。そうじゃ、急いで神護寺の宗孝に使いを出せ。だれぞ法師を連れてくるようにとな」

「もう宗孝ではございません。上覚房行慈殿でございます。それに今は行に打ち込んでおられますゆえ、わざわざ煩わせとうはございません。子を産むのは女には当たり前のこと、彩なら立派にやりとげましょう」

千賀にそう言われて宗重はようやく黙り込んだ。

久々に京から戻った宗重のもとへ湯浅党の者たちがつぎつぎに挨拶に訪れて、屋敷内はたちまち騒がしくなった。その中に四ヶ月前に子供が生まれたばかりだと話している郎党がいた。

「わが妻女は丈夫でよう働きまする。子を産んで三日の後にはもう茸なんぞを採ってきおりました。乳は出すぎて赤子は飲みきれず捨てております」

自慢げに言うのを聞いて、宗重は膝を打った。

「それはよいことを申した。ぜひともそなたの妻女を我が孫の乳母にしようぞ」

「親方様のお孫さまの乳母と聞いたら、あの女は小躍りして喜びましょう」

即座にその郎党の妻を生まれてくる子の乳母に決めてしまった。数日後、女は自分の子を抱いて有田の屋敷にやってきた。いかにも田舎の者らしく赤ら顔の太った女で名を葦乃《よしの》と言った。腕の中にはまるまると太った男の子が眠っていた。

その日は紀州でも珍しく小雪が舞った。明けて正月七日の夕方あたりから、彩は腹部の痛みを訴えはじめた。

「いよいよでございますよ」千賀は勇み立った。「初産は時間がかかる。そうそう慌てることもないが」と言いながらも、千賀はさっそくお産の支度の指図を始めた。

すぐに産屋《うぶや》が整えられた。几張も衾もすべて白いものに取り替えられ、縫い上げてあった白い袿《うちき》や小袖が出された。千賀に手伝われて彩はその白装束に着替えた。白は魔を払う色である。

腰抱きというお産の介助をする役は彩の乳母が務めることになった。乳母も白い袿と白い袴に着替え、精進決済して髪を元結《もとゆい》にまとめ、産屋に入った。

宗重は産屋の外であれこれと郎党たちに指図していた。魔を払うために梓弓を鳴らす者、打ち撒《うま》きといって邪鬼を払うために米を撒く者を決め、屋敷のあちこちに配置した。近くの成道寺からは安産祈願の祈禱のために僧侶が三人ほど呼ばれた。

宗重は落ち着かず、迷った挙句に都に早馬を走らせた。彩の夫平重国を呼び寄せるためである。彩に言えば、また一悶着あるにちがいないと、そのことは黙っていた。

夕刻を過ぎた頃、激しく蔀戸《しとみど》を打つ音が聞こえてきた。

「母上、あれはなんでございましょう。霰でも降り出したのでしょうか」

彩は陣痛をこらえながら千賀に尋ねた。

「なんの霰などではありません。父君が安産を祈願して打ち撒きとやらをさせておいでになるのです。それにめでたいことに、この紀州にはめずらしく小雪が舞い始めました。あたりはうっすらと雪化粧をしています。これで魔の付け入る隙はますますのうなったと、皆喜んでいます」

「打ち撒きとは……。米を撒いているのですね。そのようなことは都の高貴な姫君方のなさること、私にはかえってつらく思われます。都のあちこちで親を失った子が物乞いをしているのを何度も見かけました。米はあのような子にやってほしい。どうか、止めさせてください」

「このような時にまたそのようなことを……。そなたはただ無事に子を産むことだけ考えておればよいのです」千賀は取り合わなかった。

初産は時間がかかる。陣痛は間もなく遠のいた。彩はうとうとと眠りに落ちた。

夢を見ていた。ひろびろとした青い空の下、黄金の稲田が見渡す限りつづいていた。その稲田を風が吹き渡ってくる。そのとき突然、空から大きな赤銅色の腕が降りてくるのを見た。手首には美しい宝玉を散りばめた腕釧《わんせん》がきらめいている。大きな手がまるで水をすくうように風をすくうと、それはたちまち黄金の蜜に変わった。蜜はその大きな掌からあふれ、きらめきながらこぼれ落ちた。

「ああ、あれは命の色、命の色じゃ」彩は夢の中でつぶやいた。

ふと目を開くと、千賀と多恵が気遣わしげに彩の顔を覗き込んでいた。彩は微笑んだ。大殿油の火影が白い几張に照り映え、産屋の中は金粉をまぶしたかのように輝いてみえた。

「夢を見ておりました。あれは不動明王さまの腕ではなかったかしら、みごとな腕釧をつけた手が稲田を吹き渡っていく風をすくうと、その手のなかから金色の蜜があふれ出したのですよ。あれは命の色……」彩はうっとりと言った。

「美しい夢ですこと。きっと安産にちがいない」多恵は彩の手を取って言った。

八日、明け方には雪もやんでいた。多恵は湯を取りに産屋の外に出た。海の上に朝日が上った。

「なんと晴れ晴れしいこと。まぶしくて目も開けられない。良い日になりそうな……」多恵は胸がはずんだ。

卯の刻を過ぎる頃から陣痛はいよいよ激しくなった。ときおり意識が遠のきそうになりながら彩は陣痛に耐えていた。破水して間もなく陣痛はさらに激しさを増した。

「姫さま、いよいよでございますよ。さあ、いきんでください。しっかりと力を入れて」耳もとで乳母が叫んだ。

乳母は彩の腰にまわした腕に力を込めた。隣室では香の匂いが立ち込め、成道寺から呼ばれた僧たちの祈禱の声がいよいよ高くなった。

彩はもう何も考えられなかった。ただ大きく息を吸い、吐いた。荒々しい自分の呼吸だけが耳にふくらんで聞こえた。小さな命が今まさに生まれ出ようとしていた。力をこめていきんだ次の瞬間、目の端に一筋の光がふくらみ、巨大な光となって目の中ではじけた。そのとたん、彩は大気を震わせて泣く赤ん坊の産声を聞いた。光は大粒の涙になってこぼれ落ちた。

彩は天に向かって手を合わせた。

「南無観世音菩薩、南無薬師如来、ありがとうございます、ありがとうございます」

涙は止めどなくあふれた。彩はこの世の生きとし生けるものすべてに手を合わせたかった。

「玉のような男の子ですよ」千賀が嬉しげに彩に告げた。

「母上、彩はまことに幸せ者でございます」彩は笑い、泣いた。

産湯を使い、白綾の産着に包まれた赤ん坊がかたわらにつれてこられた。

「ああ、なんという小さな手でしょう。母上、この世にはこれほどの喜びがあったのですね。神仏になんと感謝すればよいのか」彩は心の高ぶりのままに言った。

「さあさ、安心して少しお休みなさい。赤子にはこれから私が糖蜜の薄めたものを少し飲ませてみましょう」

千賀が赤ん坊を抱いて産屋を出ていくと、外で男たちの歓声が上がった。今や遅しと待ちかねていた宗重が真っ先に飛んできた。

「でかしたぞ、彩」

産屋の外から宗重の声が聞こえた。その顔が目に見えるようだった。

彩は乳母の手で新しい袿に着替えさせられ、再び横になった。ひんやりとした絹の肌触りが心地よかった。体は濡れた綿のように重かったが、心は快い興奮に酔っていた。安堵の吐息を漏らして彩はひさびさに深い眠りに落ちた。


承安三年（一一七三）一月八日辰の刻、彩はぶじ男の子を出産した。

三日目、乳付の儀の真似事をして祝宴がはじまった。宗重は婿の重国に酒をすすめた。庭には篝火が焚かれ、祝いにやってきた近郷近在の者たちにも酒と肴がふるまわれた。

「婿殿、遠方をよくぞ参られた。ささ、一献まいられよ」

重国は舅から杯を受けた。

「めでたきことかぎりなし、と申したいところだが、あの名を婿殿はどう思われる。よりによって、孫にあのような名をつけたいなどと。ようやく娘に授かった孫の名が薬師《やくし》とはなあ……。神護寺の薬師仏にお仕えさせると約束して授かったゆえ、名は薬師でなくてはならないと言いおる」

彩はすでに赤ん坊に向かって、「薬師、薬師」と語りかけていた。

「薬師なぞと、あまりに畏れ多いではないか、他の名にしたほうがよかろうと申してもいっこうに聞かぬ。婿殿はいかがじゃな、薬師とはあまりに名が勝ちすぎておらぬかのう」

「さようでございます。いかに幼名とはいえ、確かに薬師という名は荷が勝ちすぎているように思われます。義父上はどのような名がよろしいとお考えでしょう」

「一郎がよい。なんといっても湯浅党の頭領ともなろうかという孫じゃ。一郎がよい」

重国は宴席をそっと抜け出して彩が休んでいる北の対に行った。

「たいそうにぎやかでございますのね」

彩が体を起こそうとすると、重国はそれを制した。

「休んでおられよ」

「赤子の名のことで、父君がなにか申されたのではありませんか」

「確かに……。薬師というのはいささか重過ぎる名じゃ、なにか他によい名はないかと申されておいでだった。義父上の申されることももっともかと……」

それを聞いて彩は眉を寄せた。

「夫君までそのようなことを申されると、私はほんとうに悲しゅうございます。頂法寺の六角堂に万度詣でをして、ようやくこの子を授かりましたのも、もとはといえばもし男子を授かることができた暁には、かならずや出家をさせ、神護寺の薬師仏にお仕えさせるとお約束したおかげです。そのことはあなたさまもよくよくご存じのはず」

「しかし、あまりに恐れ多い名ゆえ、かえって仏罰をこうむりはしないかと心配でならないのです」重国は曖昧に言った。義父と妻の板挟みになっていた。

千賀は赤ん坊を抱いて揺すりながら几張の向こうでふたりのやりとりを聞いていた。

「そのようなことを今言い争っても、しかたがございません。この子の名を決めるのはもすこし後からでもよろしいではありませんか」千賀は言った。

赤ん坊は真綿の入った白綾の産着にくるまれてすやすやと眠っていた。おとなしい静かな子どもだった。

数日後、宗重は彩のところへ上機嫌でやってきた。いよいよ孫の名を決めるためだった。

「一郎はどうじゃ、一郎にせよ」

宗重は彩の機嫌をそこねはしないかと顔色をうかがいながら言った。

「父上、それはなりませぬ」

「しかしのう……」

押し問答が続いたが、彩が譲る気配はなかった。言い出したらきかないのはいつものことだった。

宗重は娘の横顔をみやりながら男であればひとかどの武将になったものを、と思った。ふたりの様子を見るに見かねて重国が仲裁に入った。

「この子を授かりましたのもどうやら彩の申すとおり、神護寺の薬師仏のご意志かもしれません。父上の申されることももっともながら、彩がこれほど申すのですから……」

「そなたまでそのようなことを申すか」

結局、彩は我が子を薬師と呼び、宗重は一郎と呼んだ。


何度門前払いをされても文覚は一向にめげることなく御所法住寺殿の後白河法皇に寄進の依頼に出かけて行った。どう扱われようと、文覚があきらめる気配はなかった。

そんな文覚に感じるところがあってのことか、この頃では弟子入りを申し出る者が出てきた。そのうちの一人に恵眼房性我《けいがんぼうしょうが》という者がいた。二一歳、痩身の寡黙でまじめな男だった。

文覚は自分と上覚の名から、性我を千覚房性我《せんがくぼう》とし、千覚と呼ぶようになった。もとは武士であったが、一九歳でいったん比叡山延暦寺に入ったものの、このところの寺の有様にいたく失望して、神護寺へ移ってきたのだという。顕教を捨てて密教を学びたいと言った。

その千覚が聞いてきた話によれば、このところ法皇はますます遊興に溺れ、御所の法住寺殿では歌舞の上手な近習やら白拍子などを集めて、連日連夜、喉がかれるまで今様を歌い、舞い暮らしておいでになるという。

「歌いすぎて喉が腫れてしまい、ときには白湯も喉を通らぬほどだと申します。しかも今様狂いがこうじて、この頃では得体の知れない下賤の者、傀儡師《くぐつし》や遊女のたぐいまでが御所に出入りしているということでございました」

「なげかわしい。言うべきことばもないとはこのことだな」文覚は空をにらんで言った。

もともと後白河法皇は即位される前から「文にもあらず、武にもあらず」と鳥羽上皇を嘆かせた異端の皇子だった。田楽、猿楽は言うに及ばず、今様にいたっては歌わぬ日はないとまで言われていた。

後に『梁塵秘抄』に収められることになったおびただしい歌謡はすべて法皇自ら歌い、編まれたものである。催馬楽から声明の奥義にいたるまで通じ、音楽と名のつくもので法皇の息のかからないものはなかった。

かつて親王であられたころからそれは変わらなかった。あまりの遊興三昧に貴族たちもあきれはて、即位の器量なしとまで陰口を叩いていたが、歌の才だけでなく類稀な運にも恵まれておられたらしく、紆余曲折のはてに皇位を継承された。

やがて高倉天皇が即位された後も院政をしかれ、天皇が親政を行おうとされても、法皇のしたたかな駆け引きの前にあっては退かざるを得なかった。

文覚は荒れ狂った。

「弘法大師ゆかりの寺は狐狼の住処と化し、夏草に埋もれさせておきながら、白拍子や傀儡師など下賤の者たちにはあまたの金銀を取らせるとは、天をも恐れぬ振る舞い。かくまでの理不尽をこのまま見過ごしにできようか。この文覚が天誅を下してくれるは」

「また御所へ参られるのですか」

上覚は尋ねながら不安がよぎった。文覚の様子に鬼気迫るものが感じられたからである。

「どっちみち門前払いを食うだろうが、なに構わぬ。こちらにも覚悟はある。此度ばかりはおめおめと引き下がるわけにはいかぬは」

そんなことを話していた翌日の四月十二日の夜、都で火事があった。

夜空を焦がし、暗い空を流れていくおびただしい火の子が神護寺の地蔵院からも見えた。

「あれはいずれのあたりであろうかのう」文覚が言った。

「法住殿あたりのようですが、法皇様はご無事でおいででしょうか」

上覚が言うと文覚は愉快そうに笑った。

「仏罰を被られたのではないか。功徳を積まれるよいおりじゃ、いずれ遠からず寄進あそばされるようもう一度、嘆願に参ろう」

火は法皇の御所法住寺殿から出たとのことだった。さいわい北殿を焼いただけで消し止められたという。


「本日、法住寺殿へ参る」

文覚が言い出したのは、四月二十九日の朝のことだった。並々ならぬ決意がその表情から読み取れた。上覚と千覚は黙って従った。

しかし、上覚はそのときもまだよもや本気で強訴はなさるまいと思っていた。どなたかしかるべき方にお取次ぎを願い出るか、門前で書状でも渡されるのだろうと。

法住寺殿の門前に来ると、文覚は上覚と千覚を振り返って言った。

「ここからは俺一人で行く。そなたたちはここにおれ。寄進あるまで出ては参らぬゆえ、日が暮れても戻らなかったら、ひとまず寺に戻り、そのまま俺の帰りを待て」

言い終えるとふたりの返事も待たずに文覚は、押しとどめようとした検非違使《けびいし》を突き飛ばし、門の中へと走りこんでいった。あっという間のできごとだった。

言われるままその場にとどまったものの上覚は不安でならなかった。これまでの行状からして文覚のすることは予想もつかない。事態が飲み込めない以上、ただ戻りを待つしかなかった。

「心配召さるな。どうにかなります」千覚は言いながら、門のかたわらの松の木の根方に腰を下ろした。千覚は細い端正な容貌に似合わず怜悧で剛胆なところがあった。

「このような狼藉を働いて、どうにかなるとは思われぬが」上覚が門に近づき御所の中を伺おうとすると、検非違使に槍で追い返された。

「ここで慌てても仕方がござらぬ。上覚殿、覚悟めされよ」千覚は平然と言ってのけた。

文覚が走り込んだとき、御所法住寺殿の奥の寝殿では今様《いまよう》を歌い舞う、宴の真っ最中であった。躑躅《つつじ》や菖蒲が今を盛りと咲き競い、築地の白砂には緋毛氈《ひもうせん》が敷かれ、かざみ姿の女童がずらりと居並び、釣殿にも直衣姿《のうしすがた》の殿上人がそれぞれに龍笛や括弧《かっこ》を手に笑いさざめいていた。

昼の御座《おまし》の御簾は巻き上げられ、後白河法皇の傍らには白拍子や近臣に与えるさまざまな金銀細工や瑠璃、鮮やかな色目の錦などが山と積まれていた。法皇は御酒を召され、お気に入りの白拍子を数人、おそばに侍らせておいでになった。

法皇の機嫌を取るのは西光《さいこう》という浄妙寺の僧だった。西光の父信西こそ、かつて平清盛をこの地位まで押し上げた立役者だった。西光はそばにいる浄連という近松寺《きんしょうじ》の僧に琵琶をひくよう命じた。

浄連は琵琶の名手で、細く美しい顔立ちの若い僧だった。浄連は口元に笑みを浮かべて琵琶を引き寄せ、弾き始めた。白拍子のひとりがそれに合わせて歌い始めた。

「恋しくは　疾《と》う疾《と》うおわせ　我が宿に　我が宿は　三輪の山下　杉立てる門……」

それに合わせて院もそっと口ずさんでおいでになった。

その時だった。外で人の争う声がして、揉み合う気配がした。声高にののしる声には誰も聞き覚えがなかった。音高く足音が近づいてきたかと思う間もなく、乞食のようななりの僧がいきなり土足で駆け込んできた。僧衣の裾は破れ、埃にまみれていかにもむさくるしい。

「狼藉者、ここをなんと心得る」

北面の武士たちが血相を変えて駆けつけてきた。暴れる僧の肩を数人がかりで押さえ込もうとしたが、つぎつぎに投げ飛ばされてしまった。

「この国の民が飢えに泣いておる時に、管弦のお遊びにうつつを抜かすとはまことに嘆かわしい御有様よ」

文覚は法皇を睨み据えて叫びだした。その剣幕にさすがの警護の武士たちも呆然となった。

「よいか、この文覚はいかに貧しく、無学な身ながらも高雄山の神護寺を再興し、仏法を今一度この国に招来し、王道の法を復興させ、衆生利益を願わんとする大願をたてた。それを何をかいわんや、大慈大悲の君がわずかな勧進すらもお断りになる。たったの千石の所望もお聞き届けにはならぬとは、まこと口惜しいことよ。大願の意趣、今一度ご聴聞あれっ」

文覚はそう叫ぶと、後白河法皇に向かって勧進帳《かんじんちょう》を広げ大声で読み始めた。

「仏法はすでに絶え、生死流転のちまたは暗し。人はただ色にふけり酒にふける。狂える象のごとく、また跳ねまわる猿のごときこの迷いをただすにはいかにすべきか。いたずらに人を誹謗し、法を誹謗す。これまさに閻魔羅刹《えんまらせつ》の獄卒の責めを負う所業なり……」

文覚のことばに法皇は血相を変えられた。

「この物狂いめが、者ども早うこやつを引っ捕らえよ」

院は扇でなかば顔を隠しながら厭わしげに仰せになった。

院のお言葉が終わるか終わらないうちに平資行が背後から飛びかかった。文覚は腕を振り回して資行を突き飛ばした。烏帽子が落ち、資行はぶざまな格好で床に倒れ込んだ。それを見て、皆あとずさりした。

「寄進あるまで、ここを動かぬ」文覚は叫んだ。

宴席に連なっていた公卿たちもなすすべもなくみな片隅に固まり、ことのなりゆきを震えながら見ているばかりだった。北面の武士たち十人がいっせいに飛びかかったが、みな蹴散らされてしまった。

それまでじっと様子を見ていた安藤右宗という武士が文覚の背後からそっと忍び寄ると、いきなり大刀の峯でその肩をしたたかに打った。激しい一撃に文覚が怯むのを見て、右宗は背後から組み付いた。そこに男たち全員がいっせいに飛びかかった。さすがの文覚も十数人に押さえつけられて抵抗できなくなった。検非違使数人がかりで文覚に縄がかけられた。

宴席につらなっていた公卿のひとり九条兼実《くじょうかねざね》はなかばあきれ、なかば感心してことのなりゆきを見ていた。天魔の所為とはこのことだと思った。まことに恐れを知らぬは高雄の聖人文覚ひとり、と。

宴席から引きずり出されながらも文覚は黙ってはいなかった。法皇をしっかと睨みながら悪口の限りを尽くした。

「返すがえすも口惜しいことをなさる。賢き王たる方が、徳ある者の道はいかなるものか知らぬとは言わせぬぞ。疲弊した民を救うのが第一であろうがあっ。この文覚は僧の身ゆえ、民のことを思うその思いはなおのこと強い。それを打ち据え刃傷に及ぶとは稀代の不思議よのう。世も末じゃあ。なんという無惨な奴らか。夢まぼろしの栄華を追い求め、地獄の猛火の恐ろしさを知らぬとはなさけない」文覚は叫び続けた。

声は上覚のところにも聞こえてきた。

「よいか、よおく聞けっ。このようにこの文覚が引きずられ、打たれることは恥ではないぞ。お前ら公卿《くぎょう》臣下の恥だと知れっ。だがお前たちもまだ死ぬまでは間がある。遅くとも三年、早くば三月の内に思い知らせてやる。後悔するな」

上覚と千覚の目の前に縄をかけられた文覚が検非違使数人に引きずられて出てきた。

「心配するな。すぐにまた会おうぞ」文覚は上覚と千覚を振り返って笑った。

ふたりは呆然と文覚を見送った。

「いかにせん、このまま見殺しにするしかないのだろうか」

帰り道、途方に暮れながら上覚は千覚を振り返った。

「無力です。何もできません。お助けしたくともまた我らまで縄をかけられるだけでしょう」

二人はいったん高雄に戻ることにしたものの、全身から力が抜けてしまった。この先、どうなるのか。文覚が許されて戻ってくるのがいつになるのか見当もつかなかった。二人は薬師如来の前に座し仏を見上げた。言葉が出なかった。

何が起きたのか、事情が分からないまま知念は千覚と上覚の顔を見比べていた。文覚はいったいどこに行ってしまったのか……。

「千覚殿、そなたはいかがなさるおつもりか」上覚は仏を見上げたまま言った。

「お戻りを待つしかないでしょう」千覚はぼそりと言った。

「知念、お上人様は当分お帰りになれない。そなたはしっかりこの寺の留守番をしてくれ。私も千覚殿も出かけることが多くなるからな」上覚はそばにぼうっと立っている知念に言った。

翌日から二人は文覚の様子をいくらかでも知る手だてはないかと山を下りて洛中を歩き回った。

数日後、上覚は宗重のいないときを見計らって四条坊門の屋敷に戻り、御所に仕えている家人から上人の様子を聞き出した。どうやら投獄されたものの文覚はそのままおとなしくはしていないらしい。

「獄を覗いた者の話では、悪態をつきつづけるかと思えば、数珠を繰りながら口の中で陀羅尼を唱え、呪詛するふうで、目は空を睨みすえ、なにやらぶつぶつ言い続けている様子はもう全身から妖気が立ち上っているかのようだったと申しておりました」
「そうか……。しかし、ここに私が来たことは父上に内緒にしてくれ。この度のことでますます父上の機嫌が悪くなっているだろうからな」
「かしこまりました。他言はいたしません。それにしても御所の皆様もどうしたものかと悩んでおいでになります」

それかこれか、数日後になんら病の気配もなかった上西門院が急死された。それだけでことは収まらず、御所ではつぎつぎと不吉な出来事が起きはじめた。夜な夜な悪鬼のごときものが法住寺殿の中を歩き回る気配がし、夜が明けてみると回廊に点々と足跡が残っていたとか、院が大切にされている鳥がある朝、みな死んでいたとかいうものであった。公卿たちは青ざめ、噂は噂を呼んで、人々は上西門院の死も不吉の出来事もすべて高雄の聖人文覚を痛めつけたせいにちがいないとささやきあった。

さすがの後白河法皇も密教の修法に通じておられるだけに薄気味悪く思われたのだろう。
「世間が何を言おうとかまわぬが、これ以上呪詛されて不吉のことが起こるのも迷惑千万。非常のことではあるが、大赦を行うことにいたそう」そう申されて、文覚は牢を出された。

そこは文覚のこと、牢を出されたからといっておとなしくはしていなかった。「上覚、ついてまいれ」文覚は牢をだされるやいなや、迎えに来ていた上覚に言った。

文覚は神護寺に帰ることはせず、そのまま洛中を徘徊しはじめた。乞食よりも浅ましい姿で目を血走らせ、口から泡を飛ばし、わめきながら洛中を歩き回った。

「春夏は旱魃《かんばつ》、秋冬は大水。これで五穀はならず、人は飢えておる。いったい誰のせいでこうなったと思うか。みな、よう考えよ。よいか、このままではすむまいぞ。このままではすむまいぞ。今に世の中がひっくり返るほどの大変が起きる。見ておれ」

文覚の行動はますます尋常を欠いたものになっていった。そんな文覚の後を上覚はただ黙ってついて歩いた。心のどこかで、この姿を身内の者に見られたらと気が気ではなかった。人々の好奇の視線が背にささる気がした。

父宗重が自分の今のありさまを見たらどう思うだろう。そう思うと情けなく、惨めだった。そう思いながらも心の内では文覚の言うことは間違ってはいないこともまた分かっていた。

市中に放たれている禿髪が聞き耳を立てていないはずはなかった。禿髪の報告を受けた平清盛は直ちに後白河法皇にこのことを伝えた。

「そのような不吉なことをわめき歩かれては、人心攪乱も甚だしい。捨て置くわけにも参らぬし、いかな天性不当の物狂いとはいえ僧籍にあるものを死罪にするわけにも参らぬ。はて困ったものよのう。このうえはどこぞに流すよりあるまい」

法皇は苦々しげに仰せになった。そして、文覚はいったん神護寺に戻された。しかし、法住寺殿乱入よりほぼ一月の後、伊豆配流が決定した。

五月十三日の早朝、神護寺に検非違使の一団が駆け込んできた。文覚は金堂の薬師如来の前に座し、黙って縄をかけられた。

「仏がご覧じるその前で僧籍にある者に縄をかけるとは、仏罰を被っても知らんぞ。このこといずれ思い知らせてくれる。遠くは三年、近くは三月。厄災が降りかかるぞ。文覚がそう申したと法皇様によくよくお伝えあれ」

身柄は源頼政の子で伊豆守源仲綱に預けられることになった。伊豆に送られる日は三日後、五月十六日と決まった。

上覚と千覚は文覚に随従する決意をし、後白河法皇に願い出た。文覚に言いつかった経文や仏像を丁寧に油紙でつつみ、荷物をこしらえた。硯や筆、紙などもこれから先、容易に手に入るまいと、荷物に入れてひとくくりにした。文覚が護摩を修するときに必要な仏器、油や薬種なども入れておかなくてはならない。足りないものは、千覚が京の町に買いに出た。

京を離れるまでに三日しかなかった。必要最小限の荷物をより分け、まとめるだけで一日かかった。見舞いの者もあり、あれこれと餞別の品を届けてくれる者もあったが、もとより持って行ける荷物は限られていた。

知念をどうしたものか、と上覚は思案した。自分たちがいなくなった後は食べていくこともできない。一人残していくわけにもいかなかった。

知念を連れ、上覚は四条坊門高倉の屋敷に戻った。ことの次第を伝えなくてはならなかった。妹の彩も噂を耳にして以来、兄のことが心配でならず、宗重が止めるのも聞かず京に戻ってきていた。正月に生れた赤ん坊はすくすくと育っていた。

「ここで待っていなさい」

知念を門のそばに待たせておいて上覚は屋敷に入った。まっすぐに父のいる北の対に向かった。上覚を見た宗重は不快さを隠しもしなかった。

「すでにことの次第はお聞きおよびのことと存じますが……」

「あの文覚上人につけば、いずれこのようなことに成り果てることは分かっておった。世間の物笑いの種じゃ。あのような上人に弟子入りさせたこのわしまでが笑われとるは。それゆえ止めた親心も知らず、どうのこうのと言い張りおって」

「ご心配をおかけして申し訳ございません。そのことについてはこの上覚、重々お詫びを申し上げます。しかし、この期に及んで何を申すかとお思いになるかもしれませんが、それでも私は文覚上人のもとへ参りましたこと、つゆほども後悔いたしてはおりません」喉をふりしぼるように上覚は言った。

そんな兄の様子を見て几張の陰で彩は泣いた。

「それでそなたはこれからどうするつもりじゃ、言うてみよ」宗重が言った。

「伊豆へ随従いたします。それで暇乞いに参りました」

それを聞いて母の千賀はおろおろと涙声になった。

「清盛殿にお願いして、減刑の嘆願をいたすわけには参りませぬのか。伊豆などと東夷《とうい》の地に行かせるなぞ、あまりにふびんでございます」

「清盛殿とてお立場がある。ましてや法皇様にそのようなお願いをされる筋合いはない」宗重は一蹴した。

「母上、どうかご心配なさらないでください。そう長いことではありますまい。法皇様のお怒りが解けるまでのこと。遠からずまた都に戻ってまいります」上覚は母を慰めた。

「体にはくれぐれも気をつけるのですよ」言いながら千賀は声を詰まらせた。

「兄上さま」たまりかねたように彩がそばに来た。

「彩か、よう来てくれたな。泣かなくてもいい、この兄のことは案ずるな」

泣くなと言われればなおのこと涙があふれた。

「そなたに頼みがある。知念のことは知っておろう。私たちがいなくなった後、あの者をそのまま寺に置いておくこともできかねる。返す家もないうえ、そのまま寺に残しても食べていくこともできない。私が戻るまでここにおいて面倒を見てはくれまいか」

「それは一向にかまいませんが、ただ、ここには寺のように経文を教える者はおりません。それでもよろしいのでしょうか」

「寺におっても大したことは学んではいない。竈の番をさせてばかりでは不憫で、私が読み書きの手ほどきをしていた。そなたにはそれも頼みたい。身の回りのことなど言いつけて、使ってやってはくれまいか」

「承知いたしました。それで今、どこにおりますのか」

「門のところに待たせてある」

「これ葦乃や、門のところに行って、知念をこちらに連れて参れ」

彩は乳母の手から赤ん坊を抱き取りながら言った。知念は葦乃に急き立てられるようにしてやってくると、たくさんの明かりが灯された屋敷内を驚いたように見廻した。

「彩、そなたもくれぐれも体をいとうようにな。薬師や、そなたの顔を見ることができて、この伯父は満足だ。都に戻るころにはさぞかし大きくなっていることだろう」

赤ん坊はすやすやと眠っていた。

「兄上さま、どうかいま一度、この子を抱いてやってくださいませ」

「抱かせてくれるか」

上覚は彩の腕から赤ん坊を抱き取った。頼りないほどに小さな体だった。

「こうしてなんの憂いもなく眠っている赤子の顔を見ていると、こちらが慰められる。薬師や、今のうちにようく眠っておけ。いずれ寝る間もなくなるからな」

上覚は太い指先で赤ん坊の頬をそっと撫でた。ふいに涙がこみあげてきた。

「知念、この赤ん坊が薬師だ。それに、安心しておれ。ここの人たちは決してそなたを悪いようにはせぬ。言いつけを守って私たちが戻るまで、元気にしておれよ。よいな」

上覚が言うと、知念は口をへの字に曲げて肩を震わせた。それまで一度として泣いたことのない少年が初めてぽたぽたと大粒の涙をこぼした。

帰って行く上覚を見送った後、こらえきれず千賀は肩を震わせた。彩は泣いている母の背をさすった。

「二人とも泣くな」宗重はいらだった声を出した。

「伊豆といえば、平兼隆《かねたか》殿がおられる。源仲綱殿もおられる。そなたも知ってのとおり、仲綱殿の父頼政殿は武勇の誉れ高い方じゃ。どなたも平氏に仕える身、余程の時は力になってくださろう」

しかし、平治の乱のおり流された源頼朝ももう二十五、六歳になったはず。あの文覚上人のこと、何を企むことやら、いやはやまた何かと気が揉めることよ、と宗重は思った。

出立まで間がなかったが、せめてもとその夜、湯浅家の女たちは寝る間も惜しんで僧衣や着替えの袿など上覚に持たせる衣類を縫い上げた。

文覚の身はいったん源頼政に預けられ、護送には頼政の郎党源省《はぶく》がついた。上覚と千覚にも随従の許しが出た。ふたりはどこまでも文覚についていく決意だった。たとえそれが命を賭しての旅であってもふたりの決心は揺るがなかった。

「またしても狐狸の住処になってしまうのでしょうか」山門を出るとき、朝霧につつまれた金堂を振り返って千覚がつぶやいた。

「これから後のことは何事も弘法大師空海様にお任せするしかない。千覚殿、参ろうか」

ようやくいくらか修復が進み始めた神護寺だったが、これから先どうなっていくのか誰にも分からなかった。二人は大荷物を背に担ぎ、早朝、高雄の山を降りた。清滝川まで降りてくると、湯浅家の郎党が二頭の馬を引いて待っていた。

「父上様からの餞別にございます」

「助かった。これから摂津の港まで船が出る前に辿り着かなくてはならない。この荷物を担いでいてはなかなか急ぎもできないので困っていた。経文はなかなか重くてな。助かり申したと父上に伝えてくれ」

父は父なりに心配してくれていたと上覚は嬉しかった。荷物を馬の背にくくりつけた。馬なら摂津の港に夕暮れ前に着くことができる。

文覚は後ろ手に縄をかけられたまま、摂津《せっつ》の渡辺から船に乗せられた。船は伊豆から年貢の品々を京に届けた帰りの船だった。船子たちは古びた墨染めの衣に腰に麻縄を巻いた姿の文覚を蔑むように見た。

中には罵声を浴びせたり、小馬鹿にして笑う者まであった。文覚はそれでも表情一つ変えなかった。奇妙な静けさが文覚の体を包んでいた。

縄を解かれた文覚は帆柱の前にどっかと座った。船はゆっくりと岸辺を離れた。いつ帰れるともしれない旅だった。櫂を漕ぐ船子たちの声が入り江に木霊する。

感傷にひたる間もなく文覚が口を開いた。

「上覚、千覚、ただこうして船で運ばれるなど愚かなことだ。俺はこれから心願成就を祈念して断食にはいるゆえ食い物はいらぬ。水だけ運んでくれ」

「伊豆まではいったいどれくらいかかるのでしょう」

「海が凪いでいても三日。じきに梅雨だ。荒れればもっとかかるだろう」

「これまでもあまり召し上がってはいらっしゃらないのではありませんか。それでは身が持ちますまい。せめて握り飯のひとつなり召し上がってください。もしものことがあれば……」

「心配がすぎるぞ、上覚房。一月や二月、ものを食わずともなんのことがあろうか」

帆柱を背に結跏趺坐《けっかふざ》を組むと文覚は剣印を結んで目を閉じた。かすかに不動明王の真言が聞こえてきた。


外洋に出ると船は揺れ始めた。船子たちは昼夜なく交代で櫂をこいだ。交代の時が来ると、疲れて寝床に入るその数歩のうちに、よろけるふりをしてわざと文覚の膝を蹴ったり踏みつけたりした。それを見て上覚は思わず声を荒げそうになった。

「さわぐでない、上覚」気配を感じ取った文覚が目を閉じたまま鋭く言った。

ときおり水を口にするだけで文覚はずっと瞑目して陀羅尼《だらに》を唱えつづけていた。翌朝から雨が降り始めた。風も出てきた。それでも文覚は雨に打たれながら呪を唱え、印を結んでじっとしていた。

霧が出てあたりは白一色、目印の島や半島の姿も見えなくなった。

渡辺を出て三日目、南風が吹き始めた。風にあおられて帆がふくらみはためく。雲は頭上低く垂れ込め、風は次第に強くなっていった。嵐が近づいていた。船は木の葉のように波にもてあそばれ、時折り三角波があたかも青黒い巨大な生き物のように船に襲いかかってきた。

「上覚房、このままでは転がり落ちる。俺を帆柱にくくりつけてくれ」文覚が言った。

「そのような……、ここはあぶのうございます。船底にお入りになってください」

「言われたとおりにせよ。はよう縛れ」

潮が文覚の頭上から襲いかかる。ずぶぬれになりながら上覚は文覚を帆柱に縛り付け、その場にとどまることもできかねて船底に降りた。

船はきしみ、じっと座っていることもできないほど揺れた。船底まで流れ込んできた潮を船子たちが必死になって掻き出している。

上覚は何度も吐いた。それでも船底にしがみついてただ嵐が過ぎ去るのを待つしかなかった。波の上に持ち上げられたかと思うと、一気に落下する。船子たちでさえ悲鳴を上げた。夜になると暴風雨はさらにはげしくなった。

潮に打たれながら文覚だけは静かだった。断食しているせいで吐き気も起きないらしい。揺れる船に身を預け、静かに瞑目していた。

「法師のくせになんだ」帆柱にしがみついていた船子の一人が文覚をののしった。

「これだけ誰も彼もが苦しんでおるというのに、法師が祈りもせず、何もせぬとはどういうことだ。法師ならやることがあろうが」

「文覚殿、どうにかしてはいただけませぬか」源省も潮をかぶり、全身ずぶ濡れになりながら文覚のそばに這ってきた。

ややあって文覚はかっと目を見開いた。

「縄をほどかれよ」文覚が言うと船子が必死に縄をほどいた。

縄がほどかれると、文覚はすっくと立ち上がった。そして揺れる船の上をまるで平地を歩くようにすたすたと舳先まで歩いていった。その姿はあたかも雲の上を歩いているかに見えた。

舳先に立つと文覚は海に向かって大声で怒鳴り始めた。

「この船中には大願を発したる文覚が乗っておるのだぞおっ。それをなにごとかあっ。この文覚が昔から千手経《せんじゅきょう》の持者として、深く観音の悲願をいただいてきたことを知っておろうが。龍神八部の衆よ、まさに如来の説教のみぎりにおいて、千手経の持者をば守護せんと誓ったことをもう忘れたのかあっ」

風雨に叩かれながら文覚は大声で龍神を叱りつけていた。

もともと千手経の持者は龍神の八部衆が守護する約束になっている。文覚は小さいとき両親を亡くし、養父母の手を焼かすいたずら小僧ではあったが、千手経を唱えない日はなかったと語っていた。

ややあって風が凪いできた。雨もひたとやんだ。牙をむき獣のように吠えていた海が、次第にゆるやかなうねりにかわった。

それを見ていた船子たちがいっせいに文覚の前に這いつくばった。

「ご無礼の数々、どうかお許しください。お許しください」衣に取りすがって言った。

「これほどの法力を見たことはございませせぬ。どうか弟子にしてください」

涙ながらに頼む者まであった。

上覚は今日の当たりにしたことを未だ信じられない思いでいた。千覚は我が意を得たりとばかりに上覚を見てにやりと笑った。大願成就を祈念しての断食といい、この荒海を鎮める力といい、文覚の持つ力に上覚はあらためて目を見張った。

「密教をよく修めれば、そなたたちにもいずれできる」

文覚は二人のそばに来るとぼそりと言い、帆柱のそばに結跏趺坐を組むと、ふたたび目を閉じた。

途中嵐にあって航路をはずれ、漂流すること七日あまり、十日目になってようやく伊豆半島らしい陸地が見えてきた。梅雨空には重く雲が垂れこめ、緑濃い岬が霧の中に影絵のように浮かんでいた。船は岬に沿って進んだ。

半島は深々とした緑の木々に覆われ、磯には白い波が砕け散っている。船から見る伊豆の岬は上覚の故郷紀州によく似ていた。流人の随従とはいいながらその景色が上覚の心を慰めた。

船はゆっくりと入り江に入っていった。浜に着くなり源省は旅装を整え、文覚を引き立てて源仲綱の屋敷に向かった。仲綱は頼政の子で、今は六波羅に勤務している。仲綱から知らせを受けて、門前には数人の郎党が待ちかまえていた。襷《たすき》掛けをし、手にはみな鎌を持っている。奇妙な光景だった。

源省は家人に到着の挨拶をし、文覚を渡した。十日間におよぶ断食のせいで文覚の頬はそげおち、無精髭に覆われた顔に眼光ばかりが鋭くなっていた。

省は別れしな文覚に深々と頭を下げた。

「文覚殿、いずれ都に戻られた暁には必ずやお訪ね申し、命を助けていただいたご恩に報いる所存にございます」

そう言う省に向かって文覚はただ黙って一礼した。


郎党たちに引き立てられるようにして三人は伊豆の奈古谷《なごや》という山間の村へ向かった。雲が切れて日が照りだすとむっとするほど草いきれがたち、蝉の声が大気をふるわせる。峠を登るにつれて息がはずんだ。絶え間なく汗がしたたり落ちる。

一行は夏草に覆われた山道を登っていった。飛沫を上げて流れる渓流が船旅に飽いた目をなぐさめた。

途中、文覚がふと足を止めて千覚と上覚を振り返った。峠を登り切った時だった。

「なにをしとる。早う歩かんかい」郎党の頭らしい男が怒鳴った。

「よいではないか。この者たちはいまだ富士の山を見たことがない。それ、見てみよ。なんと美しい眺めではないか」文覚が静かに言った。

千覚も上覚も同時に声をあげた。雲が切れ、目の前に巨大で優美な山が姿を現した。

「これが在原業平も歌に詠んだあの富士の山か」上覚は美しく荘厳な山の姿にしばし見とれた。

「まことに美しく力強い山でございますね」千覚も溜め息混じりに言った。

文覚は黙って富士山を見つめていた。

そのとき上覚はふと気づいた。この方はこの場所をご存じなのだ、と。かつて長い間荒行の限りを尽くしてきたという、ここもまたその場所のひとつだったのだ。そう気づいて上覚は安堵を覚えた。

仲綱の郎党に急かされて三人はふたたび山道を歩き出した。やがて道は消え、生い茂る草を鎌で払いながら進まねばならなかった。郎党たちが鎌を手に出迎えた理由がこれでやっと理解できた。草むらをするすると蛇が逃げていく。


居住が許されたところには、少しばかり木立が切れて草庵ひとつ結ぶだけの平らな土地があった。周りには山桃の大木が濃い緑の枝を広げている。藪の向こうからはかすかに水音が聞こえてきた。

「ここがそなたらの住む所じゃ。なにをどうしようと勝手じゃ。好きなようにせい」

そう言い残して仲綱の郎党たちは踵を返した。

「待たれよ」文覚の声に全員が肩をびくりとさせた。

「そうびくつかずともよい。何もせぬは。しかし、何もないのはかまわぬが、草を刈る鎌ぐらいは要る。それをお貸し願いたい」

郎党のひとりは疑わしそうに文覚を見た。

「わしは出家じゃ、その上、ここでそなたを殺めたからといって何の得になる。さあさ、その鎌をお貸しくだされ」

郎党はしぶしぶ鎌を文覚に渡した。

「鎌は三つ、それに斧も要る。柱になる木を切り出さねばならんからな」

「斧などないは」

「屋敷にはござろう。なんならこの千覚がいただきにまいる」千覚が言った。

「なら、ついてこい」

千覚は郎党たちについて山を下りていった。


何もないとはまさにそのとおりだった。野宿はいとわないが、食い物がなにもなかった。途方に暮れている上覚を尻目に、文覚は黙って辺りの草を刈り始めた。蚊や虻に襲われても手を休めようとはしなかった。

上覚も草を抜きにかかった。汗が滴り落ちた。二人で黙々と草を刈り、藪を払っていく。文覚は少しも疲れを見せなかった。十日あまりの断食の後、どこにこれだけの力が残っていたのかと上覚は驚くばかりだった。


かつて袈裟御前を殺めてしまったことを悔いて、夏の藪の中に七日間横臥したまま動かなかったという話を思い出していた。

「何があろうとも、この方はめげることがない。嘆くことも愚痴を言うこともない。ただ、今できることに最善をつくそうとされる」上覚は胸が熱くなった。

夕方近く、千覚は斧だけでなくわずかな米や鍋も持ち帰ってきた。

「源省殿からのご喜捨でございます」

「ありがたい。これで粥がたける」

千覚はものなれた手つきで木を切り倒しはじめた。柱になる木はいくらでもあった。上覚はあけびの蔓を集めにかかった。夕暮れてきて手元がおぼつかなくなってはじめて三人は手を休めた。谷川に下りて行き、十日ぶりに身体を洗った。

「こうして清らかな水を浴びると、命を吹き返したような気がします」

互いの顔ももう見えない暗がりから千覚が言った。それは上覚も同じだった。頭を洗い、顔を洗い、全身を流れに沈めた。

石を拾い集めて竈をつくり、火打ち石で火をおこした。ぱちぱちと小枝がはぜ、煙の匂いがあたりにただよう。谷川の水で粥を炊いた。

「旅にしあれば椎の葉に盛る、とはこのことだな」上覚は千覚に言った。

「生きておりさえすれば、何事もどうにかなるということですね」

「そうだ、生きておればなんとでもなる」横合いから文覚が言った。

翌日は空が白むのを待ってまた作業に戻った。柱を立て、蔓でしばり、刈り取った茅をたばねて屋根を葺いた。そうして三日がかりでようやく草庵らしきものができあがった。

「ここをば奈古谷寺と名づけよう」文覚が言った。

「奈古谷寺ですか。なかなかおもしろうございます」

三人はひさしぶりに顔を見合わせて笑った。寺というにはあまりに貧相な小屋だった。辺りを散策すると小ぶりな滝も見つかった。しかも草庵を結んだすぐ近くに見事な平らな岩も見つかった。

「これはまたよい岩だ。護摩《ごま》を修するのにちょうどよい。滝行もできる。申し分ないところだな」

文覚は満足げに言った。


以来、文覚は早朝に起きて護摩を焚き、数珠を繰って加持を修した。正式の護摩とは異なっていた。不動法と一段護摩が奇妙に組み合わさっているようだと上覚は思った。文覚独特のものだったが、力を感じた。何を祈念しているのかといえば、護国安穏、怨敵退散の二語のみがくっきりと聞き取れた。それが終わると文覚は山を下りていく。

上覚も千覚もその後についていった。伊豆の山中には修験道も多く、弘法大師ゆかりの寺や行場も少なくなかった。ことに修善寺には老若男女が参詣にやってくる。川底からは湯が湧き、物売りが軒をつらねている。奈古谷から四里ばかり下ったところにあった。


文覚は臆することなく人前に出て声を張り上げ始めた。

「我はめでたき上人なり、人の相を見抜くこと天下無敵の者なるぞ」

事実、文覚は人を見抜くこと尋常ではない力を持っていて、後々起こることを預言した。そんな文覚の周りに人が集まってきた。ひとりの男が進み出て文覚の前に立った。

「なんぞ言うてみなされ。わしはどこのどなたさまじゃ」

男が文覚を揶揄すると周りからどっと笑い声が起きた。文覚はじろりと男を見据えた後、目を閉じて数珠を繰った。かっと目を開くと言った。

「そなたはもそっと女房を大事にせねばならぬな。子を亡くしたばかりで泣いておるぞ。ここで油を売っておらんで早う戻られい」

それを聞いた男は驚いて、文覚に手を合わせた。

「聞いたかや、そのとおりじゃ。これは驚いた。流行病で子をばつい一月前に失うた。なぜにそれをご存じか。まことに不思議の力よ」

男が言うと、たちまち文覚の周りに人垣ができた。

喜捨の代わりといって野菜や米が集まった。中には衣を置いていく者もあり、食うには困らない。上覚は不思議というものの顕現を見る思いだった。何もないところから、人を集め、生きる糧を生みだしていく。


それから幾日もしないうちに文覚は中伊豆一帯を治めている目代の平兼隆《かねたか》の屋敷を訪ねると言い出した。兼隆の屋敷は奈古谷から北に下った山木にあった。仲綱の屋敷とは狩野川をはさんで向かい合っている。

「このようなこともあろうかと思い、都から観音菩薩と薬師如来の像を携えてきたのだ。それを兼隆殿の御母堂に届けにまいる」

文覚の指示で上覚は観音菩薩と薬師如来の小像二体を荷物の中に入れて来たが、そのような目的があろうとは思ってもみなかった。

「山木の兼隆をば懐柔しておけば、この辺りでのこちらの動きも自由になる」

驚いている上覚に文覚は言った。ただの荒法師ではない。頭の中にはきちんとこの辺りの人の関係図が入っていて、どう動けば良いのか策謀が練られている。難しい経文の解釈はできなくとも、文覚は現実を生み出す知恵には長けていた。

上覚はますます文覚に傾倒した。

三人は湯浅家の女たちが縫ってくれた新しい僧衣に着替えた。文覚も伸びていた髭を久しぶりに剃った。すると見違えるほど若く凛々しい顔が現れた。上覚は目を見張った。

「そなたたちも顔を整えよ。なんといっても兼隆殿の御母堂にお目にかかるのだからな」

そうして三人は山を降りた。

兼隆の屋敷に着くと門を護っている郎党の前に文覚はつかつかと歩み寄っていった。

「これは文覚と申す出家にて、平兼隆殿の御母堂様に献上つかまつりたく護身仏を携えて参った。お取り次ぎを願いたい」

郎党もすでに京から人相見の僧が流されてきたという話を聞いていたらしく、三人は間もなく書院に通された。突然の訪問にあわてたのか、奥で女たちのささやき交わす声が聞こえ、ややあって衣擦れの音がして御簾《みす》の向こうに兼隆の母が姿を見せた。

兼隆の母は御簾をあげさせ、文覚の方に深々と頭を下げた。生絹《すずし》の柳重ねに白髪混じりの髪が清らかに見えた。すばやい身のこなしで御簾の内を出ると、兼隆の母は上座を文覚に譲ろうとした。

しかし、文覚はそれを手で制した。

「出家とは申せ流人の身、どうかこのままで」

「いいえ、どうかこちらへ」

文覚がかたくなに辞退すると、母堂は侍女に命じて文覚のそばに座を移させた。

「遠いところをようこそおいでくださいました。このようなむさ苦しいところではございますが、朝な夕な神仏に祈ることだけは忘れたことがございません。このたびのお心遣い、まことにありがたく身にあまることでございます」そう言って深々と頭を下げた。

「都にてこの地にまことに信心深い御方がおいでになるという噂を聞き、ぜひにもこの観音像と薬師仏の二体、こちらにお納めいたしたく携えて参りました。お方様の護身仏となされますように。それではさっそくご供養をさせていただきましょう」

文覚は言い、厨子《ずし》に仏像二体を納めると香をたき、数珠を繰って供養を始めた。兼隆の母は文覚の後ろに座を移すと両手を合わせた。いつしか他の女たちも集まってきて、三人の僧の上げる経に聞き入った。

帰るころには屋敷内には女たちの笑い声があふれた。若く凛々しい僧侶の訪問に女たちの声が華やいでいた。

そのことがあって以来、文覚の評判はますます人々の口にのぼり、またたくまに伊豆一円に知られるようになった。

粗末な草庵が一宇あるばかりの奈古谷の山中にまで人が大勢訪ねてくるようになった。わずかの喜捨でも米を買うには十分だった。間もなく小さいが御堂も建てることができ、そこに持参した不動明王像を納めた。

上覚はこのような人物を今まで見たことがなかった。無から有を生み出す。何がなくても必要なものを己一人の知恵で生み出していく。奇跡のような力をこの文覚は持っていた。己ひとり、体ひとつあれば人は生きていくに何の不足もないと教えていた。

どこへ行っても文覚は人々の崇敬を集めた。いまや伊豆の山中で文覚を知らない者はないと言ってもいいくらいだった。上覚がひとり里に下りても、人々は通りすがりに頭を下げた。

「千覚殿、湯にはいろうか」

上覚は夕暮れ時、文覚がうたた寝しているのを見届けて千覚を誘った。山間に湯が湧き出していた。崖づたいに細い獣道を降りていくにつれて、硫黄の匂いが鼻を突く。日がすっかり暮れてしまわないうちに二人は体を洗い、深々と首まで湯につかった。山の頂上にかかっていた夕日が沈み、空は次第に青みを失っていく。

静かだった。

「なあ千覚殿、これをなんと言えばいいのだろう。このような人物に出会ったのは初めてだ。誰もが物や財産に執着する。それを失うまいと、権力に媚び、顔色をうかがい、地位や財産にしがみつく。しかし、お上人にはそれがない。何も持たずとも恐れというものがない」

「持たぬ者は失うことも恐れぬ、そういうことではないでしょうか。そもそも何か持っていると思うこと自体が幻のようなものです。この世に生を受けて死ぬまでの間、命というのは、天から借りているに過ぎぬもの。死ねばそれを天に返す、それだけのことではないでしょうか。十七歳のとき、死ぬ目に遭いました。以来、自分の手に残るものは何もないと知りました。私はそれで自由になったようなものです」千覚は遠くを見る目になって言った。「それで十九歳になったとき、延暦寺に入ったのです」

千覚の肩から背中にかけて大きな刀傷があった。死んだというのはこの傷を受けたときのことを言っているのかと上覚は思った。

「しかし、執着を手放すというのは口で言うほど簡単なことではないな。執着というものが人間を不自由にすると分かっていても、知らず知らずのうちに私のように凡庸な者は何かに執着している」上覚はつぶやいた。出家は家も家族も捨てて寺に入れという。それも実は執着を手放すための仏が与えた方便なのかもしれない。

「あなた様はすでに捨てて来られたではありませんか、家も家族も出世も」

「ああ、その分捕らわれるものがなくなった。せめて人を殺さずにすむと思うだけでほっとする。殺すより生きるほうに手を貸したい。それで密教の道にはいった」

湯から出て、ふたりは暮れかけた山道を草庵へと戻っていった。

「さて、これからが楽しみです。お上人は何を企んでおられるのやら、私には見当もつかきませんが、このままこの山の中で朽ち果てることはなさそうですね」

千覚が言い、二人は声を立てて笑った。夜露が降りて、どこから漂ってくるのか花の香りがいちだんと濃くなった。

「なんの不足もないいな」

自由で放埒な気が上覚の体を満たしていた。

三　頼朝と政子

「そろそろ源頼朝殿を訪ねてみるとするか」

ある日突然、文覚が言い出した。伊豆での暮らしにも慣れてきたころだった。

上覚は驚いて文覚の顔を見た。

つい先ごろ平兼隆との縁を結んだばかりだった。そのお陰で伊豆では自由に歩き回ることができるようになった。おとなしく待ってさえいれば遠からず配流のお咎《とが》めも解けて、無事に都に戻ることもできるはずだった。

それをまた平氏にとっては仇敵である源義朝の忘れ形見、源頼朝に会おうと言う。このままおとなしく待っている文覚ではないと分かってはいたが、上覚は内心穏やかではなかった。しかし、千覚はそれを聞いても驚いた様子はなかった。口元にうすく笑みを浮かべて聞いている。

「それならば私に心づもりがございます。頼朝殿の家人《けにん》に知った者がおりますので、その者に会うてみましょう。まずは頼朝殿の様子など分かってからの方がよろしいかと」千覚は何事もない顔で言った。

「そうか、では千覚、すぐに会う手筈をととのえよ。このままじっと都に帰る日を待っているのも退屈じゃ。そろそろ暴れてみようではないか」文覚はにやりと笑った。

「上覚房は心配しておるのであろう。何が始まるのかと。奇問遁甲暦《きもんとんこうれき》ではそろそろ世に大いなる変化が現れると記されている。その流れに従うまでのこと。奢る平家は久しからず。そろそろ誰かが動き出しても良い頃合いだ」

黙って流人の生活に甘んじてはいないのが文覚だと分かっているつもりだった。しかし、いったいこれから何を始めようというのか。

「上覚房、案じるな。いよいよ面白いことになるぞ。この文覚がこれから天下を動かしてみせる。とくとご覧ぜよ」文覚はそう言って笑った。


千覚が頼朝の家人と接触して数日後の夕暮れ時、頼朝の使いだという者が奈古谷の草庵にやってきた。人目に立つことをはばかってのことだろう、修験者の姿をしていた。

「おう、盛長殿《もりながどの》、よう来てくださった」

千覚がすぐに飛び出していった。その男は藤九郎盛長《とうくろうもりなが》といい、千覚とは旧知の仲だという。

「文覚上人であらせられますか。これなる者は藤九郎盛長と申します。頼朝公にお仕え申して七年ほどになりおります。実は頼朝公がお上人様の評判をお聞きになり、一度人相を占っていただきたいと仰せでございます」

「なに、頼朝殿が拙僧に会いたいと」文覚はたちまち喜色を浮かべた。

「さようでございます。こうしてお上人様の弟子として千覚殿がおられるのも何かの縁、ぜひにもお目にかかりたいとのことでございます。こちらから出向くのが筋ではございますが、互いに流人の身とて表ざたになるのも不都合と存じます。ついては明晩にでもお上人様にお越しいただきたいと申されておいででござます」

「よかろう、承知つかまつった」

盛長が帰ったのを見届けて、文覚は言った。

「わが時は来たれり。まさに運気到来だ。その意味が分かるか、上覚房」

頼朝の置かれたところは狩野川の氾濫原にある蛭ヶ小島《ひるがこじま》だった。辺り一面薄《すすき》に覆われた中州のようなところだった。峠に立てばその辺りを見渡すことができたが、夏場は生い茂る草木に隠されている。平兼隆の屋敷とは目と鼻の先にあり、人の出入りがあればすぐに兼隆の知るところとなる。

夜になるのを待って、三人は頼朝の屋敷に向かった。淡い月影が木の間から落ちている。多くの山を踏み歩いてきた文覚には、わずかな光でもあれば道に迷うことはなかった。夜目にも白々と獣道が浮いて見えるという。二人は文覚の後に従って山を降りた。

月明かりを浴びて薄の穂が銀色に光っていた。その向こうにわずかに光が見え隠れする。屋敷の前に盛長が立っていた。

「こちらへ」盛長は先に立って歩き出した。

庭には楠の大木があり、黒々とした枝が空を覆っていた。どこかで梟が鳴いている。風が吹くと辺り一面の薄《すすき》がざわめく。流人の住まいらしくもの寂しい館だった。

明かりが灯っている方へ足音をしのばせて歩いた。御簾の向こうに烏帽子《えぼし》に狩衣《かりぎぬ》姿の頼朝らしい人影が見えた。

「そなたたちはここに控えておれ。不審のことがあったら知らせよ」

文覚はそう言うとひとことの挨拶もせず屋敷に上がり込んだ。しかも、言葉ひとつ発しないまま、御簾の間から顔だけ出してただ頼朝の顔を眺め回した。頼朝は正面を向き、座したまま文覚に向かって一礼した。遠慮会釈もない文覚の振る舞いに気負わされたのか、頼朝は顔をこわばらせて黙っていた。

一通り見終わって気が済むと、文覚はようやく頼朝の前にどっかと座った。頼朝はあらためて深々と一礼した。

伊豆に送られて十五年、頼朝も間もなく三十歳になる。管弦の遊びとは無縁に生きてきたとはいえ、烏帽子に鶯色の狩衣をすずしげに着こなした姿にはあきらかに源氏の正統にふさわしい気品がそなわっていた。

文覚はようやく口を開いた。

「この文覚、日本国中を修行して参りましたが、この私を人相見と知ってか、いたるところで六孫《ろくそん》王《おう》の末裔と称し源氏の正統を名乗る者が訪ねて参りました。しかし、残念ながら大将として一天四海を奉行すべき器の人には出会えませなんだ。殿を拝見つかまつるに、まことに御心ばせ穏やかであられ、また威応の相を持っておられる。いや、頼もしきこと限りない。めでたい」文覚は興奮を隠しもしなかった。

しかし、頼朝は身が縮む思いだった。十四歳の時からずっと流人の身にあっただけに息をひそめて生きてきた。それがあろうことか、天下を治める器量云々とこの僧は声高に話している。もしこのことを山木の兼隆の手の者に聞かれたらと思うと、寒気がした。

しかし、そんな頼朝の気持ちなどおかまいなしに文覚はさらに話し続けた。

「このままおめおめとこの伊豆にとどまり、流人の暮らしをいつまでお続けになるおつもりか。天下は今や平氏の思いのまま、この横暴をただ指をくわえて見ておられるような御方とも思えませぬが、いかがか」

頼朝はじっと視線を落としたまま答えなかった。下手に答えて、暗がりに身を潜めているやもしれない間者にでも聞かれたらと思うとますます身が縮んだ。

やがて声を潜めて頼朝は口を開いた。

「この頼朝、そのように大それたことは考えてはおりません。このような辺鄙な田舎暮らし、しかも流人の身。身を護る鎧兜どころか、兵の一人も持ちません。今のこの私にいったい何ができましょう」

低いがしっかりとしたよくとおる声だった。

「よい声をお持ちじゃ。声の善し悪しはその人の器量を示しております。声の出ないもの、声の良くない者は魂に力を持ちませぬ。ますます気に入りもうした。なにを案じることがございましょう。この文覚がお助けいたす。天下を動かす力を賜るよう、この文覚が神仏に要請いたします」

文覚は自信ありげに言ってのけたが、頼朝は静かだった。文覚の興奮は少しも頼朝に伝わらなかった。文覚があれこれと説得を試みたが、頼朝は言を左右にして答えなかった。あきらかに迷惑がっていた。

「そろそろ夜が明けます。人目に立っては危のうございます」

千覚にうながされてようやく文覚は立ち上がった。

「よろしいか、このまま命果てるまでこのような暮らしをお続けになりたいというなら、この文覚、二度とお目にはかかりますまい。しかし、源氏の正統ともあろう方が、しかもかように天下を治める吉相を持ちながら、ただこのまま手をこまねいて老いさらばえていくのを待つなどもっての外。そのことしかと心得られよ」

文覚はしつこく頼朝を説得した。夜明けを告げる雄鶏の鳴き声にせき立てられ、ようやく腰を上げた。一睡もしないまま迎えた朝だったが、気が高ぶっていたせいか、三人とも少しも疲れを感じなかった。

「あの様子ではまだまだ動く気配はないが、いずれこの文覚が立たせてみせよう。その前に坂東武者をすべて手なずけねばならぬ。忙しくなるぞ。しかし、あの気迫のなさはどうしたものかのう。流人の暮らしも長うなるとあのように牙を抜かれてしまうものか」

山道を軽々とした足取りで上っていきながら文覚は言った。

「いえ、流人暮らしが長いからということではなく、伊東殿のご息女との仲を裂かれての傷心ゆえかと……」千覚が口ごもりながら言った。

「やはり女か」

「盛長殿の話によれば、つい去年のこと、伊東殿の息女八重姫様とは一子をもうけられたほどの仲であったらしいのです。伊東祐親《すけちか》殿が京で大番づとめをされていたころのことのようで、伊豆に戻った祐親殿はそれを知って怒り狂い、二人の仲を裂いたばかりか八重姫さまを他へ嫁がせ、そのうえ、一子千鶴丸まで松川の淵に沈めて殺したとのことでございます。流人の身を嘆かれることひととおりではなかったと、盛長殿が話しておりました」

「そうか、我が子まで殺されたのか。それでは伊東はすでに頼朝殿の敵ということか。ならば尚のこと、このままではすむまいに」

奈古谷までの山道からは中伊豆の平野が一望できた。そこからは愛鷹山《あしたかやま》を前に置き、富士の山が手を伸ばせば届きそうなほど間近に見えた。眼下には狩野川が銀色に光りながら氾濫原をゆったりと流れている。狩野川を隔てた西側一帯は北条一族の土地だった。

朝靄の向こうに連なる小高い山々を眺め渡しながら文覚が言った。

「伊東がだめなら頼朝殿と北条の間をどうにかせねばならぬな。幸い北条には娘たちがおるらしい。そのうちの一人と頼朝殿を娶せてはどうかな。千覚、上覚、なにか名案はないか」

「それならばさほど難しくはございますまい。長女の政子殿の乳母がお上人様に一度ぜひにもお目にかかりたいと申しておりました。政子殿が一度人相を見ていただきたいと申されておいでなのだそうです。しかし、うかつに近づいて後々困ったことになってはと、取り合わずにおりました」千覚が言った。

「それはよい。この文覚がお二人の間を取り持とうではないか。千覚、その政子殿の乳母とやらに言うてやれ。文覚がお待ち申していると」

千覚が使いに出て数日後、政子は人目を忍んで奈古谷の文覚を訪ねてきた。躊躇う様子もなく被っていた笠を脱いだ。豊かな黒髪の目鼻立ちのくっきりとした女だった。木賊色《とくさいろ》の袿に藍色の括り袴という男のようないでたちだった。馬を巧みに乗りこなすと噂には聞いていたが、凛としたその顔に文覚は心のうちでにやりとした。

怯えてうつむいている乳母とは対照的に、政子はすずやかな顔で文覚にあいさつした。文覚の鋭い視線を受けても政子はたじろぎもしなかった。逆にその切れ長の目でひしと文覚の顔を見据えた。

文覚は笑った。この女人は頼朝よりも数段その気迫において勝っている、と思った。

「いやなかなかの面立ちをしておられる。この鄙びた地で収まるような凡庸の器ではないとお見受けした。姫君の夫君となる御方はいずれ天下を治めるほどの器量でのうては釣り合いが取れぬ」

「この地ではそのように天下を治めるような御方にお会いするのはとうてい無理でございましょう」政子はきっぱりと言い、じっと文覚を見た。その目には皮肉めいた色が浮かんでいた。噂の荒法師文覚を恐れる様子は少しもなかった。

「拙僧の見立てによれば思い当たる御方はただひとり。蛭ヶ小島の流人源頼朝殿。他にはおられぬ」

政子はかすかに眉を寄せたが、何も言わなかった。かたわらで政子の乳母は二人のやりとりをはらはらしながら見ていた。

「姫さま、そろそろお戻りにならねば。家の者たちが騒ぎだすと困ります」

「菖蒲《しょうぶ》、なにをそうびくびくしておる。騒がせておけばよいではないか。ところで文覚殿、私は源氏の流人などに会う気はございませぬ。いずれは都に参り、それ相応の方を夫に迎えようと思うております」

「そなたの意志で夫を決めるなどでき申すのかな」

「男たちの言いなりになるつもりは毛頭ございません」

「しかし、とにかくここは文覚に騙されたと思い、頼朝殿と会うてみてはくださらぬか」

「気が向きましたら、とだけ、お答え申しておきましょう」そう言い置いて政子は帰っていった。

帰り道、政子の心は浮き立っていた。文覚にはあのようにつれない返事をしたものの、内心嬉しくてならなかった。天下を治める器量の持ち主ならば、相手にとって不足はない。しかも、頼朝の噂は女たちの口から口に伝わってきた。なかなかの美丈夫で貴族然とした風貌の方らしい。

伊豆に送られて以来ずっと、頼朝が人目から逃れられることはなかった。海辺を歩こうと山に分け入ろうと誰かが見ていた。仏道に入ろうとしたこともあり、寺に籠もったこともあった。そのときですら、何を読まれているとか、どのような行をされておいでらしいとか、噂は政子の耳にまで届いてきた。龍笛の名手だとも聞いた。

つい去年までは伊東の姫君と恋仲で人目を忍んで逢瀬を重ねていたが、子までもうけておきながら二人は仲を裂かれ、子は殺されてしまった。

「天下を治める器量の持ち主とやらのお顔を一度は見てみたいもの……」と政子は思った。

政子は馬を巧みに操って山道を降りていった。菖蒲も必死についてくる。政子は足を止めて乳母の方を振り返った。

「これ菖蒲、私は一度、その頼朝という方に会うてみようと思う」

乳母は政子の言葉に息を止めた。

「何を申されるかと思えばそのようなことを。滅相もない。流人なんぞにお会いになってはなりませぬぞ。第一、父君がなんと仰せになるやら。この乳母に仲立ちをせよと申されるなら、お断りをもうします」

政子は声を立てて笑った。

「そなたという女はまこと面白みのないことよ。あの方は天下を取る相だとお上人が申されたではないか。私はこのような鄙びた地で一生を終わるのはいやじゃ。このままではいずれあの山木の兼《かね》隆《たか》殿のところへでも嫁に行かされてしまう。私は決してあのような者の妻になりとうはない。よいな、菖蒲、頼朝殿に会うぞ」

それから数日後、政子のもとに文覚からの知らせを千覚が伝えて来た。

「お上人様は天下の大嘘つきと思われてもよい。一度は騙されていただきたいと仰せです。明日、未《ひつじ》の刻を過ぎたころ、草摘みに出るふりをして狩野川のほとりをただ歩いてくだされればよいとのことです。折を見計らって頼朝殿も参られます」

「気が向きましたら、そのようにいたしましょうとお上人様にお伝え下さい。草摘みといってももう摘む草もなくては、はてどのような口実をみつけましょう」

政子は千覚をからかうように言った。千覚は苦笑した。

「野菊は今が盛りではございませんか」

「それはよい。野菊でも摘みにまいろうかのう、菖蒲」

ちょうど父の北条時政は大番役《おおばんやく》で都の警護に行って留守だった。政子にとってはまさに好都合だった。


翌日、午《うま》の刻をすぎると政子は乳母を伴って屋敷を出た。狩野川のほとりをただ花でも摘むふりをして歩けばよいだけだったが、先夜から政子は着ていく小袖から袿の重ねの色目まで吟味し、何度も着替えては菖蒲に意見を求めた。さすがの菖蒲もうんざりしながら姫君の装束選びに付き合った。

山吹に白菊を散らした壺装束に霞のような浅黄色の虫の垂れ衣をつけ、政子は乳母を従えて川沿いの道をゆっくりと歩いた。会うといってもお互いに偶然を装って、ただ遠目にその姿を見るくらいのことだろうと政子は思っていた。

間もなく蛭ヶ小島近くに来ると、薄の群れの向こうに淡い朽葉色の狩衣をまとった男の姿が見えた。供を連れてうつむき加減に歩いてくる。明らかにこの辺りの者ではなかった。供の者も一歩下がって付いてくる。

政子は胸が高鳴った。

そして政子と頼朝はさりげない様子ですれ違った。ふたりは瞬時互いに視線を合わせた。通り過ぎざま供の武士が政子に会釈をした。透きとおる虫の垂れ衣越しに政子も会釈を返した。乳母はそれをはらはらしながら見ていた。

「この乳母はもう心の臓が止まるかと思いました」

「何をそのような。私はあの方が気に入った。菖蒲、邪魔をしてはならぬぞ。父君の耳にでもはいったらこのままではすまぬ。伊東の姫君と同じような目に遭うのは金輪際いやじゃ。よいな」

その夜、使いの者がひそかに政子に頼朝の文を届けてきた。会いにゆきたいが流人の身では出てもゆけぬ。恋しさは募るばかりである、と記されていた。

政子は躊躇わなかった。夜になるのを待ち、馬を駆ってひとりで蛭ヶ小島の頼朝の屋敷を訪ねていった。頼朝は明障子《あかりしょうじ》の向こうに立っているのが女人だと知って驚いた様子だったが、すぐに政子を招きいれた。

息を弾ませている女の目は大殿油の火影に照らされて濡れたようにかがやいていた。政子は笑った。ふたりには今や言葉を交わすこともいらなかった。

以来、政子はたびたび頼朝のもとへ忍んでいった。乳母だけは仕方なくそれに従ったが、いつ父親の時政《ときまさ》にばれるかとはらはらし通しだった。時政は自分の娘だからといって容赦するような男ではなかった。今は若い後妻に夢中で、次々に女の子が生まれていた。

秋も深まった頃、北条時政はようやく都での任務を解かれて伊豆に戻ってきた。その帰り道、山木の平兼隆も合流してきた。兼隆は横に馬を並べると言いにくそうに口を開いた。

「噂はご存じでしょうか」兼隆は前を向いたまま言った。

「はてなんの噂でござろう」

「ご息女のことでございます」

「政子がなにか……」

「噂に過ぎぬうちはお耳に入れてもと躊躇しておったが、どうやら真実らしいのです」

時政は怪訝そうに兼隆を振り返った。

「あの頼朝のところへ忍んでおいでになっているとか、家人が見たと申しております」

時政は絶句した。こともあろうに娘が源氏の流人と通じているとは。聞いたとたん、怒りで体が震えた。しかし、内心の動揺を兼隆に気取られたくはなかった。時政は口元に薄笑いを浮かべてわざとのんびりとした口調で言い返した。

「あれは好奇心の強い娘でございますゆえ、流人の暮らしぶりでも覗いて見とうなったのでございましょう」

「それならよいのですが。実は是非この兼隆の妻にと念じておりましたゆえ、少々気になっております。政子殿を我が妻にという思いは噂を聞いた今も変わりませせぬ」

兼隆が横を離れるのを待っていたかのように長男の宗時《むねとき》が寄ってきた。

「宗時、そなたは何か聞いておるか」

「存じませんでした。兼隆殿はもともと姉じゃを妻にと申されておいでしたから、よほど噂が気になるのでしょう」

「しかし、噂といっても、平氏の耳に入らぬうちにことの真偽を確かめねばならぬな。山木殿がよけいな口出しをせねばよいが」

政子を問いただしたところで素直に認めるような娘ではなかった。流人と契りを結ぶのももってのほかだが、それが源氏の正統頼朝であればなおのこと、平氏からどのような咎めを被るかしれなかった。

時政はいきなり馬に鞭をくれた。先を行く兼隆に追いつくと言った。

「のう兼隆殿、政子を娶ってはくださるまいか。親がこう申すのも何でござるが、このような鄙においておくには惜しいほどの娘でござる」

「もとより願ってもないこと。早々に祝儀の準備を始めましょうぞ」

「準備などと悠長な。娘心は変わりやすいもの。早速明日にでも連れてまいりますのでどうかよろしくお願いいたします」


政子の婚姻はこうして決められた。

父の北条時政が騎馬の一軍を引き連れて戻ってきたとき、政子は何食わぬ顔で父を出迎えた。

「ようこそご無事にお戻りでございました」

「それよりそなたに折入って話がある」

「お帰り早々、なにごとでございますか」

着替えもそこそこに時政は政子を呼びつけた。時政の険しい顔を見て、政子は心の底で覚悟を決めた。

「京からの帰り、兼隆殿と約束をした。そなたを兼隆殿に嫁がせる」

「そのように急に申されても、嫁ぐとなればそれ相応の支度をせねばなりません」

内心政子は狼狽したが、顔には出さなかった。何がどうなって、自分の婚姻がこうも急に決められたのか。噂が耳に入ったにちがいない。しかし、それを詰問しようとはせず、兼隆との婚姻を決めてくるとは、父もまた相当にしたたかだと政子は思った。

「明日には山木の妻じゃ。支度だの何のと、後で届ければよい。よいな、明日じゃ」

さすがの政子もあっけに取られた。こともあろうに明日が婚姻とは。胸の動悸がおさまるのを待ってようやく口を開いた。口の中が乾いて口蓋に舌が張り付きそうだった。

「わけをお聞かせ下さい。なにゆえ、そのように急に山木殿に嫁げなどと申されるのです」

「胸に手を当ててよう考えてみよ。わしの目を節穴とでも思うておるのか。そなたと頼朝のことはとっくに耳に入っておるは。親の顔に泥を塗りおって……。そなたはこの北条一族を滅ぼす気か。もしもまた頼朝と会うようなことがあったら容赦せぬ。よいな」

逃げ出してはいけないと、いきなり政子は郎党たちに力づくで捕らえられ、細紐で手足を縛られて塗《ぬ》り籠《ごめ》に閉じこめられた。

扉が閉ざされ、鍵がかけられた。古びた装束の臭いがこもった闇のなかで、政子はじっと目を光らせていた。なんとしてでも屋敷を抜け出し、頼朝のもとへ行かねばならない。あの公家くずれの平兼隆の妻になるくらいなら死んだほうがまだましだ、と政子は思った。

翌日の朝、政子は塗り籠から出された。紐で手足を縛られたまま網代輿《あじろごし》に無理矢理おしこめられた。

「父上、そのようになさらなくとも私はどこへも逃げませぬ。兼隆殿の妻になる決心がようようつきましたゆえ、紐をほどいてくだされませ」

「ならぬ。そなたは何をしでかすかわからぬ奴だからな」

兼隆の屋敷に着くまで輿に揺られながら政子はもうなにも言わなかった。屋敷に着くと時政はようやく縛っていた紐を解いた。手首にも足首にも赤い痣ができていた。

兼隆はいかにも嬉しげに政子を出迎えた。

「急のことゆえ十分な支度もできかねて心苦しいかぎりでござるが、どうか今日よりはここがそなたの屋敷ゆえ、気ままになされませ」

時政は娘が兼隆の屋敷に落ち着いたのを見届けるとさっさと帰っていった。

「姉上はこのままおとなしくしておいででしょうか」帰りみち、宗時は父に言った。

「後がどうなろうと知らぬは。こちらは約束通り娘を届けた。これより先はなにが起ころうと兼隆殿の問題じゃ」

兼隆の屋敷に取り残されても政子は泣いてなどいなかった。父への怒りで腹が煮え立っていた。日が暮れ、明かりが灯された。やがて渡り廊下を歩いてくる足音が聞こえてきた。政子がそっと几張のかげから覗くと、兼隆が真新しい直垂《ひたたれ》を着込んでやってくるところだった。几張が揺れて兼隆が顔をのぞかせた。兼隆は政子のそばに来ると手を取った。引き寄せようとする兼隆に政子は顔を背け、恥じらう様子で小声でつぶやいた。

「まことに口にするのもお恥ずかしいのですが、実は月の触りがございます。どうか今宵は都のことなどお聞かせくださいませ。たくさんの美しい姫君たちがおいでになるのでございましょう」

政子はいかにも熱心に兼隆の話を聞いているふりをし、時には笑みすら見せながら、兼隆が出て行くのを待った。間もなく雨が降り始めた。

「雨でございます。なんと口惜しいこと。殿の腕の中で月を愛でたいと思うておりましたのに。どうか今宵はこのままお戻り下さい。月明かりの下でこそ殿とは契りを交わしとうございます」

そうして政子はついに肌には触れさせなかった。仕方なく兼隆は夜明けを待たずに引き上げていった。政子はどっと疲れを感じてその場に突っ伏した。

未明に降りだした雨は夕暮れになっても止まなかった。肌寒く家の内はしんとしている。その日は早く日が暮れた。政子はじっと考え込んでいた。なんとしてもここを逃げ出さなくては、と思った。そこへ人の気配がして目を上げると、暗がりに乳母の息子の高三郎が控えていた。高三郎は今は頼朝の雑色《ぞうしき》を勤めている。

「いかがいたした」

「頼朝様が姫君のことをご案じなされ、文を預かってまいりました。誰かに見つかってはいけません。私はこれで」言い残して高三郎は闇に消えた。

殿は私の身を案じていてくださる。そう思うと政子はふいに涙が湧いてきた。

文には『この度のこと、心から案じている。何があろうとも自死などもってのほか。いかにしても生きていていただきたい。命があればまた逢うこともあろうから。私は政子殿の無事を祈願するため、今は伊豆山権現に参籠している』とあった。

政子は文を抱きしめた。そして雨の降りしきる暗い空を見上げた。動悸がした。

「……こんな夜によもや若い女が外へ行こうなどとは誰も思うまい。あの方のもとへ行くには今宵しかない」

政子は心を決めた。頼朝と引き離された苦しみに比べれば、伊豆の山を夜中に歩くことなどなんでもなかった。

家の者たちが雨に油断して寝静まった夜更け、政子はそっと屋敷を抜け出した。気づく者はなかった。築地を抜け裏木戸を押し開けて屋敷の外に出た。辺りの様子をうかがったが人の気配はなかった。藍色の小袖を頭から引きかぶり、政子は雨の中を裸足で走りだした。

雨にしなだれる枯れ薄の中を全身ずぶ濡れになりながら、政子は歩き続けた。伊豆山までは五里はある。記憶を頼りに山道を歩いた。雨に濡れそぼつ枝先が顔を打ち、丈高く伸びた草に足をとられた。それでも政子は立ち止まらなかった。頼朝への狂気のような恋情に導かれて、山道を登りつづけた。

やがて雨は止み、雲間に月が顔をのぞかせた。

「神仏は我に味方してくれた。なにを恐れようか」

政子はひとり嘯《うそぶ》いた。吐く息が月光に白く光る。月明かりの下、政子はようやく伊豆山神社にたどり着いた。土肥実平の郎党たちがたちまち政子を取り囲んだ。

「何者じゃ」

「北条政子にございます」

一同は声もない様子で政子を迎え入れた。

「さっそく殿にお知らせ申し上げます」

「それより先に井戸へご案内くださいませ。このようななりでは殿にお目にかかるわけにはまいりません」

政子は湯殿に案内された。汚れた足を洗い、気休めに手櫛で髪を整えた。息が弾み頬が熱かった。濡れた髪が頬に張り付き、小袖は濡れて重く、見る影もない無惨な姿になりはてていた。

「女物は用意がございませんのでこれを」郎党の声がして白絹の袿が差し入れられた。政子は着ていた物を脱ぎ素肌に白い袿をまとった。気がゆるんだせいか、全身がわなわなと震えた。

政子は頼朝の居室に案内された。頼朝の顔を見たとたん涙があふれた。

「なんという無茶なことをなさる。もしものことがあったらどうなさるおつもりか」

頼朝は政子を引き寄せた。

「話は聞いておる。山木の妻になられたと聞き、もう会えぬかと思っていた。雨の中を逃げてまいられたとは……」

すっぽりと頼朝の腕の中に抱き取られて政子ははじめて声をふるわせて泣いた。

北条時政は山木の兼隆からの知らせで娘の出奔を知った。頼朝の消息を探らせると伊豆山に籠っているという。怒り狂いはしたが、しかし、敢えて連れ戻そうとはしなかった。伊豆山には修験者が多く住む。しかも山寺といえども、背後には比叡山延暦寺や南都の興福寺が控えている。箱根権現の別当行実《ゆきざね》とその弟の永実《えいじつ》、また土肥実平《どいさねひら》などは源氏に与していることを隠そうともしなかった。いずれも修験道に通じ、伊豆の山の隅々まで知り尽くしている。彼らにとっては自邸の庭も同然だった。

政子を連れ戻しに行けば、これらの僧たちとの間に騒動が起きることは目に見えていた。騒げばことは平氏の耳にも入るだろう。ここは静かにしているほうが得策だった。兼隆とても妻に逃げられたことを人に知られたくはないにちがいない。

事情がさいわいして政子はそのまま頼朝のもとにとどまることができた。流人頼朝とのささやかだが満ち足りた日々が始まった。

そして政子はまもなく懐妊し、女の子を産んだ。大姫と名付けられた。

文覚は上覚と千覚を伴い、平兼隆や仲綱の家人に気取られないよう用心しながら、たびたび頼朝に会いに出かけていった。街道を避けて藪をかきわけておりていく。峠に立つと霙まじりの北風がまともに吹き付けてきた。

上覚はこれから待ち受けている運命を漠と思った。文覚が頼朝に挙兵を促してから二年が過ぎた。しかし、頼朝はいっこうに動こうとしない。

文覚は焦っていた。後白河法皇に宛てて上申書をしたため、外戚にあたる源光能《みつよし》にひそかに使者を送った。一日も早く勅勘を解いていただきたいと。勅勘が解かれなくては動きが取れなかった。頼朝自身が動くことができない以上、坂東武者の動向を探るのは自分の仕事だと文覚は思っていた。

治承二年（一一七八）五月、ようやく光能から使いが来た。『勅許はいただいたゆえ。伊豆国守護の監視は解かれた。今や自由の身ではあるが、洛中に入ることは禁じるとの仰せである』との内容だった。

「勅勘が解けたぞ。これで動くことができる」

「都に戻ることができるのでございますか」上覚はいさんで尋ねた。

「いや、伊豆から出ることは自由であるが、洛中には入ってはならぬと仰せだ。神護寺がいかがあいなっているか気になるが、今は頼朝殿を助けてこの国を動かすのが先だ。これから上総、下総、武蔵をまわらねばならぬ」

その言葉通り、文覚は動き出した。

一方、都では穏やかな日々が続いていた。湯浅家では薬師を囲んで始終笑い声が絶えなかった。

上覚が伊豆に送られたとき、まだ生まれたばかりの赤ん坊だった薬師もいまや五歳。祖父の宗重はたいへんなかわいがりようだった。

知念も彩の気遣いでいつしか湯浅家になじんでいた。乳母がいないときは、薬師の子守りをした。薬師は知念がそれまで一度も見たことがないほどきれいな子供だった。湯浅家ではその薬師をまさに宝物のように大切にしていた。知念にもよくなついた。時々おどけた顔をしてみせると、薬師はいつも知念の期待通りに声を立てて笑った。

伊豆に下った上覚からは折々に文が届いた。

文が届くたびに、知念は彩になんと書いてあるのかと尋ねた。中に知念は息災だろうか、という一文があると、何度も読んでくれとせがんだ。知念は年齢の割に幼く、体も小さかった。

文には伊豆の様子がこまごまと書かれていた。文覚上人ともども息災であること、草庵のそばには見事な岩があり、上人はその岩の上で護摩を修しているという。自分もまた今は学問こそできないが日々、修行に励んでいることなどが書かれていた。

「この文によれば、上覚殿もどうやら無事に過ごしておられるらしい。伊豆の地は冬も温かく、紀州とよく似ているというから、それだけでもこの母はほっとする」

千賀は上覚からの文を受け取るたびに同じことを言った。

彩は今またおなかに二人目の子供を宿していた。日々何事もなく過ぎていくかにみえた。しかし、このところ彩はなんとはなしに不安だった。後白河法皇と平清盛との間の軋轢は強まる一方だという噂も聞こえてきた。

彩は縫い物の手を休めて外に目をやった。今朝ほどから南風が吹き始めていた。嵐が近いのか生暖かく荒々しい風だった。その風がわずらわしいと、御簾はすべて巻き上げられていた。昼を過ぎるころから風はいよいよ強くなり、夏の装束を縫う女たちの手元を狂わせた。

「なんとわずらわしい風でしょう。手元が狂って難儀いたします」手を止めて女のひとりがつぶやいた。「なにやら気味の悪い風でございますね。一雨来てくれればよいが」

庭で箒を手にしたまま、知念もぼうっと空を見上げている。

「知念、お前はいつもそのようにぼんやりとして。早う柄杓《ひしゃく》でこの辺りに水をまかんかい。ほんに気の利かない奴じゃのう」

葦乃に言われて知念はあわてて柄杓を探しに走っていった。走っていきながら、腹立ち紛れに舌打ちした。

「ほんに福原で千僧供養もなされたというのに。こうしていてもなにやら胸がざわついてならない。不吉なことでもおこらないとよいがのう」女たちはうなずきあった。

彩は縫い終わった衣を広げた。麹塵《こうじん》色の生絹《すずし》の直垂《ひたたれ》は夫の平重国におくる夏の装束だった。

「不吉も不吉じゃが、この埃には我慢がならぬ。縫い上げたばかりのせっかくの夏衣も汚れてしまうではないか」乳母の葦乃が声高に言うと、女たちに笑い声が起きた。

薬師の子守をしているはずの葦乃が他の女たちに混じって話し込んでいるのを見て、彩は眉をひそめた。

「葦乃、薬師はどこじゃ」

「あれ、つい今しがたまでここにおられたが」

「そなたはいつもぼんやりしておるから、私は気が気でならない。はよう探しておいで。目を離したすきにまた何をしでかすやら分からない子だから」

彩はついきつい口調になった。葦乃は肩をすくめた。

舌を出してみたり、肩をすくめたり、田舎者のするしぐさが彩は好きになれなかった。それにこのごろ葦乃はとみに太ってきた。そのせいで、いつも襟元がだらしなく開いている。薬師の乳母にはふさわしくない女だと思った。

父親に乳母を変えてくれるように頼んだが、乳母など丈夫でよく乳がでればほかに何の不足があろうか、と宗重は言い、そのまま有田から葦乃を連れてきてしまった。

「きっとまたお祖母さまのところですよ。見てきておくれ」

彩にうながされて葦乃は重い腰をあげた。

「薬師さま、薬師さま」葦乃は屋敷内を声高に呼ばわりながら薬師を探しに行った。

薬師は祖母の住まいになっている北の対にいた。濡れ廂に膝を抱いて、形を変えながら勢いよく流れていく黒雲を見ていた。羅城門のある南の方から黒雲はつぎつぎに湧き出して北野の方へと流れていく。

「ああ、ここにおられましたか。乳母は肝をひやしましたぞ。黙ってどこぞに行かれたら、この葦乃がまた母上にしかられましょうに」

「なんの肝を冷やすことなどありましょうか。薬師はこのお厨子の如意輪観音菩薩が大好きで、会いに来るのだもの。そのことはよう知っておろうになあ」祖母の千賀は笑った。

「葦乃、火がたくさん来るよ。でも、ここまでは来ない」薬師は空を見上げたまま言った。

「なんのことを申されるやら、そのようなことを申している。今日はくれぐれも火には用心しなくては」

「今朝ほどから、火が来るなどと」

「熱いよ、とっても熱いよ」

薬師が言うと、葦乃は大げさに肩で溜め息をついてみせた。

「またまた訳の分からぬことを申されて……。それより、薬師さまのお姿が見えぬと母上が心配しておいでじゃ、あちらへ戻りましょう」

薬師はすなおに葦乃に手を引かれて母のところへ戻っていった。縹《はなだ》色の袖の陰から右の腕に巻いた手当ての布がのぞく。

一月ばかり前のことだった。御所の警護から戻ってきた父重国は、出迎えに走り出てきた息子を抱き取ると、その愛らしさに思わず、「我が子ながらそなたはまことに美しい。かほどに美しい子は滅多におらぬ」と言った。

「のう、そなたはどう思う。かように美しい子は武者にして御所に上らせてはどうかな」重国は妻に言い、烏帽子を脱ぐと息子の頭にのせた。

「ほれ、どうじゃ。なかなかよいではないか。御所さまはことのほか美しいものがお好きであらせられるからな」

「そのようなお戯れを。男子を授かった暁には、神護寺の薬師仏に参らせ、法師にするとお約束いたしましたものを、もうお忘れでございますか」彩は夫の腕から薬師を抱き取りながら言った。

「そうは申しても、湯浅家は累代の武士の家、男子ならいずれは湯浅党の党首にもなろうというもの。のう、薬師」重国が手を伸ばして頭を撫でようとすると、薬師は身をよじって避けた。彩の腕を振りほどくと走って奥へ消えた。

しばらくして、火がついたような薬師の泣き声が聞こえてきた。なにごとかと重国と彩が行ってみると、薬師は炭櫃《すびつ》の前に座り込んで泣いていた。傍らに知念が青い顔をして立っていた。

「どうしたのじゃ、なにがあった」

「あれ、これはいったいなんです。薬師、いったい何をしたのです」彩は叫んだ。薬師の右の腕には赤黒い筋がついていた。そばに焼けた火箸が落ちてかすかに煙っていた。

「知念、そなたはもしや……」

知念はあわてて頭を振った。薬師は泣きじゃくった。

「顔が美しいゆえ、武者にして御所に上らせると父君が申されたから」薬師はしゃくりあげた。

「それだからといって、なにゆえ腕を焼いたのです」

「だって、熱かったのだもの、お顔が熱かったのだもの」

「そなたは顔を焼こうとしたのか、なんということを……。知念、そなたはなぜ止めなかった。なにゆえそこで黙って見ていたのだ」重国は知念をなじった。知念は震えていた。

「それより早う手当てをいたさねば」彩はうろたえ、薬を探しに出ていった。重国は泣いている薬師を抱いて彩の後を追って出ていった。

知念は顔をこわばらせ、茫然とその場のなりゆきを見ていた。

知念が何気なしに通りかかった時、薬師は炭櫃の前にいた。火箸を炭の上にかざしているのを見て、知念は部屋に入っていった。「火遊びしたらいかん」と言いかけたとき、薬師は火箸を顔の前に持っていこうとした。思わず止めようとしたそのとき、薬師はいきなり自分の右腕に焼けた火箸を当てた。止める間もなかった。第一、薬師が何をしようとしているのか、知念にはまったく飲み込めなかった。

それでも自分はなじられた。止めようとしたのに、まるで自分が薬師にひどいことをしたのではないかと彩すらも疑った。知念は悔しくてならなかった。一所懸命つくしても、何かあればこのような疑いをかけられてしまう。

「ほんにお前はなにもしておらぬであろうな」葦乃までが、知念を疑いの目で見た。「育ちの悪い者は何を考えておるか分からぬからな、ああ、恐ろしや恐ろしや」言いながら、葦乃は肩をすくめてみせた。悔しさに知念は泣いた。

薬師の後からついていきながら葦乃は思った。「顔が美しいから御所にのぼらせるというなら、顔を焼いて醜くなれば武者にはならずにすむ。そしたら僧になれるなどと、まだ四つや五つの子が思うものだろうか。扱いにくいことよ」と。

それにこのところ、北の対に毎日のように行っては、お厨子の前にすわって如意輪観音菩薩に手を合わせて、なにやら唱えている様子。経などまだ知るよしもないというのに、恐いお子だ、と葦乃は思った。

「薬師さま、今日はこのように風が強うございます。清水寺へ参るのは明日にいたしましょう。近頃、面白い猿楽の者たちが南都から参っているそうな。たいそうな評判ですよ」

「法師もおるかな」

「はあ、法師でございますか。清水寺は寺でございますゆえ、法師はそりゃあおられますにちがいございません」

「なら、行く。ニジー、ムジンニー、ボーサ、ソクジュウザーキ、ヘンダンウーケン。葦乃、ニジー、ムジンニーって、どんな意味なの、教えておくれ」

「めっそうもない、この葦乃はそのような経の意味など知りませぬ」

「知念は知っているかな。カンノンキョウだよ。お祖母さまが教えてくださったの」

「……はあ、いよいよこれはこの葦乃なぞの手に負えるお子ではないわ」葦乃は溜め息をついた。


その夜、激しく鳴る鐘の音で屋敷中の者が目を覚ました。男たちが庭へ飛び出してみると、京の空は一面おびただしい火の粉に覆われていた。二条辺りに火柱が上がっている。風に煽られて火の粉は四条あたりまで降り注いだ。

「火事だ。お腹の子に触るゆえ、そなたは決して火を見てはならぬ、こちらにおられよ。私はこれから御所の様子を見に参る」

妊婦が火を見るとお腹の子に痣ができると言われていた。重国は身重の妻を気遣い、几張の陰からすべりでると、支度もそこそこに馬を駆って高倉天皇のもとへ馳せ参じた。

葦乃が薬師を抱いて、彩のそばへやってきた。

「薬師や、こちらへおいで」彩が言うと、薬師は衾《ふすま》のなかにもぐりこんできた。小さな体が震えていた。

「思えば、薬師さまが昼間、奇妙なことを申されましたが、このことでございましたような」乳母は思案げに言った。

「薬師がなにか申しましたのか」

「はい、火がたくさんくる、熱いなどと。わたくしはてっきり先だっての火傷のことを申されたのだと思っておりました」

「薬師や、なにか見えたのですか」

薬師は母の袖に顔をうずめたままうなずいた。

「空いっぱい、たくさんたくさん火が飛んでるのが見えたの」

外はにわかに騒々しくなり、男たちの叫ぶ声が聞こえ、屋根を踏みしだく音が聞こえた。飛んでくる火の粉を叩いては消し、築地にめぐらされた池から水を汲みあげては、手から手へ渡して、桧皮葺の屋根に撒いている。

知念も屋根に上った。水桶を手渡されてはそれを屋根に撒いた。しかし、知念は夜空を焦がして燃え盛る炎を見て、言いようのない気の高ぶりを覚えた。笑い出したいほどだった。「……いっそこの炎が都中をすっかり焼いてしまえばいい。炎がどんどん広がって瓜生山まで燃えてしまえばいい。あの男も母親もみんな焼け死んでしまえばいい」と思った。

樋口富小路の芸人たちの住まいから出た火はおりからの南風に煽られて燃え広がった。西は朱雀、北は二条まで広がり、火炎は渦を巻いて大極殿を含む大内裏を焼きつくし、公卿たちの屋敷を焼いた。その中に平重盛《しげもり》の屋敷も含まれていた。豪壮な邸宅だったが、一夜にして灰となってしまった。

「これも重盛殿の家人が白山の神輿《みこし》に矢を放った祟りにちがいない」

乳母の葦乃がひそひそ声で家の女たちに話しているのを聞きとがめて、彩は眉を寄せた。

「滅多なことを言うものではない。この湯浅家は平氏に仕える身じゃということを忘れたか。禿髪《かむろ》の耳にでもはいったらただではすむまいぞ」

「けど、お方さま、このところの騒動は知らぬ者とてなし、禿髪などこの葦乃はちっとも恐ろしゅうはございません」葦乃は赤ら顔を袖で隠しもせず笑って見せた。

白山の神輿事件とは、加賀守藤原師高《もろたか》の弟で加賀の目代となっていた師経《もろつね》が涌泉寺の僧と寺領のことで争いを起こし、堂舎に火を放ったことに端を発する。

白山側からの知らせに延暦寺の衆徒は怒り、師高と師経を処罰するよう、後白河法皇に直訴したが、法皇は無視された。なんといっても藤原師高も師経も後白河院の側近中の側近である西光《さいこう》の子だったからである。

しかし騒ぎはさらに大きくなった。法皇はいたしかたなく師経の流罪を決め、この騒動を収めようとされた。西光も不承不承だったが、これを受け入れた。

しかし、それくらいでは延暦寺の衆徒の怒りは収まらなかった。末寺がそのような目に合わされたことは延暦寺を侮辱したも同じこと、師高も流罪にせよと法皇に迫った。

強訴は常のことで、勢いづいた山門の衆徒は日吉と白山両神社の神輿をかついで都へなだれこみ、御所へ押しかけようとした。

衆徒の動きを知らされた法皇はすぐに平重盛を召された。

「寺門の言うがままになれば、後々しめしがつかぬ。押し返せ」

法皇の命令で重盛は二百騎を率いて大路を下り、四条の橋で衆徒の群れを迎え撃った。はじめはただ威嚇しようとして矢を向けていただけだったが、騒ぎはますます大きくなり、怒号のなか重盛勢に向かって衆徒が礫《つぶて》を投げつけ始めた。興奮した衆徒はたちまち暴徒と化し、力づくで入京しようとした。

礫をあびせられた兵たちもいきり立ち、重盛の制止も聞かず矢を放ち始めた。矢に当たってばたばたと人が倒れた。そのうちの一矢が白山神社の神輿にあたった。衆徒はそれを見てどよめいた。重盛の兵たちもさすがに動揺した。

そのすきに衆徒はたちまち四条大橋を渡り、京へとなだれ込んできた。

この騒動の成り行きを都中の者が見ていた。なかでも日頃から平氏に不満を抱いていた貴族たちはいっせいに重盛を非難しはじめた。

「争いは仕方がないとしても、神輿に矢を放つなど言語道断。これを見過ごしては後々神罰が下りはしないかとおそろしい」と院にも上申した。

そうなっては法皇も決断せざるを得なかった。人々の批判をかわすためにいたしかたなく藤原師高をも流罪にし、矢を射た重盛の家人も逮捕して一旦はこの事件も終息したかにみえた。

しかし、人々のなんとはなしの不安は消えず、いずれ神罰が下るにちがいないと密かにささやき交わしていた。折も折、四月二十八日の夜、京の街を大火が襲ったのだった。この火事で関白以下公卿方十三人の屋敷が焼けてしまい、消失した民家は二万戸にのぼった。

一夜明けてみれば、大内裏を中心に辺りは焼け野原と化していた。まだくすぶり続けている路地のそこここに逃げ遅れた牛馬が焼け死に、あたりには異臭が漂っていた。昼は空が真っ黒になるほど烏の群れが集まり、夜ともなると野犬が群れをなして焼け跡を徘徊しては死肉をむさぼり食っていた。

平重国は焼け跡を馬で見回りながら不吉の思いを拭いきれずにいた。都の守りとして造られた羅城門は倒壊し、東寺も西寺も今や乞食や夜盗の住処と化している。それがここにいたって大内裏までが灰燼に帰してしまった。今や平安京そのものが姿を消したも同然の有様だった。

焼土と化した都を眺めわたしながら、重国はようやく上覚の思いが分かった気がした。親に背いてまでなぜあの物狂いの文覚上人についていったのか、今では理解できる。

この国は魂を失ったただの抜け殻だと上覚は言った。

「私を父上も世間も物狂いの上人について歩く愚か者だと笑います。けれど空海様がこの国と王と民の安寧を祈られた場所を荒れ放題にしておき、民のことを思うより我欲に走り、権力を追い求め、飢えて死んでいく子らのあることを忘れて、なんの政でしょう。しかも日々、贅の限りを尽くしての遊興三昧。そのような方々と、国の魂の再興を叫んで神護寺復興の勧進に歩かれる文覚上人と、いったいどちらが狂っておるのでございましょう」

上覚はそう言った。確かに上覚の言うとおりだった。いったいどちらが狂っているのかはいまや自明のことに思われた。

重国は馬を止めて大路を振り返った。南大門が夕闇の中に焼けただれた姿をさらしていた。まるでそれはこれからこの国を襲う不吉の象徴のようにも思えた。

火事の後始末を終え、湯浅宗重は自邸に戻ってきた。湯浴みの後、着替えを済ませると千賀や孫のいる北の対へやってきた。

「ここまで火が届かなくて幸いでした。一時はどうなることかと……。それにしても、大内裏まであのように燃えてしまうとは、恐ろしいことの前触れでなければよろしいのですが」

千賀は言った。できれば胸の内の不安を夫に打ち消してほしかった。

「この京があまり騒がしくなるようであれば、そなたは娘や孫を連れて紀州に戻るがよい。この先、何が起こるか分からぬ。わしも一息入れたら、また六波羅に戻らねばならぬ」

「そうは申されましても……」

千賀は思案した。彩は二人目の子の出産が迫っていた。今度こそ夫のそばで子を産むのだ言い張って、紀州へは帰ろうとしない。今となってはもう旅ができる体ではなかった。

「それにしても彩の出産が無事すみましたら、子供たちと彩だけでも紀州へ返しましょう」

千賀は御簾越しに暗い空を見上げて言った。煙の臭いはいまだ消えない。


夫の重国が四条坊門の屋敷に顔を見せたのは子《ね》の刻を過ぎたころだった。先だって彩が縫い上げ、届けさせた麹塵色《こうじんいろ》の狩衣を着ていた。

「ようお似合いでございます」

「あなたはよくよくこの重国の好みをご存知でいらっしゃる」言いながら重国は妻の肩を抱き寄せた。

彩は夫の胸に身をあずけながら、近頃とみに目立ち始めた腹部を隠すように羅《うすもの》の表着をかきあわせた。かたわらで眠ってしまった薬師を葦乃に連れて行かせようとすると、重国はそれを制した。

「またもやこの国は騒がしいことになるやも知れません。こうしてあなたや薬師とすごすひととき
が、今の私にはなによりありがたい」重国は言いながら眠っている薬師の垂れ髪を指先でそっと掻きあげた。

「なにかよくないことでも」

「さほどのことではありません。ご心配は無用です。ただ、すぐにまた御所に戻らねばなりません。その前にあなたさまと薬師の顔を見にまいったのです。ところで舅殿は今宵どちらにおられるかご存じですか」

「六波羅の方に戻りました。それにしても、なにやら胸騒ぎがしてなりません」

「あなたさまは身重ゆえ、心配がすぎるのです。しばらくの間、お訪ねすることはできないかもしれませんが、くれぐれもご心配なさらぬように」重国はそう言い置いて夜が明ける前に帰っていった。


彩は廂《ひさし》に出た。胸騒ぎはいっこうにおさまらなかった。空に星はない。まだ煙が残っているのだろう。辺りには異臭がただよっている。そのとき渡り廊下を来る衣擦れの音が聞こえた。

「どうしました。眠れませんのか」千賀は娘の傍らに腰を下ろした。

「ああ、お母さま。お母さまこそ、お休みにならなかったのですか」

「眠れません。父君がいよいよ騒がしいことになるやもしれないと申されておいででした。はてさて、どなたがどなたと争われるのか、いっこうに分からぬ。朝廷のことはなにを尋ねても答えては下さらない。天下の政にかかわることを女子どもにやすやすと話すわけにはまいらぬと申されて」

「女子ども、でございますか。けれど彩には先日の白山の涌泉寺のこと、延暦寺のお坊さま方のなされようも分かりません。僧ならば人々の安寧を祈ることこそ務めではございませんか。それが長刀に槍など構えて争いごとばかり。それこそ私にはわけの分からぬことの第一でございます」

「確かに。しかし、この度の重盛殿のなされようはあまりといえばあまりのこと。衆徒を射殺すとは……。あの軍勢のなかに重国殿やそなたの父君がおられたらと思うと、肝が冷えました」

実際、宗重も重国もそのときの軍勢には加わってはいなかったので、女たちは胸を撫で下ろしたのだが、しかし、ことはそのままでは終わるはずもなかった。

「つくづく武者というのは因果なものだと思います。命令とあらば、それがどのような理不尽なことであろうと従わねばならないのですから。とはいえ、このままでことがすめばよいのですが」彩は思案げに言った。

「このままでは収まりますまい。でなければ、父君があのように申されるはずもない」

それから二日後、京の人々がさらに不安を募らせる事件が再び起きた。深夜、強盗の一団が先だっての火事で類焼をまぬがれた中宮庁に押し入り、さまざまなものを盗み出した挙句に火を放って逃げた。しかも、賊は右衛門の陣をめがけていっせいに矢を放ったので検非違使も応戦できず、追跡することもできなかったという。さいわい火はすぐに消し止められたが、その間に賊は逃走してしまった。次第に崩壊していく都のありさまを誰もが不安の思いでただ見ているよりほかはなかった。

火事の翌日、湯浅家では焼け出された人々のために強飯を炊きだし、避難所になっている近くの寺に届けさせることにした。知念がその役を言いつかった。馬の背に握り飯のつまった葛篭《つづら》を括りつけ、知念は出かけていった。

「知念、気をつけていくのですよ」出しなに彩は言った。

知念は薬師の火傷の一件以来、あまり口を利かなくなった。彩はそれが気になり、何か役割を務めさせて褒美のひとつもやり、気を取り直させようと思っていた。直垂も新しく仕立てて着せてやった。

しかし、知念は彩にも心を閉ざしてしまったようだった。暗く陰気な顔でひとりでいることが多くなった。薬師のことも以前のように構わなくなった。その顔を見ていると彩は取り返しのつかないことをしてしまったと後悔した。

知念は馬の手綱を取ってぶらぶらと洛中を目的の寺まで歩いた。真新しい直垂を着ているせいで、偉くなったような気がした。

辻にたむろしている乞食が数人、目ざとく知念の荷物に目をつけて駆け寄ってきた。

「なんぞめぐんでくだされ。もう何日も食うてはおらぬ。荷は食い物であろう」

口々に言いながら後を追ってきた。知念は無視して馬を進めた。追いすがってきた男を腕を振り上げて威嚇すると、男は逃げた。

女乞食が子を抱いたまま、どこまでもしつこく知念を追いかけてきた。「この子に乳をやりたいが、一滴も出ぬ。何日も食うておらぬからな。この子を死なせとうはない。なあ、なんぞおくれ」

女に袖を掴まれて、知念は足を止めた。汚れて藁のようになった髪、垢じみた顔、胸元には干からびたような赤子がしがみついていた。それを見て、知念はなぜか無性に腹が立った。

思わずすがりついてくるその女の肩を力任せに突き飛ばしていた。とたんに女は悲鳴を上げ、這って逃げようとした。それを追いかけていって知念はなおもその女の脇腹を足で蹴った。女の下で赤ん坊は声も立てなかった。赤ん坊はとっくに死んでいたにちがいないと知念は思った。

「なんもやらん。お前なんぞにやるものなんぞ、なんもない。死んだ赤子なぞ連れまわして、なんと卑しい奴か。お前のように汚らしい女は死ぬがいい。早う死んでしまえ」

知念は勝ち誇ったように言った。言ったとたん、凶暴な気分が突き上がってきた。それはねじくれた腹の底から湧いてくる酷薄で奇妙な快感だった。

知念は女をなおも蹴った。女は泣きながら逃げていった。

それを見て、知念は自分が大きくなった気がした。恐れるものなどほんとうはなかったのだ、と思った。脅しつけてやれば、人は怯える。これまで馬鹿にされ、虐げられてきた恨みをいつか必ず晴らしてやる、と思った。自分を見下し、馬鹿にした連中にいつか目に物見せてやる、と。

知念は肩をいからせて歩いた。明らかに世界が変わって見えた。

後白河法皇はこのところの一連の出来事に心悩ませておいでになった。いったんは延暦寺側の圧力に負けて西光の息子二人を流罪にしたのだったが、そうなると今度は西光が黙ってはいなかった。

「西光殿がまたお目もじを願い出ております」

近習の者が告げると、院は眉を寄せられた。

「よほど腹の虫がおさまらないのであろう。通せ」

西光は院の前に進み出ると深々と頭を下げた。

「折り入ってご相談申しあげたい議がございまして参上つかまつりました」

「申してみよ」

「ここでは人の目に立ちまする。そろそろご祈禱に参られてはいかがでございましょう」

西光は御簾の向こうに目をやりながら小声でささやいた。確かに近習の誰かが裏切らない保証はなかった。

「よかろう」

院はお人払いをされ、西光をともなって法住寺殿の中に建立された蓮華王院へ向かわれた。俗称三十三間堂には千体の千手観音が納められている。

金泥がまぶしい千体の千手観音菩薩を従えて中央には巨大な千手観音の座像が鎮座ましましている。院はその前に護摩壇をしつらえさせ、ことあるごとに護摩をたかれる習いだった。こうして法皇と側近の密議は常に法住寺殿内の蓮華王院で行われた。

西光は中尊の前に出ると千手観音の本印を結び、真言を唱えた。

「さて、話とは……」

法皇にうながされて西光は慇懃に頭を垂れた。

「はい、では申し上げまする。このところの平氏の横暴は目に余るものがございまするが、それは周知のこと。であれば、もし今回の一件を口実に多くの僧兵を抱える比叡山延暦寺と平氏とを戦わせてはいかがかと。そうなれば双方の力を削ぐことも可能でございまする。いかがでございましょう」

「なかなか面白い。双方を戦わせるとは妙案じゃが、どのような策を思いついた。申してみよ」

法皇は数珠を繰りながら尋ねられた。

「はい、それでは申し上げまする。もともとこの騒動は天台座主の明雲《みょううん》殿のお考えから発したこと。まずは明雲殿にその責任を取っていただくのが筋というもの」

「明雲をいかにせよと申すか」

「天台座主《ざす》の地位を解き、還俗《けんぞく》させてどこぞに放逐なされませ」

「そのようなことをしたら、衆徒らが黙ってはおるまい」

「そこが狙いでございます。かならずや騒動が持ち上がりましょう。騒動鎮圧のため、平氏の誰ぞを大将に比叡山に攻め入らせるのでございます」

「それはなかなか面白い。それではさっそく火種を仕込んでみようぞ」

法皇は五月四日には延暦寺に検非違使を遣わせ、先の騒動の責任を取らせるため明雲を還俗させたうえで伊豆に追放し、その所領三十九ヶ所も没収するとの宣旨を下された。後任の天台座主には覚快法親王が任じられた。

この仕打ちに比叡山の衆徒が黙っているはずもなかった。比叡山では十三日に武装蜂起し、神輿を山上に運んで軍陣を張る動きを見せた。十五日には京極寺に僧兵が集結し、徒党を組んで法皇のおいでになる法住寺殿へ押しかけた。明雲の処分に抗議するためである。

ことは西光と法皇の思惑通りに運んだ。

はじめから予想した動きであったから、法皇は二十一日に明雲を伊豆へ配流する決定を変えようとはなさらなかった。その日、明雲は籠にいれられ、伊豆に向けて出発させられた。

その知らせは叡山の者に意図的に流されたが、その裏にある企てを知るよしもない衆徒たちは、法皇と西光の思惑どおり、明雲の一行を近江の粟津で待ち伏せし、武力で奪い還した。明雲は衆徒たちに守られてふたたび延暦寺へ戻っていった。

「いかがでございます。ばんじは思惑どおりに進みましたな」西光はほくそえんだ。

「まことに面白くなってきた。平氏の誰ぞに叡山攻めをさせようではないか。さて、誰にしようぞ」

「平経盛《つねもり》殿あたりがよろしいかと」西光は言った。経盛は清盛の弟である。

ところが経盛は法皇の命令に容易に従おうとはしなかった。平氏はこれまでずっと比叡山とは協調関係にあっただけに、いかな法皇の命令であれ、叡山とことを構えることをよしとしなかったからである。

数日の後、経盛は法住寺殿に使者を送り、院宣には従いかねる旨を伝えてきた。

「いかにしてくれよう。院宣に背くとは、傲慢にもほどがある。清盛を福原から呼び寄せよ」法皇は怒りを露わにされた。

「院宣を清盛に下す。叡山の明雲を謀反人として捕らえよとな」

使者は早馬を走らせて福原に法皇の院宣を届けた。

院宣を受け取った清盛は読み終えるとそれを投げ捨てた。

「法皇様の腹の内をこの清盛が読めぬとでも思うておいでか。平家と叡山を争わせようと言う魂胆。子どもでも見抜くは」清盛は吐き捨てるように言った。

「それで父上はいかがなされるおつもりでございますか」重盛が訊いた。

「はてさて此度の猿芝居、どのような結末になるか、この清盛が見届けようではないか。出立の用意をせよ。都に戻る」

清盛は軍勢をひきいて福原を後にした。法住寺殿になにくわぬ顔で参内すると、上洛の挨拶をした。黒革の鎧はさすがに脱いではいたが旅装のままの姿だった。

「清盛か、そちはよもや朕が宣旨にさからうまいな」

法皇は御簾も巻き上げさせず、その前に這いつくばっている清盛に仰せになった。

「滅相もない。私はもちろんのこと経盛にも院宣に背くなどという大それた考えは毛頭ございません。経盛はこのところ心の臓の具合が思わしくなく、伏せっておりまして……。しかしながら、この私からきつく叱りつけておきましたゆえ、この場はどうかお心鎮められ……」

「ならばそちが叡山を攻めると申すか」

「はい」

清盛はぬけぬけと言った。いったんは院宣に従う態度を見せておいて、六波羅に戻ってくるなり待っていた経盛に吐き捨てるように言った。

「奸計をめぐらすならば、もそっと利口にならせられよ、と申し上げたいところじゃのう。かくも見え透いたことをなさるとは、どうせあの西光の入れ知恵であろう」

そう言って二人で笑いあった。

「兄上はどうお答えになったのでござるか」

「此度のことは言語道断、お怒りはごもっともであると」

「して、明雲殿の件はいかがなされるのでございます」

「なにもせぬ。だいたいがこの平氏と延暦寺を争わせるのが目的、その企みに乗る清盛ではないは」

いったんは院の言葉に従うかにみせて、清盛はいっこうに動き出そうとはしなかった。法皇のいらだちは日増しに募っていった。京の人々もいつ戦が始まるのかと不安な日々を送っていた。梅雨にはいって毎日雨が降った。清盛と法皇の暗闘は続いた。

重国は御所の警護からの帰り、六波羅に寄って舅の宗重を探した。

「義父上、こちらでございましたか」重国は武者所にいる宗重を見つけて近づいてきた。

「いかがなされた」

「少々お伺いしたいことがございまして」重国は声をひそめた。「清盛殿はどうなさるおつもりなのでしょう。明雲さまとは懇意にしておいでになりましたが、それでも院宣には従うと申されたよし。しかし、いっこうに動き出す気配もございません」

「この宗重にも分かり申さぬ。重国殿、此度のことはあきらかに西光殿の入れ知恵、おめおめ言うままになられる清盛殿ではないが、わしにもこの先のことは分からぬ。このまま待機せよとのご命令じゃ。そなたはこれからいかがなされる」

「彩殿がたいそう案じておられましたので、四条坊門へ参ります。御所には早朝、出仕いたすことになっておりますゆえ、しばし、おそばに参ろうかと」

「そうか、まあ戦になろうとも、早々に決着はつくであろう。案ずるなと伝えてくだされ」

重国は馬で四条坊門に取って返した。

平治の乱以来、京の街が大きな兵乱にさらされることはなかったものの、先日の大火といい、延暦寺との諍いといい、人々の心には絶えず重苦しい雲が垂れ込めていた。陰陽師の言うところによればこの国にまたも大乱が近づいているという。

重国は四条坊門の彩のもとへ戻った。早朝の出仕までいくらの時もないが、すこしでも身重の妻のそばにいてやりたかった。


叡山攻撃を渋っていた清盛のもとへ、突然、夜陰にまぎれて源行綱《ゆきつな》が訪ねてきた。行綱は高倉天皇の秘書官である蔵人《くろうど》のひとりだったが、目を見張るほどの美貌の持ち主だった。それゆえに後白河法皇の寵愛も一通りではないらしいとのもっぱらの噂で、朝廷内の動きにも誰よりも通じていた。

「清盛殿にじかにお目にかかり、内密にお耳にいれたい議がございます」

取り次ぎに出た家人に行綱は言った。行綱の尋常ではない様子を見て取って、家人はすぐに奥に消えた。

ややあって行綱は清盛のもとへ通された。行綱は青ざめた顔で清盛の前に額ずいた。手が小刻みに震えている。その様子からよほどのことを告げにきたのだろうと清盛は思った。

「いかがなされた」

「このところの法皇様方の動きに不審なところがございますので、是非にもお耳にお入れいたしたく」

「院が先日来、叡山を攻めよ、と申されておいでのことはそなたもご存じのはず。ほかになにかまた不審のことでもあるのか」清盛は行綱に疑いの眼差しを向けた。

「はい、東山の鹿ヶ谷《ししがたに》には静賢法印《じょうけんほういん》殿の山荘がございます。たびたび行幸があり、私も供をせよとの院のお召しがあり、何度か御席に連なりました。白拍子や猿楽者など呼び集めて、西光《さいこう》殿、俊寛《しゅんかん》殿、藤原成親《なりちか》殿などとさまざまにお遊びなどされておいでございました。ところが、実は猿楽者などを集めてのお遊びは隠れ蓑、お人払いをされて後は、平氏打倒の策を練っておいでになります」

清盛は行綱を凝視した。すぐにこの男の言うことを信じることはできない。法皇の夜伽《よとぎ》のお相手は美しい女ばかりではない。そのような立場でおそばに侍っていた行綱のような者が言うことをそのまま鵜呑みにするわけにはいかなかった。

「そなたは今上様をお守りする蔵人であろう。それがなぜこの期に及んでこの清盛にそのようなことを密告しようというのか」

「……私は武士でございます。私の見かけがどうであれ、私の魂は武士でございます。これ以上屈辱を被りたくはないと申せば、お分かりいただけますでしょうか」行綱はそう言うと、黒々とした目で清盛をひしと睨んだ。

娘の徳子が高倉天皇のもとへ入内し、天皇の外戚につらなる可能性がでてきてからはなおのこと、平氏を憎む空気はいまや摂関家ばかりでなく貴族たちすべてに及んでいた。

しかし、清盛としては福原で千僧供養なども催し、法皇の熊野詣でにも随行して、表立っては友好を保ってきた。だが法皇の腹のうちは分かりきっていた。万事は平氏の武力を恐れ、それを味方につけておくための方便にすぎない。

行綱の言葉をやすやすと信じることなどできないが、ここに来て事情は一変した。平氏転覆の謀議を繰り返すとは不届き千万。内心の煮えたぎる怒りを隠し、清盛は冷ややかな声で行綱に問いただした。

「そなたがそのように申される以上、確たる証拠があってのことでござろうな」

「はい、つい昨日のことでございます。この私にお召しがあり、旗揚げに備えよと申され、白旗用の宇治布三十反を賜りましてございます」

源氏を見方に引き入れようとの思惑からであろうが、この源行綱にこともあろうに平氏打倒の旗揚げの布を渡すとはなんという間の抜けた輩であろうか、と清盛は思った。猿楽に狂い、男色に溺れ、どうやらまともな判断もおできにならぬらしい、と。

平氏打倒をそそのかした張本人は西光だと行綱は言った。平家の悪口を法皇の耳に囁き続け、延暦寺座主の明雲の配流も西光の差し金であり、それも叡山と平氏とを争わせて平氏の兵力を削ぐのが目的であると。

「そなたがそこまで申すなら、証拠にその宇治布三十反をここに差し出されよ」

「承知つかまつりました」

源行綱はさっそく取って返し、家人たちに布を運ばせてきた。

「見ているだけで胸糞が悪い。即刻、これをば焼き捨てよ」

清盛は郎党たちに命じ、布を庭に積み上げさせると火を放った。清盛は燃え上がる炎を憎悪をこめて見つめた。

「はてさてあの大狸めが、尻尾を出しおったは。このままではおくまいぞ」清盛は炎を眺めながら心中密かにほくそ笑んだ。


六月一日未明、平盛俊《もりとし》の率いる騎馬数十騎がとつぜん西光の屋敷を襲った。あらがう間もなく西光は捕縛されて八条第の清盛の屋敷に連行された。

捕らえられた西光を容赦ない拷問が待っていた。裸にされ縄でくくられた。とがった石の上に正座させられたその上にまた石が積み重ねられた。骨が砕ける音がした。

「白状せい。なにもかも洗いざらい話せ。そしたら楽にしてやる」

絶え間なく水を浴びせられ、竹の鞭がうなりを上げて顔と言わず全身を打った。剃った頭に赤い筋が走り、額に血がしたたり落ちる。気絶すると、すぐに首に巻かれた縄がその体を引き起こした。

それを眉ひとつ動かさず清盛は見ていた。

「首謀者は誰じゃ。誰が謀議にかかわった。早う白状せい」

赤々と焼けた鉄串が太股に突き刺されると西光は絶叫した。

みやびな暮らしになれた西光がこれらの拷問に耐えられるはずもなかった。間もなく西光はかかわった人物の名をすべてあげた。首謀者は後白河法皇であると。

すぐに清盛は重盛に命じて、西光の兄の藤原成親《なりちか》を屋敷に呼び出させた。成親は清盛の娘婿になる。ことの成り行きを知らない成親はいつものように八条第の重盛の屋敷に馬でやってきた。

重盛にとって成親は義理の兄にあたる。へつらうような笑みをうかべて挨拶をする成親を見て重盛は内心苦々しくてならなかった。

重盛の合図であっと言う間に成親は捕縛され、牢に押し込められた。

その日のうちに西光は後ろ手に縄をかけられ、無惨な姿で朱雀大路に引きずり出された。物見高い人々が集まってきてたちまち黒山の人だかりができた。検非違使が押しかけてきた人々を制止する。人々の目の前で西光は首をはねられた。

それにはさすがに重盛も目をそらせた。

「首を持て、獄門にかけよ」清盛が冷ややかに言った。「さて、謀議に加わった者らをただちに引っ捕らえるとするか」

群衆が去り、清盛の郎党たちも引き上げた後には大路の隅にさらされた西光の首だけが残った。いまだ血のしたたる西光の首をめがけて烏が舞い降りては目をついばむ。凄惨な光景に人々は身震いした。

翌日には成親の備前配流が決定した。四日には法勝寺の俊寛、基仲法師、山城守仲原基兼、検非違使の惟宗信房、平資行、平康頼など法皇の密議に加わった者全員が逮捕された。

比叡山からは清盛のもとへ使者がつかわされた。敵を討ってくれたことへの礼を使者はにぎにぎしく述べ、必要とあらばいつでも加勢する準備が整っていることを伝えた。

法皇の策謀はここですべて頓挫したのである。

「これより法住寺殿へ向かう。騎馬を整えよ」

清盛の命令が下った。その日、清盛は黒革の威に金の象眼を施した鎧兜という出で立ちで自ら三百騎の軍団の陣頭に立った。六波羅を出た騎馬軍団は地鳴りを上げ、土埃を上げて法住寺殿へと進み始めた。

京の人々は遠巻きにそのありさまを見ていた。荒れ果てた都の大路を進む黒い軍団はあたかも不吉の象徴のように人々の目に映った。後白河法皇を清盛はいったいどうしようというのか。

御所の中では誰もが息をひそめ、震えていた。清盛の軍勢が法住寺殿に向かっているという知らせが入ると、御所を護る北面の武士たちに緊張が走った。

地鳴りとともに騎馬軍が法住寺殿に到着すると、源光能《みつよし》が出迎えに出てきた。鎧兜はつけていない。清盛の前に膝をつくと、言葉を待った。

「此度のことについて院にご報告たまわりたい。これはひとえに世のため君子のために行ったことで、保身のためではないこと、しかとお伝え願いたい」

清盛は言った。内心、謀議に加わった者たちへの怒りはいまだ煮えたぎっていたが、法皇の扱いについては決めかねていた。何かと物議をかもす法皇も御年五十歳、手荒なことはできかねた。

「福原に戻る」清盛は馬上からそれだけ言うと、馬の向きを変えた。

清盛の行動に呆気に取られたのは光能ばかりではなかった。付き従った重盛や経盛も驚いたものの騎馬団の一部を六波羅に返し、清盛に従って福原へと戻っていった。

戻っていく清盛を見届けて、光能は御所の法皇のもとへ戻った。光能は法皇に清盛の言葉を伝えた。

「して、清盛はいずこにおる」

「すぐに福原へ戻るとの仰せでございました」

「騎馬を率いて参るとは、まことに騒々しいことよ。はてさて、咎められるようなことをしでかしたおぼえもないがのう……」あくび混じりに仰せになった。

それを見て光能は背筋が冷たくなった。

法皇にとっては側近中の側近であった西光が拷問の末に朱雀大路で首をはねられたことをお耳に入れたときでさえ、「さようのこともあろうぞ」と顔色ひとつ変わらなかった。豪胆というべきか、冷血というべきか、光能はすっかり気圧されてしまった。

それから日を置かず、福原に戻った清盛からはつぎつぎに命令が下された。清盛は憎悪をたぎらせていた。復讐の切っ先は法皇の側近であった者すべてに向けられた。

俊寛と平康頼、成親の子成経は南海の孤島鬼界島に流罪、他の者たちもあちこちに流罪となった。いったんは備前に流された藤原成親は牢獄につながれ、清盛の命令で食い物をいっさい与えられず餓死させられた。

しかしその後の清盛と法皇の行動にはさすがに物見高い京の人々も呆気に取られた。清盛は何事もなかったかのように法皇を福原に招き、法皇もそれに応じて行幸された。清盛が法皇のために差し向けた船はつねに変わらず豪奢なものであった。そして例年どおり二人は並んで千僧供養を催したのである。

その年の暮れにはかねてから清盛によって建立されていた蓮華王院の五重塔が完成し、二人は仲良く落慶法要に立ちあった。ともに横紙破りのふたり、水面下では暗闘を繰り広げながらも、表面上はあくまでも何事もないかのごとくにぬけぬけとしていた。

四　奢る平家

四条坊門高倉の屋敷では久々に一族の者たちが顔をそろえ、宴が開かれた。鹿ヶ谷《ししがたに》の一件は落着したものの、後白河法皇が中心となって平氏打倒の謀略が進められていたことを知った今は誰しもすっきりとはしなかった。

「これで当分の間は安泰でしょう」重国は長柄《ながえ》を取ると宗重の杯に酒を注いだ。

庭には打ち水がされ、涼風を運んでくる。築地に引き入れられた水辺に蛍が飛び交うのが見えた。彩は物思う風情に水に映る火影に目をやっている。淡い桜色の袿に水色の羅《うすもの》をまとった妻の姿に重国はあらためて見とれる思いだった。

薬師は母の膝にもたれて大人たちのやりとりを聞いていた。

「戦などもういやじゃ。殿方はなぜこうも戦ばかりなさるのでしょう」彩はぽつりと言った。

「戦がのうてどうする。戦あっての武士じゃ。武士の娘が今更また何を申すか」宗重は不機嫌になった。

「仲のよすぎる父子も困ったもの、顔をあわせればすぐにこうなるのですから」千賀は酒肴の鉢を侍女に運ばせてくると、夫と娘の間をとりなすように言った。

「今朝獲れたばかりだと申して八瀬《やせ》の者が売りに参りました鮎でございます」

「なかなかよい香りがいたします」重国は焼いた鮎に箸を伸ばした。

「また戦になるのでございますか」千賀がおそるおそる尋ねた。

「いや、まだわからぬ。しかし、法皇さまのこと、このままおとなしく引き下がっておいでになるとも思えぬ」

「と申されますと……」

「こちらの勘ぐりすぎかもしれぬが、北条に預けられた源頼朝もそろそろ三十路にさしかかる。もし法皇側の者たちが頼朝と手を結ぶことがあれば、予想だにせぬ大乱がこの国を襲うやもしれぬ」

重国は唸った。よもやそこまでは考えてもみなかった。あの源義朝の忘れ形見頼朝が非業の死を遂げた父や兄のことを忘れたとは考えにくい。しかも、噂に頼朝は北条時政の娘を娶り、縁戚関係を結んだという。

「義父上は、近い将来、またも戦乱が起こるやもしれぬとお思いなのですか」

「恐らくこのまま行けば、遠からずそうなる」言って宗重は一気に杯を干した。

「伊豆の上覚に文を遣わしてみようぞ。なんぞ様子が分かるやもしれぬ」

「それにしても兄上はどうしていらっしゃるのでしょう」彩はいつの間にか眠り込んでしまった薬師の垂れ髪を撫でながらつぶやいた。産み月も近い今、戦になどなってほしくはなかった。

そうして夏の終わりに彩は無事に女の子を出産した。加弥と名づけられた。彩によく似た愛らしい赤ん坊だった。加弥の誕生を誰よりも喜んだのは薬師だった。

「葦乃、春になったら加弥をつれて清水寺へ行こうね」薬師は加弥のそばから片時も離れようとはしなかった。

「知念も一緒に清水寺に行こうね」薬師が縁先にいた知念に言うと、知念は横を向いた。

「なんと根性のひん曲がった奴であろうか。このように言うてもろうて、ありがたいとは思わぬのか」葦乃が憎らしげに言った。知念は黙ったまま、その場を立ち去った。

「知念はどうして怒ってるの」

「さあ、なにゆえでしょうかのう。生れも育ちも悪い者の考えなど、この葦乃にはとんと分かりませぬ」

知念は奉公人の寝所に一部屋を与えられていた。ここでは食うことに不自由もせず、暖かな衾にくるまって眠ることもできた。

だが、薬師を見ていると、知念はいつも妙にねじくれた気持ちになった。薬師は知念になついていた。どこへ行くにも知念も一緒に行こうと言う。いくら邪険にしても、顔を合わせると何事もなかったようにそばにやってくる。薬師の邪気のなさが鬱陶しかった。いつだったかお伽草紙を盗んだことがばれて葦乃に口汚く罵られたときも、薬師は知念をかばった。

「字もろくに読めないお前がこのようなものを持っていてどうする。謝れ。盗んでしもうてまことに申し訳がないと、手をついて謝れ」葦乃はお伽草子を知念の鼻先に突き付けて言った。

「葦乃、知念は字が読めるよ。伯父上に教えていただいたんだよ。だから知念に上げたんだよ。ねえ、知念」薬師は必死で言った。

知念は黙っていた。たった五つか六つの子供に庇われていることが気に食わなかった。

薬師は生れてからこれまで一度として人の酷さも冷たさも知らないできたにちがいない。薬師を見る祖父母や両親の目にはいつも笑みが浮かんでいる。誰もが愛おしくてたまらないという目で薬師を見た。夜も美しい几帳を巡らせた中で真綿のはいった絹の衾にくるまり、母のそばで眠っている。

知念は一度としてそんなことを味わったことはない。牝犬のごとき母から生まれた野良犬のような人生。やさしい言葉など掛けられたこともない。口減らしに親にも捨てられた。そんな知念にはじめて人らしい暖かさを示してくれた上覚も今はここにいない。

「どっちみち、俺は誰にも相手にされない、いてもいなくてもかまわない蛙か虫けらのようなものだ。親も食うや食わず、その挙句にこの俺を捨てやがった。神だの仏だのにすがったところで結果は変わらぬ。醜く生れ、貧しい者はどうあがいたところで先は知れている」

知念はそう思った。そんなことを考え始めるとふてぶてしい気分になった。葦乃と目が合うたびに知念は威嚇するように肩をいからせてその場を離れた。誰に気に入られたいとも、好かれようとももう思わない。そう思うと、放埒で無頼な気分になった。

なにごとも思い通りに進めてきた清盛にも悩みはあった。高倉天皇に入内した徳子にいまだ懐妊の兆しがないことだった。母の時子が日枝社に百日の詣でをして祈願したがそのしるしはなかった。

「女子供に任せてはおけぬ」

清盛は自ら安芸厳島社への早船を造らせ、月詣でを始めた。そうして月が巡り、ふた月たったころ、ようやく徳子懐妊の知らせがとどいた。

「やはり厳島に詣でた甲斐があった。早速に奉幣使をつかわし、御礼を申し上げるとしよう。いやいやそれでは申し訳がない。この清盛自ら御礼に参ろう。生まれるのが女皇子では困る。ここはなんとしてでも男皇子を授からねばならぬ」

さすがの清盛も有頂天になった。

祈りの甲斐あってか、腹の子は順調に育ち、いよいよ出産の時期を迎えようとしていた。清盛は厳島に安産の祈禱を依頼するため奉幣使をつかわし、徳子の産所も六波羅の泉殿《いずみどの》に決めた。しかもそこに厳島別宮を設けるという念の入れようだった。

華々しく神楽なども奉納されたが、神に祈るだけでは心許ないと、清盛は加持祈禱のために密教をよくするという園城寺の高僧公顕《こうけん》をも六波羅に呼びつけた。公顕は言われるままに尊星王護摩《そんじょうおうごま》を修したが、それでもまだ不安だと清盛は守覚法親王にもまた孔雀経法を修してくれるよう懇請した。

いよいよ徳子のお産が始まると、八方に梓弓を鳴らす者を置き、打ち撒きなども盛大に行われて一切の魔がつけいらぬよう万全の策がとられた。そうして、治承二年（一一七八）十一月十二日、徳子はぶじ父清盛待望の高倉天皇の男皇子を産んだ。

「めでたやめでたや。中宮におかれましてはよくぞ男皇子を設けられた」

清盛は手放しで喜んだ。大いに満足してその四日後にはいったん福原に引き上げたものの、やはり落ち着かず、後々後悔するようなことがあってはならぬと十日ほど後にはまた京へ戻ってきた。

「皇子が正式に皇太子となられるまでは、おちおち寝てもおられぬ」

そう言って清盛は高倉天皇のもとへ足繁く参じた。

「おそれながら今上様におかれましては、一日も早うこの皇子をば皇太子となされますよう」

清盛にはもはや遠慮などなかった。高倉天皇の穏やかなお人柄につけいり、容赦なく厚顔ぶりを発揮した。

「まだ皇子の産養《うぶやしない》もすまぬのに、はや立太子をと申すか」

昼の御座《おまし》の内から御簾ごしに清盛の顔をご覧になっていた帝はひそかに眉を曇らせられた。このところ清盛はますます頑迷さと傲慢さとを増した。皇子の立太子を確約するまでは何があろうと引き下がらないにちがいない。

清盛はぬけぬけとした顔で帝のもとへ日参した。

帝もその強引さとしつこさに辟易として、翌月の九日にはとうとう親王宣下がくだされた。

「さて親王宣下がくだされた。うかうかしておってはならぬ。早々に立太子の儀を執り行わねばならぬ。すぐに支度をせい」

清盛は強引に準備を整え、高倉天皇臨席のもと、立太子の儀を強行した。男皇子の諱《いみな》は言仁《ことひと》親王、後の安徳天皇である。

清盛は東宮の側近も自ら任命した。

東宮大夫《とうぐうだいぶ》には平宗盛を、東宮亮《とうぐうりょう》には平重衡《しげひら》、また権亮《ごんのりょう》に平維盛《これもり》と平氏の者で固めた。都の治安を預かる検非違使別当には平時忠を任じて、万事を自らの支配下においた。

その冷血ぶりをさんざん見せつけられた後であってみれば、公卿《くぎょう》たちに異論をはさむ者などいるはずもなかった。こうして天皇の外戚につらなるための布石はすべて整えられたのである。

しかし、平重盛は鬱々としていた。父清盛の行動が強引きわまりなく、常軌を逸しているかに思えるのはたびたびのことだったが、いずれ神罰が下りはしないかと内心恐れていた。そのゆえか、重盛はこのところ夜な夜な物の怪に悩まされて眠ることもできずにいた。だまってこらえていたのは、東宮の百日の祝いも近く、不吉のことを口にすることがはばかられたからである。

二月にはいって言仁親王の百日の祝が清盛の八条第で華やかに催された。宴の席には連なったものの重盛の顔は青ざめ、生彩がなかった。祝の膳がつぎつぎに運ばれてきても箸をつけようとはしなかった。

それから間もなく重盛は様態が悪化し、数日後には起き上がることすらできなくなった。病平癒の加持祈禱が昼夜の別なく行われたが、食物を口にすることができない。

「喉になにやら石がつまっておりますような」

そう言い、口に入れたところで飲み下すことができず、骨と皮ばかりに痩せ細り、やがて重篤におちいった。

去年四月の太郎火事では屋敷が燃えた。誰が言うともなく今度の重盛の不食《ふじき》の病といい火事といい、先年非業の死を遂げた西光の怨霊の仕業ではないかという噂が囁かれていた。

「熊野権現は霊験あらたかでおわせられる。是非にも熊野に詣でられよ」

父清盛の進言で牛車をしたて、重盛は横たわったまま熊野へ向かった。病人ゆえ、吉野越えは無理だろうと、田辺を経由しての旅はひどくゆっくりしたものだった。途中大事があってはならぬと薬師《くすし》や陰陽師などを随行させての旅だった。

昼間もほの暗い熊野古道を車の列はゆっくりと進んだ。ようやく湯の峯に辿り着き、そこで一夜を過ごした後、禊をすませて熊野本宮へ向けて一行は出発した。熊野川のとうとうとした緑の流れにかかる橋を渡り、ぶじ本宮大社に到着したのは都を出て十日目のことだった。

さまざまに手を尽くした甲斐あって一月もすると重盛はいくらか健康を回復したかにみえた。

「養生ばかりはしてはおられぬ。そろそろ都へ戻る潮時かと思うが」

陰陽師に占わせると乾《いぬい》の方角は吉と出た。吉日を選んで重盛はふたたび都へ戻った。ところが安堵したのもつかの間、都へ戻るとまたも食物を口にすることができなくなった。無理に口に入れたところで嘔吐してしまう。

「夜な夜な怪しい声に悩まされて眠ることもできぬ。獣のような、なにやら化生《けしょう》のものが枕元を徘徊しおるのじゃ」

重盛の憔悴は日増しに激しくなっていった。目は落ちくぼみ顔の色は黒ずんで、生きながら餓鬼道をさまよう邪鬼のごときありさまとなってしまった。これがあの重盛かとさすがの清盛も声がでなかった。

「父上、まことに不甲斐ないことで申し訳ございませぬ。この重盛、もはや命を長らえることは困難かと存じますゆえ、髪をおろし、彼岸に渡る用意をいたしたく存じます」

「何をそのように気の弱いことを申す。怨霊封じの加持祈禱もやっておる。西光ごとき、なにほどのことがあろうか、気を強く持たれよ」

「お願いでございます。髪をおろさせてください。仏の力にすがるよりほか、この重盛にはもういかなる力も残ってはおりませぬ」

清盛もしぶしぶ承諾した。そうして重盛は五月の末に出家を果たした。剃ってみると頭蓋に皮がはりついているばかり、正視をはばかる姿になっていた。

「むごいことよ」さすがの清盛も我が子の変わりように目を背けた。

「これでもう何も思い残すことはございません」両脇から助けられて横になると重盛はつぶやいた。目を閉じ、両手を胸の上で合わせた。

同じ頃、東宮の准母である娘の盛子にも異変が起きた。もともと真綿にくるまれるようにして育った方だった。なにも口にすることができなくなっていくらもしないうちに息を引き取った。

それから一月の後、重盛も死んだ。立て続けに二人の子を失った清盛の嘆きもひととおりではなかった。

「天下に恐れるものとてないこの平氏の嫡子と愛娘が粥ひとさじも喉を通らぬ病にかかり、飢えて死んだなど、あってはならぬ」清盛は怒り狂った。

誰の仕業か公卿座に落書きまでが置かれていた。そこには『相次ぐ清盛入道殿の子の死は、西光法師の怨霊のしわざである』と書かれていた。

「重盛も盛子も福原に連れ帰る。船を仕立てよ」

福原で清盛は失った二人の子の喪に服した。夏も終わり、涼風がたつころになって清盛はようやく人心地を取り戻した。

しかし、重盛を失った今は、翡翠のような入り江に浮かぶ絢爛な船も、金色に輝く神殿も清盛の目にはかえって空しいものに映った。力で、人を人とも思わぬ酷薄さで権力をにぎり、押し切ってきた。それでも冷たい風が首筋を撫でてすぎるように、ふいに得体のしれない恐怖が胸をよぎる。心の底深くに決して見てはならないと隠蔽しつづけてきたものが、ふとした隙に鎌首をもたげてくる気配があった。

首をはねられるそのとき、西光は言った。口元には薄笑いが浮かんでいた。

「命には限りがございます。今死のうと明日死のうと、それだけのことでござる。清盛殿、さて地獄にてお待ち申そうか」

清盛の目にはその時の西光の憎悪をたぎらせた粘り着くような視線が焼き付いていた。その幻を振り払うように清盛は酒をあおった。

「父上、お休みのところまことに申し訳ございません。このようなものが法皇様から届きました」

知盛が法皇からの宣旨を運んできた。

「なんじゃ、起きて見るのも物憂い。なんと言っておられる。読んでみい」

「はい、宣旨には叡山で騒動が持ち上がったゆえ、鎮圧のため軍勢を差し向けよとのことでございます。此度は堂衆方《どうしゅうがた》と学僧方が争いを始めたと申します。堂衆方は夜盗、追いはぎの類ゆえ、学僧方がたいそう難儀しておられる。すぐに加勢を差し向けよとの仰せでございます」

「またしてもあの大狸めが」清盛は吐き捨てた。「叡山と平氏とを争わせようという魂胆ぞ。なんとあきらめの悪いことよ。捨て置け」

鹿ヶ谷の一件以来、比叡山とは友好を保ってきた清盛だったが、それは学僧方との関係にかぎられていた。学僧にはもともと貴族の子弟が多く、修行よりは仏教教学を学ぶことを主としている。

しかし、このところ堂衆方が目に見えて勢力を伸ばしていた。世情が落ち着かず、飢饉に見舞われ、食い詰めた者たちが国を捨てて都に流れ込んでくる。もともと下層階級の出身者でなりたっている堂衆方はそのような人間たちをつぎつぎに吸収して次第に寺内での勢力を拡大させていた。下級武士ですら勝手に頭を剃って堂衆に紛れ込む。検非違使に追われる夜盗や人殺しにとっても恰好の逃げ場にもなっていた。

学僧方にとって堂衆方はどうみても仏教とは無縁の悪党の集団にしかみえなかった。

その堂衆方と学僧方の争いにいよいよ火がついたのは、堂衆のひとり釈迦堂の義慶《ぎけい》が管轄する土地を学僧の叡俊《えいしゅん》がなんの断りもなく奪ったのが発端だった。

そのことに腹を立てた義慶は敦賀津で叡俊を待ち伏せし襲った。しかし、叡俊は命からがら比叡山に逃げ帰り、叡山の学僧たちに義慶の所業を訴え出た。

しかし、一方、義慶もまた堂衆方に叡俊の横暴を訴えたことから、それをきっかけにそれまで溜まりにたまっていた互いの不満と怒りが爆発した。

どちらも城郭を構え、武器を蓄えてあたかも戦のごときありさまになった。

堂衆方は近江国三ヵ荘に下って盗人や強盗山賊の類までも呼び集めはじめた。しかも摂津、河内、大和、山城に散って、朝廷に反感を持つ者たちまで募ったため、たちまち膨大な数にふくれ上がった。勢いに乗った堂衆は暴徒と化し、早尾坂にも城郭を構えて気勢を上げた。

その有様に恐れ慄いたのは学僧方である。慌てて朝廷に保護を訴えてきた。

この事態にひとりほくそ笑んだのは後白河法皇だった。またも平氏と叡山を争わせる口実ができたからである。

いったん法皇からの宣旨を無視した清盛だったが、朝廷からは矢継ぎ早に催促が来た。一刻も早く堂衆を捕らえよという。援軍が来ないことに業を煮やした学僧たちが幾度となく朝廷を急きたてているのも事実で、そのたびに法皇はいそいそと福原に使者を送られた。

「父上、このまま捨て置いては学僧方を見捨てたも同然ではございませんのか」

そばにいた清盛の異母弟平教盛《のりもり》が言うと、清盛は丸めた宣旨を教盛に投げつけた。

「そう申すなら、教盛、そなたが参れ。叡山を相手に騒動を起こしては、後々禍根を残す。それが法皇様の目的よ。まことにいまいましい」

「しかし、法皇様の仰せとあらばこのまま無視することもできかねます」

「分かっておる。しかし、やすやすとあの大狸の奸計にはめられてなるものか」

「あくまでも話し合いをもってことの解決を図ると見せてはいかがでしょう」教盛のことばに清盛の表情が動いた。

「ならば、そなたが思うようにやれ。話し合いで解決するとな」

十月三日、清盛は教盛を追討使に定めて三ヵ荘に遣わした。教盛はさっそく陣頭にたち、説得を試みた。しかし、何度堂衆方へ使者をやっても返事はなかった。

仕方なく指示を仰ぐため、教盛は清盛のもとへ使いを出した。相手は夜盗の集団にもひとしい輩、なんとしても話し合いに出ようとはしない。万策尽き果てたと。

しかし、清盛からの返書には、『さようのことははじめから分かっておったことである。叡山には手は尽くしたと思わせればよいこと。すぐに追い散らせ』とあった。

教盛は朝廷軍を率いて堂衆の砦に攻めいった。すると騎馬軍団に驚いて堂衆の群れは蜘蛛の子を散らすように逃げ出し、山の中、林の間に逃げ込んでしまった。

馬で追うこともできず、教盛がいったん六波羅に引き上げると、見張りに残っていた者からすぐに知らせが届いた。堂衆側はまたも勢力を集めて今度は横川無動寺に城郭を築き始めているという。

教盛は再び騎馬軍団を率いて横川に向かった。しかしもともと堂衆方は充分な武器などはじめから持ってはいなかった。それだけにその戦いぶりは手段を選ばぬものになった。

教盛の軍勢が近づくと霰のように石の礫が飛んできた。それでも突き進むと火のついた巨大な杉玉が飛んでくる。崖の上からは人の大きさほどもある岩が落とされる。溜めておいた糞尿を浴びせかける。

さすがの朝廷軍もたじたじとなった。

「思いのほか手ごわい輩にございます。死ぬことを何ほどのこととも思ってはおりません。何をしでかすか予想もつきません」

教盛の報告に清盛は怒った。

「あの教盛では太刀打ちが出来ぬらしい。知盛《とももり》に経盛《つねもり》、すぐに出立せよ。雨あられのごとく矢を浴びせてひとり残らず射殺してしまえ」

十九日には教盛に代わり、知盛と経盛が横川の無動寺に向かった。横川はいたるところ僧兵や盗賊などであふれかえっていた。

ひとまずは話し合いを、と知盛の使者が遣わされたが、ほうほうの体で逃げ帰ってきた。にらみ合いの末、知盛はいっせいに矢を射かけた。ところが堂衆方はひるみもせず、朝廷軍に怒号を浴びせては石を投げ、一部は暴徒と化して西塔へ雪崩を打って攻め込み、堂舎に火を放った。炎の中で逃げ惑う者たちの悲鳴が聞こえ、あたりはたちまち地獄の様相を呈した。

四条坊門の屋敷に戻っていた宗重のところに夕刻になって突然、清盛からの使者が遣わされた。清盛からという以上、もしや叡山の堂衆の騒動のことかと宗重は思った。知盛でも手に負えないらしいと聞いていた。

「急ぎ六波羅に出仕されたい。清盛様じきじきのお召しにございます」

「なに清盛殿はこちらへ参られておるのか」

「はい、堂衆鎮圧にあまりに手こずりますので、業を煮やされたようで……」

使者は横川での惨状を伝えた。宗重はすぐに戦支度にかかった。皮を編んだ威に鎧兜をつけ、馬を用意させた。

「どうかくれぐれもご用心あそばしますように」千賀は夫を見送りに出て言った。

宗重は郎党を十人余りをともなって六波羅へ向かった。

「母上様、父上は大丈夫でしょうか」彩は不安げに言った。母の腕の中で加弥はすやすやと眠っていた。

「なにかとことが多くて落ち着かないことです。清盛入道殿は立て続けに重盛さまや盛子さまを亡くされたというのに、また叡山でのこの騒動、どうなりますことやら」千賀も眉をくもらせた。

六波羅に着くと宗重はすぐに清盛のところへ通された。さすがの剛の者もこのところの不幸続きで顔色が冴えなかった。

「聞き及んでいるとおり、このところの堂衆の振る舞い、いかんともしがたい。山賊に強盗の類までも加えて狼藉の限りを尽くしおる。知盛らをつかわしたが、かえって火に油を注ぐようなことに成り果てた。湯浅宗重、そなたを見込んでのことじゃ。堂衆追討の指揮をとってはくれまいか」

「承りました。しかし、相手は人の生死をなんとも思わぬ輩にて、相当にてこずるのではないかと思われます」

「とはいえ、このまま捨て置くわけにも参らぬ」清盛は嘆息まじりに言った。

宗重が横川に着いてみるとあたりにはまだ黒煙が立ちこめ、死臭が漂っていた。猛り立った暴徒の群れは人と見れば襲いかかったらしい。あたりには死体が転がり、瀕死の者の呻き声が響いていた。

「もとは僧侶であろうに、泥でも踏むように死んだ人間を踏みつけおる」

郎党の一人がつぶやいた。攻め入ろうとしても崖からは煮え湯どころか糞便が浴びせられ、次々に礫や矢が射掛けられる。さすがの宗重も手が出なかった。


一方法皇側はこの一連の騒動を他岸の火事とばかりに面白げに眺めやっていた。平清盛が強引に高倉天皇に言仁親王の立太子を迫ったときも、鹿ヶ谷の事件の後だけに表立って異論を唱えることもできずにおられたが、そのままでは法皇の腹の内は収まらなかった。

平清盛が天皇の外戚につらなろうとしている今こそ、その勢力を阻止しなければならない。さもなくば清盛はますます増長し、どこまで朝廷をおろそかにするか分かったものではなかった。

法皇は法住寺殿の庭を渡って蓮華王院にお入りになった。千体の千手観音が納められた蓮華王院のなかは護摩の後だけにむせかえるほど煙が立ちこめていた。薄青い煙につつまれた千体の観音像はあたかも雲間に佇んでいるかに見えた。

「ここにおると心が落ち着く。天上世界はかように美しいもの。天女たちの奏でる天上の調べが聞こえてくるようじゃ。それにしてもあの清盛めはいつからこうも血迷ったかのう」

法皇は本尊の千手観音座像の前に座し、印を結び真言を唱えられた。

この千体の千手千眼観音を清盛に命じて造らせたころは、あのように狂ってはいなかった。いつ、どこで、あのような天も恐れぬ野望を抱くようになったのか。

「清盛にはなんぞよからぬものが憑いておる。はてさてどこで何を引き連れてきたやら、分不相応の高望み、今こそ打ち砕いてくれるは」

そうして法皇の怨念の逆襲が開始された。


不食の病で他界した盛子が預かっていた所領はもともと摂関家のもので膨大なものだった。まずはその所領を没収し高倉天皇の管領とするとの宣旨が出され、続いて重盛の知行国越前国もすべて没収された。

法皇の逆襲は所領の問題だけに留まらず、公卿《くぎょう》人事にまで及んだ。

すでに二十歳にもなっている近衛基通《もとみち》をさしおいて、まだ八歳になったばかりの関白松殿基房《もとふさ》の子師家《もろいえ》を権中納言にすえた。権中納言とは参議である。師家はわずか八歳で閣僚の列に加わったことになる。もともとこの地位は摂関家嫡流に与えられるならいではあったが、この人事は平家と親密な近衛基通への牽制と清盛への挑発以外のなにものでもなかった。

それを聞いた清盛の怒りは頂点に達した。

「あの大狸めが、八歳にしかならぬ師家ごときを権中納言に据えるとは笑止千万。このまま済むと思うな。宗盛をすぐに連れ戻せ。戦じゃ」

しかし、清盛の三男宗盛は厳島に詣でようと、その日の早朝、警護の者と供の女たちを連れてすでに都を出ていた。昼にさしかかる頃、その一行を土煙をあげて早馬が追ってきた。

「ただちに六波羅にお戻りくださいますよう、父君からのお言葉でございます」

「なにごとじゃ」

「一大事ゆえ、ただちに戻るよう伝えよと」

宗盛には父清盛が何を企んでいるのか見当もつかなかった。一大事というには今朝ほどまで何事もなかったからである。

「何があったのじゃ」

「いえ、このようなところで軽々しく私のような者がお伝えすべきこととも思われませぬ。どうか、すぐにお戻り下さいませ」

宗盛は都に引き返した。都にたどり着いたときには日も暮れていた。女たちを八条第に返し、宗盛は六波羅に向かった。遠くからでも篝火の炎が見えた。近づくにつれ常にない緊迫した空気が伝わってきた。

六波羅ではあかあかと篝火が焚かれ、戦支度に人が右往左往していた。慌ただしく馬が引き出され、鎧兜に身を固めた男たちは弓矢や槍の点検に余念がなかった。馬上の宗盛に気づいて寄ってきたのは湯浅宗重だった。

「殿、ようお戻りでした。いよいよ戦にございます。父君が今や遅しと殿をお待ちでござる」

「よう戻った。これから戦じゃ」清盛はすでに黒革の威と鎧兜に身を固めていた。

「どなたを相手の戦でございますか」

「朝廷じゃ」

宗盛はそれを聞いて色を失った。

「よもや法皇様を相手に刃を交えるというのではございますまい」

「斬りはせぬ。ただこのままではすまぬこと、ようくお知らせ申すだけじゃ」

清盛は黒毛の馬に乗り、宗盛、経盛、教盛が後に続いた。未明、大軍は動き出した。清盛は千騎あまりの騎馬軍団を従え、地鳴りのような蹄の音をとどろかせて御所へと向かっていった。


治承三年（一一七九）十一月十四日、鈍色の空から今にも雪が舞い落ちてきそうな底冷えのする日だった。しかし、紫宸殿《ししんでん》では夕刻からあかあかと大殿油がともされ、庭には篝火が置かれて、豊《とよ》明節会《あかりのせちえ》がいつにかわらず華やかに催されていた。

豊明節会は新嘗祭《にいなめさい》の翌日、辰の日に催される。その年の新穀を天皇が天神地祇に奉納し、自らも召しあがり、群臣にも賜る。雅楽寮の者たちの笛や篳篥《ひちりき》の音が御所の庭に響き渡り、ちょうど姫の舞が奉納されるところだった。

内教房の歌姫のうすように始まり、つぎつぎとあでやかな装束をまとった舞姫たちが舞台へと走り出る。空から舞い落ちる花びらのように色とりどりの肩巾《ひれ》を軽やかになびかせて舞う。

高倉天皇のおそばで鳳凰や花々の金繍をほどこした豪奢な表着に緋色の裳《も》をまとい、徳子は節会のありさまを目を細めて眺めやっていた。火影に浮かびあがるお付きの女房たちの春かと見まごうばかりの重ねの彩りはまぶしいほどだった。杯が幾度かめぐった。

「……帝も法皇さまもご機嫌うるわしうおわす。なんの憂いもないとはこのことよ」

徳子は思った。一介の武士の娘が帝の中宮としておそばにこうしてはべっている、これが我が代の春でなくて何であろう。ましてや皇太子の母となった今は譲位のときをただ待てばよいのである。

徳子は帝と視線が合うと婉然と微笑んで見せた。このように国母となる日の来ることを夢にだに思ったこともなかった徳子には目に映るもののことごとくがきらきらしく見えた。

今や父の平清盛が千騎の大軍を率いて御所へ向かおうとしていることなど、徳子が知るはずもなかった。

やがて大宴もたけなわになった亥の刻ごろ、足早に近づいてくる衣擦れの音がして、中宮づきの女房が几張のかげから現れると、張りつめた面持ちで徳子の耳にそっとなにごとかささやいた。徳子の顔からさっと血の気が引いた。

徳子は天皇に気分がすぐれないので下がらせていただきたいと告げさせ、席をそっと抜け出して奥へ入った。やがて母の時子が東宮を抱いて徳子のもとへ来た。幼い東宮はまだ舞台を見ていたいとぐずっておいでになった。

「さあさ、そのようにぐずらずに、爺さまのところへ参りましょう。たんと面白いことをしようと待っておられる」徳子は東宮をなだめた。

「はよう東宮さまを八条第にお連れ申すのじゃ」徳子は激しく動悸のする胸を押さえて女房たちに言った。

父清盛がこれから千騎の軍団を率いて内裏に向かうという知らせだった。すぐにも八条第へ東宮をお連れするようにとの指示だった。

徳子は帝にも告げず、密かに内裏を出て八葉の車で八条第へ向かった。

深夜、松明を掲げて数千騎の騎馬軍が大路を進みはじめた。蹄の音が地響きを立て、御所へと向かっていく。眠っていた人々は驚き騒ぎ、洛中はたちまち逃げ惑う人々で大混乱となった。

清盛はまず八条第に入った。中宮徳子と東宮はすでに到着していた。二人の姿を確認すると、清盛は宗盛を使者に立てて高倉天皇と後白河法皇双方に伝えさせた。

「このまま中宮と東宮はこの愚僧清盛が、福原にお連れしてお守り申し上げるつもりであるからご安心召されるよう伝えよ」

書状を持って宗盛は内裏へ向かった。

「八条第からの使者が参っております」蔵人頭《くろうどのとう》が高倉天皇のお耳にささやいた。

「なにごとぞ」

後白河法皇は高倉天皇にお尋ねになったが、天皇もまた何が起きたのかお分かりになるはずもなかった。おそばに侍っていた若狭局《わかさのつぼね》がにじり寄り、小声で中宮が八条第へ向かわれたことを告げた。

書状をご覧になった天皇のお顔から血の気が引いた。声も出ないご様子で震える手でその書状を法皇にお渡しになった。

「いかがいたしましょう。中宮と東宮が八条第にとらわれているとか……。清盛はいったい何をどうしようというのでしょう。ふたりを福原へお連れすると申しております」

「なんと。清盛め、いよいよ乱心いたしたか。福原なんぞに東宮を移すなぞ言語道断」

法皇は若狭局をおそばにお召しになった。

「そこもとはすぐに八条第へ参り、東宮を福原にお移し申すことはならぬと告げよ」

若狭局はすぐに車で八条第に向かった。局が法皇のご意志を伝えると清盛は激怒した。

そうして何度か応酬が繰り返された。

「何をいつまでこのように悠長なことを続けるつもりか。ええい、我慢がならぬ。重衡《しげひら》、これを持て。院と帝にこの書状をば渡せ」

清盛は筆を走らせた。

『愚僧はひとえに棄ておかれたままでございますゆえ、朝政のあり方を見るにつけてもとうてい安堵とは言い難く、さすれば暇を賜り、辺地に隠居するよりほかなく、中宮と東宮とともに鎮西に下りたく存じます。ただちに勅使を派遣され、そのように仰せくだされますように』

重衡は馬を駆って内裏に向かった。

書状をご覧になった高倉天皇は深い溜め息をもらされた。法皇もまたそれをご覧になったが、怒りのあまりことばも出ないご様子だった。

「中宮だけならまだしも東宮を人質に取り、安芸に下るという、これはまさに脅迫ではないか」

法皇はしばし沈黙された後、書状を投げ捨てられた。口元には冷笑が浮かんでいた。

「しかし、かくも華々しく武力に訴えられてはいたしかたあるまい。情賢《じょうけん》をここへ召せ」

法皇に召されて法印情賢がおそばに来ると、法皇は小声でささやかれた。

「情賢、清盛のもとへそなたを遣わす。今より後、朕は決して政には口出しをしない旨、清盛によくよく伝えよ。それゆえ機嫌を直せとな」

やがて情賢が内裏からの使者として八条第にやってきたころにはすっかり日が高くなっていた。

情賢は清盛の前へ進み出て、天皇と後白河法皇のお言葉を伝えた。

「今さら殊勝なことを申されてももう遅すぎるは」清盛の怒りは収まらなかった。

「宗盛、重衡、これよりただちに朝廷を制圧せよ。院政は停止《ちょうじ》じゃ」

「そのようなことはどなたかしかるべき方の宣旨が下されなくては……」

「何をたわけたことを申すか。院政を停止すると申したのを聞いてはおらぬのか。このうつけ者が。これより宣旨を下すのはこの清盛よ」

清盛はその言葉どおり、躊躇う宗盛を無視してみずから宣旨を奏請した。

辰の刻には騎馬軍団が内裏を包囲した。鎧兜に身を固め、目を血走らせた平氏の武士たちが刀を抜いてなだれこんだが、御所はしんと静まりかえっていた。抵抗するどころか北面の武士たちまでが刀を置いて平氏軍を迎えた。

「華美に慣れた殿上人を組み伏せるのは赤子の手をひねるよりたやすいこと。朝廷をお守りするのがそなた方の務めであろうに、不甲斐ないことよのう」

清盛はひれ伏した人々を見下し、嘲笑を浮かべた。

誰もが歯を食いしばってその屈辱に耐えていた。千騎の騎馬団を前にしては抗いようもなかった。朝廷をお守りするのが武士の務めであって、このような暴虐を思いつく者などこれまでなかっただけのことである。清盛は誰もが恐れて決して手を触れなかった聖域に血刀をひっさげて土足で踏み込んだのだった。


清盛は内裏に自分の座を設け、人事の更迭《こうてつ》を始めた。

関白藤原基房を太宰権帥《だざいごんのそつ》に左遷し、その子師家を解官したうえ尾張に流罪とした。十七日には後白河法皇の近臣を中心に、太政大臣藤原師長、大納言源資賢をはじめとする貴族八人、殿上人、受領、検非違使など三十一人の官位を解き、関外へ追放した。そして二十日にはついに法皇を鳥羽殿に幽閉した。

流罪となった人々の知行国はすべて平氏に組み入れられた。それまで十七ヵ国であった平氏一門の所領は、これで三十二ヵ国にふくらんだ。

「これではまだまだ気が済まぬわ。院の周りで歌い狂っておった輩はすべて木津殿に連行せよ。血祭りにあげてくれるわ」

後白河法皇の近臣で逃れられた者はひとりとしていなかった。縄をかけられ足蹴にされながら連行され、船底に押し込まれて木津殿へ運ばれた。

清盛は船を木津殿の前に泊めさせ、つぎつぎに法皇の近臣たちを河原に引きずり出した。川岸にはあかあかと篝火が焚かれていた。

近臣たちの烏帽子は取れ、髪は乱れて誰もが一夜のうちに相貌がかわるほど憔悴しきっていた。

「あの愚か者どもの哀れな顔がもそっとよう見えるよう、どんどん火を焚け」

船上の床几に座った清盛の目の前につぎつぎと院の近臣たちが引き出され、容赦もなく首を切り落とされていった。

「切った首はここへ持て」清盛は声高に言った。切られた首が次々と船上に運ばれた。

清盛は髻をつかんで血のしたたる生首を目の前にぶら下げると、つくづくとその顔を眺めやった。つい昨日まではこれからいかなる運命が待ち受けているのか知りもせず、法皇のおそばで今様など口ずさんでいた男たちだった。

清盛は気がすむまでつくづくと眺めやった後、その生首を無造作に河に投げ捨てた。

翌日の夕刻になって清盛の軍勢に加わっていた宗重と宗景が郎党を引き連れて四条坊門の邸に戻ってきた。

出迎えに出たものの、彩は思わず足がすくんだ。荒くすさんだ空気がいっきに屋敷内に流れ込んできたようだった。すぐに踵を返して奥へもどってしまった。千賀だけはその場にとどまったが、さすがに顔を上げて夫の顔を見ることができなかった。夫と息子の体からは生臭い血の臭いがたっていた。

家人に手伝わせて宗重は鎧兜を脱ぐと、そのまま湯殿へ行った。

「父上、背中を流しましょう」宗景が後から湯殿に入ってきた。

「血と脂の臭いがするわ」宗重は自分の腕に鼻を押し当てて言った。

「しかし、それにしてもたいそうな軍勢でございました。優に千騎を越しておりましたような。あのような軍勢を見せられては、いかな法皇様でも入道殿に従わないわけには参りますまい」

「思い切ったことをされる。これまでの法皇様のなされようが、よほど腹に据えかねたのであろうが……」

「これからどうなるのでございましょう」

「なに、いよいよもって平氏の天下よ。湯浅党も安泰じゃ」

湯から出ると、宗重は用意されていた朽ち葉色の直垂《ひたたれ》に着替えた。

「今宵は久しぶりに北の対でゆっくりくつろぐことにしよう」

宗景を湯殿に残して、宗重は北の対へ渡った。濡れ廂の向こうには御簾越しに大殿油《おおとなぶら》の火影が揺れ、女たちや孫が語らっている姿が見えた。一気に張り詰めていた気持ちが解けて、宗重は息をついた。

今朝方までの木津殿でのありさまがまだありありと目に焼きついていた。天下を取る、とはあのようなことなのだと改めて思った。つい昨日まで法皇のおそばで今様など歌い舞っていた殿上人の首をいささかの躊躇もなく切り落とす。

宗重はそのまま女子供のそばに近づくことがはばかられて、しばらくその場にたたずんでいた。

几張の向こうに立っている夫の姿に気づいて、千賀が女たちにそれと知らせた。

「酒を持て」座に着くなり宗重は言った。

「支度は整っております。すぐにこちらへ運ばせましょう」千賀は女たちに指図をしに立っていった。

炭櫃《すびつ》に手をかざしながら宗重はつくづくと女たちの顔を見まわした。几張を巡らした室内には衣に薫きこめた黒坊の香りがほのかに漂っている。奥の間で薬師と加弥に御伽草子を読んでやっていた彩が宗重を振り返った。その顔は青ざめていた。

「お帰りなさいませ」彩は硬い表情のまま挨拶した。

いつもなら祖父のところへ駆け寄ってくる薬師も加弥も母親のそばを動こうとはしなかった。宗重は座を立って孫たちのところへ行った。

「爺の顔になんぞついておるか」宗重は冗談めかして言ったつもりだったが、自分の顔にまだ血の跡が残っているのではないかと、内心落ち着かなかった。

「加弥は今宵、愛らしい花のようではないか」

淡い紅のかざみを着せられた加弥に手を伸ばそうとすると、加弥はいそいで母の膝に顔を伏せてしまった。宗重は言葉を失った。いくら湯で洗ったところで、血の染みついた戦場の臭いまでは消えぬものらしい。

そのとき、薬師がつと立って宗重のそばに来た。そばに来たものの薬師は困ったようにただ祖父の顔を見ている。

「なんじゃ、薬師、爺の顔になんぞついておるか」

澄んだ目にじっと見つめられると、昨夜、目にした地獄の有様とそれに手をかした我が身がいかにもおぞましいものに思えて落ち着かなくなった。

「お祖父さまのまわりに青い人がたくさんいるのはどうしてなの」薬師は不思議そうに言った。

「なんと……、そのように薄気味の悪いことを申すな。もうよい、はよう酒を持て」

千賀が侍女たちに酒肴を運ばせてきた。雉の肉を焼いたもの、小芋などが形よく盛られた大鉢を宗重の前に置いた。

「この騒動のさなかに猟に出たという者が雉を売りに参りました。疲れてお戻りに違いないと、このようなものをこしらえさせました」千賀は宗重のすさんだ気分をなだめるように言いながら長柄を取って杯に酒を注いだ。宗重は杯を一気に干した。

「ところで後白河院さまが鳥羽殿に幽閉されたとは、まことでございますか」千賀は機嫌を損じまいとおそるおそる尋ねた。

「まことじゃ。世の中が音をたてて変りつつある。貴族の世は終わった。これからは武者の世よ」

宗重は高ぶった声で言った。黒々とした髭を蓄えたその顔はますます猛々しさを増したかに見えた。「薬師、そなたもやがてこの湯浅党の党首として武者どもを率いるときが来るのだぞ」

宗重は先ほどから自分をじっと見ている孫の顔を横目でちらりと見た。また青い武者が立っているなどと言われはしないかと気が気ではなかった。

「また父君はそのようなことを。薬師は武者になどしないとあれほど申しましたのに。のう薬師、薬師は法師になって神護寺の薬師仏にお仕えするのだものねえ」彩が横合いから口を出した。

宗重はいかにも不快だというように鼻を鳴らした。「またその話か。女どもの言うことなど聞くでないぞ、薬師。湯浅党を継ぐのは由緒正しい者でなくてはならん。薬師以外に誰がおろうか」

「さあさ、もうよろしいではありませんか。父君は今宵たいそう疲れておいでじゃ。そのような話はまたのときに」千賀がふたりをとりなした。

宗重は杯をあおった。

「女たちのそばに置いておくと軟弱になっていかん。そろそろ母じゃのそばから離さねばならぬな」

それを聞いてにわかに彩は険しい表情になった。

「父上様、彩は絶対にこの子を武者になどいたしません。この子は武者にはなりたくないと、自分の顔を火箸で焼こうとまでしたではありませんか」

「ほんにそのようなこともありましたなあ」千賀も相槌を打った。

「この子は初めから尊い法師になるために生まれてきたのです。誰がなんと言おうと薬師は武者になどいたしません。そのうちに、兄上も許されて都に戻っておいでになるはず。父上には申し訳ないけれど、私は武者の世など来なければよいと思う。人が人を殺して手柄などと、私はいやでございます」

「彩、もうそれ以上言うでない」千賀は彩を制した。

薬師は大人たちのやり取りを黙って聞いていた。乳母の葦乃が別室へ連れて行こうとしたが、動こうとはしなかった。

知念もまた縁先の物陰に隠れるようにして湯浅家の人々のやりとりを聞いていた。聞いているだけでなぜか腹が立ってきた。これだけ偉い武将の家に生まれながら、薬師を武士にはさせないという彩の気持ちが分からなかった。

「……俺がこんな家に生まれていたら、強い武者になってどれだけ出世できたかしれん。飯もたんと食って、立派な屋敷に住んで、きれいな女を手に入れる。それを何だ、こ奴らは当たり前のことが分からんとみえる。母親があれだから、薬師は軟弱なんじゃ。爺様の言うとおりじゃ」

知念は木津殿での出来事を郎党のひとりから聞いた。次々に首を切られていく殿上人の話は聞いているだけでぞくぞくした。喉の奥から笑いがこみ上げてきた。

「……血筋の良い家に生まれ、姿形も美しい男達がなんと無残な最期か。いい気味だ」

一昨日の夕暮れどき、清盛に率いられた千騎の騎馬団が大路を進んでいった。知念はそれを築地の陰に潜んで見ていた。自分もついて行きたかった。黒革の威に金の鍬形の兜はいかにも勇ましく、見ているだけで胸が躍った。寝に戻ってからも胸の高鳴りは消えなかった。鎧の威の音、馬の蹄の音が一晩中、耳元に響いていた。

「……いつか俺もあのように武者になって人を斬りまくってやる。強い者が勝つ。力のある奴が勝つ。武者の世というのは、自分のように卑しい身分に生まれても、力さえあれば、出世がかなうということだ」

その日、重国が彩のもとを訪れたのは夜も更けたころだった。木枯らしが吹き荒れていた。しばらく前に彩が届けさせた萌葱《もえぎ》の直垂を着ていた。直垂には伽羅《きゃら》の香りが焚き込められていた。伽羅などとはめずらしいこと、と思ったが、彩は口に出しては言わなかった。きっと清盛殿の軍勢に加わり、戦の折についてしまった血の臭いを消したかったのだろうと思ったからだった。

「薬師と加弥はもう眠ったのでしょうか」

重国は彩のそばにすわった。その顔は青ざめやつれていた。

「はい、ようやく眠ったようです。まあ、なんと冷たい手をなさっているのでしょう」

彩は夫の手を両の袖に包み、そっと息を吹きかけた。

「比叡颪が吹き荒れている。風が凍りつきそうなほど冷たい」

「それにしても薬師はものに感じやすいせいか、今宵はなかなか眠ろうとしなくて……。地獄とはどのようなところなのかとか、極楽浄土とはどのような人が行くのかとかしきりに聞くので、葦乃が困り果てておりました」

重国は深いため息を漏らした。

「そうですか。法師になりたいと言い続けておりましたが、この頃では私もその方がよいかもしれないと思うようになりました。武士とは所詮人を斬るのが生業、業の深さを思うと恐ろしくてなりません」

刀を抜いて人を斬ってきたこの手が今は妻の肩を抱いている。いくら思い出したくないと思ったところで、斬られた首が無造作に転がされ、血の海と化した木津殿のありさまが今も目に焼きついて離れなかった。

人を斬ることにいまだ慣れることができない。恐怖と暴力とはあたかも双子の兄弟のようなものだ、と重国は思う。地獄にある者はそこが地獄とは知らず、叫び声を上げながら見境もなく人を斬り、血糊を浴びて走り回る。そこでは誰もが狂気の世界を生きていた。

狩った獣の首を切り落とすのも、人の首を斬るのも同じと思わねばできない所業だった。横になったものの、重国も彩もなかなか寝付くことができなかった。木枯らしの音が耳についた。

「お休みになれませぬのか。無理もございません。あまりに疲れておいでになるのですもの」

彩は夫の背をそっとさすりながら言った。重国は妻のほうに向き直った。几張の向こうの大殿油の火影がやわらかく彩の顔を照らしていた。

「先日、侍所に詰めておりましたとき、法然とか申す法師が書いたものを読んでいる者がおりました。阿弥陀如来はすべての衆生を救うという誓願をたてられた。たとえ人を斬ることを生業とする武士であろうとも、阿弥陀如来の慈悲の手から漏れる者はないと申すのです。阿弥陀如来に帰依しようと深く念じれば、かならずや救ってくださる。死を目の前にして、最期のときに南無阿弥陀仏、とその名号を唱えさえすればよいと。それだけ言えば、その御手に救いとってくださり、決して地獄へ落ちるようなことはないと説かれているそうです。にわかには信じがたい話ですが」

言い終わると重国は彩の肩に顔を埋めてさめざめと泣いた。

「このように人を切らねばならない武者の後生とはいかなるものか思うだに恐ろしい。地獄へ堕ちるは必定。あなたさまや子供たちのことを思うと、どうしてよいか分からぬ。勧進に歩く法師から地獄絵図などというものを見せられました。それはそれは恐ろしいものでした」

「そのようなことはもう申されますな。法然さまが申されたこと、私は信じたく思います。人を斬りたくて斬ったのではない。武者であれば仕方のないこと。そのためにそのように苦しまれるお姿を、阿弥陀さまはきっと見過ごしになさるはずがないとこの私にも思われます」

言いながら彩は夫の背をさすり続けた。しばらくして、ようやく息をつくと重国はあらためて妻の顔を見た。

「私が恐ろしくてならないのはそれだけではないのです。戦のたびごとにもしやこれで命を落とすやもしれぬ。そうしたら、後にあなたや子供たちを残していかなくてはならない。それがつらくてならないのです」

「そのようなことは私も思いたくはない。思うだに恐ろしい……」彩は夫を胸に掻き抱いた。

この朝廷転覆を機に、清盛は要職にはすべて平家一門を据えた。湯浅宗重も紀伊権守に任じられた。四条坊門の屋敷でも連夜のように宴が催された。まるで天下を取ったような父の振る舞いに彩ひとり眉をひそめた。

「薬師、庭に出よ。爺が武芸の稽古をつけてやろう」

「はい」薬師はすなおにそれに従うかに見えたが、祖父が目を離したすきにすぐにその場からいなくなった。

「また母じゃのところへ逃げたか、困ったものよのう」

宗重がいかにかわいい孫であっても今度こそきつく叱ってやろうと足音高く女たちのいる奥へ行ってみると、薬師はいつも如意輪観音菩薩の厨子の前に手を合わせ座っていた。宗重はそれを見て叱るに叱れなくなった。

「女どもがよってたかって甘やかしおって」ぶつぶつと不平を言いながら出ていくのが常だった。

「お祖父様ももういい加減あきらめてくだされればよろしいのにね」彩はひたむきに祈っている薬師の背中に呟いた。

「それにしても兄上はどうしておられるのでしょう。法皇様は幽閉されておしまいになった。このようなことになっては、いつお戻りになれるか分からない。ほんとうに心配でなりません」

彩は上覚の身の上を案じた。


暮れ近くになって四条坊門高倉の母から上覚に宛てて文が送られてきた。豊明節会《とよのあかりのせちえ》の事件のありさまがおおまかに書かれていた。家族の無事を知らせていた。

しかし、木津殿でのできごとについて重国もまた伝えてきた。その文面にはありありと苦悶の跡が刻まれていた。出家したいと書かれていた。

「平清盛殿は法皇様を幽閉したとのこと、清盛追討を企てた者はみな処刑されたよし、都より知らせて参りました」

法皇幽閉と聞いて、さすがの文覚も言葉を失った。

「清盛め、とうとう狂いおったわ。平家の落日もいよいよ近いということだ。しかし、それにしてもこれほどの暴虐を許すとは、源氏もいくじのないことよ。頼朝殿はいったい何を考えておられるのやら」

「朝廷を制圧したと申しますに、その平家がなにゆえ終わりでございますか」千覚が尋ねた。

「決して犯してはならぬ聖域に土足で踏み込んだのだ。因果応報に例外はない。天誅がくだるは必定だろう」

「しかし、上覚殿は心中複雑ではございませんか。父上は清盛殿の家臣、またこのたびは紀伊権守になられたとか」

千覚は上覚を振り返った。ことばに皮肉の色はなかった。上覚は黙っていた。

「この文覚にとっていくらにっくき法皇さまとはいえ、幽閉されたとなれば話は別だ。お助け申さねばならぬ」文覚の目が光った。

「これから忙しくなるぞ。なんといっても平氏打倒の陣頭に立つには頼朝殿をおいて他にはない。木曽の義仲殿も剛の者という噂だが、頼朝殿は別格よ、あの方が立てば全国の源氏が勢いづくのはまちがいない。それにしても頼朝殿はいかにすれば動くのかのう」

頼朝は文覚を丁重に迎えた。その冷めた慇懃さに頼朝が文覚との間に距離を置こうとしているのが読み取れた。しかし、文覚にはそのような頼朝の深謀など通用しない。話は再び旗揚げのことに及んだ。

「この期に及んでまだ躊躇あそばされますか」文覚は声を荒げた。

「そのように申されても、現に私は流謫の身。兵の一人も持ちません」

現実は確かに頼朝が言うとおりだった。流人であり、人との接触も禁じられ、平氏に仕える北条時政も山木の平兼隆も頼朝の監視役に回っている。

「豊明節会の夜のことは、文覚殿もご存知のはず。清盛は後白河法皇様を鳥羽殿に幽閉し、法皇様の近習の者たちは木津殿でつぎつぎに首を斬られたとか。それでもなお、この頼朝に今、旗揚げせよと申される。滅相もない。たとえ気が触れてもこの頼朝、そのように無謀なことはできかねます」

頼朝はかたくなだった。しかしその横顔は、臆病というより、現実を見通す冷徹さによる、と上覚には思えた。激情で動く人ではない。

「旗揚げをせよと申されてもこの勅勘の身にあるものが戦さを始めたところで二重三重に謀反人の咎を被るのは必定。無用の噂が立ってはますます動きがとれなくなります」

「殿が旗揚げされるときはかならずこの文覚、この身をなげうって殿の御ために働かせていただく所存にございます」文覚はそれでも諦めてはいないという意思表示にそう言い添えた。

頼朝はうつむき加減にかすかに微笑を浮かべただけだった。

頼朝のもとへ物資をはこんだという河越重頼《かわごえしげより》、足立盛長《あだちもりなが》は比企の尼の娘婿たちだった。また、伊豆の豪族のひとり伊東祐清《すけきよ》にも尼の娘の一人が嫁いでいる。その縁で知りあった祐清の妹と頼朝はいつしか恋仲になった。しかし、それもやがて、父の伊東祐親《すけちか》の知るところとなり、頼朝はあやうく殺されるところだった。

あのときも比企の尼の使いで足立盛長が知らせてこなかったら、死んでいたにちがいない。知らせを受けた頼朝はただちに山に身を隠して難を逃れた。

子までなした仲を引き裂かれ、その上、その子は無惨にも松川に沈めて殺された。その痛みは、今も頼朝の胸に生々しく残っている。あの出来事以来、伊東一族は頼朝を憎み嫌っていた。娘を嫁がせた比企の尼の立場もいよいよ苦しいものであったにちがいない。それでもなお、この自分をかばっていてくれる。頼朝にとって、乳母とは母以上のものだった。

比企家に養子に迎えられた能員《よしかず》も今は頼朝に好意を抱いていてくれる。が、果たしてその胸の内はどうなのか知りようもない。頼朝は溜め息をついた。

「今の状況では、万が一にも平家に勝つ見込みなどございません。文覚殿がなんと申されようと、今はまだ動くときではございません。待つのは慣れております。流人として過ごした十八年余の歳月に比べれば、この先、何年耐えることになろうとも何ほどのことでもございません」

文覚はそれを聞いて肩を落とした。

結局その日も、その場はそのまま引き下がるよりなかった。

「気が足りんのじゃ」帰り道、文覚は言った。「気を十分に溜めて念じれば、人はいかなることでもできる。それが頼朝殿には分かっておらんのだ。それにしても、さて、いかがいたしたものか……」

それまでも頼朝は誰にも心を開かなかった。いつ誰が自分の敵となるかわからない恐怖が頼朝の身にしみついていた。それが文覚であろうと油断はならない。頼朝にとっては、それが流人として生き延びる唯一の手だてだった。

「父上が無念の最期を遂げて後、これまで生きながらえられたのはひとえに比企一族の助けがあったればこそでした。母の実家熱田大宮司家ですら清盛の顔色を見て、私を見捨てた。それを乳母だった比企の尼はずっと忘れずにいてくれた。忘れずにいてくれたどころか、流罪になった後もずっと、はるか武蔵国から伊豆までの道を衣に米、日々の暮らしにいりようのものまで細々と娘婿たちに運ばせ届けてくれました。比企一族以外、信ずるに足る者はいない」頼朝は政子に言った。

「殿のお気持ちは、この政子、誰よりも分かっているつもりでございます。私は何があろうと殿のおそばを離れません。それだけは信じていただきたいのです」政子は必死の面持ちで言った。

頼朝はじっともの思いにふける気配だった。

五　母の死

一方、都ではこのところまたも不吉のできごとが続いていた。治承三年（一一七九）五月、白河辺りでは初夏だというのに雹《ひょう》が降った。それから間もなく竜巻が起き、さまざまなものを巻き上げながら黒い龍のようにのたうち、都の空を動いていった。そのせいで何軒もの屋敷が倒壊した。七条では落雷があり樹齢数百年の杉の大木が真っ二つに裂けた。巨大な火柱は四条坊門高倉からも見えた。

季節がかつてなく荒々しく感じられた。突風が吹いて激しい雨に見舞われるかと思えば、冬だというのに桜が狂い咲いたりした。人々はそのたびに不安をつのらせた。

しかし、四条坊門ではその年もこともなく過ぎようとしていた。晦日ともなると屋敷中が正月の準備に余念がなかった。紀州からは塩をした寒ブリや鯛、鮑などが馬で運ばれてきた。宗重はそれらを清盛の屋敷に届けさせた。

蜜柑も届いた。それを見て薬師も加弥も目を輝かせた。それぞれに彩り美しい装束も縫い上がり、几張なども新しくして屋敷内には華やぎがあふれた。薬師はこの正月で八歳、妹の加弥は四歳になる。

薬師は知念を探した。蜜柑を分けてやろうと袂いっぱいに入れていった。

知念は屋敷の裏にいた。ひとり石打ちをして遊んでいた。

「みかんが届いたから、持ってきたよ」

知念はじろりと薬師を見た。

「おい、腕相撲をやろうか」

「いいよ。どこでやるの」薬師は嬉しげに言った。

こっち、と知念は薬師を使用人の寝所に連れて行った。中は雑然と物がちらかり、ひどく寒かった。薬師はこれまでここに入ったことがなかった。

知念が誘うと、薬師は恐がりもせず上がりこんできた。知念は汚れた衾をひろげて腹ばいになり、薬師をさそった。薬師はにこにこしながら蜜柑を袂から出してそばに置くと、知念の向かいに腹ばいになった。

「腕を出してみろ」

薬師は言われたとおりに腕を出した。知念はその手を握って力を入れた。いともやすやすと倒されてしまう。

「もう一度」と薬師は言った。そして今度は力を込めた。

知念はその手をねじり上げた。痛みが増してきて、薬師は顔をゆがめた。しかし、泣きもせず、黙って知念の顔を見ている。やがて目に涙が浮かんできた。それでも黙っている。

知念はようやく手を離した。薬師は涙を浮かべたまま黙って帰っていった。きっと親に言いつけるに違いない。口止めするべきだったと知念は思ったが遅すぎた。

腹が減って、ようやく知念は厨房に行った。葦乃がじろりと知念を見た。何を言われるかと知念は身構えた。また嘘を考えていた。薬師が転んで腕をひねったのだと言えばいい。しかし、葦乃はなにも言わなかった。

薬師は知念がなぜこんなことをしたのか分からなかった。遊びだと思っていたが、あの時知念はひどく恐い目をしていた。ひねられた手首が腫れあがっていた。彩がそれを目ざとく見つけた。

「いったいどうしたのです」

「さっき庭で転んだの。袂の中のみかんが重かったから」

「葦乃、薬師の手が腫れておる。冷やしてやっておくれ」

そう言った後、彩はいつになく大儀そうに奥に行って横になった。

「母上さま、どうしたの」薬師が訊いた。

「いささか気分がすぐれないのです。少し休んでおればすぐに治ります」

口をきくのもつらく、すぐに彩は目を閉じた。熱が出た気配があり、節々に痛みがあった。

その夜、彩は重国と二人きりになると心細げに言った。

「今年は不吉なことばかり起きましたが、何かよくないことの先ぶれでしょうか」

重国は答えず、黙って妻の肩を抱き寄せた。炭櫃《すびつ》には赤々と炭がくべられていて暖かかった。妻の襟元からほのかに黒坊が香りたつ。

「もうじき正月、子供たちもぶじに育っている。こうして何事もなく新年が迎えられることを今は喜びましょう」重国は大殿油の火影に目をやりながらつぶやいた。穏やかに暮らせるこのときを重国はなによりも大切にしたかった。

しかし、その翌日から彩は起きあがれなくなった。

横になっている妻の手を取った重国はその熱さに驚いて彩の顔をのぞき込んだ。大殿油のあえかな光にも明らかに顔が火照っているのがわかる。

「ひどい咳逆病《せきぎゃくびょう》が流行っている。気を付けなくては」

「いえ、たいしたことはございません。正月が来るというのに、うかうかと病になどなるわけにはまいりません」

そう言いながらも、彩はその夜から高熱とはげしい咳に襲われて夜も眠れなくなった。

「咳逆病にかかったのではないか」

宗重は思案げに重国に言った。重国は黙っていた。このところ、大宰府に端を発した悪性の咳逆病がいよいよ都にまで広がって罹患するものがあいつぎ、症状も重く命を失う者もあると聞いていた。

「ともかくも、手を尽くして良い薬を探させよう。薬師《くすし》を呼べ」

宗重は医者を呼びに行かせ、薬をさがさせた。延暦寺に使いを出して加持祈禱なども頼みこんだ。しかし、彩の様子に変化はなかった。数日たってもいっこうに熱も下がらず、様態は日々悪化していった。

「加持祈禱だけでは足りぬ。宋の薬もどうにかして清盛殿にお願いして手に入れてみよう」

日頃人に頼みごとをしたことのない宗重も彩のためにと清盛の屋敷を訪ねていった。維盛《これもり》が出てきた。

「このようなことでお願いとは、誠に厚かましい限りではございますが、実は娘の彩がどうやら咳逆病にかかったようでございます。それで……」

宗重が言い終わらないうちに、維盛が言った。

「待っておれ、お祖父様が良い薬をお持ちだ。少々、分けてくださるよう、私がお願いしてみよう」

宗重の頼みに応じて清盛も快く宋から輸入した高価な薬を分けてくれた。さっそく煎じて飲ませてみたが、数日たっても彩に回復の兆しはなかった。


正月は来たものの、病平癒の祈禱が上げられるとき以外、家の内はしんと静まりかえっていた。彩の重篤な様子に誰もがめでたいということばを飲み込んだ。

流行病がうつってはいけないと薬師と加弥は母から遠ざけられて祖母のそばにおかれた。それでもときおり薬師だけは家の者の目を盗んで母の様子を見に行った。

夜になると激しく咳き込む母の姿が几帳越しに見えた。母のそばに行きたいとむずかる加弥を薬師はかばいながら、ひたすら母の病が一日も早く癒えるようにと如意輪観音に祈り続けた。

屋敷内でも罹患する者がでていた。使用人の寝所でも下働きの男たちまでが次々に寝付いた。一晩中、誰かがひどく咳き込んでいる。知念はそこで寝るのがいやで、矢倉門の横にある番小屋で寝た。寒かったが、咳逆病にかかるよりはましだった。屋敷は一晩中灯りがともされ、築地越しに祈禱の声が聞こえていた。

薬師と加弥は大人たちから遠ざけられ、日がな一日、葦乃や加弥の乳母を相手に遊んだ。外は比叡颪が吹き荒れ、小雪が舞っていた。いつもなら顔を見せるはずの知念も姿を見せない。腕相撲のことがあってから、薬師は知念に会うのが恐かった。知念がどうしてあんなことをするのか、薬師にはまったく分からなかった。

彩の容態は日増しに悪化していった。

「子供たちはどうしておりますか」熱に浮かされながらも彩は子供たちのことを気づかった。

「おふたりで仲良く遊んでおられます」

侍女は絞った冷たい布を彩の額にあてがった。だがそれもたちまち熱くなった。

「かわいそうに、正月だというのに何もしてやれない」彩の頰を涙がつたい落ちた。

「さあさ、あまりご心配なさらずにお休みください。母上さまが一日も早くお元気になられるのが肝要でございますよ」

付き添っている女たちも次々に寒気がする、咳が出る、などと言い出して寝付く者も少なくなかった。乳母の葦乃だけは具合が悪くなる様子もなく子供たちの世話をしていた。

「ところで母上はどうしておられる……」彩は母の千賀を気づかった。

「はい、北の方様のことはご心配いりません。今もお子たちと貝合わせをして遊んでおいでです」

「それはよかった。それにしても私がこうしていつまでも寝ているわけにはいかぬ」彩は言いながらまたうとうとと眠り込んだ。

宗重は落ち着かなかった。加持祈禱の甲斐なく彩の様態は日々重くなっていく。

明け方、宿直《とのい》が終わると重国はそのまま妻を見舞った。早朝にもかかわらず屋敷内には人の動く気配がして、一晩中続いた祈禱の香の煙が濃く漂っていた。

「彩殿の具合はいかがでしょう」

「どうもはかばかしくない」宗重は一睡もしていなかった。

「そうですか。彩殿を見舞ってまいります。ところで子供たちはどうしておりますでしょう」

「母じゃの病が相当応えているらしい。薬師は例によって昼間は観音菩薩の厨子の前を動かぬそうな。加弥はときどき母じゃのそばに行くと駄々をこねている」

「不憫でございますゆえ、少し遊びの相手でもしてやりましょう」

重国は子供たちのところへ行った。加弥は眠っていた。薬師はめざとく目を覚ました。

「父上、母さまは死んでしまうのですか」

「何を言う、そんなことはない。神仏のご加護がある」重国は薬師の額に手をやった。熱はなかった。「寒いぞ、もう少し寝ていなさい」薬師に衾をかけてやり、重国は彩のそばに行った。

「彩殿……」重国は妻のそばにすわって手を取った。やせ細ってしまった手はひどく熱かった。

「私はもうだめかもしれません。ただ子供たちのことだけが気がかりでなりません」彩は苦しい息の下からとぎれとぎれに言った。頬に涙がしたたり落ちた。

「お気を確かに、必ずやよくなります。それより、子供たちをここへ連れてまいりましょう。一目でも……」

「なりませぬ。病をうつしてしまいます。どうかくれぐれも子供たちのことを……」

彩はそれだけ言うと、また意識が遠のくように眠り込んだ。

重国は今日一日だけでも子供たちのそばにいてやろうと北の対に行った。加弥も目を覚ましていた。

「暖こうにして咳逆病なぞにかからぬようにせねば」

千賀が加弥に紅のかざみの上に真綿の入った赤い被布《ひふ》を着せかけながら言った。重国は加弥を抱き上げげた。薬師はと見ると、ぼんやりとした顔で横になっている。

「薬師や加減でも悪いか」

重国が尋ねると、薬師はようやく体を起こした。

「父上、如意輪観音さまは母上の病を治してくださるのでしょうか。薬師のお祈りの仕方が悪いのでしょうか」

「そんなことはない。きっとそなたや私の祈りを聞き届けてくださる」

やがてまた祈禱の声が邸内に響きはじめた。薬師はその声に応じるように厨子の前に座り、手を合わせた。

「不憫でなりません」千賀は薬師の後ろ姿に涙をこぼした。

その夜、重国は二人の子を両脇に寝かせた。二人の子は父と一緒に寝るのがうれしいのか、それぞれが小さな手を父の体に重ねて眠った。

木枯らしの音が耳についた。ときおり吹き込んでくる風に几帳が揺れる。重国はふたりの子供の肩を真綿の入った衾でくるんだ。

明け方近く、渡り廊下を走ってくる足音で重国は目を覚ました。

「殿、お方様が呼んでおられます」

重国は飛び起きた。子供たちを葦乃に頼んで、重国は渡り廊下を走った。不吉な思いで喉が塞がりそうだった。

「先に参ります。子供たちをどうか……お願いいたします」

彩はとぎれとぎれにそれだけ言うと意識を失った。千賀が泣きながら彩の手に五色の糸をからめ、その糸を小さな薬師如来像に掛けた。五色の糸は仏との縁をつなぐ。

「どうか、娘をお守りください」千賀は必死に祈った。

それっきり、彩が二度と目を開くことはなかった。昏睡状態が一日続き、やがて正月八日の未明、息を引き取った。屋敷のあちこちでいっせいに女たちのしのび泣く声が聞こえた。

宗重は怒り狂った。

「祈禱なぞなんの助けにもならぬ。坊主のくせに日頃の精進も忘れて槍など持って走り回りおるからだ。今後一切布施なんぞやるものか」

重国は妻の遺骸にすがってただ泣くばかりだった。

加弥は母の死を知るにはまだ幼すぎた。「母さま、お目めを開けて。だっこして」とむずかった。

薬師はぼんやりとしていた。母のそばに座らされても母の顔を見ようとはしなかった。通夜のときも母のそばに横たわっていたが、泣きもしなかった。その目は穴のようにうつろで、何の表情もなかった。

その翌日、紀州崎山から姉の多恵が訪ねてきた。

「なんということでしょう。具合が悪いと聞いてはおりましたが、まさかこのようなことになっていようとは……。かくも信心深い方をなにゆえ神仏は助けてはくださらぬ」多恵は泣き伏した。

「薬師と加弥はどうしております」多恵はしばらく泣いたあと正気にかえり、千賀に尋ねた。

「加弥はまだ母が死んだことがわからぬゆえ、母さまはまだ寝ておいでだと言い聞かせておりますが、薬師はまるで魂を抜かれたようになってしまって、なにやら恐しいほどです」千賀は言った。

多恵が行ってみると、薬師は奥で横たわっていた。ぼんやりとして多恵が声をかけても反応がなかった。

「母さまのところへ行く……」昼寝からさめた加弥が母を呼んで泣きじゃくっていた。

薬師がはじめて泣いたのは母の遺骸を鳥辺野《とりべの》へ運び、荼毘《だび》にふしたときだった。丸太が組まれ、粗朶《そだ》と藁がうずたかく積まれた上に母の遺骸が横たえられた。その上に生前彩が好きだった小菊の刺繍をほどこした唐織りの表着がかけられた。

しばし経が上げられた後、宗重が粗朶に火をつけた。見る間に母の体にかけられた錦繍の表着が火に包まれ、炎とともにめくれて舞い上がった。

炎の向こうに黒い影のような母の姿が見えた瞬間、薬師は悲鳴のような声を上げ、泣きながら火の中へ飛び込もうとした。それを重国が抱き留めた。父の腕の中で薬師は狂ったように暴れ泣いた。

鳥辺野からの帰り道、車に揺られながら多恵は薬師と加弥のふたりを膝に抱いて泣いた。薬師は膝にもたれてぐったりとしていた。薬師の頬を伝い落ちる涙を加弥が小さな手でしきりにぬぐっていた。その日以来、薬師は声を失った。

「ちっとは薬師さまのお相手をしてやれ」

葦乃に言われて知念はようやく薬師のそばに行った。知念は彩が死んだことに何とはなしの後ろめたさを感じていた。湯浅家の人間たちが妬ましく、はっきりそれと意図したわけではなかったが、いつもなんとはなしに湯浅家の不幸を願っていた。それが現実になってしまった。

「独楽《こま》を回してやろうか」

知念は懐から自分で作った独楽を出して見せた。しかし、薬師はそれを見ようともしなかった。黙って知念のそばを離れると、奥へ行き横になった。知念が何度呼びかけても薬師は背を向けたまま黙っていた。

「声を出せんようになっておられる。母上さまが亡くなられたのがよほどに悲しいのじゃ。そなたもよう気を配ってさしあげるのじゃぞ」葦乃がいつにないいたわしげな口調で言った。

重国はいつものように御所の警護に出た。終日、仕事が手に着かず、ともすれば失った妻のことをぼんやりと考えていた。思い出すたびに胸が潰れそうなほど悲しかった。

「あの方がいてくださればこその自分だったのだ」と重国は思った。

彩を失った今は、武士であることにも、生きていることにも執着はなかった。こうして日々どうにか生きているのは、子供たちのためだった。あの日以来、体にも心にもぽっかりと空洞ができてしまった。

法然上人の教えでは阿弥陀如来の名号を唱えさえすれば、どのような死に方をしようと極楽浄土に迎えられるという。しかし、臨終の時、昏睡状態におちいっていた彩はついに阿弥陀如来の名号を唱えることはなかった。それではあのように信仰心のあつかった妻が極楽浄土に行くことはかなわないということなのだろうか。重国は思い悩んだ。

伊豆はどこよりも早く春がやってくる。梅の花が終わり、桜のつぼみがふくらみ始めた頃、上覚は都から便りを受け取った。母の千賀からのものだった。

彩が咳逆病で死んだという。上覚は息を詰めた。急いで御堂の裏に行くと楠の根方に腰を下ろした。文を読みなおしていると、いくらこらえても嗚咽が漏れた。

「どうなされました」背後から千覚の声がした。

「千覚殿、面目ない。妹が死にました。知っていれば病平癒の加持祈禱をいたしたものを、何もしてやることができなかった」上覚は声を詰まらせた。

「なんとお慰め申したらよいか」千覚は上覚のかたわらに腰を下ろした。

「そなたは都へ戻れ。都の出入りが禁じられておるのはこの文覚ひとり、そなたが都に戻ったところで咎めはない」いつの間にか背後に文覚が立っていた。「遠慮はいらぬぞ」

「いえ、今さら都に戻ったところでもはやなにもしてはやれません。このままお上人様のおそばにおります。都へ戻るのはお上人様の洛中お出入りが許されてからと決めておりますゆえ」

「待っておれ、間もなく都へ戻ることになる。いや、そう遠い先のことではない」

そう言うと文覚は思案げに戻っていった。

上覚は両手で顔をこすった。こらえてもまた涙があふれた。いかに日ごろから人の一生は生老病死と覚悟してはいても、いざこのようなことがあると人を失うというのはかくも耐え難いものかと思い知らされる。

「子供がまだ小さいのだ。上の男の子は八つになったはず。下の娘はたしかまだ三つか四つ。泣いておろう。それを思うといとおしくつらい」

いつになったら都に帰ることができるのか、それすら分からない。文覚を信じ、ついていくことに変わりはなかったが、それでも上覚は痛みに似た焦りを覚えた。

宗重は六波羅の勤めを終えると挨拶もそこそこに屋敷に戻った。孫の顔を見に北の対へ行ってみると、薬師は厨子の前にぼんやりと横になっていた。千賀はそんな薬師をいたわしげに見ていた。薬師は相変わらず声がでなかった。

「薬師や、どうしておった。まだ加減が悪いか」宗重は寝ている薬師の顔を覗き込んだ。

「今日は粥を椀に半分ばかり食べてくれました」

「もそっと滋養のあるものを与えよ。薬師がこのような有り様では重国殿もおちおちとしておられまいぞ」

「戦が始まるのでございますか」

「戦があろうとなかろうと武士は常に家を捨てる覚悟がいる。心を残していてはいざというとき思うさま戦うことなどできんのじゃ」

そばでやり取りを聞いていた多恵は眉をひそめた。千賀はそっと多恵の膝に手を置いて言った。

「多恵、父上は薬師のことを案じてあのように申されておいでなのです。この年寄りが命を生きながらえて、娘が先立つことになろうとは。薬師や加弥がふびんでならぬ」千賀は袖の端で涙を押さえた。老いた目からはそれでもとめどなく涙が流れた。

「神仏を恨むなど思うてもみなかったけれど、この子たちを見ているとほんにつろうございます」言いながら多恵も泣いた。

彩が死んでからこの方、屋敷内は涙の乾くときはなかった。そうしていても日一日と日足は伸びてやがて気づけば若葉の季節を迎えようとしていた。

「桜の花がいつ咲いて散ったのか、覚えなかったのはこれがはじめてのことでございますね」多恵はつぶやいた。

薬師も少しずつ体力を取り戻していったが、いまだに声を出すことができなかった。目に光もなく何をしてやってもうつろな目をしている。その顔を見ているとなにやら恐ろしいと、乳母の葦乃は嘆いた。


朝廷では清盛の制裁は留まることがなかった。後白河法皇の皇子であるというだけで、以仁王《もちひとおう》までが犠牲を強いられた。まず手始めに清盛は以仁王が師の最雲からじきじきに譲られた常興寺とその荘園を奪いとった後、それを天台座主に返り咲いた明雲に与えた。これ見よがしの行為に怒りを覚えたのは以仁王ばかりではなかった。

しかも去年の暮れから清盛はたびたび上洛しては高倉天皇に譲位を迫っていた。思い通りになるまで粘りに粘るのが清盛の常套手段だった。時に騎馬団を従え、天皇を威圧してみせるかと思えば、きらびやかな車を仕立てて様々な渡来品を献上するという硬軟とりまぜての強訴だった。

そのしつこさに負けて高倉天皇もとうとう言仁親王の垂髪の儀を承諾された。東宮の垂髪の儀は通常正月には行わない習いである。年が明けないうちにと、あわただしく準備がなされた。今や天皇であっても清盛の言いなりになるしかなかった。

かくも清盛が垂髪の儀を急いだのは、年明け早々、高倉天皇に譲位を迫り、言仁親王を即位させる腹づもりでいたからだった。ことはそれほど露骨だった。

治承三年の暮れに垂髪の儀が行われ、開けて治承四年、清盛は早々に言仁親王の着袴の儀を執り行った。親王はわずか三歳、強引きわまりないそのやり方にもいまや異議を唱える者はなかった。

治承四年（一一八〇）二月二十一日、高倉天皇が譲位されて、言仁親王は安徳天皇となられた。それを見届けて、清盛はようやく安堵した。即位式は四月二十二日、紫宸殿で執り行われることが決められた。

老臣源頼政は憤怒の形相で殿上から屋敷に戻ってきた。怒りのあまり車の中でも震えが止まらなかった。わずか三歳の安徳天皇が即位されるとあっては、以仁王《もちひとおう》の皇位継承の望みは完全に断たれてしまったことになる。国を統治する器量を持ちながら、王は三十歳になった今も親王宣下も受けられないままでおわす。

朝廷転覆の事件終息の後、清盛からは頼政に三位《さんみ》が贈られたが、頼政はそれには一顧だにせず、すぐに出家した。清盛に従うのは本心からではなかった。清盛に従うのは自らの保身のためではなく、息子たちのこれからのことが気がかりだったからだ。

あの豊明節会の折、平氏の騎馬団の先頭に立ったのも、息子たちの将来を思えばこそだった。しかし、事件の後、仲綱は伊豆守、兼綱は検非違使のままに据え置かれた。なんのための忠義か、と頼政は思った。朝廷に背いてまで清盛に従ったその報酬は老い先短いこの頼政に三位を与えるという形だけのものだった。

その上、以仁王への清盛の仕打ちは度を超していた。以仁王から皇籍を奪い、源氏へ賜姓降下《しせいこうか》させるという暴挙に出た。

頼政は怒りのあまり眠ることもできなかった。これでは以仁王があまりにお気の毒ではないか。頼政は家の者に言っては悔し涙を流した。

法皇はどうお思いになっておられるのか、頼政はそのご意向を知りたいと思っていた。出家を果たしたことをお聞きおよびになったからだろう。ある夜、法皇はひそかに使者をつかわされた。下し文には頼政と同じ思いがつづられていた。

「法皇様もまた思いは同じであられた」老いた目から涙がこぼれた。

息子たちの将来や一族のことなど、これから先のことを思い、さんざん逡巡したものの頼政は家の者たちにも知らせず、三月九日の夜、一人ひそかに女物の車をしたてて以仁王を訪ねていった。

「内密のご相談がございますゆえ、お人払いを」頼政は以仁王の前に出ると小声で言った。

御簾の陰にいるお付きの女房の衣擦れの音が遠ざかるのを待って、宮は近習の者に御簾を巻き上げさせられた。頼政は宮のそばににじり寄った。

「この御有様をご覧ずるにつけてもまことにおいたわしき限りにございます」

老臣は以仁王の顔を見上げ、朽ち葉色の直垂の袖で涙を拭った。

「此度のこと、まことに何と申し上げればよいのか、この頼政にはことばもございません。法皇様とて同じ思いでいらせられまする。頼政が老残をさらして今日まで生きて参りましたのは、このようなことを見聞するためではございませぬ。この悔しさ、腹を掻き切られる思いでございます」

以仁王はじっと顔を伏せておいでになった。

「この頼政に法皇様はひそかに下し文をくだされました。例の騒動がございましたゆえ、此度の譲位のことなど表立っては何も申されませぬが、このまま捨て置いては清盛の思うつぼ」

ややを躊躇ってから頼政は意を決したように口を開いた。

「全国の源氏に決起を促し、平氏を討つべしと申されておいでになります。陣頭に立つは宮様をおいて他にないと。もし宮様が令旨を発せられますなら、全国の源氏が立ち上がること間違いございませぬ。源氏の者ならば平氏の横暴を耐え難く思わぬ者などひとりとしておりませぬ。すでに……」頼政はさらに声をひそめた。「醍醐寺では清盛調伏の祈禱を始めております」

それをお聞きになると以仁王は端正なお顔を曇らせられ、かすかに溜め息を漏らされた。

「思いは同じある。しかし、平氏の大軍を相手に私がどこまで戦えるのか。勝算はあるまい。此度のことも清盛が私にしかけた挑発であることは自明のこと」

敵は平氏の大軍団、百戦錬磨の猛者ぞろいである。兵力ではとうていかなわないことは火を見るより明らかだった。

「全国の源氏がいっせいに決起いたしますれば、平氏を倒すことも夢ではございません」

「言うのはたやすいが、平氏に悟られぬよう全国の源氏に決起をうながすなどでき申すのか」

「この頼政に一計がございます」

頼政はあらためて辺りを見回すと、宮の耳に口を寄せた。

「三位の藤原宗信が思いを同じくしております。宗信は宮様の令旨《りょうじ》を全国の源氏に伝える用意があると申しております。清盛が都を留守にしている間がよい機会。法皇様はその御心づもりでおわせられます」頼政は息を継いで続けた。

「聞いたところによれば、清盛は先例を破って、高倉上皇様に最初の社参の儀を厳島神社で行うように強要していると申します。法皇様はもとより上皇様にその意志はございません。まことにもって理不尽な。なにゆえ安芸へなど下らねばならぬのじゃ、と上皇様はお怒りなされましたが、これも理の当然でございます。これを伝え聞いた春日社や興福寺、園城寺までが騒ぎ出しております。おそらく合戦になりましょう。その騒動の間に……」

もともとこの社参の儀は石清水八幡宮か賀茂社、または春日社か日吉社で行われる慣例となっている。その前例を破って、清盛は安芸の厳島神社で行うと言う。

以仁王は深く考え込まれたご様子だった。

「法皇様は確かにそのように申されたのだな」

「ご決心のほどを」頼政は深々と頭を下げた。


園城寺の衆徒の間でも後白河法皇と高倉上皇を清盛の手から奪い返し、洛外に匿おうとする計画がにわかに練られ始めていた。園城寺からのこの知らせは密かに南都、興福寺にも伝えられた。

それから間をおかず、園城寺の衆徒が武装蜂起するとの知らせが再び南都に届けられた。これを受けて興福寺の衆徒や反平氏の武士たちまでが武器を携えてぞくぞくと京へ向かい始めた。

早馬が南都の様子を知らせてくると、清盛はすばやく反応した。ただちに騎馬軍団をしたてて園城寺をぐるりと包囲した。園城寺の衆徒たちはそれを見て震え上がった。彼らは僧兵のなりこそしていたが、ただ気勢ばかり、戦には素人の集団にすぎなかった。敵は百戦錬磨の平家の騎馬団、とうてい彼らに太刀打ちできるはずもなかった。

しかし、すぐに攻撃が開始された。矢は間断なく寺内に降り注いだ。たちまち山門は破られ、槍と刀を振りかざして鎧兜に身を固めた騎馬軍団が怒涛のように寺内になだれ込んできた。衆徒たちは命からがらちりぢりになって山の中に逃げて隠れるよりほかはなかった。

この知らせは頼政の使いの者からただちに後白河法皇のもとにも届けられた。

「よきかな。これでしばし時を稼ぐことができよう」

法皇はこともなげに申された。もしも以仁王が決起するとしても戦の準備が整うまで時間が必要だった。法皇はすぐに上皇に使者を遣わせられ、なんとしても厳島社参を遅らせるようにと指示された。

高倉上皇はそれを受けて、この騒動を理由に厳島社参を延期する旨、福原の清盛に使者を送られた。

清盛は使者の口上を聞くと、たちまち不機嫌になった。

「上皇様とは申せ、そのようなわがままを申されては困る。供応のためこの清盛、どれほど心砕き、手抜かりなきようさまざまに調えてきたかお聞きおよびであろうに。園城寺で騒ぎがあったなど、この清盛にとっては蝿や蚊が騒ぐも同じこと。痛くも痒くもないは。それを口実にまたもこのように勝手を申される。ええい、ならぬならぬ。法皇様ともども、とにもかくにも厳島にお連れ申せ」

清盛は上皇が出立されるまでしつこく催促を続けた。清盛は厳島の入り江にあらたに御所まで造営していたのである。

しばらくして、法皇は一転して厳島行幸に乗り気の様子をみせられた。そうして高倉上皇をうながして福原への船に乗られたのは春も半ばのことだった。お供に帥《そち》大納言藤原隆季《たかとし》や前大納言邦綱《くにつな》、源通親《みちちか》などがついた。

しかし、宗盛は福原まで上皇を送り届けるとすぐにまた都に取って返した。いまだに園城寺の衆徒の間で不穏な動きがつづいていたからである。

法皇は福原への船旅を楽しまれているかに見えた。船上では機嫌良く杯も受けられた。上皇は内心不満を抱かれながらも父君のこと、また何かお考えがあってのことだろうと、言われるままにされた。

とはいえ厳島での清盛の歓待ぶりはお二人の目を奪うものだった。

かつて大宰大弐を務めていたころから華麗な宋の文化に魅せられていた清盛はさまざまに趣向を凝らして一行を迎えた。

船上から見る新たな御所は海の面にあたかも話に聞く竜宮のように華麗な姿を映していた。緑柚の瓦に柱の朱の色もあざやかな御所には黄金の装飾が施され、燦然と朝日に照り映えていた。入り江には極彩色の宋の船などが引き入れられ、異国の装束に身を包んだ宋人たちまでが船上に居並び、一行を出迎えた。船は釣殿に横付けされ、地上に下りることなく御所に入ることができた。

「なかなか面白き趣向よのう」法皇は清盛を振り返られた。

気の進まぬ行幸ではあったが、その華麗さに上皇も法皇も目を見張らずにはおられなかった。ただ清盛の背後に控えていた右大臣の九条兼実だけは不快さを隠しもしなかった。老練な兼実のこと、清盛に表立って盾を突くことはしなかったが、これまでのことすべてが内心腹立たしくてならなかった。

派手好みの清盛らしくその夜の宴は豪奢をきわめた。異国の赤い酒が瑠璃の杯になみなみとつがれ、不思議な色と香りの異国の水菓子やめずらしい料理がつぎつぎに供された。贅沢になれた殿上人もさすがに息をのんだ。甘茶蔓や干した果物以外、甘いものを口にしたことのなかった人々を虜にしたのは南国の黍の糖とやらをかためた菓子だった。

安徳天皇も二位尼《にいのあま》に抱かれて、しばし、饗宴のさまをご覧になっていた。

美酒と舞姫たちの歌舞に酔い、胡弓という宋の楽器の音に誰しも幻惑される思いだった。しかし、上機嫌の清盛をよそに上皇だけは心楽しまぬ風情でそれらを眺めやっておいでになった。

ことは思惑どおりにはこばれていた。一行が厳島に足を留められている間に、園城寺の衆徒はじめ南都のものたちは清盛討伐の計画を密かに進めた。法皇にとっては計画通りのなりゆきだった。

そうして二十日あまりが過ぎ、上皇の一行は厳島での参詣をおえられ、帰洛された。

上皇方が都に戻られたその日の未明、以仁王はひそかに全国の源氏に向けて平氏追討の令旨を発せられた。令旨をいただいて都を後にしたのは、かつて平治の乱以来、紀州熊野に潜んでいた源行家だった。修験道をよくする行家は、まず山城国の源氏の者たちにこれを示した。そして手から手にこの令旨は写され、全国の源氏に伝えられていった。

以仁王の檄文にははげしい口調でこう述べられていた。

『威勢をかりて凶徒を起こし、国家を亡じ、百官万民を脳乱し、五機七道を虜略し、法皇を幽閉し、公臣を流罪にし、命を絶ち、身を流し、淵に沈め、楼に込め、財を盗みて国を領し、官を奪いて職を授け、功無くして賞を許し、罪にあらずして過に配す。

われ、一院の第二皇子として、天武天皇の旧儀を尋ね、王位推し取るの輩を追討し、上宮太子の古跡を訪ねて、仏法破滅の類を打ち亡ぼさん』

日頃の穏やかな王らしからぬ、怒髪天を突くかのごとき檄文だった。

しかし、福原にいた清盛はさすがにまだこのことに気づいてはいなかった。

四月二十二日には安徳天皇の即位の儀が紫宸殿で執り行われることになっている。即位の儀の後は大嘗祭《だいじょうさい》となる。大嘗祭には全国津々浦々から国ぶりを披露するために何万という人々が貢ぎ物をたずさえて集まってくる。その後の七日間に及ぶ祝宴の用意にも追われていた。

清盛は瑪瑙のような入り江を眺めやりながら我と我が身の今のありように酔っていた。一介の武士であったものが、いよいよ天皇の外祖父となるのである。

予定通り、治承四年四月二十二日、安徳天皇即位の儀は文武百官が居並ぶなか、紫宸殿でとどこおりなく執り行われた。清盛もこれで天下晴れて天皇の外戚となった。

大嘗祭も清盛がすべて取り仕切った。安徳天皇はわずか御年三歳、二位尼に手を取られて、諸国から奉納される国ぶりなどの種々の芸能をご覧になった。疫病の蔓延と干ばつによる飢饉の影響でいにしえの華やかさこそなかったが、その後につづく饗宴はその華麗さと贅沢さにおいて比類ないものとなった。

即位式の後、安徳天皇は清盛の八条第へ行幸された。

愛らしいことこの上ない天皇のお姿を眺めやっていた清盛は感極まって涙を流した。

摂政に付き添われて昼の御座《おまし》におつきになった天皇は、先ほどからじっと見ている清盛をご覧になると、すっと立って清盛の膝にお座りになった。

清盛は相好をくずして幼い天皇の御髪を節くれだった手でなでた。他の孫にしてやったように指先を舐め、明障子に穴を開けてみせると、幼い天皇はおもしろげにご自分も指を舐めて障子に穴を開けられる。

「おお、なんとなんと。これ、この明障子をば、大切にしまいおけ。家宝にしようぞ」

清盛は嬉しげにそばにいた宗盛に命じた。

その後は八条第での大宴となった。庭にしつらえた舞台では雅楽寮の公達《きんだち》が笙《しょう》や篳篥《ひちりき》を奏し、内教房の歌姫たちが美しい声で歌い舞う。羅《うすもの》を幾重にも重ねた唐風の装束は彩りも美しく、舞姫の動きにつれてなよやかに風になびいた。

百花繚乱、誰しもその華麗さに目を奪われない者はなかった。

幼い天皇のためにもさまざまに趣向がこらされていた。こんだつという着ぐるみを着た者たちが兎や蛙に扮して面白おかしく歌い、動きまわる。天皇は小さな手を打って喜ばれた。清盛にとって生涯最良の日はこうして暮れていった。

この間、平氏追討の令旨は着実に全国の源氏を動かし始めていた。この令旨が紀州熊野まで届いたのは四月の末のことだった。

しかし、熊野では源氏にくみするのか、平清盛につくのか、勢力は真っ二つに分かれ、ついに争いにまで発展した。もともと熊野別当職を巡って続いてきた確執が、これを機に一気に表面化したのである。

かつて熊野大社の別当であった湛快は鳥居禅尼との間に湛増《たんぞう》という子を設けていた。行家は湛増の弟にあたる。

湛快はかつて平治の乱の折、熊野に詣でていた清盛を助けようと湯浅宗重に加勢を頼んだ人物である。

そのようないきさつもあり、清盛はたびたびこの熊野に詣でて、湛快やその家族を優遇してきた。子の湛増は父の遺志を受け継いで、当然ながら平氏についた。しかし、源為義の娘である湛増の母は、もとより平氏を嫌い、平氏追討の日を心密かに待ち望んでいた。

湛快が死ぬと鳥居禅尼はすぐに新宮の源行範《ゆきのり》を自分の婿に迎え入れ、行範を十九代別当に補されるよう動いた。やがて行範との間に男子が産まれた。行快といった。以来、禅尼は行快をかわいがり、前夫の子である湛増には一顧だにくれなくなった。むしろ湛増を嫌って何かと冷たくあしらうようになった。

鳥居禅尼は以仁王の令旨を見るやいなや、手を打って喜んだ。

「ご覧あれ。いよいよあの清盛奴を討つときが参りましたぞ。これまで源氏の者はあの成り上がりのためにどれほどくやしい思いをしてきたことか……。全国津々浦々の源氏が一斉に旗揚げするなら、清盛を倒すことなどむずかしくはない」

母親の言動を傍の者から伝え聞いた湛増はそれでこそ、いよいよ積年の恨みを晴らすときが到来したと思った。母に見捨てられた恨みは日々深くなっていた。母も憎いがそれより憎くてならないのは母の愛を独占してきた種違いの弟行快である。

湛増は以仁王の令旨の写しをひそかに手に入れ、密告書をしたためて、使いの者を福原の清盛のもとへ送った。それと同時に父亡き後、禅尼と行範に反感を持つ者たちを率いて行快のいる新宮と那智を襲った。

合戦は三日の間つづいた。激しい戦闘の後、行快方が優勢になり、湛増は敗退した。このまま戦さを続けても勝ち目がないと悟った湛増は、一転して二十代別当となっている範智に詫びをいれ、源氏の側に寝返ることを誓った。

しかし、時すでに遅く、密告書は清盛の手に届いていた。

以仁王の檄文の写しを見た清盛は激昂した。ただちに早船を仕立てて福原を出た。そして八条第につくやいなや宗盛と重衡、知盛らにすぐにことの真相を調査するよう命じた。

異変に気づいた頼政はすぐに以仁王の屋敷へ使いを出した。

「ことは清盛の知るところとなってしまったゆえ、ただちに園城寺に身を隠されるように」と。

以仁王は頼政からの文を見て、すぐに女物の車をしたて、闇にまぎれて園城寺に向かわれた。頼政も何食わぬ顔で八条第を下がると自邸に戻った。

園城寺の衆徒たちは勇んで以仁王を迎えた。

「もはやこれまでと思う。もしもそなたたちが私を見放すことがあっても、私はけっして引き下がるつもりはない。ここで命を終える覚悟である」

以仁王のことばに衆徒たちは涙した。荒くれぞろいの者たちの目に貴人の姿はあたかも光を放っているかに見えた。世が世なら、帝になられる御方である。

士気はいやおうなく高まっていったが、武器も不足しているどころか貧弱なものばかり、戦には素人の集団だった。これまでも石礫やわずかな弓矢で応戦してきた。

源氏の者たちが令旨を受け取ったところで、全国に散らばっている。それを糾合するにはまだまだ時間が必要だった。その上、今は、その見込みすら立ってはいなかった。

一方、首謀者は以仁王であるという知盛《とももり》からの報告を受けて、清盛はすぐに宗盛に王の捕縛を命じ、土佐配流を決めた。ただちに三条の屋敷に向かったが、しかし、以仁王の姿はすでになかった。

「調べましたところ、以仁王は園城寺に逃れ、かくまわれているとのことでございます」

「またしても園城寺の輩の仕業か、僧綱《そうこう》をここへ呼べ」

宗盛の報告を聞いて清盛はただちに園城寺の僧綱を召しだした。

「即刻、以仁王をこちらへ引き渡せ。引き渡さねば、園城寺は灰燼に帰すと思え。衆徒の輩も一人残らず血祭りに上げてくれるは」清盛は僧綱に命じた。

「承知つかまつりました」僧綱は慇懃に頭を下げた。

その場は従ったかに見せて、僧綱はひとまず清盛の屋敷を下がった。自分がどう言おうと、衆徒たちが以仁王を引き渡すことなどないことは明らかだった。

「こうなれば、また戦になるのは避けられまい。負け戦になろうが、かまわぬ。兵糧を充分に備えよ」

僧綱は園城寺に戻るなり、衆徒に告げた。そしてすぐにまた清盛のもとへ参じた。

「園城寺の衆徒は、いかなることがあろうとも、以仁王をお引渡しはできぬと申しております」

「許さぬ。王といえども容赦はいらぬ。ここへ縄をかけて連れて参れ」

「承知つかまつりました」そう言って僧綱は素知らぬ顔で園城寺に戻っていった。

僧綱は戻るなり、「門を閉めよ。戦さじゃ」と叫んだ。

清盛は五月二十一日、園城寺襲撃を命じた。宗盛ら十人を大将にした騎馬千騎あまりの軍団である。

しかし、その時、清盛の予想だにしなかった事件がおきた。十人の大将に任じた者のうち、三位の源頼政が自ら近衛河原の屋敷に火を放ち、息子の仲綱と兼綱、郎党たちを引き連れて園城寺の以仁王のもとへ馳せ参じたのである。

三位を贈った手前、よもや頼政が裏切るとは思ってもみなかった清盛は怒り狂った。

「頼政めがよくも裏切りおった。こうなれば王といえども生かしておいてはならぬ。かならずやその首を討ち取れ。頼政の首ともどもこの清盛のもとへ持って参れ」

清盛は宗盛に命じた。天皇の外祖父としてようやく愁いなくこの国を我が手中にすることができたと安堵したばかりだった。それだけに清盛の怒りは激しかった。

攻防は三日の間続いた。園城寺側は戦のはじめから劣勢はあきらかだった。延暦寺に加勢をたのんだが、もともと清盛に恩のある明雲は当然ながらこれを拒んだ。延暦寺の衆徒のなかには心情的には以仁王にくみする者も少なくなかったが、座主の命令とあってはそれに背くことはできなかった。

孤立した園城寺では三百人ばかりの衆徒と源頼政と息子たちがこれを迎え撃った。山門が再び破られた。夜空を焦がして火矢が雨のように降り注いだ。寺内はたちまち炎と煙に包まれた。宿坊は燃え盛り、怒号と刃を交える音、ひずめの音がとどろきわたった。激しい攻防の末、二十六日の夜、園城寺は陥落した。

燃え盛る炎の中を頼政は以仁王をかばいつつ、ひそかに園城寺を出て、裏山へ逃げこんだ。山中を這うようにして逢坂の関を越え、南都に向かった。興福寺にたどり着きさえすれば、再び体制を整えなおすことも可能だった。

しかし、わずかな手勢を引き連れているばかり、しかも三日間に及ぶ攻防でみな疲労の極みに達していた。瞬く間に宇治の平等院で平氏の騎馬団に追いつかれた。

平氏の軍勢は三百騎あまり。率いていたのは検非違使藤原景高《かげたか》である。景高はすぐに頼政を追いつめた。老臣に戦う力はもう残ってはいなかった。景高が馬上から振り下ろした刀をよけることすらできなかった。どっとその場に倒れた頼政を見て、景高は馬を下りた。兜を脱がせ、その顔を確かめると髻をつかんで一気にその首を掻き取った。

「藤原景高、頼政の首を討ち取ったり」

景高は宗盛にむかって頼政の首を高々と上げて見せた。首からは血がしたたり落ちている。血しぶきを浴びた景高の顔には猛々しい笑みが浮かんでいた。

「ようやった。だが早う以仁王を探し出せ。まだそう遠くには行ってはおらぬ」

以仁王に付き添った者たちは次々に討ち取られ、首を切られた。鎧兜から見て、その位がいかほどのものか容易に判断ができる。そのなかに以仁王らしいものは見あたらなかった。

よもやと思いながら景高が平等院の殿上に駆け上がったとき、そこにはすでに自害したらしい三体が転がっていた。そのうち一人は首が掻き取られ、血の海のなかに転がっていた。

景高は血の滴る首を拾い上げ、その顔をつくづくと見た。しかし、景高はそれまで以仁王にまみえる機会などなかっただけに、それが以仁王その人かどうか判断ができなかった。

「首が落ちておりました。これは以仁王のものでございますか」

景高は宗盛にたずねたが、宗盛すら以仁王の顔を知らなかった。

「とにかく父上にご覧いただくよりほかあるまい」

景高がその日、掻き取った首は九体におよんだ。八条第の寝殿の前庭にはずらりと首が並べられた。血の臭いにたちまち蠅が群がってきた。

「女たちを呼べ。はよう首を洗わせよ。血に汚れておってはよう顔も分からぬは。そうじゃ、上皇様へ使いを出せ。首を愛でつつ、酒宴などもよおそうではないか」清盛は言った。

「それはそれは、なかなかに面白い趣向でございます」景高は口元に薄ら笑いを浮かべた。

やがて髻《もとどり》をきれいに結い直し、薄く化粧を施された首が盆にのせられて次々と運ばれてきた。清盛は目の前にそれらを並べさせた。

九条兼実も呼ばれた。

「兼実殿、いかがでござろう。一度ならずお目もじいただいたのであろう。以仁王の首はさてこのうちのどれでござるかのう」清盛は九条兼実に声をかけた。

兼実はそのありさまに嘔吐しそうになった。つい先ほど、祝宴を催すからすぐに参内《さんだい》されよ、と八条第から使いが来た。清盛のこと、なにか企んでいるに違いないとは思っていたが、よもや首実検とは思ってもいなかった。しかし、兼実も以仁王には御簾ごしにお言葉をいただいたことはあってもお顔を拝したことはなかった。

「残念ながら、王のご尊顔を拝する機会とてございませんでしたので、はてさてどれが王のものか、この兼実にも分かりかねます」兼実は慇懃に答えた。

清盛の手前、そう答えたものの、政治とはいかにおぞましいものか、と思った。並べられた首をさもうれしげに眺め回している清盛の顔はすでに人の相を失っている。

「もはやこれは人間ではない、邪鬼邪霊の類だ……」兼実は心中ひそかにつぶやいた。

「まあ、よかろう。これをば、絹に包み、漆の箱に入れよ。高倉上皇様にもご覧にいれねばならぬ。さても面白や、かがり火を焚け。雅楽寮の者らも呼べ。宴じゃ、宴じゃ」

清盛は宴の支度を命じた。

夕刻、高倉上皇もまた清盛に招かれては断ることもできかねて、しぶしぶ八条第に行幸されたが、不快さを隠そうともなさらなかった。


いつになく多くの明かりが灯され、御簾のうちは金色にかがやいていた。清盛は上皇を御座に案内した。女たちは彩りもはなやかに十二単をまとい、上皇の背後に控えた。

清盛は上皇の前にぬかずいた。清盛の脇にはずらりと金蒔絵をほどこした漆の箱が並び、大殿油の火影にきらめいていた。

「これよりまことに面白きものをご覧にいれましょうぞ。これ、かの物をここへ持て。肝心のものだけでよい。ほかは捨て置け」

清盛に言われて宗盛は中でも際だってりっぱな花鳥の金蒔絵が施された漆の箱を手に取り、うやうやしく清盛の前に置いた。

清盛は上皇の御座ににじり寄った。漆の箱を上皇の御前に置くと、もったいをつけて蓋を開けてみせた。

蓋を開けたとたん、上皇は驚かれ、眉をひそめて扇で顔を隠された。

清盛はそれを見て、声を立てて笑った。

「頼政殿の首でござる。老臣の末路がこの有様とはまことに哀れなものでございまするな」

上皇は憮然として清盛の顔を見ようともなさらなかった。

「検非違使の藤原景高が取った首は九人、忠綱が四人。いずれも源氏の武者の首でございます。獄門にさらされた様はまことに愉快千万でございましょうぞ。烏どもが喜んで目玉をつつきよりまする」

「以仁王はいかがなされた」

「それはまだなんとも申し上げかねまする。一両日中に明らかになりましょう」

清盛が言い終わらないうちに、上皇は席を立たれた。よほどご気分がすぐれないのか、女房たちに脇をささえられて御車にお乗りになった。

清盛には以仁王の首を確かめるすべがなかった。会ったことのある人間が平家にはひとりもいなかった。それほど王はひっそりと生きてこられたのである。この首実検を高倉上皇に頼むことはいかな清盛にもできなかった。

その夜、かつて以仁王の師であった日野宗業《ひのむねなり》が屋敷に呼びつけられた。宗業は手渡された首を両手にかかげ、つくづくと見た。手がふるえていた。

「以仁王に相違ございませぬ」

「確かか」

「はい、かつてご進講もうしあげましたおりに、ご尊顔を拝し……」言いながら宗業は声をふるわせた。

「そうか、そうか、でかしたぞ、宗業。これで一見落着」清盛は宗業に下がれと、扇で払った。

日野宗業は清盛の前から退くと、暗がりでひとり声を殺して泣いた。

幼い頃からすぐれた能力とたぐいまれな気品とを備えられた皇子だった。あたかも光を放つかのようなそのお顔を思い出すと、このような目に合わせた清盛に腸をえぐられるような怒りを覚えた。「あれほどに強欲で恥知らずな男がわが世の春を謳歌し、清廉の人が恥辱にまみれて殺されるとは、なんという世であろうか」宗業はひとり号泣した。

しかし、乱は鎮圧したものの、清盛の心中はおだやかではなかった。令旨は全国の源氏に届いている。ならば、伊豆の頼朝もまたその令旨を手にしたに違いない。源氏の者たちにとって、頼朝がいまだその象徴となる存在であることに変わりはない。

池の禅尼の嘆願で命を救ったのがそもそもの間違いであった、と清盛は思った。情に負けたばかりにこの有様。碌なことにならない。あのとき頼朝は十三歳、今は三十歳を越している。

「さても、このままではすむまいぞ。これよりは令旨を受け取った源氏の者らを一人残らず成敗いたす。最後の一人まで生かしてはおかぬ。大番役で上洛しておる源氏の者を足止めせよ。国に返してはならぬ」

清盛は相模の大庭景親に使いを出して頼朝の動きを監視するよう命じた。

五月三十日には以仁王追討の賞の授与がなされた。

そしてその同じ日、清盛は安徳天皇、高倉上皇、後白河法皇に福原遷都の件を伝えた。首都を移すという重大事も清盛一人の意向で決められる。この暴虐にも、もとより逆らうすべは誰にもなかった。

天皇、上皇、法皇の福原行幸のお供には清盛の息のかかった者だけが選びだされた。付き添ったのは公卿二、三人、殿上人もわずか四、五人というさびしいものであった。

六月二日、都大路を下る御車を囲む騎馬団は千騎あまり。その有様はあたかも捕囚の警護にもひとしいものだった。

「京の都に留まる者は罰せられるそうな。いよいよ福原がこの大和の国の都となるらしい」京の人々は声をひそめて噂した。

一行は六月三日の早朝、海路、福原に到着した。平頼盛の屋敷が内裏にあてられ、高倉上皇は清盛の邸宅に、法皇は教盛《のりもり》の屋敷に入られた。清盛の威勢の前に抵抗することなど誰にもできなかった。

内裏代わりの頼盛《よりもり》の屋敷では遷都について日夜、議定が行われた。皇居の候補地として大輪田の地があげられたり、巫女を通じて小屋野に造営すべしとご託宣が下ったりしたが、結局、清盛の強い要望で福原に落ち着いた。

それを待って海を見晴るかす入り江の奥に内裏造営が開始された。

以来、公卿たちが京の内裏と福原を往復する日々が始まった。太政官も神祇官もいまだ京に残されたままだった。

福原には次々に公卿たちの屋敷も築造されていった。幾艘もの宋の船が浮かぶ大輪田泊から北へと大路はまっすぐに延び、それに沿って平氏一門の壮大な屋敷が立ち並ぶことになっていた。日夜、槌音のとぎれることはなかった。

清盛はたびたび船上から次第にその姿を現してきた新しい都の姿を眺めた。自らの野望が形を取って目の前に立ち現れてきたのである。

「見よ、この壮麗な眺めを。まことに美しいではないか。疫病で死んだものが側溝に捨ておかれ、乞食が群れをなす京など目にするだにおぞましい。これこそがまさに都じゃ、木の香もまことにすがすがしい」

海の神を祀る厳島神社もほど近い。この神こそが今日の繁栄を平氏にもたらしたのである。清盛が厳島社を尊ぶことかぎりがなかった。

以仁王敗死の知らせが頼朝のもとに届いたのは六月も末のことだった。知らせてきたのは御家人のひとり三善康信の弟康清《やすきよ》だった。康清は平氏の者に見つかるのを恐れて身を隠しながら、ひと月あまりかかってようやく伊豆に辿り着いた。康清は埃だらけの直垂をあらためもせず、頼朝の前に出た。

「兄がともかくもこのことを一刻も早く殿にお知らせせよと。以仁王は無念の最期を遂げられたよしにございます。清盛はそれだけでは気が済まず、王の令旨を受け取った源氏の者も一人残らず討てと申しております」

「いずれは清盛の知るところとなろうとは思っていた。誰ぞまた裏切りおったのであろう」

「ご明察にございます。熊野本宮の湛増の仕業にございます。湛増は、内輪の争いに負けて源氏に寝返ったとはいえ、時すでに遅く、密告書は清盛の手に届いておりました。それゆえ、以仁王も頼政殿も戦支度も整わぬうちに宗盛の軍勢に追われて、宇治の平等院であえなく敗死されたとのことでございます。さぞかし無念であらせられたことでございましょう」康清の声が震えていた。

「世が世なら皇位を継がれるお立場であられたものを……」

頼朝は暗澹たる思いがしたが、それを顔に出すことはなかった。

康清は目を上げ、必死の面持ちで言葉を続けた。

「殿は源氏の御嫡流であられます。清盛が見逃すはずはございません。源頼政殿が以仁王に加担されたことで、伊豆守であられた嫡男仲綱殿も父君とともに討ち死になされました。この地は平時忠殿の知行国。山木の平兼隆殿が目代のお役目でございます。いよいよ網は絞られ始めております」

頼朝は考え込み、ようやくして口を開いた。

「ではこの頼朝にいかにせよと申すのか」

「ここは奥州藤原の秀衡《ひでひら》殿のもとへおいでになり、いっとき身をお隠しあそばされたほうが……」

「逃げて隠れよと申すのか」

頼朝はそう言いながらも表情一つ変えなかった。康清は頼朝の胸の内が読めなかった。

「殿、一刻も早くうご決断を。お命あっての天下でございますゆえ」

そう言い残して康清は都へ引き返していった。

頼朝はすぐに文覚のもとへ使者をつかわした。文覚に至急面会したいと伝えた。


「いよいよ始まるぞ」

文覚は頼朝の文に目を通すと喜色を浮かべた。夜になるのを待って上覚を連れ、ひそかに頼朝の屋敷に向かった。

頼朝は緊張した面持ちで文覚を迎えた。

「以仁王が敗死されたとのことでございます。しかも以仁王の令旨を受け取った源氏の者もすべて追討せよと。いかがいたしたものかご相談申し上げたく」頼朝の顔にかすかに苦渋のあとが見えた。

「旗揚げするしかございますまい。このまま手をこまねいておれば、平氏の手にかかって斬首はまちがいのないところ。おめおめと首を差し出すなどもってのほか」

しかし、この期に及んでもなお頼朝は逡巡していた。

「戦の準備をなされませ。すぐに追っ手が参りましょうぞ」

「しかし、旗揚げと申しても今日明日に準備などできはせぬ。しかも敵は平氏の大騎馬団、太刀打ちできるはずもない」

「確かに殿の申される通りにございます。しかし、いずれにしても今や一刻の猶予もなりません。そこで、この文覚に妙案がございます」

文覚はめずらしく声を潜めた。頼朝は文覚の顔を見た。この男は何者だろう、と頼朝は思った。誰もがひるむようなこの期に及んでも、その目はますます猛々しさを増しこそすれ、恐怖などみじんもない。口元に笑みさえ浮かべている。

「では申し上げましょう。仮にもし、後白河法皇様から院宣をいただくことができたとしたらいかがでございましょう。そうなればもはや平氏といえども殿を逆賊呼ばわりすることはかないませぬ。かえって平氏こそ謀反の賊になるというもの。そうなれば坂東武者も殿のもとへ馳せ参じましょうぞ。殿さえご覚悟なされますなら、この文覚が命を賭して、その院宣をば後白河法皇様より頂戴して参ります」

それを聞いて、頼朝の顔にあきらかに失意の色が浮かんだ。

「平氏の者たちに知られず、いかにしてそのようなことができますのか」

文覚は声を立てて笑った。

「七日の間、護国祈願のため入定すると触れておき、この文覚、堂内にこもります。その間に堂内に設けた秘密の出口からひそかに抜けだし、都との間を七日間で往復してみせましょう」

頼朝は明らかにあきれた様子だった。それから溜め息をついた。

「いかなそなたでも七日間で京と伊豆を往復するのは無理というもの」

「殿はこの文覚が申すことを信じてはおられぬとみえる。しかしながら、文覚が七日間の断食の行に入ると触れ歩いたあかつきには、いよいよその時が来たと思し召せ」文覚は愉快げに言い放った。

頼朝の屋敷を辞し、峠近くまで来て上覚は口を開いた。

「七日間で往復は可能でしょうか。しかも都へ参られたとして院宣をいただくのは容易なことではございますまい」

「そなたは知らぬが、山には山の者の道がある。何年も山で修行をした者にしか分からぬが、街道に一度たりとも降りることなく、この大和の国を縦断する道があるのだ。私はひそかに天の道と呼んでおる。修験道の者たちがそこここにおる。この文覚が走るとなれば、かの者たちが加勢するのは必定。また法皇様のおそばには私の外戚に当たる源光能《みつよし》がおる。なんとしてでも光能を説き伏せ、院宣をいただく。勅勘も説いていただく。できるかできないか論じている時ではない。やると言ったらやるのだ。逡巡している暇はない。それよりさっそくそなたたちは近隣に触れ歩け。三日の後、酉の刻より文覚が護国安穏を祈願いたし七日間の断食の行に入るとな。さすれば山木も伊東も露この文覚の動きを疑うまい」

上覚は思案した。可能かどうか、やってみなければ分からないというのは事実だが、そのような無謀なことが果たして成功するのかと。

「さあて、いよいよこの国が動くぞ。とくとご覧ぜよ」文覚は満足げにつぶやいた。

翌日から千覚と上覚は、文覚に言われたとおり修善寺におりて呼ばわって歩いた。

「奈古谷寺にて三日の後の酉の刻より、文覚上人の七日間の入定あり」

「なにゆえ入定されるのでございますか」集まった人々の一人が聞いた。

「この国の民を守るためだ。護国安穏を願って七日の間、断食と祈禱に入られることになった」

「さもありがたや」と、人々は口々に言い、頼まなくてもあちこちに触れ歩き始めた。

しかし、七日の間にもし文覚が戻らなければ、すべては露見する。

ありがたい上人の噂はすぐに広まり、当日、申の刻を過ぎる頃からひと目でもその入定のお姿を見たいという人々が続々と奈古谷に集まってきた。酉の刻がせまってくると、御堂の周りには人があふれた。中には大庭や山木の家人の姿も混じっていた。

文覚が白装束に括り袴姿で庵から現れると人々は手をすり合わせて拝んだ。文覚は左手に数珠をかけ、人々に向かって合掌し、一礼すると堂に入った。数珠を首にかけなおし、結跏趺坐を組むと大日如来の印を結んで目を閉じた。

上覚は人々の目によく見えるようわざとゆっくり御堂の板戸を閉ざし、外から閂をかけた。そのとたん人々は一斉にどよめいた。

「ここで祈られるのはいつでもかまいませぬが、お上人さまが出堂されるのはこれより七日の後、酉の刻を過ぎてからでございます」

上覚は集まった人々に告げた。人々は文覚の入定を見届けると、足下が暗くならないうちにと三々五々帰っていった。

千覚と上覚は人々が去ってしまうのを見届けて御堂の裏にまわった。あたりを見回し、人目がないことを確かめて、御堂の裏に仕込んでおいた板壁をはずした。文覚はすぐに立ってきて板の間からするりと抜け出した。

「足下が危のうございますゆえくれぐれもお気をつけて。頼朝殿の家人が修善寺におります。馬を引いてくる手筈になっております」

千覚は用意しておいた糒《ほしいい》と水の入った竹筒を手渡した。文覚は御堂の中ですでに墨染めの筒袖と括り袴に着替えていた。黒い頭巾で顔を包み、きっちりと草鞋の紐を結ぶと、そのまま黙ってほの暗い木立の中に走り込んでいった。

文覚は青い夕闇の中をいっきに駆け下った。山が放つ匂いが血を沸き立たせる。文覚は走りに走った。枝を払い、地を這う木の根を飛び越え、獣のように山肌を疾駆しながら、かつて霊場という霊場を巡り、山を踏み歩いていたころのことを思い出していた。走りながら、これまで起きたことのすべてが思い出された。

そして、突然、文覚はそれらすべての意味を知ったのだった。「この日のあったればこそ、すべてはあったのだ」と。そのとたん、文覚の身体を歓喜がつらぬいた。

あどまとの出会いと別れ、過酷な試練、荒行に次ぐ荒行。それはすべて今日こうしてこの時のために天が与えた大いなる企みゆえのものではなかったのか。国を動かす、その役を担うために与えられた試練だったのではないかと。

そう思いいたると、たちまち背中に翼が生えたように体が軽くなった。文覚は高ぶる気のままに走った。木々の間を疾駆しながら、自分が今まさに闇を裂いて飛ぶ異形のものになった気がした。

修善寺まで来たところで闇の中から男が馬を引いて現れた。

「文覚殿でござるか」

「さよう」それだけ言うと文覚はすばやく馬に飛び乗り、鞭をくれた。

長年の荒行で山という山は知り抜いていた。山のどこにだれがいるのかも分かっていた。修験者なら口笛の合図ひとつで何が起きているか知ることができた。山から山へと文覚が走る行く手には修験道の者が待ち受けていた。馬を引いて待っている者がいる。水の入った筒を差し出す者もいた。文覚は休まず馬を走らせ続けた。馬が倒れると自分の足で走った。そして、三日後ぶじに源光能の屋敷にたどり着いた。

門に立っていた郎党に文覚が来たと知らされた光能は驚いて走り出てきた。

「なにごとでござる。今は伊豆においでのはず」

「そのとおりだ。私は今、伊豆におる。話がある。人に聞かれてはまずい」

「分かり申した。こちらへ」光能は文覚を奥へ通した。

「一日の猶予じゃ。残り三日でまた伊豆へ戻っておらねばならぬ」

光能は目を丸くした。

「いくら文覚殿でもそれは無理でござろう」

「無理か無理でないかはやってみなくては分からぬ。やってもみないうちからできぬと決めてしまうのは阿呆のすることだ」

文覚は渋る光能を説得した。

「そなたはこのまま平氏の横溢を黙ってみておられるおつもりか。清盛のこの暴虐ぶりは天に背く所業だ。それでもただ何もせずにおられる気か。忍耐にも限度がござろう。いいや、そこもとのそのざまは忍耐などではない、卑屈というものだ。法皇様にただ今すぐに頼朝殿に宛てて平氏討伐の院宣をいただきたいとお伝えもうしてくれ」

刻々と時は過ぎていく。文覚は焦った。

「ぐずぐずしておる暇はない。ことは一刻を争う。この国の行く末がそなたの決心一つにかかっておるのだぞ」

「分かり申した。鳥羽殿へ参り、法皇様をご説得申そう」光能はようやく決心した。

「今ひとつ、この文覚が洛中に入ることも併せてお許しいただきたい。自由の身になった暁には法皇様のため、この文覚いかようにも働かせていただくつもりだと伝えてくれ」

光能はすぐに目立たぬように粗末な女物の車を仕立てて鳥羽殿へ向かった。文覚はそのままじっと帰りを待つしかなかった。横になるといっとき死んだように眠った。

夜が明けかかるころ、光能は院宣を受け取って帰ってきた。

「法皇様から文覚殿の洛中出入り自由のお許しもいただきました」

「わかった。礼を申す」

文覚は光能の手から院宣の包みを引ったくるように受け取ると、それを体にくくりつけた。光能が用意してくれた馬に飛び乗ると瞬く間に朝靄の中に消えていった。

そのころ失意のどん底にいた頼朝のもとに、突然の来客があった。

千葉胤頼《たねより》と三浦義澄《よしずみ》のふたりだった。三年の間、京の警護に当たる大番役を終えて国に帰る途中、立ち寄ったという。両名とも東国随一の豪族だった。

「殿のお耳に入れておきたいことがございまして……」三浦義澄はあたりを伺い、声をひそめた。

「この度のこと、お聞き及びのことと存じますが……」

「聞いております。以仁王は討ち死にされ、令旨を受け取った者もすべて成敗すると」

「うわさに、以仁王は生きておられるとか申しております。ただその真偽のほどは確かめようもございませぬが、ただ、平氏といえどももはや日は傾きかけておりますぞ」

頼朝は初めてまっすぐに義澄を見た。しかし、黙したままだった。

「総大将が横溢の限りを尽くし、天子さまの外戚に加わってからはなおのこと、日々横車を通しおります。そうなると指揮は落ち、平氏の武士どもは鍛錬を忘れ、大将を真似てのことか、その振る舞いは乱脈を極めております」

「かように成り果てては平氏の世ももうさほど長くはございますまい」千葉胤頼も横合いから言った。

「そろそろ殿に立っていただく潮時かと……」ふたりはじっと頼朝を見据えた。

頼朝は黙したまま視線を落とした。

七日間の入定満行の日、申の刻をすぎるころになると、人々はふたたびありがたい上人の姿をひと目見ようと山を登ってきた。文覚はその日の未の刻には伊豆に入った。それからゆっくり人目に立たないよう山の中を這うようにして奈古谷へと戻った。

上覚は御堂の裏の岩陰に身を潜めて今や遅しと文覚の帰りを待っていた。

木立の中から現れた文覚の姿を見て、上覚は声にならない声を上げた。ひげは伸び、頬は削げ落ち、全身土ぼこりにまみれていた。

文覚は黙って院宣を上覚に渡した。上覚は用意しておいた手桶の水で文覚の汚れた足を洗い、もとの装束に着替えさせた。文覚は人々に見えないよう這っていき、板戸の隙間から御堂の中に滑り込んだ。再び結跏趺坐を組むと印を結び、目を閉じた。

「お上人様が出堂なさる時が参りました」表で千覚が人々に告げる声が聞こえた。

閂がはずされると、集まっていた人々の間からどよめきが起きた。

そこには入定のときの姿のまま大日如来の印を結んだ文覚の姿があった。髭は伸び、頬は削げて顔の色は黒ずんでいたが、その姿に乱れたところは少しもなかった。

「なんと尊いお姿よ。後光がさしているようではないか」

人々は涙を流し両手を合わせ、地面に額をすりつけて文覚を拝んだ。

文覚はいかにも七日間の座行の後らしく立つことができないふりをした。両脇を二人の弟子に支えられて堂を出た。人々が去るのを待って滝に降りて体を洗った。

「院宣はしかといただいた。しかも喜べ、洛中にも入ることが許された」

「神護寺へ戻ることができるのでございますか」

「そうだ、しかし、その前にすることがある。頼朝殿の屋敷へ参る」

そう言ったものの文覚の疲労は激しかった。足下がふらついた。

「お疲れでございます。ひとまず少しお休み下さい。半日遅れたところで支障はございますまい」

上覚が言うと文覚はやっと薄く笑った。

「確かに、この七日間、眠ってはおらぬ。目を開けていても寝ているような心地がする」

文覚は草庵に戻るなり倒れるように眠り込んだ。

「やると言ったらやるのじゃ」と言った文覚のことばが上覚の耳に残っていた。上覚は文覚の体に麻の衾をかけた。文覚は大任を果たした安堵からか鼾をかいて眠っていた。

翌朝、まだ暗いうちに三人は奈古谷を出た。日が昇ってからでは人目につく。暗がりを明かりもなしに山を下りた。院宣はしかと文覚の懐に納められている。頼朝の屋敷にたどり着くころにようやく夜が明けはじめた。しかもあたりには朝霧が立ち込め、薄が背の高さまで伸びている。

「ありがたや、これで山木のやつらに姿を見られずにすむ」文覚はつぶやいた。

頼朝は真新しい麹塵色の生絹《すずし》の直垂に烏帽子姿で文覚を出迎えた。約束通り文覚が院宣を持ち帰ったことへの恐れからか、その顔は心なし青ざめていた。

几張の陰には政子が控えていた。

「後白河法皇様からの院宣にございます。しかし、これをお渡し申しあげる前に、この文覚にぜひともお約束願いたいことがございます」

なにごとかと頼朝は驚いたように顔を上げた。

「もしも天下をお取りなされた暁には、神護寺復興のため所領を賜りたい。その旨の寄進状をただいまここで頂戴いたしたいのです」

頼朝はますます呆気に取られ、苦笑した。

「こう申してお気を悪くなされては困りますが、そのような寄進状になんの意味がございましょうか。私は一介の流人、我が身の行く末も分からぬこの私に、そのようなものを書かせてもなんの意味もないのではございますまいか」

「この文覚の目に狂いはございません。どうかこの文覚を信じて寄進状をお書き下さい。天下を取ってからでは、人はみな惜しくなって寺に寄進などなさらなくなります。さあ、早う、寄進状をばお書きくだされ」

嘘臭い話ながら、そうまで言われると頼朝も内心悪い気はしなかった。

「さほどに申されるなら、寄進状をお書き申そう」

頼朝は筆を執り、もっともらしく寄進状をしたためた。

「殿のお心の広さ、この文覚深く感じ入ってございます」

文覚は寄進状を丁寧に押し戴き、代わりに院宣を取り出した。頼朝は席を立ち、口をすすぎ、手を洗って戻ってくると、神妙な面持ちで院宣を押し戴いた。

六　頼朝挙兵

こうして治承四年（一一八〇）七月五日、法皇の院宣は無事頼朝の手に渡った。

「旗揚げするについては、まず土肥実平は老いたといえども私の後見人を自称しておりますから問題はないとして、北条殿がどうされるか……。ただ、お上人様が都へ行っておられる間に、千葉胤頼殿と三浦義澄殿がこちらを訪ねてまいりました。ご機嫌伺いと申しておりましたが、お上人様と同じ考えあってのことでございました」頼朝は言った。

「それで殿はいかにお答えあそばされたのでございますか」文覚は身を乗り出した。

「今はまだそのときかどうか私には分からぬ、と、その時は答えておきました。千葉と三浦が手を貸してくれるのであれば、いささか心強いとは申せ、いかにして坂東武者をくればよいのか、私にはまだよい方策が思い浮かびません」

三浦と千葉がこのような頼朝の姿に失望せねばよいが、と文覚は思った。文覚はすでに二人に会い、平氏討伐の企てに乗ってくるかどうか探っていた。二人の訪問はその答えではないか。直に頼朝の意志を確かめに来たにちがいない。

「殿、挙兵しかありませぬ。殿が本気で平家追討を決意なさるなら、千葉も三浦もともに殿に加勢しようという心づもりがあって参ったのです」

「確かにお上人様の申されるとおりかもしれません。康清は私に奥州に逃げろと申しました。しかし、奥州に逃げたところで、清盛に奥州攻めの口実を与えるだけのこと。お上人様の申されるとおり挙兵するしかありますまい」

頼朝は静かに言った。そしてはじめて文覚を正面から見据えた。目には底深い力が宿っていた。それまで文覚が見てきた頼朝とはあきらかに何かが違う。

「それにつけてもお上人様のこの度の御働き、この頼朝、心からかたじけなく思います」

それを聞いて文覚はようやく胸をなで下ろした。

その時、政子が几帳の陰から姿を見せた。

「おめでとうございます。これで逆賊は平氏ということになりましょう。殿が挙兵なされるご決心であれば、この政子もふつつかながら働かせていただく所存にございます。父には私からすぐに使いを出しましょう。いや、それでは心許ない。私が自分で参ります。逆賊につくのか朝廷軍につくのか、答えはもう決まったようなものでございます。父はこの政子が説き伏せます。どうかご安心なされませ」

頼朝は政子の顔を見た。

「義父君はこの頼朝に腹を立てておいでだ。しかも山木とは昵懇《じっこん》の仲」

「なあに、ここは政子殿にお任せあれ。この女人はその辺りの男の百人、いや千人の働きをなされる方とお見受けした」

文覚が言うと政子は目を伏せ、口元にかすかに笑みを浮かべた。

「では、義父上のこと、そなたにしかと頼むぞ」頼朝は政子に言った。

「ご案じなされますな」政子は頼朝の目を見据えてきっぱりと言った。

かほどに肝のすわった女を見たことがない、と文覚は思った。頼朝殿もこの女人なしには天下を取ることなどできはすまい。それほどの器量だ、と。


政子はただちに馬を用意させると夏の日盛りを供ふたりを連れて父の館を訪ねていった。北条の屋敷に戻るのは久しぶりのことだった。門をくぐろうとすると慌てて郎党の一人が制した。

「父上はどこじゃ。何をぐずぐずしておる、時政の娘政子が戻ったと伝えよ」

政子は口ごもっている郎党にいらだち、その者を押しのけると屋敷に上がり込んだ。

「お久しうございます。父上にはご機嫌ようおわしまするか」

政子は父の姿を認めると声をかけた。時政は娘の突然の訪問にたちまち不機嫌になった。

「何の用だ」

「天下国家の用にございます」政子は涼しい顔で言った。

疑わしげな目で時政は娘の顔をじろりと見た。

「さては以仁王の令旨のことではあるまいな。頼朝のところへも当然令旨は届いておろうが、よもや平氏から討伐軍が差し向けられる前に助けてくれというのではあるまいな。それはならぬぞ」

時政は皮肉混じりに言った。

「助けてくれとは申しません。一緒に平氏を討とうと申すのでございます」

「なに、今、なんと申した」

「頼朝殿は先ほど法皇様からの院宣を頂戴いたしました。法皇様は頼朝殿に平氏討伐を命じられたのです。いまや逆賊は平清盛にございます」

時政は呆気に取られて娘の顔をまじまじと見た。

「いかがなされます。早うお返事いただきたいのです。坂東武者を集めて平氏軍に備えねばなりません。父上、この上はどうかぜひにもお力をお貸し下さいませ」政子は父の前に両手をついて深々と頭を下げた。

時政は腕組みをしたまましばらく黙っていた。政子の話が真実だとしても、果たして源氏に勝ち目はあるのか。しかも院宣を掲げて結集を呼びかけたところで、それに応じてすぐに集まる者がさほどあるとは思えなかった。関東全域を巻き込むにはまだ時が要る。急いだところでせいぜいが土肥や佐々木、岡崎など豪族とも呼べない田舎武者を集めることしかできないだろう。

「ともかく頼朝殿と会わずばなるまい。どちらにつくかはその後じゃ。宗時に義時、時房も参れ」

時政はそばに控えていた息子たちに言った。

「では急ぎましょう。すぐにでも、おいでくださいませ」

政子は父と兄弟を伴って頼朝のもとへ戻った。

「無骨な田舎者ゆえ礼儀をわきまえぬとお怒りを被ることがあるやもしれませぬが、お許しを願いたい。話は直裁にさせていただきます」

時政は頼朝の前に出るなり言った。頼朝が座を退いて舅に譲ろうとするのを時政は手で制した。

「このままで結構でござる。今、この時政が招集したとしてすぐに馳せ参じるのは、たったの二、三百騎にすぎませぬ。それでどう平氏を迎え撃つのか、どう考えても至難のわざ。この戦に勝ち目はないと見ましたが……。そこでお尋ね申す。文覚上人とやら、あなたさまの見立てはいかがか」

「旗揚げしかござらぬ。時政殿、拙僧が見立てたかぎり、平氏にはもはや没落の時が近づいておることは明白。源氏に与し、旗揚げに加勢なされよ。この文覚は先読みをいたします。源氏の世が参ることはまちがいござらぬ」

「しばし考えさせてはもらえませぬか。おってご返事申しあげる」時政は慇懃に答えた。

頼朝が口を開いた。

「舅殿の申されるとおり、このままではいずれ平家に敗れましょう。そこであらためて、舅殿にお願いを申します。安達は問題ないとして、工藤、佐々木、岡崎を説き伏せていただきたい。箱根権現の土肥実平は父のときからの縁で、この私を何かと気にかけてくれておりますが、大した兵力は持ちません。そこで旗揚げの後の命運は千葉と三浦の働きにかかっております。つまり、今旗揚げをいたしますのは、勝つ負けるの話ではなく、坂東武者が結集するまでの時をかせぐためでございます。ぜひにも、手を貸していただきたい」

「まさに仰せのとおり、この戦は一朝一夕に終わるものではない。長丁場になりましょう。この北条家にとってはまさに正念場かと。追ってご返事をさせていただきます」

時政は容易に承諾しなかった。頼朝は内心、肩を落とした。北条などという弱小豪族にすぎぬ者にこうしてすがらねばならない身が情けなかった。


「此度のことそなたたちはどう思う」屋敷に戻るなり時政は息子たちに聞いた。

義時が口を開いた。利発さにおいては兄の宗時をはるかにしのぐ。

「この世に正義も道理もあったためしはございません。この世を支配するのは力のみ、力が道理の世にございます。しかしながら、此度のように朝廷をおろそかにして平氏が末永く生き延びることはありますまい。源氏どころかこの国の民を敵にまわしたようなもの。上人の見立てを待つまでもないと存じます」

「では、頼朝に与せよと申すか」

「はい、上人ならずとも頼朝殿の相を見るにやはりただ者ではないと思われます。なにやら神がかりのような不思議な力を持っておられる。そこで、源氏の統領をいただいての旗揚げとなれば、坂東武者もいずれこちらになびいて参りましょう。それから後の決断となれば、真っ先に旗揚げに加わった者の栄誉は失われます。これは北条ここにありと知らしめる好機かと」

義時の言葉に時政はしばし考え込んでいた。

「よし、覚悟はできた。戦さじゃ。相手は平氏、不足はないは」

時政は頼朝のもとへすぐに使いを出した。

数日の後、箱根権現で最初の計画が練られた。土肥実平は箱根だけでなく伊豆の山中はいうに及ばず関東一円の山野にはとりわけ詳しかった。七十歳をとっくに過ぎているにもかかわらず、修験道をよくする者らしく、体つきも頑丈で、全身から並々ならぬ気迫をあふれさせていた。赤らんだ肌はつややかでいまだその目は黒々としていた。

その場に居合わせたのは、文覚、頼朝、政子、北条時政と息子たちである。上覚と千覚は堂舎の外で見張りについた。

「殿、めでたきことかぎりがございません。この日を、この実平、どれほど心待ちにいたしておりましたことか」実平の目にはうっすらと涙がにじんでいた。

「お心遣い、この頼朝、かたじけなく存じます」

「伊豆山中なら、万が一のことがございましても、この実平が十日、いや、一月でもお匿いもうしあげまする。山中のことゆえ、難渋されることもあるかと存じます。箱根権現の行実、永実兄弟も殿のおんためならば、いかようにも働かせていただく所存でおります」

「山中に詳しい者が加わってくれればこれ以上心強いことはない」頼朝は言った。

「しかし」と時政が言った。「負けを承知で戦うのは面白うござらぬのう」

実平は時政をじっと見て口を開いた。

「いやいや、負けを承知の戦ではござらぬ。こちらの兵力が整うまで時を稼ぐのが目的。平氏の軍勢がどれほどのものか知っておれば、わが兵力が幾日持つか分かろうというもの。一日持つか二日持つか。ただ、手をこまねいていても平氏は攻めて参ります。使いの者によれば千葉胤頼殿がすでに千田を攻めたと申します。我らも黙っておるわけには参りませぬ。こうしている間にも平氏の軍勢はぞくぞくとこの東国に向けて進んでおるにちがいない。時政殿、我らは坂東武者が集結するまで、ともかくも時を稼がなくてはなりません」

「実平殿、そなたは長期戦に備えよと申されるのか」

「さよう。長期戦に持ち込むには、なんとしてでも殿のお命をお護りすることこそ肝要でござる。頭を失っては坂東武者を集結させることもできはせぬ」

それを聞いて文覚が口を開いた。

「千葉のことはこの文覚にお任せあれ。いったんここを発って房総にまいりましょう。千葉胤頼殿に会い、万が一のときに備えておくよう伝え、その後、私は都にもどり、平氏の動向などお知らせいたす」

「万が一とはこちらが惨敗いたすということでしょうか」宗時が不安げに聞いた。義時は考え込んだまま黙っている。文覚は宗時を睨んだ。

「宗時殿、よろしいか。この戦さは天下を二分する戦い、一朝一夕に終わるものではござらぬ。挙兵して敗れたとしても武士として恥ではござらぬが、逃げて命をつないだとなればこれこそが恥というもの。坂東武者をひとくくりにするには頼朝殿はなくてはならないお方だ。万が一のとき、海路をつかって殿を千葉へお移しする手はずを整えておくのです」文覚の言葉に実平は深くうなずいた。

「文覚殿、お願いがございます。上覚殿か千覚殿、お二人のうちどちらかを私の祈禱師としてそばに残してはくださらぬか。戦となれば誦経もままなりません。私に変わって毎日の供養をお願いしたい」頼朝が言った。頼朝が朝夕の読経を欠かさないことは周知のことだった。

「さすが頼朝殿。では千覚がよろしかろうと思います。千覚、そなたは頼朝殿のおそばにお仕えし、何か事があれば私に伝えよ」

千覚はいっしゅん躊躇いを見せたものの、深く頷いた。

文覚は寺に戻るとすぐに片づけにかかった。その後のことは、土肥実平が万事手配していてくれる。翌日未明、上覚をともない、文覚は長年住み慣れた奈古谷寺を後にした。山を下りていき、狩野川が見下ろせる峠まできて文覚ははじめて足を止めた。朝霧が河原をおおっている。

「頼朝殿、都でお待ちいたす」

そうつぶやくと頼朝の屋敷の方向に向かって手を合わせた。

二人は木の枝を分けて獣道を下り、磯に降りた。約束どおり、岩陰に小舟が隠されていた。そこへふいに漁師らしい男が立ち上がった。男は黙って錨を引き上げた。二人は辺りをうかがいながら舟に乗り込んだ。幸い、あたりはまだ朝霧に包まれている。

船頭はずっと黙ったまま櫨をこぎ進めた。海は凪いでいた。やがて霧の中に紅の光輪をにじませて日が昇った。舟は磯に添って進んだ。昼を過ぎる頃には海の向こうにうっすらと浮かぶ房総半島らしい影が見えてきた。文覚と上覚は無事房総に辿りついた。

文覚はその足で千葉胤頼の屋敷を訪ねた。胤頼は丁重に文覚を迎えた。

「いよいよでございますか」

「さよう。平氏討伐の院宣を賜ったからには、もう退くことはかないません。千葉殿にはぜひにも頼朝殿をお守りいただきたい」

「この日を待っておりました。心ある武者なら思いは同じ。どうかご案じなされますな。頼朝殿はこの千葉胤頼がしかとお守り申す」

「私共はこれから都に戻ります。おって向こうの様子は逐一ご報告させていただく。胤頼殿、これはまさにこの国を正道に戻す戦でござる。この国の行く末はひとえに坂東武者の働きにかかっております」

「この胤頼、万事、しかと承りました」

胤頼は二人を磯まで送ってきた。

「これは餞別でござる」

胤頼は立派な船を用意してくれていた。水も食糧も充分に備えられている。船子も十人ほど乗り込んできた。

「陸路を行かれるより、こちらの方が早い。伊豆からは三浦殿がお世話をいたします」

「かたじけない。胤頼殿、私の見立てによれば、平氏が滅び去ることは明らか。この先何が起ころうとも、決して退いてはなりませんぞ」

「そのお言葉、肝に銘じて頼朝殿に従ってまいります」

「さあこれでよし。さて、上覚、これから都に戻るぞ」文覚はいさんで船に乗り込んだ。

箱根権現での謀議に加わった者たちはそれからたびたび夜陰にまぎれて北条時政の屋敷に集まるようになった。

時政は機を見るに敏な男だった。文覚が言うとおり、時政が見たところでも、たしかにその器量と理性において頼朝はただ者ではないと思えた。時政の許しもあって、頼朝と政子は大姫を連れて時政の館に移った。後妻の牧の方も快く迎え入れてくれたが、政子はこの継母に気を許してはいない。油断のならないしたたかな女だと思っていた。

それでも政子は内心うれしくてならなかった。父と夫が手を取り合って、平氏を討とうという。酒肴の支度もつい念が入った。内密の談合であったから、政子は侍女を制して、自ら酒肴を運んだ。

父の声が聞こえてきて、政子はふと足を止めた。あたりに人影はないかと見回すのはこの屋敷に来てからの習いになっていた。人影がないことを確かめると、妻戸の陰で政子はことのなりゆきに耳をそばだてた。

「佐々木秀義が密かに申しますには、大庭景親がすでに戦闘の準備を始めたとのこと。もはやぐずぐずしてはおられません」義時が言った。

「それにしても旗揚げと申して、まずは誰を討つべきか。伊東か山木か」時政が言った。

「いえ、伊東はまことに憎いがいささか手強い。まずは山木の平兼隆を討ち、平氏討伐の旗揚げとしてはいかがかと」頼朝が言った。

伊東祐親《すけちか》は頼朝の子を殺したばかりか、その後も頼朝の命をずっとつけねらってきた男である。

憎さは山木の兼隆などとは比較にならないにちがいない。しかし、今は兼隆を先に討つと言っている。

政子はむりやり嫁がされた日のことを思い出していた。一度はわが夫になろうとした男だった。頼朝はあの一件を忘れてはいない。

「そう申されるなら、八月十七日の三嶋大社の祭礼の日がよろしかろうと思います。ほとんどの家人が出払っておるはず」時政が言った。

「異存はございません」頼朝は時政をひたと見て言った。

その時、義時が口をはさんだ。「しかし、山木は小物。殿が自ら陣頭に立たれるのはいかがなものかと」

「それはどういうことか」時政が義時を振り返った。

「これから先、平氏の戦では殿が坂東武者の陣頭に立ち指揮にあたられることになりましょう。それがこのような辺鄙な田舎の小者相手に太刀を抜かれるなどあってよいのでしょうか。殿が常に我が兵団の背後におられるという安心こそ、坂東武者どもには肝要のことではございますまいか」

「義時、そなたはよくよく物を考える性質のようじゃな。確かにそなたの申す通りかもしれぬ。殿が太刀を抜かれるのはよほどの時でなければならぬ。分かり申した。殿は此度の戦、陣地にて指揮にあたっていただく。それがよい」

頼朝は物思う風情で黙っていた。機を見て政子は男たちの前に出た。

「皆さまお疲れでございましょう。さあさ、一献いかがでございましょう。どうか、杯をお取り下さいませ」

「そなたはどう思う。山木を討つに、私には太刀を抜くなと仰せだ」頼朝は政子に言った。

「私もそれがよろしいかと存じます。殿が小戦にいちいち陣頭で指揮をとられるのはいかがなものでございましょう。大戦が待っております。無事でいていただくことが肝要と存じます」政子は長柄を取って頼朝の杯を満たした。


治承四年八月十七日、いよいよ山木兼隆を討つ日が到来した。

政子は黒革の威に鎧兜をつけた頼朝の顔をまぶしげに見上げた。そこに見たのは、それまで政子が見知っている夫の顔ではなかった。気品に満ちた凛々しい源氏の武者の姿がそこにあった。

頼朝は北条の屋敷に残り、山木攻めの指揮を取った。昼過ぎには攻める予定でいたが、前日から降り続いた雨で川が増水し、佐々木勢の到着が遅れていた。ようやく佐々木兄弟がそろって到着した時にはとっくに未の刻を過ぎていた。

義時は頼朝の命でそのそばに残った。いよいよ源平の戦が始まるなら、頼朝には生きていてもらわなくてはならない。義時はその利発さにおいて兄弟の中でも群を抜いていた。頼朝の信頼は厚かった。

日が暮れるのを待って、時政と宗時はわずかな手勢を率いて山木の平兼隆を襲った。計画通り三嶋大社の祭礼の日で家人は出払っていた。不意を突かれた兼隆は抗う間もなく捕縛された。追い詰められ、恐怖のあまり刀を交えることさえできなくなった男の顔を時政はまじまじと見た。一度は娘の婿となった男でもある。

「宗時、この男の首を取れ」時政が言った。

宗時に躊躇いはなかった。首をめがけて一気に刀を引いた。憐憫の情は少しも湧いては来なかった。首が落ち、兼隆の胴体が床に倒れ込んで血を噴いていた。あたりはたちまち血の海と化した。宗時は刀の血を振り切り、傍らに控えていた郎党に拭かせた。

血糊を浴びて宗時は身震いした。後悔はみじんもなかった。髻をつかんで兼隆の首を目の前にぶら下げてつくづくと見た。宗時の中で何かが動いた。眠っていた武者魂が目覚めた瞬間だった。たちまち身の内に赤黒い歓喜が突き上げてきて、宗時は声を放った。

数日後、千葉から使者が到着した。千葉胤頼が千田を破ったという。万が一に備えて頼朝を迎える準備も整ったとの知らせだった。

それまでの逡巡など嘘のように頼朝は勢いづいた。それから六日の後、頼朝は北条、土肥、安達、工藤、佐々木などの三百騎を率いて石橋山に陣をはった。後白河法皇の宣旨を掲げての出陣だった。

「万が一ということもある。あなたは大姫を連れて伊豆山に行っていただきたい。千覚殿にも頼みましたが、法音尼にもどうか私に代わり毎朝の勤行をお願いしてください。何があろうともこの頼朝、かならず生きて戻ってまいります」頼朝は言った。

「私も伊豆山にて戦勝祈願をさせていただきます」政子は言った。政子はすぐに二歳になったばかりの大姫と菖蒲を伴って伊豆山に向かった。菖蒲の子高三郎が頼朝との間を往復する手筈になっていた。頼朝の出陣を見送って、千覚も伊豆山に向かった。

八月二十三日、大嵐の中、大庭景親と伊東祐親の軍勢を相手の戦となった。平氏の軍団を待つまでもなく、日が暮れる頃にはすでに勝敗は決していた。頼朝軍は敗退を余儀なくされた。

「ここはひとまずお引き下さい」実平が言った。

「全員では敵の目につきまする。ここは幾手にか別れることにいたしましょう。殿のお命はこの実平がお護りもうしあげます」

「頼んだぞ、土肥殿」時政が言った。「我らは甲斐に赴く。箱根を越えれば甲斐は近い。甲斐源氏に援軍を頼もう」

「箱根山中のことゆえ、道に迷っては生きて出られぬこともございます。ましてや甲斐の山はさらに深い。南光房を案内役にお連れくださいい。修験道ゆえ、山の道には通じております」行実が言った。

すぐそばに控えていた山伏のひとりが立ち上がった。南光房だった。南光房の後に従って、時政は息子たちをともなって急いでその場を離れた。

山中ではいたるところで、景親の兵が頼朝を探しまわっていた。兵らを一刻も早く頼朝から遠ざけねばならない。

「宗時、我らが景親の兵を引きつけておく。その間にそなたはいったん土肥に戻れ。殿をお護りするのじゃ」

時政に言われて、宗時は手勢をつれて再び頼朝のもとへ戻っていった。

しかし、その途中、不運にも宗時は景親の兵と遭遇してしまった。宗時は捕えられ、景親の陣地で凄惨な拷問を受けた。宗時は耐え抜き、頼朝の動向については口をつぐんだまま死んだ。


時政も義時、時房を伴って甲斐に赴こうとしたものの、すでに疲労は極みに達していた。足が思うように動かない。南光房の後を追おうとしたが、疲れた足に山は険しすぎた。三日の間、眠ることはおろか、雨風に打たれながら休むことなく戦い続けてきた。いまや箱根を越えて甲斐に向かう体力は残ってはいなかった。

義時が口を開いた。

「父上、このまま甲斐に行ったところで、彼らが助けてくれると決まったわけではありません。このまま味方とはぐれてしまえば、我らだけではすぐに討たれてしまいましょう。ここは一度、引き返して、殿の居所を確かめてから、甲斐に向かっても遅くはありますまい」

「確かにそなたの言うとおりだ。今一度、土肥に引き返そう」

しかし、頼朝がどこに隠れたのか、伊豆の山中で見つけ出すのは容易ではなかった。

「それではしばし、真鶴岬にてお待ちください。私が確かめて参ります」

そう言い置いて、南光房はその場から消えた。

時政は南光房に言われたとおり、真鶴岬に向かった。ようやく夜陰にまぎれて磯に降りると、岩陰にはすでに岡崎義実と近藤国平、その手勢数人が隠れていた。

「おお、時政殿、無事であられたか」ばらばらと飛び出してきた。「殿は土肥殿がどこぞに匿っておられる。我々は先に舟で安房に渡りましょう。殿もいずれ密かに安房に参られます」

「殿はご無事なのだな。分かり申した。今はそれを信じるよりほかあるまい」

手分けをしてそれぞれ四艘の小舟に乗り込んだ。岡崎と近藤は鎧兜を脱ぎ、漁師のなりで舟を漕ぎ出した。時政と息子たちは船底に敷いてあった筵をかぶって横になった。

舟は静かに入り江に沿って進み、江ノ島を過ぎると少しずつ岸から遠ざかっていった。曇った空に鈍く月が浮かんでいた。ぼんやりとした月明かりの下、明かりも灯さず漕いでいく舟が他にも二、三艘見えた。

「明かりを灯さずに行くところをみると敗残の者、我ら方に相違ございません」

岡崎義実は舟を漕ぎ寄せていった。やがて顔がかすかに見えてきた。

「三浦義澄殿ではないか」

「岡崎殿」

船に乗っていたのは命からがら脱出した三浦の者たちだった。同じ日、三浦義澄もまた畠山、河越らに攻められて、本拠であった衣笠城《きぬがさじょう》は陥落したという。

一方、頼朝はわずかの手勢をつれて、実平《さねひら》の案内で箱根の山中に逃れた。すぐに景親の兵が追ってきたものの、実平の機転で近くの洞窟に逃れた。修験者が行のために籠もるという洞窟で、箱根の椙山《すぎやま》にあった。

入り口は人一人かがんで通る広さしかないが、大木の陰に隠されている。奥はかなり広くなっていた。頼朝は兜を脱ぎ、髻の中に隠していた小さな銀の観音像を出して岩の上に置いた。

「いや、これは三歳の時、比企の尼がくれたもので大事にしてきた。しかし、もし敵に首を取られるようなことがあったら、源氏の頭領たるものがこんなものに頼っていたのかと笑われようから、ここに置いていく」

頼朝は実平に言った。頼朝がすでに死を覚悟していると知って実平は胸が熱くなった。

暗がりに息をひそめて隠れているうちに、やがて追っ手は遠ざかっていった。しばらくして、行実の手の者が帰ってきた。

「大庭《おおば》の兵は伊豆の山中を何日かかろうとくまなく捜索し、なんとしてでも頼朝殿を探し出すと申しております。ここにおられればいずれ大庭の者に見つかってしまいましょう」

しかし、そこから動くことは敵に身を晒すにもひとしかった。息をひそめて敵が諦めるのを待った。そうして二日がたつと、辺りから人の気配が消えた。

二十八日、夜になるのを待って洞穴を出た。実平の案内で明け方近くにようやく真鶴の海岸へ降りることができた。海路安房へ向かうにしても昼間は敵の目にさらされる。日が暮れるのを待って海へこぎ出した。下弦の月はまだ昇ってはこない。闇の中を舟は静かに入り江に沿って進んだ。

翌日未明、ようやく安房の国が見えてきた。猟島だ、と誰かが言った。明かりを灯して合図を送ると、返事が返ってきた。ようやく岬にたどり着いてみると、そこには時政と義時らが待っていた。ばらばらと人影が後に続いた。安達盛長、岡崎義実、みなそれぞれ海に逃げ、無事だった。

「殿、よくぞご無事で、さあさ早うお上がり下さい」

頼朝に手を差し伸べたのは時政だった。宗時の姿はどこにもなかった。

「宗時はどうした」頼朝は尋ねた。

「途中、殿を追って行かせたのですが、どうやらはぐれたらしい」

「兄上は生きておられるのでしょうか」時房が不安げに言った。

「景親の者に捕えられたとなれば、もうすでに命はなかろう」時政は言った。「殿が無事であられた。宗時は武士の本分を通して死んだ。それでよい」

手塩にかけた長子を失って、心中忸怩たるものがあるのだろうが、時政は表情には出さなかった。「義時、これからはそなたが嫡男としての責任を負うことになる。覚悟せよ」そう言うと頼朝の後を追った。

義時はふいに幼いころのことを思い出だしていた。野山を駆け回り、互いに刀や槍の腕を競い合った。その兄がもういない。これが戦というものなのだ。そう思ったとき、義時はふいに何者かに背を押された気がした。「兄じゃ……」義時は振り返って見たが、そこに人の姿はなかった。胸がひどく痛かった。

一行は海岸から離れ、房総の山深く分け入っていった。久留里《くるり》辺りは身をひそめ、大軍を隠すには地の利に恵まれている。

頼朝はもはやかつての頼朝ではなかった。時政は頼朝が武者魂を目覚めさせる瞬間を見ていた。嵐の中、雨に打たれながら馬上から矢を射続けたあの時の頼朝の姿は、戦の神の降臨を見る思いがした。これがこの方の本性であったのか、と時政は思った。

「ただちに手を打たねばならん」

頼朝は主立った武将たちを集めて言った。安房の国には安西景盛、和田義盛らがいたが、彼らは使者も待たずにその日のうちに頼朝のもとに馳せ参じてきた。

「源氏に与する者たちを洗い出し、その者たちにまずはこの頼朝が安房にいることを伝えねばならない」

「下総の千葉常胤のもとへは安達盛長をすでに使いに出しました」

「よかろう。また上総の平広常も事態はすでに分かっておろう。和田義盛、そなたはかねてから広常の動向は分かっておるはず。すぐに使者に立って支援を頼んでくれ」

頼朝は上総、下総、武蔵の武士団を統合し、安房から相模の鎌倉まで陸路をたどる計画でいた。鎌倉を本拠地にするよう勧めたのは時政だった。鎌倉は背後を山に囲まれ、海へと開いている天然の要塞だった。

数日後には、下総の千葉常胤が、ついで上総の平広常がそれぞれ二万騎余りを率いて頼朝の軍勢に加わってきた。

頼朝は大軍団を目にして、まさに時機が到来したことを認めないわけにはいかなかった。文覚は正しかった。しかも、自分が安房に辿り着く前にすでに根回しをしていてくれたことは明白だった。

意を強くした頼朝は、武蔵国の江戸重長と上野国の新田義重に使者を立てた。いずれも今は平氏側についている豪族であるが、生き残るためには機を見るに敏でなくてはならない。いずれ頼朝の協力要請に応えるはずだった。

同じ頃、得意の絶頂にあった平清盛は、暗雲がすでにその頭上を覆い始めていることに気づいてはいなかった。世には不吉のことが多く起きていたが、その隆盛の前にあってはなにほどのものでもないと思えた。

しかし、この年、春からずっと雨が降らず、梅雨にも思ったほどの降雨もなかった。そのため地方は深刻な旱魃に見舞われていた。その上、恐ろしい疫病が全国に広がり、猛威をふるいはじめていた。疱瘡《ほうそう》ともいう、天然痘だった。

宋からやってきた交易船から持ち込まれた天然痘は、太宰府から次第に広がり始め、ついに福原にも感染する者が出始めていた。

その感染力はすさまじく、夏ごろには公卿たちまでがつぎつぎに倒れ、なかでも高倉上皇は症状が重く、重篤におちいられた。

上皇の病状を危惧して、清盛は東寺の禎喜《ていき》に使者を送り、病平癒の孔雀経法を修するよう命じたが、いっこうに回復のきざしはみえなかった。

時を待たず天然痘は都にまで広がった。罹患しても薬があるわけでもなく、死ぬ者もすくなくなかった。大路の側溝には死体を捨てにくるものが跡を絶たず、死んだ者だけでなく、まだ息がある者までが遺棄される。そのありさまは酸鼻をきわめた。

どこの家も死にかけた病人は夜陰に乗じて道ばたや草むらに捨てていく。捨てられた遺体は昼間は烏の群れがついばみ、夜ともなれば野犬の群れや狐や狸が食いあさる。都の空は暗くなるほど烏の群れが飛び交い、風は腐臭にみちていた。

疫病も旱魃も、これは都を福原に移したせいだと人々は陰でひそかに噂した。上皇も病をおしても京に戻りたいと仰せになったが、清盛は取り合おうとはしなかった。九月に入ると、公卿たちまでが京に戻ることを禁じられ、福原に足止めされた。薬もなく、なんの手当てもされないまま、多くの者が死んでいった。

そんな折りの八月半ば、源頼朝がついに挙兵したとの知らせが福原に入った。平兼隆が頼朝に討たれたという。しかも後白河院が与えた平氏討伐の院宣を掲げての挙兵だと知って、清盛はいきりたった。

「こちらには高倉上皇もおられる。院宣など何ほどのものでもないは。平氏を討てとな、法皇様もどうやら血迷われたとみえる」

しかし、間もなく頼朝は石橋山に陣を張ったものの、大庭景親の軍勢にいともたやすく敗退したと知らせが届いた。しかし、敗れはしたものの頼朝はどうやら生き延びたらしいという。清盛は激昂した。

「生かしておいたのがそもそもの間違いよ。よいか、宗盛、頼朝を討て。首を取れ。頼朝の首を取るまでは戻ってくるな」

清盛は宗盛、知盛、重盛の子維盛らに命じた。

「しかしながら万が一にも頼朝の軍勢が京まで上ってまいるようなことはないとしても、このままでは京の警備はあまりに手薄で、今一度、都を京に戻さねば、頼朝追討の指揮に困難が生じます」宗盛は言った。

しかし清盛にとっては、福原遷都は積年の夢だった。今まさに生涯の野望が現実になろうとしていた。その夢を容易にあきらめる気にはなれなかった。天下を治め、武士の身分でありながらついに天皇の外戚に加わり、ここ福原に都を移す。その造営すら自らの手でやり遂げた。いまや皇居完成も目前に迫っている。

「ならぬ、宗盛、それはならぬぞ。そなたはまことに腹の小さい男よのう」清盛はあざけるように言った。「いまやこの福原が都、それをまた京に戻すなどもってのほか」

清盛の言葉にそれ以上誰も逆らうことができなかった。

福原を出た追討軍は九月二十三日、六波羅に入った。都にいた平氏の武者はすべてこの頼朝追討軍に加わるよう命令が下っていた。

鎧兜に身を固め、槍をかまえた騎馬軍団がまたも大路を埋め尽くすのを、商いもとどこおり、疫病に痛めつけられた京の人々はうつろな目で見ていた。いよいよ天下を真っ二つに裂いて、源平の戦が始まろうとしていることなど知るよしもなかった。

集合した騎馬団は関東に向かうまでのしばしの間、六波羅にとどまった。大庭・俣野・河村・渋谷・長尾・熊谷などの豪族が次々に召集され、軍勢は三千騎にのぼった。

四条坊門高倉の湯浅家の屋敷も兵の宿所に当てられた。夜目にもあかあかとかがり火がたかれ、屋敷内には馬のいななき、鎧の威しの音や荒々しい男たちの声が響いていた。宗重はじめ湯浅家の人々はその応接に追われた。竈の火は絶えることなく、女たちは兵糧の用意に眠る間もなかった。

知念は男達のそばに近づいていった。鎧は生臭い獣の臭いがした。自分も刀を持ってみたかった。触ろうとすると、いきなり手で払われた。

「なんだお前は、どこの者だ」

「俺は湯浅宗重の家来だ」知念が言うと、一斉に男達が笑った。

「いい加減なことを言うな。お前が家来だなどと申したら御頭首様の恥じゃ。どうせが厠《かわや》掃除がお前の仕事だろうが。邪魔だ。このあたりをうろつくでない。帰れ帰れ」

「知らんぞ。俺を馬鹿にするとえらい目に会うぞ。俺は宗重様の御孫様の子守ぞ」

「なら早う戻って、子守でもせい」

悔し紛れに知念は男の臑《すね》当を蹴った。

「武士に向かって何をする」

男はいきなり知念を突き飛ばした。倒れた知念の襟首をつかんで引き起こし、顔を殴りつけた。殴られたとたん目の奥に火花が散った。

「よいか、腑当といえども武士の魂だ、それを足蹴にするとはなんたる奴だ。お前みたいな奴は生きとる値打ちもない。ただの無駄飯食いだ。俺が殺してやろうか」

男は刀の柄に手を掛けた。知念は慌ててその場から逃げた。使用人の寝所に駆け込むと急いで戸を閉めた。男が追ってこないことを確かめると、知念は床に倒れ込んで悔しさに身もだえした。何もかもが憎かった。怒りと憎しみしかなかった。知念は叫び声を上げたが、それさえ気づく者はなかった。


その夜、重国は思い詰めた顔で薬師と加弥を前に座らせた。ふたりは屋敷内の様子にすっかり怯えきっていた。

「薬師や、加弥や、父はまた戦に出なくてはならない。母を失ったばかりのお前たちをおいていくのは心残りでならないが、父は必ず無事に帰ってくる。だからそれまでお祖母様やみんなの言いつけをよく守って元気に待っているのだよ」重国は言いながら声を詰まらせた。

加弥は父の膝にもたれかかりながらじっと父の顔を見あげていた。薬師はぼんやりとしているばかりで、父親が話していることをどこまで分かっているのか分からなかった。いまだに声を発することができない。加弥は父の言うことの意味も分からず、立っていこうとする重国にまとわりついた。

「父上、加弥にまたお話をして」

「帰ってきたら、いくらでも御伽草子を読んでやろう」

重国は加弥を抱き上げると娘の小さな肩に顔を押しつけ、声を殺して泣いた。傍らに控えていた千賀が加弥を抱き取った。

「多勢に無勢、源氏など恐れるには足らぬ。父君はかならずや無事にお戻りですよ」

千賀は加弥を抱き、薬師の手を引いて重国が屋敷を出ていくのを見送った。

重国は宗重や宗景とともに六波羅に出向き、その翌日には頼朝追討軍の一員として都を後にした。

文覚は上覚をともなって都に戻った。七年ぶりの都だった。戻ってみれば都の様子は一変していた。羅城門は夜盗と乞食の住処と化し、かつてにぎわいを見せた朱雀大路には人影もまばらだった。

天然痘が広がり、罹患したらしいと分かっただけでいたいけな子どもまでが家の外に追いやられ、捨てられる。死体は側溝に投げ込まれ、羅城門の外にもいたるところに放置されて、黒々と蝿がたかっていた。

かつては貴人の住まいだった屋敷も、清盛が福原に移った後は空き家となり、乞食の群れが住みつき、賀茂の河原にも飢饉に会い、故郷を捨てて京に上ってきた者たちの草葺の小屋が連なっていた。大路の辻には物乞いがたむろし、側溝に捨てられた死体を犬が食い散らし、道端には人間の手足らしいものまで転がっていた。

かつての都はいまや地獄の様相を呈していた。

「福原遷都のことは話には聞いておりましたが、これはまたひどいありさまですね」

上覚は文覚に言った。高倉の両親はどうしているのか、薬師はどうしているのか、様子が気になった。

「お上人様、神護寺にはすぐに参ります。家のことが気にかかりますので、様子を見に立ち寄りたいのですが、お許しいただけますでしょうか」

「もっともなことだ。行ってきなさい。わしは神護寺で待っている。こちらも寺の様子がどうなっているか、覚悟しておかなくてはな」

文覚は高雄に向かい、上覚は四条坊門に向かった。


上覚は高倉の屋敷の前に立った。屋敷内はしんと静まり返っていた。上覚は内心複雑な思いだった。兄や重国はどうしているのか。頼朝が挙兵したと聞いて維盛の率いる軍勢が関東に攻め入ったことは伊豆の三浦から聞いていた。

頼朝の挙兵をそそのかしたのは師の文覚だった。それを討つ平氏の軍勢の中には兄弟たちがいた。運命の皮肉というしかなかった。

屋敷には女子供と老人だけが残っていた。

「母上、長の不孝をお許し下さい」

上覚は千賀の顔を見るなり、深々と頭を下げた。突然戻ってきた上覚の姿を見て千賀は声も出ない様子だった。

「ようこそご無事でお戻りになられました。さあさ、早う奥へ」ようやくそれだけ言うと、侍女たちに手桶を持ってくるよう言いつけた。上覚は足を洗い、奥へ行った。

「薬師はどうしております」

「母じゃが死んだのがよほどこたえたらしい。あれから声がでなくなり、いまだに一言も話すことができません。見ているだけで不憫でなりません」

「薬師はどこにおりますのか」

「今しがたまでそこにいたのですが……」千賀は辺りを見回した。「なにを考えているのやら、薬師のことはこの私にもよう分かりません」

「つらい思いをしたな。加弥、よう大きゅうなった」

加弥は千賀の背後からそっと上覚を見ていた。

「この伯父の顔を見るのは初めてだな。そなたの母の兄だ。ところで知念はどうしておりましょう」

「これ葦乃、知念を呼んで参れ」

しばらくして葦乃の後ろに隠れるようにして知念がやってきた。上覚はその顔を見て一瞬自分の目を疑った。背丈が伸びただけではない。その相貌はすっかり変わっていた。妙に居丈高な、酷薄な目をした若者がそこにいた。

「知念か、達者にしておったか。ようよう戻ったぞ。またともに神護寺に戻ろう」

上覚が言うと、知念はにこりともせず頭を下げた。

「母上、それよりはまず、彩の供養をいたしたいのですが」

上覚は気を取り直して言った。知念に何があったのか、寺に帰ってからゆっくり尋ねてみようと思った。

「ぜひにも。回向をたむけてやってください」

上覚は伊豆にいる間に自分で彫った小さな不動明王像を袋から取り出し、厨子の前の経机においた。供養が始まり、般若理趣経が上がる頃になると、いつ来たのか薬師が千賀のそばに座っていた。やがて供養の次第は光明真言にうつった。

「オン　アボキャ　ベイロシャノウ　マカボダラマニ……」

光明真言は如来の功徳を二十三文字に凝縮し、唱えるだけで生きとし生けるものすべてを救済するありがたい真言だと、千賀は聞いていた。上覚がその真言を唱え始めたときだった。薬師の目から大粒の涙があふれ、ぽろぽろと頬をつたい落ちた。

上覚は供養が終わると薬師の方に向き直った。そして、だまって薬師の顔を見つめた。

「薬師、そなたはなにゆえ泣いているのです」千賀は薬師の涙を拭いてやりながら尋ねた。

薬師は分からない、と首を振った。

「仏が喜んでおられるのです。彩のかわりにこの子が涙を流してそれを伝えているのです」上覚は薬師の目を見つめたまま言った。そこに妹の彩の面差しを探していた。

「薬師、そなたの母じゃはのう、姿こそ見えないが、今もここにおられるぞ。そなたのこと、加弥のこと、一日たりとも忘れてはおらぬと申されておいでだ」

薬師はしゃくりあげた。千賀が震えている薬師の細い肩を抱き寄せた。

そこへ廊下を足早にくる足音がして宗重が顔を出した。

「よう戻った、よう戻った」宗重は涙を浮かべ上覚の手を取った。

数年ぶりに見る父の顔には老いの影が濃く刻まれていた。

「無事に戻りました。ご心配をおかけし申し訳ございませんでした」

「つもる話もある。今宵はこの館でゆるりとされよ」

「ありがとう存じます。お上人様にもそのように言っていただきましたので、今宵はこちらに泊めていただくことにいたします」

その夜、千賀は女たちに指図してささやかに宴の支度をした。しかし、重国も彩もいない寂しい宴だった。

「わしも坂東武者を討ち取りに重国殿と関東に下るつもりでおったが、老いぼれには無理だと言われ、都の警護を言いつこうてしもうた」宗重は自嘲ぎみに言った。

「ところで伊豆の様子はどうじゃ。頼朝とはどのような人物か聞かせてくれ。京におっては関東のことは知る手だてがない。挙兵したというが、大庭殿に敗れた後はどこにどう逃げて隠れているのやら。それにつけても維盛殿もなんとも頼りのうてのう」

いまや源氏の動きに湯浅家の命運がかかっていた。しかし、上覚には関東について父に語ることができなかった。当たり障りのない話でその場をやり過ごすしかなかった。

「以仁王の令旨は亡くなられた今も諸国の源氏を動かし続けております。さすれば、いずれ源平の合戦は避けられますまい」

「やはりそうか。それで、そなたは頼朝に会うたのであろう。聞かせてくれ、そなたの見立てではどうだ」

「会うと申しましても、遠くからお見かけしただけのこと。互いに流謫《るたく》の身でございましたから、おそばに近づくことは不可能でございました。どのような人物かは、噂しか知らないのです」

身内にまで嘘をついていた。しかし、事実を告げても今の宗重なら、即刻清盛に報告に行くにちがいなかった。上覚は伊豆の北条のこと、鎌倉の頼朝のこと、噂程度の差し障りのない事柄を慎重に選んで話した。

「石橋山の合戦で大庭景親殿と伊東殿に敗れたというが、頼朝はどれほどの軍勢を有しておったのじゃ。それくらいは噂でも分かろう」宗重は執拗だった。

「存じません。私はほとんど奈古谷という山の中におりましたゆえ、お上人のお供でたまに修善寺に下りていくくらいのことでしたから、それ以上のことは存じません」

宗重は舐るような目つきで上覚を見た。

「さては文覚殿に口止めされておるな。文覚ともあろう方が、そのような山中で七、八年あまりもただおとなしくしていたとは、この宗重にはとんと信じられん話だがな」

「いえ、私などが知っていることなどたかがしれております。お上人はああ見えても大事についでは軽々しくは口にされません。お上人の一念はただ神護寺を復興すること。私が伊豆に随従したのも、そのことに思いをいたしてのことでございます」

「そなたの気持ちはよう分かった。これ以上何も聞くまい。無事に帰ってきてくれた、それだけでよい」宗重もさすがにそれ以上追求しようとはしなかった。

「宗景に盛高、宗方、宗光、息子たちは全員頼朝討伐軍に加わった。婿の重国殿もだ。ともかく今はみな無事に戻ってきてくれるのを祈っておる」

「宗光も軍勢に加わったのですか。私が伊豆に向かったときはまだ小さかった」

「ええ、まだあの時は十歳になったばかりでした。それが今では平氏の武者のひとり。なんといっても宗光は末っ子で、その上気持ちがやさしい。この母から見ればどうにも武者に向くとは思えない」千賀は湧いてくる涙を袖口で押さえた。「今はとにかく関東から全員が無事に戻ってくるよう、祈るしかありません」


翌朝、千賀が持たせてくれた米や野菜を背に担いで、上覚は知念を連れて神護寺に向かった。出る時、何かと入り用だろうからと、宗重も錦の小袋をくれた。ずしりと重い宋銭が入っていた。父の気遣いがありがたかった。

仁和寺を過ぎ、峠を上っていくと三昧原を通る。おびただしい死体が捨てられているせいで、風が吹くたびに腐臭が漂ってきた。

「知念、どうしておった。湯浅の者たちはそなたに親切にしてくれたか」

知念は上覚の後ろからついていきながら返事をしなかった。いつか母に追い立てられるようにして上っていった同じ道をまた歩いていた。

「ようしていただきました」しばらくして知念はぼそりと言った。

「あれから七年も経った。そなたももう一人前だ。その気なら、密教を学んでもいいぞ」

「俺はようものも覚えられんし、作法を覚えるのも難儀じゃから、密教なんぞ難しゅうてようやらん」

「そなたの気持ち次第だ。学ぶ気になったら、私からお上人様に頼んでやる」

知念はぎくりとした。神護寺に帰るということは、またあの文覚と顔を合わせるということだ。あの目に睨まれたら、自分のこれまでの所業など隠しても見抜かれるにちがいない。逃げようか、と知念は思った。しかし、逃げたところで行く当てがなかった。文覚に会うことを思うと、不安のあまり気分が悪くなった。

ようやく峠を越えると高雄の山が見えてきた。上覚は足を止めて息を入れた。脇道を降りていくと、清滝川には豊かな水が飛沫を上げて流れていた。

「変わらないのは清滝川ばかりか……。しかし、ようよう帰ることができた」上覚はひとりごち、荷物を降ろして川に下りた。顔を洗い、足を洗った。

「知念、そなたも来い。気持ちがいいぞ」

しかし、知念は荷物のそばにじっとうずくまっていた。暗い目をしている。上覚は気になったが、今はまだ気づかぬふりをしておこうと思った。その訳を尋ねたところで答えてくれるとも思えなかった。

ゆっくりと石段を登り、山門の前に立って、上覚は大きく息を吐いた。想像してはいたが、神護寺は夏草に覆われ、再び狐狸の住処と化していた。

文覚は仮金堂にいた。薬師如来の前に座ってじっと如来を見上げていた。

「ただいま戻りました」

「おう、戻ったか。どうであった。父上母上は息災であられたか」

「はい、お陰様で元気にいたしておりました。しかし、兄弟たちも妹婿も平氏の軍勢に加わって関東に向かったそうにございます。無事に帰って来られるとよいのですが、安否を気遣っておりました」

「そうか。運命とは皮肉なものだな」

文覚は上覚が思っていたことを口に出した。

「しかし、ひさびさに都に戻って、最初に目にしたのがあの惨状だ。疫病に飢饉、しかも平清盛は政治の頂点にいながら、この国の民がいかな目に会おうと一顧だにしないと来ている。それを思うと、どうしてもこの国を根底から変えねばならないという思いを強くした。この国の民の安寧こそこの文覚が一心に願うところだ。それをこそ胸に刻んで、今はどうか堪えてくれ」

「はい、覚悟いたしております」

「一息いれたら、この薬師三尊に帰洛のご挨拶と供養をさせていただこう」

上覚は知念に手伝わせて、担いできた荷物を庫裏に降ろしにいった。厨房の鍋も釜もなくなっていた。金堂の三尊が盗まれていなかったのは仏罰を恐れてのことだろう。

「これでは煮炊きもできない。知念、もう一度下に降りて、鍋釜を手に入れてきてくれ。これで間に合うはずだ」

上覚は知念に宗重がくれた宋銭を渡した。知念は金を受け取ると、黙って山を下りていった。

「あれを一人で行かせて大丈夫か」文覚が言った。「何やら相が変わっておったな」

「お気づきになられましたか。七年もたてば、変わりはするのでしょうが、いささか気になります。宋銭を持たせて出しましたが、無事帰ってくるかどうか。一人で行かせるのではなかった」

「気にせんでいい。帰ってくればそれでよし、帰って来なければまたそれもまたよし。あの者はなあ、生れた時から貧相な根しか持っておらなかった。いくら大事に育てても根が貧相な者はよう育たぬ。頭がいいの悪いのというが、実は根が問題なのだ。しっかりとした命の根を持って生まれる者と、あのように貧相な根しか持たずに生れてくる者がいる。後からどうこうしようとしても、どうにもならぬ」

「それにしても無事に戻ってきてくれればよいが……」上覚はつぶやいた。

留守の間に知念に何が起きたのか、尋ねようにも尋ねる相手がいなかった。

「とにかく待つことにいたしましょう。鍋がなくともまだ糒《ほしいい》が残っておりますゆえ、しばらくはこれで間に合わせましょう」

二人は井戸で身を清めた後、そろって仮金堂の薬師如来の前に座った。無事にまた寺にもどることができた感謝の口上を文覚が述べた。千賀が持たせてくれた米や野菜を供物として供え、加持香水を注ぎ、香を焚いた。

上覚は万感の思いでそのお顔を仰ぎ見た。般若理趣経が上がるころには、薬師如来のお顔にふたたび光が差し、厳しいその目にもかすかに笑みが浮んだ気がした。

知念は夜になっても帰ってこなかった。やはり、出奔したのかと思っていたら、翌日の昼近くになって戻ってきた。手には何も持っていなかった。

「鍋釜はどうした」

「金を盗られてしまいました。それで買うことはできませんでした」

すさんだ空気が知念を包んでいた。

「それならそれでよい。命があっただけましだ。後でまた私と行こう」

知念はうなだれたままひとり庫裏に行った。

上覚はひとことも責めなかった。それがかえって知念には気になった。もらった金は賭けですってしまったなどと口が裂けても言えなかった。

鋳物師のところへ行く途中だった。辻で双六《すごろく》盤を前に置いて、男が知念を博打に誘ってきた。勝てるはずもないものを男の口車に乗せられ、知念は双六に夢中になった。気が付いたら持っていた金はすべて巻き上げられていた。

男が勝った、勝ったと得意げに騒ぎ、それにつられて人だかりがしてきた。双六師の男は、いつぞやは武士を相手に自分が勝ちまくって身ぐるみ剝いでやったという自慢話を始めた。集まってきた者たちがそれを囃した。

その隙に知念は人垣をくぐりぬけて逃げた。逃げたものの、今さら寺に戻ることもできず、洛中をうろつきまわった。

結局、どこにも行くところがなかった。四条坊門に行けば、なぜ寺から出てきたのかと詮索されるにちがいない。そしたら金を使い果たしたこともばれてしまう。羅城門あたりまで行ってみたが、乞食や夜盗のような怪しい男たちがたむろしていた。恐くなってその場を離れ、その日はそのあたりの寺の床下で寝た。

翌朝、仕方なく知念は神護寺に戻った。そこしかいる場所がなかった。


頼朝追討軍の大将軍には平重盛の子維盛が任じられ、前衛軍として京を出発したのは八月の初めだった。維盛に率いられた軍勢は平氏屈指の精鋭ぞろいだった。

しかし、それから間もなく六波羅に早馬が遣わされ、維盛軍は駿河に到着する前に甲斐源氏に敗れ、壊滅状態になったと知らせてきた。

六波羅では知盛が指揮にたった。清盛はただちに態勢を立て直し、関東へ向かえという。しかし、精鋭軍が破れ去った後、戦に慣れた兵などいくらも残ってはいなかった。そうなれば、数だけでも敵を圧倒しなくてはならない。

焦った知盛は次々に荘園で働く男たちまで徴兵に駆り立てた。

実戦の経験がないどころか、刀を持ったこともない者たちが大勢いた。いまさら訓練している間もなかった。徴兵は強制的だった。十二、三歳を過ぎていれば男なら誰でもよかった。その結果、関東に送られる平氏の軍団はただ数ばかりの仮武者の集団になっていた。

素人軍団には指揮官としてわずかに武者もまじっていた。そこに平重国も湯浅の兄弟たちもいた。しかし、進軍するその途中から病人が続出し、士気は落ちる一方だった。

十月二日、頼朝は軍勢を従えて武蔵国にはいった。いまやその勢力は三万騎にふくれあがっていた。足立遠元、豊島清光、葛西清重らはこれをいさんで出迎えた。江戸重長も平氏を離れ、畠山重忠、河越重頼らとともに頼朝の軍勢に加わっていた。

北条家はいまやそのなかでも中心的な存在となりつつあった。北条義時は頼朝の寝所身辺祗候衆《しんじょしんぺんしこうしゅう》のひとりに加えられた。寝所身辺祗候衆とは、殿の寝所を警護する役目で、もっとも信頼の厚い御家人衆のなかでも有力な豪族の子息たち十一人からなっている。

義時はその筆頭にあげられていた。いまや、義時が頼朝の信任をどれだけ得られたかは明らかだった。それを何より喜んだのは政子だった。

西に向かうにつれて関東一円の豪族たちが次々に合流し、いまや頼朝軍は十数万騎にふくれあがっていた。勢いに乗った頼朝は、先に維盛の平氏軍を破った甲斐源氏と合流し、連携して、まずは大庭景親、伊東祐親を敗死させた。そして、そのまま破竹の勢いで西へと進み、ついに富士川にいたった。

大軍を率いる頼朝にかつて流人であったころの翳りはみじんもなかった。その目には猛々しいまでの気迫がみなぎっていた。

富士川べりに集結したのは、平氏の想像をはるかに超えた大軍団だった。風が吹くといっせいに銀色の薄の穂がきらめく。しかし、そう見えたのは、実は薄の穂ではなく、おびただしい数の槍の切っ先だと気づいて平氏の軍勢は腰を抜かした。

恐れるべきはそれだけではなかった。関東軍を構成する武士たちは長きにわたって豪族同士の所領争いで戦を重ねてきた強者揃いだと聞いてもいた。

平氏軍はふるえあがった。戦など経験したこともない素人の寄せ集めで、しかも都からいやいや関東まで引きずられてきた者たちには初めから戦意などないうえ、夜を日についで歩かされて疲れ果てていた。


どちらも動かず、一晩中睨みあいが続いた。ようやく空が白みはじめたものの、あたりは乳色の朝靄につつまれ静まりかえっていた。霧で互いの姿がはっきりとは見えない。黒い陰がうごめくのがかすかに見て取れるだけだった。

その時、朝の静寂をやぶってざあっというすさまじい水音が聞こえた。平氏の者たちは飛び上がった。葦のしげみから水鳥の群れがいっせいに飛び立つ音だった。しかし、それを確かめもせず、怯えきった平氏の兵たちは「すわっ、坂東武者が攻めてきたぞう」と口々に叫びながら、槍を捨て、弓を捨てて後ろも見ずに一目散に逃げだした。

逃亡に気づいた知盛が馬を駆って態勢を整えようと必死に走りまわったが、時すでに遅く、仮武者たちは蜘蛛の子を散らすように丈高く伸びた夏草の中に逃げこんでしまった。

空が明るくなるにつれて敵陣の様子がしだいに見えてきた。見渡す限り黒雲のような大軍団が川の向こうに集結していた。

日が昇ったその瞬間、関東軍から鬨《とき》の声があがった。とみるや、何万という騎馬軍団が怒濤のように富士川になだれ込んでくるのが見えた。声をあげ、水を蹴立てていっせいに攻め込んでくる。知盛は態勢を整えようとやっきになった。しかし、逃げて隠れた仮武者たちは姿さえ見えなかった。わずかに踏みとどまった騎馬団の中に平重国がいた。湯浅の兄弟たちもその中にいた。

重国は自ら率いるわずかな手勢を叱咤しながら頼朝の軍勢を迎え撃つ覚悟をした。勝敗ははじめから決まっていた。重国の脳裏を一瞬、都に残してきた子供たちの顔がよぎった。

「加弥、薬師、父はここで死ぬ。南無阿弥陀仏、阿弥陀如来よ、我が後生を守りたまえ。そして、どうかどうか後に残していく子供たちを守りたまえ」

そう念じると、重国は声を上げ、わずかな手勢を率いて騎馬の群れの中に自ら斬り込んでいった。

清盛の焦りは日々増していった。今や西国にも頼朝につく者が出てきた。しかし、福原をこの国の都とする生涯の野望が、今まさに成就しようとしていた。あきらめるわけにはいかなかった。

経盛は落ち着かなかった。怒りをこうむることは重々承知の上で、とうとうこのところの懸念を口にした。「疫病や旱魃、頼朝の挙兵、このような不吉の報にばかり接するのは、福原に遷都して以来のことでございますまいか。兄上、どうか今一度都を京に戻すことをお考えになってください」

経盛のことばが終わらないうちに清盛はその額をはげしく扇で打った。

「ええい、何を申すかと思えば、そなたまでが……。この福原に皇居造営をなすことが我が宿願であったことはそなたもよくよく知っておろう。今その宿願が果たされようとしておる。この日をどれだけ待ったことか、それを知りながら、そなたは……」

声を荒げる清盛に経盛はなおも言いつのろうとしたが、聞き入れる気配はなかった。

ところが十一月五日になって、東国に進軍した平氏が大敗したとの知らせをもって維盛が福原に戻ってきた。憔悴しきった顔で清盛の前に両手をついた。

「面目もございません。敵の数はこちらの予想を遥かに超え、しかも百戦錬磨の荒武者ぞろい、かたや我が軍は昨日まで鋤や鍬を手にしていた仮武者ばかりで、かの者どもにはとうてい歯がたたず……」

「なんと、情けなや、そなたまでがなにをおめおめと帰ってきた。追討使として出向いたからには敵に討たれ、屍をさらしても恥にはならぬ。戻ってくるなどもってのほか。恥を知れ。ここに留まることは許さぬ。その顔を人前にさらすなど末代までの恥じゃ」

祖父に口をきわめて罵られながら維盛はただうなだれるしかなかった。

福原に留まることも許されず、維盛は清盛には黙って検非違使の藤原忠綱を頼って京にいき、そしてそこに留まった。知盛の方もまた、父の逆鱗に触れるのが恐ろしく、福原には戻らず八条の屋敷に入ってしまった。

「なんという体たらく。腰抜けばかりそろいおって。この上は教盛と経盛を東国に派遣するしかあるまい」

しかし、清盛が近臣とそのことを議論しているところに、さらに東国から知らせが届いた。いまや、遠江より東の十五ヶ国がすべて頼朝側についたという知らせだった。さすがの清盛も言葉が出なかった。


湯浅家の兄弟も這々の体で都に戻ってきた。しかし、その中に平重国の姿はなかった。

「富士川の合戦はどのようであったのか」

宗重に問いつめられても、息子たちはただうなだれているばかりだった。

「川の向こうは辺り一面を埋め尽くす雲霞のごとき大軍でございました。こちらはというと、鍬は握っても戦さなどしたこともない仮武者の群れを率いての戦さ、はじめから勝ち目はございません。水鳥の羽音に驚いて皆ちりぢりになって逃げてしまい、止めようもございませんでした。重国殿とはそのどさくさでたがいの姿を見失ってしまいました。逃げるのが精一杯で、どれほどの犠牲が出たのかもよう分かりません。かりにもし命があったとしても、源氏の者どもに捕らえられ斬首されたにちがいありません」宗景は言いながら涙を流した。

「意気地のないことよ。しかし、薬師になんと言う。母が死に、父も死んだと言わねばならぬのか」宗重は肩を落とした。

宗重の心は重かった。薬師はけっして武者などにはしない、と言い張った彩の声が耳によみがえってきた。

「なんということでしょう。父君まで亡くなられたなどと私の口から子供たちに伝えることなどどうしてできましょう」千賀はおろおろと涙声になった。「なんの因果でこのようにつらい目に会わねばならないのでしょう。子供たちがあまりにも不憫です」

「泣いていても仕方あるまい。わしの口から伝えよう。薬師も武士の子じゃ、覚悟はあろう」

宗重は薬師と加弥を呼んだ。薬師は陰のように青ざめた細い顔を祖父に向けた。宗重は涙をこらえて口を開いた。

「そなたの父上はな、東国の合戦で平家の武将らしく立派な最期を遂げられた」

それを聞いても薬師は泣かなかった。聞こえているのかいないのか、魂を抜かれたようにただぼんやりと祖父の顔を見ている。

「このようにまだ幼いのにいちどきに父も母も失うとは哀れでならぬ。しかしのう、爺もおる。婆もおる。多恵伯母もおる。決して寂しい思いはさせぬ」

言いながら宗重はとうとうこらえきれず肩をふるわせた。

その夜、湯浅家では重国の供養のため神護寺から上覚がやってきた。遺骸も形見もなかった。千賀は子供たちを如意輪観音の厨子の前に座らせた。経を上げはじめてすぐに誰もが涙にかき暮れた。

「おばあさま……」

加弥が千賀の膝に乗ってきた。その小さな体を抱いて、千賀は声を殺して泣いた。

上覚だけは流れる涙を拭おうともせず経を上げ続けた。薬師はそのそばに横たわったまま御簾越しに暗い庭をながめていた。指をくわえ、体を丸くしてまるで胎児にでもなったような格好だった。

「父上の姿は見えぬのか」

宗重は薬師に聞いた。いつか薬師が言ったことを覚えていたからだ。幽体の姿がこの子には見える。しかし、薬師は指をくわえたまま何も言わなかった。

「この先、なにが起こるか分からん。このようなことになったのも、福原なんぞに都を移そうとされるからじゃ。あれ以来、ろくなことがない」

このまま頼朝の軍勢が上洛してきたら、都が戦場になることは目に見えていた。宗重は思案したあげく、妻に言った。

「千賀、そなたは薬師と加弥をつれて紀州へ行け。ここにいてはこの先何が起こるか分からぬ。流行病もそろそろ治まってきたようじゃから、ちょうどよい。宗景に警護をさせよう」

「あなたさまはこの先、どうなさるのですか」

「わしは清盛殿に仕える身、運命を共にすることになろうとも悔いはない」

宗重にせかされて、千賀は孫たちを連れて紀州に戻った。牛車に揺られながら、二人の孫はずっと千賀の膝にもたれてじっとしていた。

「加弥はまだ知らぬが、湯浅には青い青い海があるのですよ。加弥も磯で潮に足をいれてごらん。波というものがあって、それはそれはおもしろいのですよ」千賀は加弥の背をあやすように叩きながら言った。

薬師が物心ついたころから母の彩はたびたび薬師を連れて紀州有田に帰っていた。湯浅には島々を浮かべた青く輝く海があり、重なり合う緑の山々に守られたその一帯はことに気候の温暖な美しいところだった。

彩はその湯浅をこよなく愛していた。女たちはよく春には野の草摘みに、夏になれば近くの浜に出て磯遊びをした。その時嗅いだ海の香りと母とともに過ごした喜びが、薬師の心にも体にも刻まれているはずだった。都を離れ、車に揺られながら峠を越えて、やがて海沿いの街道に出たとき、千賀は待ちかねたように、物見の御簾を上げて加弥と薬師に海を見せた。

「ほらご覧なさい。これが海、これが紀州ですよ」

初冬の透明な日差しを受けて底深い青に輝く海が目の前いっぱいに広がっていた。

千賀はそのときはじめて薬師の目に光がともるのを見た気がした。父母を失っていらい初めてのことだった。言葉こそ出なかったが、薬師は握っている祖母の手にそっと力をこめた。

治承四年（一一八〇）十一月十一日、ようやく完成なった福原の皇居に安徳天皇が行幸された。中宮徳子も従った。幼い天皇は何もご存じなく、青の御衣《おんぞ》を召し、祖母の二位尼時子に手を引かれて嬉しげに御所にお入りになった。清盛は深々と頭を下げ、天皇の行幸を寿いだ。

まさに今、清盛生涯の夢は現実となったのである。それから十日あまり、兼実はじめ公卿たちがつらなって毎夜あれこれと趣向を凝らした祝宴が催され、清盛は何事もないかのごとくに振る舞っていた。それで気が済んだとでもいうように言い放った。

「京に戻る。この上は何人たりとも福原に残ることは許さぬ」

十一月二十六日、清盛はあわただしく天皇や上皇、娘徳子をはじめ平家一門を率いて海路、京へ戻った。透明な冬の日差しの下、夢の都は緑濃い岬の向こうにあたかも幻のように浮かんでいた。

「これをして泡沫《うたかた》の夢と申すのでございましょうか」徳子は誰にいうともなくつぶやいた。不安は日増しにつのっていく。国母となったのも束の間、すべては夢のように消え去ろうとしていた。

天皇の一行が都に戻った日はどんよりとした冬空の下、比叡颪が吹き荒れていた。幼い天皇は時子に抱かれて御車に乗り換えられ、洛中に向かわれたもののそこにはもはや皇居と呼べるものはなかった。

天皇は藤原邦綱の敷地内に急造された五条東洞院を仮の住まいとされ、母の徳子が付き添った。高倉上皇は平頼盛の屋敷に、後白河法皇は六波羅に仮住まいをされるという前代未聞の事態となった。

平家一門もそれぞれに元の屋敷に移り住んだものの、築地は荒れ果て、使用人もわずかでかつての華やぎはどこにもなかった。

京に戻ってはみたものの清盛に対する貴族たちの反発は予想以上に強かった。公卿詮議《くぎょうせんぎ》を開こうにも誰もが出仕を拒み、政は停止においこまれた。

この上は法皇の力を利用するしかないと思い決めた清盛は、ようやく後白河法皇の幽閉を解いた。形式上でも法皇をもう一度政務に戻すことで貴族たちの反感をかわすつもりであった。清盛自らは表向き、政から身を引き、あとを宗盛にゆだねたとして後白河法皇の執政を要請した。

「なんと虫のよい話ではないか。捨て置こうぞ」法皇は取り合わなかった。「高倉上皇が病にふしておるとはいえ、院政をしいておる。その上皇をさしおいて朕が政務を執り行うなどもってのほか」

清盛は窮地に陥った。

いまや寺院勢力のほとんどを敵に回し、京の貴族たちも平氏から離れてしまった。以仁王の発した令旨はその怨念の力を得たかのように全国の叛乱勢力を動かし、もはや止めようもないところまで来ていた。

十二月にはいるとすぐに、清盛は知盛を近江に進撃させた。源義光の子孫である山本義経はじめ近江源氏を根絶やしにするのが目的だった。

「近江に入る前に、源氏に与した園城寺の生き残りを一人残らず血祭りに上げよ。堂舎はすべて焼き払え、二度と立ち上がれぬようにな」清盛は宗盛に命じた。

園城寺はずっと平氏に盾をついてきた。何度攻めてもまた焼け残った堂舎にはどこからか衆徒が集まってくる。近江のあちこちに隠れ住んでいて、これまでも地方から運ばれるさまざまな物資も彼らの妨害で滞り、都までは届かなくなっていた。清盛にとって近江平定は急を要した。

清盛の命令どおりに平氏軍は園城寺の残った堂舎を焼き、衆徒を皆殺しにし、いっきに近江に攻め込んでいった。その勢いで軍勢はさらに南都に向かおうとしていた。

いまや平氏追討の動きに呼応して、南都の興福寺や東大寺までが動きだそうとしていたからである。興福寺は末寺や荘園の武士を集めて上洛する決定を下し、十二月十六日には上洛する旨、朝廷に通告してきた。

しかも山城の源氏勢力が東大寺に集結しているとの噂も伝わってきていた。南都を叩く口実にはいまや事欠かなかった。

興福寺は藤原氏の菩提寺であり、東大寺はわが国第一の伽藍とされ、常に朝廷に手厚く保護されてきた。それだけにこの機を逃せば、もはや南都を叩き潰す機会はない。

「容赦はいらぬ。南都の悪徒をことごとくからめ捕らえ、房舎など焼き払ってしまえ」

清盛は重衡に命じた。

重衡は父の命令どおり、大軍を率いて南都に向かった。

軍勢は二手に分かれ、山城と河内の二方面から南都に攻め入った。興福寺に集まっていた僧兵たちも奈良坂と般若路で防戦しようとしたが、抵抗もむなしく破れ去り、大軍はいっきに南都になだれ込んでいった。

人々は逃げ惑い、春日の森に逃げた者も多かったが、途中で逃げ道を断たれた人々はいっせいに東大寺の大仏殿に逃げ込んだ。逃げ込んだ人々の中には女子供が多くいた。

若い重衡にとって興福寺も東大寺もただ平氏に盾を突くだけの僧兵の砦に過ぎなかった。容赦はなかった。途中僧兵が放った矢にあたって三十人余りが倒れたものの、重衡の率いる大軍はびくともしなかった。

軍勢は二手に分かれ、興福寺と東大寺に攻めこんだ。槍や弓矢で応戦してくる僧兵たちとの凄まじい戦いのさなか、興福寺の主要な建物につぎつぎと火矢が放たれた。火は強風にあおられて一気に燃え広がった。

そうして軍勢はついに東大寺にたどり着いた。

しかし、そこに逃げ込んだ人々は、いかな平家軍でもこの国第一の伽藍である毘盧遮那殿《びるしゃなでん》にまで火を放つことはあるまいと思っていた。しかし、重衡にとってはこの国最大の毘盧遮那仏などさしたる意味もなかった。

「容赦してはならぬ、早う火を放て。毘盧遮那仏とて何を恐れようか、さあ火を放て、焼き払ってしまえ」

重衡は叫んだ。その一声でそれまでためらっていた兵も弓に火矢をつがえた。

何百という火矢がつぎつぎに大仏殿の屋根に降り注いだ。やがて大仏殿から火の手があがった。外に出れば矢が雨のごとく降ってくる。周囲には騎馬に乗り、刃を振りかざした何千という兵が待ちかまえている。毘盧遮那殿に逃れた人々の退路は断たれてしまった。

炎に焼かれ、たまりかねて逃げ出してきた者は男であろうと女であろうと待ち受けていた平氏の武者が情け容赦なく斬った。猛り立った軍勢は戒壇院にも経書院にも火を放った。

天平の御代、多くの民の浄財で国をあげて建立された大寺院が紅蓮の炎を上げ、天を焦がして燃えていた。中からは炎に巻かれて泣き叫ぶ人々の悲鳴が聞こえていた。

春日の森も黒煙と炎に覆われ、斬られ逃げ惑う人々の悲鳴と怒号に包まれた。血糊を浴びた騎馬武者の軍団はますます猛り立ち、逃げまどう人々を追いかけては斬った。

かつて仏のいます浄土のごとき奈良の都がいまや地獄と化していた。

やがて日が落ちると、そこには地獄絵図そのままの光景が浮かび上がった。伽藍の炎は赤々と空を焦がし、膨大な経典を収めた経書院は燃え続け、あたりにはうめきのたうつ人々と死体が山をなしていた。

火は翌日になっても消えなかった。

後に大毘盧遮那殿に逃げ込み、焼け死んだ者は三千人とも四千人とも言われた。

重衡は十二月二十九日、討ち取った者たちの首四十九を長刀に指してかかげさせ、からくも生き延びた高僧たちには全員縄をまいて引きずりながら京の都に凱旋してきた。

物見高い都の人々もこのありさまにはさすがに目をそむけた。上覚もこの行列を人垣の間から見ていた。

「東大寺が焼けてしもうたとか、大仏はんも気の毒になあ」

「いやいや源氏の武者どころか女子供が大仏殿に閉じこめられ、たいそう焼け死んだらしい。恐ろしや恐ろしや」人々は小声でささやきあった。

足どりも重く上覚は神護寺へ戻っていった。周山街道を上っていきながら何度か足を止め溜め息をついた。寺に帰り着いてもものを言う気力も失せて金堂の濡れ縁に腰を下ろした。垂れ込めた暗い空からは雪が舞い始めた。

「この寒さでは積もるかもしれぬな」そう言いながら、礼拝加行が終わった文覚が仮金堂から出てきた。「どうした」黙って空を見ている上覚に尋ねた。

「……重衡殿はこともあろうに山城の源氏の者たちの首を槍の先に刺し、興福寺や東大寺の方々には縄をまいて引きずりながら戻ってこられました。乱心のきわみとはあのこと、言葉もありません……。それどころか経書院も大毘盧遮那殿も焼け落ちたらしいのです」

それを聞いて文覚も絶句した。

その夜、上覚は給仕をしながら巷で見聞きしてきたことを文覚に報告した。

「僧に縄を巻くのも嘆かわしいことではございますが、東大寺毘盧遮那殿が燃えつき、経書院も戒壇院も全焼したそうにございます。命に代えてもお守りしたい我が国の宝、膨大な経典がすべて灰になったと聞いて、腸を断たれる思いがいたします」

「ひとつの世が終わるときはかように恐ろしいことが起こるのが常のこと。しかし、上覚房、末は末ではないぞ、来るべき時代の始まりだ。平氏の者どもは朝廷をないがしろにしたばかりか、神仏までも辱めた。清盛もついに命運尽きたというものだ。見ておれ、間もなく平氏の世は終わる」

たしかに文覚の言うとおりにちがいない。そう思いはしても、上覚の心中は複雑だった。平氏の没落はそれまで平氏に仕えてきた湯浅家の破綻をも意味していたからだ。

「そなた、湯浅家の先行きを案じておるのであろう」

文覚は勘の鋭い男だった。

「はい、湯浅家は私が子供の頃から平氏に仕えて参りました。もし、平氏がこのまま鎮西に追われ、源氏が天下を取るようなことになれば、父や我が一族はどうなるのかと、それもまた気がかりになってしまいます」

「心配をいたすな。頼朝殿が天下を取られた暁には、穏便に取りはからっていただくようこの文覚が取りなそう。そなたは気を安んじておれ」

文覚のことばに上覚は黙って頭を下げた。

伊豆で頼朝に挙兵を促し続けた文覚の意志はいまや天に届いていた。関東の大軍は何万何十万という数に膨れ上がり、京に向けて進軍していた。

「……このお方はこの日のことを知っておられたというのだろうか」上覚はあらためて文覚の顔を仰ぎ見た。

文覚は上覚の思いを察したように言った。

「よいか、上覚房、願えばよいのだ。心から全身全霊を込めて願うのだ。それが私利私欲から出たものでなければ、いつかかならずや天はお聞き届けくださる。私利私欲から願うなら、一時は栄華を極めても、いずれ滅びる。平氏がまさにそうだ。何があろうと、何が起ころうと恐れるには足りぬ。命を取られることなど、何ほどのことでもない。私は衆生救済を願った。全身全霊でそれを願った。それゆえ、天の意志が動き始めたのだ」

全身全霊で願う、私利私欲を排してただひたすらに衆生救済を願う、そのためには命も惜しくはないと文覚は言う。それが天をも動かすのだと。

その言葉は乾いた土にしみいる雨のように上覚の胸に落ちた。私心なく大いなる者の意志を信じて生きる。その結果を今、自分はまさにまざまざと見せられているのだと思った。

養和元年（一一八二）の正月は陰鬱な空気につつまれて明けた。ふたたび文覚と上覚は頭陀袋を胸にかけ、勧進に歩き始めた。屋敷の門前にたち、経を上げる。追い払われることもなかったが喜捨をしてくれる者もなかった。

政治ひとつでかくも変わってしまうのかと思うほど、都はいまや廃墟と化していた。清盛の暴虐は国土を疲弊させ、人々を恐怖と絶望へと追いつめた。雨は降らず、地方は大飢饉に見舞われ、疫病が蔓延していた。

それでもなお、清盛は全国に兵役を課し、兵糧米を集めさせていた。地方ではこの未曾有の大飢饉で餓死するよりはと、人が人を食らっているという風聞すら流れていた。飢餓地獄とはあの世の話ではなく、まさに現実のことだった。

「この国のありさまを見聞きするにつけても、自分はいったい何をしているのか、あまりの無力さに祈ることが無意味に思えてしまうことがあります」上覚はとうとう胸に溜め込んでいた思いを文覚に向かって吐き出した。

「焦るな、上覚房。いかに遠回りに見えようと、この神護寺を再興し、護国安穏を願うことこそ、この国の民を救う唯一の道なのだ。今は耐え抜け」文覚は少しも動じなかった。

寒風のなかを文覚と上覚はわらじがすり切れてもひたすら歩き、門口に立って経を上げた。食べるにこと欠く人々が、頭陀袋にひと握りの米を入れてくれる。ありがたさが胸に染みた。持ち帰った米を知念が粥に炊いた。

旱魃は高雄も例外ではなく、大地は乾ききり多くの樹木が立ち枯れた。薄粥ではとうてい腹もちがせず、時には知念を連れて山の中を歩き回り、食すことのできる草や木の根を探して飢えをしのいだ。知念は食べられる草木をよく知っていた。

「お前にも取り柄があったか」

文覚がからかうと、知念は黙って文覚を睨みつけた。上覚がなだめるように知念の肩をたたいた。

「そなたのお陰で命がつながる。ありがたいことだ」

知念はめざとく山芋の蔓を見つけては細く伸びた芋を掘り出したり、芽が出ないまま隠れている百合の根を見つけだした。兎を罠や礫で仕留めるのも上手だった。文覚も上覚も生き物を口にするのはさすがに気が引けたが、飢えには勝てなかった。

捕った兎や山鳥を知念が竈で焼いた。文覚も黙ってそれを食べた。

「このごろでは知念のお陰で命をつないでおりますような」上覚は文覚に言った。

「あの者は神も仏も信じてはおらぬが、生きることには誠にどん欲だ。それが人間の面白さ、あの者が持っている命の面白さではないか」文覚が愉快げに言った。

知念もまたこの頃では固く凝り固まっていた気持ちが少しずつ緩んでくる気がした。自分のお陰でみんなが命をつないでいると上覚も言ってくれる。上覚にだけは心開くことができた。自分から何か話す気にはなれなかったし、話せと言われても何を言っていいか分からなかった。それでも上覚がそばにいると、気持ちが和らいだ。

上覚はいつも知念と目が合うと微笑を浮かべた。その目には嘘がなかった。「……俺のことを少しは好いてくれているのかもしれない」と知念は思った。上覚がいるお陰でこの神護寺に自分の居場所もできたような気がしていた。

福原から京に戻ってはみたものの、清盛の憂鬱は日増しに募っていった。

かつての住まいであった八条第は荒れ放題で住むに耐えなかった。仕方なく清盛は九条にある盛国の屋敷に移ることにした。

さすがの清盛も自分が置かれている状況に気づかないわけにはいかなかった。気鬱が高じたせいか、身体が冷えて仕方がなかった。周りには二重に几帳をめぐらし、そばには赤々と炭がくべられた炭櫃《すびつ》を置かせたが、震えはいっこうに止まらなかった。今朝ほどからときおり激しい頭痛に見舞われていた。

こうなったのもあの頼朝に情をかけ、命を長らえさせたからだ。殺しておけば良かったものを……。清盛は蒼白の顔を重衡に向けた。目には憎悪がたぎっていた。

「頼朝め、生かしておいたのがそもそもの間違いであったのだ。東国はいざ知らず、西国は守り通さねばならぬ。重衡、忠度、そなたたちは鎮西に向かい、ただちに反乱軍を鎮圧せよ」

重衡に言いながら、清盛は顔を歪めた。こめかみに金輪で締め上げられるような痛みが走る。朝餉に出されたものも喉を通らず、無理に口にいれたものの、すぐに吐いてしまった。清盛は頭をかかえてうめいた。

「父上、いかがなされました」

「やかましい、早う、頼朝の首を取って参れ。頼朝の首を見れば、このような頭痛などたちまち治りおるは」

しかし、痛みは次第に激しさを増し、やがて高熱が出て、翌日には起きあがることもできなくなった。延暦寺から明雲はじめ三十人もの僧が呼ばれ、いっせいに病平癒の祈禱が始められた。薬師《くすし》が呼ばれ、煎じた薬なども飲ませてはみたものの、様態は悪化するばかりだった。

二月四日未明、清盛はついに息を引き取った。

たちの悪い流行病ではないかと恐れ、しばらくは誰も遺体に近寄ろうとはしなかった。下衆の者たちを刀で脅して遺体を鳥辺野へ運ばせ、焼いた。あまりにあっけない最期だった。


清盛急死の知らせは人の口から口へささやかれ、たちまち都中に広がった。

清盛が死んだといって、政を停滞させることはできなかったが、高倉上皇の病はいまだ癒えておらず、伏せっておいでになった。形ばかりではあったが、公卿詮議が開かれたものの、ここで唯一、政務につく力があるのは後白河院以外にはないと意見が一致した。

「法皇様はこのような時でも意気軒昂でいらっしゃる。院政復活もこうなってはやむをえまい」公卿たちは頷きあった。

清盛が死んでしまえば、いまや自分にはなんの後ろ盾もないことが宗盛には痛いほど分かっていた。ましてや都中から憎まれている。宗盛は法皇に使者を立てて、自ら政の全権を院に委譲する旨書き送った。

七　孤児

紀州に戻った薬師は少しずつ生気を取り戻していった。崎山の良貞と多恵の間には子がなかったので、多恵が加弥と薬師の世話にかかりっきりになっても誰も不平を言う者はなかった。多恵はかたときも二人の子供から離れようとはしなかった。

風のない日には二人を連れて磯を歩いた。かざみの裾が濡れるのもかまわず、加弥は波打ち際で貝殻をひろうのに夢中になった。

しかし、薬師は相変わらずひと言も発することができないままだった。話そうとするが、喉が塞がっているようで声が出なかった。そんな薬師に多恵は亡くなった母のことを話して聞かせた。そのときだけ、薬師の目に光がともるような気がしたからだった。

外では木枯らしが吹き荒れていたが、周囲には几帳が巡らされ炭櫃にはたっぷりと炭がくべられていて部屋の中は暖かかった。加弥と薬師を真綿のはいった衾にくるみ傍らに寝かせると、多恵は赤ん坊をあやすように背をたたきながらゆっくりと話した。

いつしか加弥は寝入っていた。

「そなたの母上はもともと武士がたいそう嫌いだった。そなたを武者になどしない、そう申されると、武士の家に生まれながらなんということを言うか、とお祖父様はたいそうご機嫌が悪かった」

話しながら多恵はときどき思いだし笑いをした。

「お祖父様が平清盛殿をお助けして武勲を立てられたので四条坊門高倉に屋敷を構えて移ることになったときも、母上は紀州に残ると申されて……。それでも重国殿と夫婦になられてからは、そなたを授かりたいと願を起こされて、それ以来、氷雨の降る冬の日も日照りの夏も、高倉の屋敷から烏丸東の頂法寺の六角堂まで毎日休まず通い続けられたのですよ。

六角堂の観音菩薩に万度詣でをすると約束され、観音経の普門品《ふもんぼん》を毎日読むと誓われて、どうか仏弟子となるべき男子をお授けください、とひたすら祈られた。その願いが神仏に聞き届けられて、薬師や、そなたを授かったのですよ」

薬師がそっと手を動かし、多恵の手を握った。多恵はほほえんだ。

「忘れもしない承安元年の春のことでした。母上も私も同じような夢を見たのですよ。私がだれかから土器にいれた大きな蜜柑をふたつもらうと、母上はそれを見て自分がもらったのだと申されて取ってしまわれた。翌朝、その話をすると、まことに不思議なことに母上も同じように蜜柑をもらった夢を見たとか。その夢こそ、そなたがお腹に宿った印のようでした。そなたを身ごもられた時の母上と父上の喜びようときたら、それはそれはたいへんなものでした」

多恵は話し続けた。そうしていればいずれ心に負った深い痛手も癒され、また薬師が声を取り戻すときが来るにちがいないと信じていた。

薬師は肘枕をして横たわったまま多恵の声を聞いていた。多恵はいつも片方の手を加弥の背にまわし、もう一方の手ですっかり細くなってしまった薬師の肩をそっと叩きながら話した。そのたびに薬師の耳元で絹の小袖がかすかに音を立てた。風が草を鳴らすような音だった。そうするうちに薬師もまたいつの間にか眠ってしまうのだった。

多恵は春になるのを待ちかねるように夫の良貞と語らって薬師と加弥を苅藻島へ舟遊びに連れていった。舟に乗るのを怖がる妹の手を取って薬師は舟に乗った。

「そなたの母上は苅藻島の桜がとてもお好きだった。今日は一日ゆっくりと島で遊びましょう。こうしてお膳も用意しましたよ。お昼は島でいただきましょうね」

塗りの美しい重箱には心づくしの馳走が盛られていた。加弥は手を叩いて喜んだ。

瑠璃色の海は凪いでいた。良貞は船頭とのんびり漁の話などしていた。都で何が起ころうと、ここ紀州まで戦禍はおよばず、昔と変わらぬ営みが続いていた。

海の上に青くかすむように浮かんでいた島が次第に近づいてきた。桜が咲いていた。松の緑を背に花はいっそうあでやかに見えた。かすかな風に花びらが散りかかる。薬師はそれをうっとりと眺めていた。

「そなたの母上もこの桜がたいそうお好きだった」多恵がつぶやいた時だった。

「きれい……」薬師がかすかに声を出して言った。

多恵は驚いて薬師の顔を振り返った。多恵の目にみるみる涙の粒が膨らみ、頬をこぼれ落ちた。

「薬師や、ようよう声が出たのですね。なんとうれしいこと」そう言って薬師を袖の中に抱きしめた。

ある夜、加弥が眠った後も、薬師はじっと天井を見つめていた。

「眠れませぬのか」多恵は薬師の方に向き直った。薬師は思い詰めた顔をしている。

「伯母上さま、薬師はやっぱり一日も早く神護寺に参ります。すぐに参らねば、母上が約束を違えたとあの世で罰をうけるかもしれません。一日も早う、薬師は寺に参らねばなりません」

多恵は驚いて薬師の顔をまじまじと見た。

「薬師、そなたはずっとそのようなことを考えていましたのか。のう、急ぐことはない。あと一年や二年、神仏は待っていてくださいます。そなたはまだこんなに小さいのですもの」そう言って涙を浮かべた。


しかし、薬師は寺に入るといってきかなかった。ならば、というので、神護寺にいる上覚房行慈のもとへ使いが出された。

多恵は薬師の顔を見るたびに涙を浮かべた。

一月ほどたったころ、上覚から薬師を迎えに行くとの便りがあった。便りが届いて間もなく上覚は有田へやってきた。

「大きくなったな」上覚は薬師の頭をなでた。華奢な体つきといい、顔立ちといい、母の彩によく似ていた。つややかな垂れ髪がいかにもあどけない。

「加弥もすっかり器量よしになった」上覚は多恵の後ろからそっとのぞき見ている加弥に言った。

上覚が手を伸ばすと急いで多恵の後ろに隠れてしまった。

「ようこそおいでくださいました。改めて礼を申します。事情は文にしたためたとおりです。けれど、私は反対です。なんといってもこの子はまだ九つ。九つと言えばまだ母が恋しい年ですもの。それがあのような寺で暮らすなど、あまりに酷い気がしてならないのです」

「姉上のお気持ちはこの上覚もよく分かります。しかし、薬師はいまだに神護寺に参ると言い張っているのですか」

「はい、伯父上はいつおいでになるのかと聞いてばかり。神護寺に参るということがどのようなことなのか、よう分かってはおらぬのです」

「分かりました。薬師と話をしてみましょう」

上覚は薬師を呼んだ。几張の陰から出てくると、薬師は緊張した面持ちで上覚の前に座った。

「伯母上が申されたとおりかな」

「はい」

「神護寺はここのように温い衾もない。きれいな几張もない。飯も食べられるときもあれば食べられぬときもある。冬も炭櫃などないから、息が凍る。早朝の勤行、掃除、お上人様の給仕といそがしい。経も覚えねばならぬ。それでもそなたは今すぐに神護寺に参ると申すか」

薬師はじっと上覚を見つめたまま瞬きもせずに頷いた。

「私が早う神護寺にまいらねば、母上が約束を違えたと罰を被ります。母上のこと、父上のことを一日も早う神仏に祈りたいのです」

多恵からの知らせを受けて、宗重も六波羅から紀州に戻ってきた。千賀は湯浅にもどる道中、涙がかわく暇もなかった。

「こんなに小さいというのに、急ぐことはない。せめて後二、三年、お祖父さまや私のそばにいてはくれぬのか」

千賀が言うと、薬師は首を振った。

「私は神護寺に参ります。薬師仏にお仕えして、父上と母上の後生をお祈りいたします」

「彩が申したとおりのことを言っておるだけじゃ。だから言わんことではない。子供というものは親の言うことを鵜呑みにする。のう、薬師、そなたは母じゃの言うたとおりにせねばならぬわけではないぞ」宗重も必死になった。

薬師の決心は変わらなかった。それならば、一度神護寺に連れて行き、しばらく預かってみようということになった。

明日はいよいよ出発という日の夜、良貞の心づくしで別れの宴が催された。

御簾はすべて巻き上げられ、庭先にはいくつもの篝火があかあかと焚かれていた。つぎつぎに村の者や湯浅党の郎党たちが別れの挨拶にやってきた。全員に酒や肴が振る舞われた。

嵐が近づいているのか、なま暖かい風が時折り強く吹いた。そのたびに篝火の炎が煽られて火の粉が散る。遠く波の音が聞こえていた。

「いやいやこれは喜ぶべきことか、悲しむべきことか、よう分かりませぬ。凡庸の者にはこのお年で仏門に入られるなどと、不憫に思われてなりません」

酒に酔った人々が言うたびに、宗重は目頭を押さえた。

「まことに不憫このうえない。この爺が出家するというなら道理だが、まだ九つのこの子がのう。湯浅家の頭領ともなる身の上じゃというのに」

薬師は宗重の隣に座らされ、じっと大人たちのやりとりを聞いていた。青ざめた細い顔はずっと正面に向けられていた。

「薬師や少しなにかお上がり」

千賀が言ったが、薬師はまるでなにも聞こえていないようだった。みなが引き上げていき、ようやくいつもの静けさが戻ってくると、多恵は一息ついた。

「薬師、明日は早い、もうお休み」千賀はもう一度薬師に持たせる物を整え直しながら言った。

「はい」薬師はすなおに言った。加弥はずっと薬師のそばにくっついて離れなかった。ふたりで並んで眠る最後の夜だった。

「兄上さまは神護寺に行ってしまうの。加弥も行く」

「加弥は来られないよ。神護寺は男だけしか入ることができないもの」

「加弥も行く」

「もう少し大きくなったら、都においで。きっと迎えに来てあげるからね」

そう言って、薬師は目を閉じた。しかし、風の音が耳についてなかなか寝付くことができなかった。嵐が近づいているのか風はときおり大きな獣が吠えているかのように聞こえた。それでも加弥は薬師の手をにぎったままいつしか眠っていた。

日が昇る少し前、薬師は目が覚めた。今日はいよいよ神護寺に向かう日だった。加弥を起こさないようにそっと寝床を抜け出し、暗がりを手探りで外に出た。風はまだいくらか残っていたが、嵐は過ぎ去っていた。

夜明け前の空は深い青い色をしていた。その空にいくつかの星がまだ消え残っている。中にひときわ大きく輝いている星があった。明けの明星だった。

薬師は明星に向かって言った。

「母上さま、もう少ししんぼうしていてください。薬師は今日、神護寺にまいりますゆえ」

やがて家の者たちが起き出し、朝餉の煙がたつ頃、奥からは上覚が唱える観音経が聞こえてきた。薬師はそっと上覚の背後にちかづき、そのまま経に聞き入った。子供のころ、千賀に教えてもらったことがあった。意味は分からないものの、聞いているだけで心が励まされるような経だった。

朝餉もすみ、出発の時が次第に近づいて来た。薬師は多恵の心づくしの真新しい縹《はなだ》色の直垂に着替えさせられ、括り袴に脚絆をつけた。小さなわらじが何足も用意されていた。

「そろそろ出立いたすことにしよう」

上覚が言うと、薬師ははじかれたように立ち上がった。つややかな垂れ髪が揺れた。千賀も多恵もこらえきれず涙をこぼした。

「達者でな、薬師、いつでもこの有田に戻ってきてよいのじゃぞ」宗重はあらためて孫に言った。立派な栗毛の馬が二頭用意されていた。一頭は神護寺の文覚上人への贈答の品を運ぶための馬だった。米や衣の入った包みが馬の背にくくりつけられた。道中、上覚と薬師の世話をするために従者も二人つけられた。

門の前に千賀や宗重、郎党たちが並んで薬師の門出を見送った。加弥は多恵に抱かれていた。別れの挨拶をしようとしたが、薬師は涙で喉が塞がってしまい、声がでなかった。上覚に抱かれて馬に乗った。馬が歩き出したときも、薬師は振り返らなかった。振り返ったら最後、こらえていたものが一気に噴き上がってきて抑えがきかなくなる気がした。

加弥がしきりに薬師を呼んでいた。私も行く、とむずかっていた。

「薬師、達者でな。上覚、薬師を頼んだぞ」宗重の声が背後から追いかけてきた。

あまりに悲しくて薬師は息がつまりそうだった。時折り突き上がってきそうになる嗚咽を必死で堪えていた。そのせいで喉が痛かった。


嵐のなごりの雲が風に流され、日が差したかと思うとすぐに陰る。底光りする鈍色の海はまだうねりを残していた。波が岸にぶつかるたびに白いしぶきが上がる。瞼が重くなるほどの強い日差しが照りつける。山では大気を震わせて蝉が鳴いていた。

「また今日もひどい暑さになるな」上覚が言った。

薬師はその時、ふいに振り返ってしまった。

ちょうど住み慣れた崎山の家が木々の背後に隠れようとしていた。楠の大木の下に多恵が加弥を抱いてまだ立っていた。

それを目にしたとたん、ふいに薬師の目から涙が噴き出した。嗚咽があがってきて肩が震えた。

「……帰りたい、そばにいたい。伯母上のところへ、おばあさまのところへ、加弥のところへ、でも帰れない。もう帰れない」

涙は後から後から溢れた。馬に揺られながら薬師は声もなく泣き続けた。止めようとしても涙は止まらなかった。一日街道を馬に揺られていく間も、夕刻になって泊まった宿でも、翌日目覚めて再び都へと馬の背に揺られているときも涙は止まらなかった。そうしながら三日の間、薬師は泣き続けた。上覚は何も言わなかった。

そうして紀州有田を出て三日の後、一行は都に入った。都大路を抜け、仁和寺を過ぎて周山街道にさしかかった。

薬師の目は泣き続けたせいで腫れ上がっていた。泣き疲れてもなおまだ涙は止まらなかった。上覚はずっと何も言わず、しっかりと薬師を抱いて馬を進めていた。

神護寺に行くと言い張ったのは薬師自身だった。自分で言い出したことだったのに、それなのになぜこうも悲しいのだろう、と薬師は思った。

やがて峠を下ると水音が聞こえてきた。水は勢いよく瀬を洗い流れ落ちていた。

「薬師、これが清滝川だ。目の前はもう高雄だ。寺はもうすぐだ」

「はい」薬師は蚊の泣くような声でやっと答えた。

清滝川を渡ろうと川岸に降りたとき、馬が水を飲もうと首を降ろした。しかし、歩きを止めようとはしない。

それを見て薬師はふいに思った。

「……馬だって自分の務めをちゃんと知っているんだ。どんなにか喉が渇いていたかしれないのに、ずっと我慢していたのだ」薬師はふうっと息を吐いた。ふいに胸につかえていた何かが取れた気がした。「……今だって、私たちを運ぶために立ち止まりもせずに水を飲んでいる。それに引き替え、この薬師は親戚の人々と別れてきたことがただ悲しくてずっと泣き通しだった」

薬師は恥ずかしいと思った。自分から法師になりたいと言って、こうして神護寺にやってきたというのに、泣いてばかりいたのだ。

「……もう泣かない」

薬師はもう一度溜め息をついた。涙は止まったが、胸はまだ震えていた。

やがて一行は神護寺へと続く石段の前に来た。

「薬師、これからは馬を下りて、この石段を上る。上り切ったところが神護寺だ」

上覚に手を借りて、薬師は馬を下りた。両脇を鬱蒼とした木々に覆われた石段を上っていくとすぐに大きな山門が見えてきた。

「ようよう着いたぞ。薬師、ここが神護寺だ」紀州を出てから上覚は初めて笑みを見せた。

「ようがんばった」そう言って大きな手で薬師の頭をなでた。

神護寺は鬱蒼とした森に囲まれ、庭は丈高く伸びた夏草に覆われていた。空がふるえるほど蝉が鳴いていた。

「薬師、今日からここで暮らすのだぞ」

上覚は薬師を振り返った。小さな青ざめた顔が木々の緑を映していっそう心細げに見えた。その姿はあまりにも小さい。上覚は胸が痛かった。

「よう来られた。さぞ長旅でお疲れのことでしょう」最近手伝いに来るようになった老人が庫裏から顔を出した。「お上人様が待ちかねておいでてございます」

「知念は、知念はここにいるのでしょう」

「ああ、今は山に薪を拾いに行っております。おっつけ戻りましょう」

老人は薬師の顔をまじまじと見た。仏との約束で生れてきた子だと聞いていた。確かに何やら尋常ではないものを感じた。その顔にはうっすらと光がさしている。

荷を降ろし終わると薬師は文覚上人の庵へ連れていかれた。仮の庵とはいうものの荒れ果てた釈迦堂のひとすみが上人の居室にあてられていた。

上人は気性の激しい方だとかねてから聞かされていた。いったいほんとうはどんな方なのだろうと、薬師は顔を伏せたままおそるおそる上人の前に出た。

「なに、怖がることはない。顔を上げなさい」上人はよく通る太い声で言った。薬師はようやく顔を上げた。黒々とした眉と鋭い眼差しは、僧侶というよりは荒行の修験者のようだった。僧衣は古びてあちこちほころび、袖はすり切れていた。

「よう来たな。そなたは名を薬師というらしいな。上覚房に話は聞いておる。そなたの母じゃは、そなたをこの神護寺の薬師仏に仕えさせるために、そのような名をつけたというではないか。なかなかに面白い。上覚房の言うことをよう聞いてこの神護寺復興のため、みな心をひとつにしてまいろうぞ。よいな。それにしても、なんと愛らしい」

上人はそう言ってつくづくと薬師の顔を見た。少女のように愛らしい顔立ちをしている。文覚はあらためてその顔に見入る心地になった。

「いやそのことが本人には気に入らなかったようで、顔がきれいだから御所に行かされるなら、顔を焼いて醜くなればいい。そしたら寺に入って法師になることができると、四歳のころ焼けた火箸を顔に当てようとしたことがありましたとか」

「なんと……。そなたはまことに面白い子じゃな」文覚はひどく嬉しそうだった。

薬師は身を固くして二人のやりとりを聞いていた。

「しかし、さすがに焼けた火箸を顔には当てられず、腕に当てたのです。これ、見せてみよ、薬師」上覚は薬師の右の袖をたくしあげた。引きつれた傷跡が腕に薄く残っていた。

「そのように幼い者がのう。たいした心映えじゃ。見上げたものではないか」文覚はますます目を細めた。

「両親の菩提を弔うのだと申して、このたびもここへ自ら参りたいと言い出しまして、親戚の者たちが止めても聞かず……」

「そうか、薬師は尊い法師になるため生まれてきたのか。それはよい。まことによいことじゃ。よいか、薬師、この神護寺は弘法大師様ゆかりの寺、この大和の国に今一度、空海密教を復活させる礎となる寺だ。この神護寺を復興させて後にも、まだまだ山ほどやらなくてはならない仕事が待っている。そなたにはそれを手伝ってほしい。よいな」

上人は濃い目の色で薬師を見た。薬師もまた透き通るような飴色の目で、上人をじっと見上げた。ひるむ気配はみじんもなかった。

「この子は一見やさしげだが、なかなかの相をしておる。大いなる命の根をこの子は持って生まれておる。まことに先が楽しみだ」文覚は上覚に向かってつぶやいた。

薬師は上人の居室を出ると、庫裏に連れて行かれた。庫裏は冷えた灰の匂いがした。しばらくして、知念が戻ってきた。薬師は嬉しくて知念の方へ飛んでいった。

「知念、私もここに来たよ。これからいろいろ教えておくれ」

しかし、知念は黙ったまま、無表情に薬師を見降ろしているばかりだった。それでも薬師は知念に上げようと持ってきた乾した柿を荷物の中から出して渡した。薬師から柿を受け取ると知念は貪り食った。

「知念はどんな修行をしているの」

「修行なんぞしておらん。誰も教えてもくれん。俺はここの飯炊きじゃ」知念はぼそりと言った。

はじめての夜、薬師はおぼつかない手つきで上人のところに夕餉を運んだ。今日から上人の給仕は薬師がやるようにという言いつけだった。

文覚は薬師の姿を見ると相好をくずした。笑うと目尻にやさしげな皺ができた。

「そんなに恐い人ではないようだ……」と薬師は内心思った。

「いつもと同じ粥でも、そなたの給仕だと一段と味がよくなるようだ」文覚はうれしげに言った。

その後、庫裏にもどって弟子たちみんなで夕餉を食べた。知念が後片付けをする。井戸へ行く知念の後ろから薬師はついていった。手伝おうとしたその時、上覚が言った。

「それは知念の仕事ゆえ、そなたはせずともよい。これから仮金堂へ来るように」

薬師は戸惑ったものの、知念に会釈をして上覚の後から仮金堂へ向かった。月明かりが足もとを照らしている。

上覚が灯明に火をつけた。薬師はほのかな灯明の光に浮かび上がる薬師如来を見上げた。左には日光菩薩、右には月光菩薩が控えておられる。

薄いまぶたに半眼の目が自分をじっと見ている気がした。厳しいお顔をされている。薬師は畏れと懐かしさを同時に感じた。母からずっと聞かされていた仏様だった。

「薬師、そなたをこの仏に仕えさせることが母君の願いだった。ようやくその日がきた。挨拶をしなさい」

「どうしたらよいのですか」

「大切な方に言うのと同じで良い。作法や次第はこれから少しずつ教えていく」

薬師は手を合わせて、如来を見上げた。

「薬師でございます。これからお仕えさせていただきます。一日も早く善き法師となって、父上と母上のためにお祈りができるようになりますよう、お助けください」

そう言い終えた瞬間、如来の顔がふと動いた気がした。驚いて薬師は上覚を振り返った。

「なんとなく微笑まれたように見えただろう。そうなのだ。この薬師如来は心から祈ると答えてくださるようだ。それでは、これから経を上げる。法華経の提婆達多品《だいばだったぼん》の中の一つだ。なかなかに良い経だ。そなたも手を合わせて聞いていなさい」

薬師は上覚が上げる経に聞き入った。意味は分からなかったが、聞いているだけで心が穏やかになっていく気がした。

「どんな意味なのですか」経が終わると薬師は上覚に聞いた。

「そうだな、簡単に言うと、この経に出てくる提婆達多というのは、お釈迦様の一族を皆殺しにしようとつけ狙った悪人だった。それでお釈迦様の弟子たちは口々に提婆達多を非難した。しかし、お釈迦様はそれを諌めてこう言われた。提婆達多は前世、わが師であった。今、このように善知識を得ることができたのは、提婆達多のお陰である。何劫年か後には提婆達多は悟りを開く。その時、その働きはお前たちの比ではない。だから、今の今だけを見て、非難してはならない。そうお説きになった」

今は敵でも、かつては釈尊の師であったという提婆達多。いかに悪人であれ、敵であれ、今の今だけ見て判断してはいけない、という。薬師は考え込んだ。ひどい仕打ちをされてもその人を非難するなとお釈迦様は言っているのだろうか。

「源氏のこともそうなのですか。父上が戦で殺されておしまいになったことも、怨んではいけないということですか」

「そういうことかもしれないな。敵を許すというのは言葉で言うほど生易しいことではない。ことに身内を殺されたときなどはそうだ。しかし、よくよく観ずれば、いつかきっと釈尊の教えの深さにも気づけるかもしれないな」

金堂を出ると上覚は庫裏までついてきた。

「知念、今宵から薬師もここで寝ることになる。よろしく頼む」

知念は竈のそばにしゃがみこんで火を眺めていた。上覚の言葉に軽く頷いた。

「ここで寝るのはそなたにはいささかつらいかもしれない。私はお上人の庵で寝ている。なにかあったら知らせなさい」

「大丈夫です」と言ったものの、薬師は内心、心細くてならなかった。知念は何を考えているか分からないところがあった。ここにきてから知念とはほとんど口をきいていない。話しかけても答えない。

上覚が行ってしまうと、薬師は荷物の中から多恵が縫ってくれた宿直衣《とのいごろも》を出して着替えた。多恵は柔らかな真綿のはいった衾も持たせてくれた。

筵の上には知念のものらしい古びた衾が一枚置いてあった。ここにあるものは何もかも灰の匂いが染みついた粗末なものばかりだった。知念、と声をかけようとしたが、知念は背を向けたままじっと火を見つめていた。

薬師は庫裏のすみに横たわり、目を閉じた。

目を閉じると、いくら思うまいとしてもいつしかまた有田の多恵伯母や妹の加弥のことを思っている。死んだ母のこと、父と一緒に遊んだ竹馬のこと、思いは次々と浮かんできた。

思い出すと悲しみで体が痛かった。ふいに嗚咽が上がってきそうになり、薬師は必死で泣くのをこらえた。こらえていると喉が痛かった。喉の奥に涙の固まりができていた。

「薬師、お前はこのようなところで寝るのは初めてだろうが、俺は慣れておる」

知念がはじめて話しかけてきたが、薬師は返事ができなかった。声を出すと、とたんに泣き出してしまいそうだった。息をつめてじっとしていた。

「お前は一度もこのようなところで寝たことはない。大事大事にされてこれまで育てられてきたんだもんな。これからは俺と同じよ。いや違う、俺はお前の兄弟子だ。お前は俺の下になる」

いつの間にか知念は薬師のかたわらに立っていた。

「お前のようにちやほやされた奴が俺は気に食わん。女みたいな顔しやがって、お前を見ているだけでむかむかしてくる。捻りつぶしたくなる」

蚊がうるさく耳元を飛び回っていた。薬師は知念の方に振り向いた。

「知念は怒っているの。小さい時、知念はやさしかったよ。私は知念が好きだった。でも、今の知念は変だ。知念じゃない」

「やかましい、分かったようなことを言うな。お前のようにかわいいだの、利口だの言われて育った者には分からん。俺なんぞ、親だって捨てやがった。どこに行ってもみんな俺のことを犬かなんぞのように扱いやがる」

「ごめんなさい。私は知念がどうしてそんなに怒っているのか分からない」

「神も仏もあるもんか。差別しやがって。生まれつき仏は人間を差別している。俺にはそれが気に食わんのよ。だから、手を合わせる気にもならん」

知念はぶつぶつ繰り言を言い続けた。薬師は体を固くして知念の声を聞いていた。やがて気がすんだのか知念は庫裏の隅に行って横になり、衾をかぶって静かになった。

寺の裏山からはときおり獣の唸り声が聞こえた。風の音、森のざわめき、さまざまな耳慣れない音が耳について、薬師は眠れなかった。

「……知念は腹を立てている。仏は初めから人を差別していると言う。そうかもしれない。でなければ、美しい牛車をしたてて遊びに出かける者や、飢えで死んでいく子供、家も持たずに辻で乞食をする者がいるはずもない。仏とは何だろう。どうして人はこうも違う運命に生れてくるのだろう」薬師は眠れないまま考え続けた。

薬師はやっとうとうとしたかと思うと、甲高い狐の鳴き声で飛び起きた。明け方近く少しまどろんだが、今度は上覚に揺り起こされた。辺りはまだ暗かった。知念は衾にくるまってまだ眠っていた。

「顔を洗ったらすぐに閼伽《あか》の水を汲みにいくから、身支度をして仮金堂に来なさい。これ、知念、そなたも起きよ」

いよいよ薬師の神護寺での生活が始まったのだった。

外に出ると、朝霧が濃く立ちこめていた。外に出たものの、薬師は旅の疲れと寝不足とで足が宙に浮いているような気がした。庫裏の裏にある井戸で顔を洗い、多恵が持たせてくれた房楊枝で歯を磨き、口をすすいだ。身支度が整うと、閼伽の井戸に行った。人が使う水と仏に差し上げる水は区別されていた。玉砂利の敷かれた浅い井戸からひしゃくで桶に水をくみ、上覚の後ろからついていった。

上覚はひとつずつ手を取って教えはじめた。

「では、これから薬師が毎朝ここでやらねばならない務めを教える。よいか、まずは器の水を捨て、入れ替える。このあたりを拭ききよめて、香を焚き、それから仏に帰依をあらわすため五体投地を行う。それは掃除が終わってから教える」

上覚は掃除を手伝ってくれた。かつて供えられていた仏器などはことごとく盗まれてしまい、今はその代わりに粗末な土器《かわらけ》がおかれていた。ひととおり掃除が終わると、上覚は指導を始めた。

「五体投地の作法を教える。よいか、では、私がやるとおりにやりなさい。……オン　サラバ　タタギャタ　ハンナマンナ　ノウキャロミ……この天のあらゆるところにいらっしゃるすべての如来に私は帰依したてまつります、という意味の梵語だ」

薬師は上覚にならってひざまずき、ゆっくりと立って再び膝をつき、額を床に着ける所作を繰り返した。それから上覚は両手指の合わせ方を教えた。

「これを金剛合掌という。すべての基本となる印だ」
薬師は教えられたとおりに手を合わせた。そして目の前の薬師如来を見上げた。

「母上も今、そなたの姿を見て、きっと喜んでおられることだろう」
薬師は目を閉じて祈った。どうぞすべての如来よ、彼岸に渡った父と母をお守りください、と。

薬師は知念と一緒に境内の草をむしり、文覚上人の給仕をし、時間が許すかぎり、上覚に教えられた印真言を復習した。知念はいつもむっつりと黙りこんでいた。誰も見ていないことを確かめると、薬師が掃き清めた境内に傍らに積んであった草や塵をばらまいた。

庫裏でもそばを通ろうとするといきなり足をかけられ転ばされた。薬師が転ぶと、知念は手を叩き、嬉しげに声を立てて笑った。時に脛や肘に痣ができることもあった。

知念はもう十九か二十歳になるはずだったが、やることなすことどこか子供じみていた。しかし、ほんとうの年は分からないと上覚は言っていた。

多恵が持たせてくれた荷物の中から着替えがなくなっていたり、上覚に教えてもらった印真言を書いておいた巻き紙が破り捨ててあったりした。つらくなって涙が出そうになったことも一度ならずあった。誰がやったかは一目瞭然だったが、薬師は誰にも言わなかった。

薬師がいちばん楽しみにしているのは、上覚の唱える経を後について繰り返すときだった。その間は寂しさもつらいことも忘れていられた。眠りに着くときも、朝、閼伽の水を汲みにいくときも、薬師は覚えたての真言を繰り返したり、経を暗唱したりした。

薬師は梵語からなる複雑な真言もすぐに覚えた。以前から知っていたのではないかと思うほどだった。

「これはどんな意味があるのですか」

三密や浄三業、普供養《ふくよう》の真言の意味を尋ねると、上覚は微笑した。

「意味はいずれ分かる。今はただ無心に唱えられよ。真言とされる梵語は最もすぐれた言葉とされている。意味だけでなくその音そのものさえ力を持つと言われている。意味が分からなくとも、その作用は我が身だけでなく森羅万象に及ぶ」

薬師はひとりになると、印を結び、真言を繰り返した。

そうして昼間は何かと気が紛れたが、みんなが寝静まってしまうと、いかに思うまいとしてもいつしか父と母のこと、妹のこと、そして有田の人々のことをまた思っている。思うたびに寂しさで体が痛かった。

破れた板戸の隙間から差す月の光が動いていくのを見ながら、泣くまいとして息を吐き、体を抱いて丸くなる。そうしてじっとしていると、いつしか眠っていた。

日は過ぎていったが、家族を失った悲しみはすこしも薄れることはなかった。日を追うに連れて深くなっていく気さえした。いまでは悲しみが自分の体の一部になってしまった。胸のなかに涙の池ができ、池に落ちる涙はやがて深い淵となっていった。

それでも日々はすぎていく。夏が過ぎ、秋がきて、神護寺は燃えるような紅葉に包まれた。それもやがて散り始め、初めての冬が近づいていた。知念と毎日、裏山に薪を拾いに行った。知念は相変わらず薬師相手にいばってみたり、悪口を浴びせたりした。とつぜん後ろから背中を押され、転んだこともあった。悔しかったが、誰にも言わなかった。告げ口をする卑しさがいやだった。

知念は親に捨てられたと言っていた。死に別れるのはもっと寂しいと言おうとして、薬師は口をつぐんだ。愛されない寂しさやつらさを薬師は知らないで大きくなった。そんな自分が、知念がどれだけつらい思いをしながら生きてきたか分かるはずもないと思ったからだった。

薬師は上覚が教えてくれた提婆達多の話をいつも思い出していた。お釈迦様の一族を皆殺しにしてやると追いかけまわした提婆達多が前世はお釈迦様の先生だったという。

「……知念ももしかしたら、前世は私の先生だったのかもしれない。だから決して腹を立てたり、仕返ししたりしてはいけないのかもしれない」そう思うといくらか心が楽になった。

その朝、薬師がいつもどおりに起きて外に出ると、歩くたびに足下でかすかな音がした。薄青い闇のなかに何かがきらきらと光っていた。踏むと乾いた音がする。辺り一面霜柱が立っていた。閼伽の水を汲み、金堂の薬師如来に供える頃にはすっかり手足が凍えていた。

しかし、上覚に教えられたとおりに、五体投地を繰り返していると少しずつ体が温まってくる。床板の冷たさも感じなくなった。百八回の五体投地をすませて、薬師は灯明に照らされた薬師如来を見上げて手を合わせた。

「どんなにつらくても、なにもかも我慢して精進いたしますから、私を一日も早く一人前の法師にしてください。それからどうかあの世の父と母をお守りください」

そう声に出すと、心なしかまた薬師如来の目に笑みが浮かんだように見えた。

神護寺の冬は厳しかった。ここには暖をとる炭櫃も囲炉裏もなかった。晴れた日の昼間はまだいくらか暖かかったが、日が陰るとたちまち冷え込んだ。曇りや雨の日は手足が凍え、あまりの寒さにじっとしていられなくなって庫裏に行く。庫裏の竈では知念がいつも湯を沸かしていた。

「さすがお前でも寒いか。俺は竈番だから得だのう。行もやらずにここでぬくぬくとしておられる」知念は竈の火に手をかざしながら言った。

薬師は黙って土器に湯をついだ。それで手を温めた。霜焼けの手がたちまちかゆくなった。

「つらいか、薬師」ある日の朝、勤行が終わると上覚が言った。

薬師は黙っていた。外は雪が舞っていた。

「昨夜、私は夢を見た。重国殿とそなたの母上が現れて、薬師のことを頼むと申しておいでだった。寂しい思いをしているから、よくよく言い聞かせてくれ、と。私たちは間もなく生まれ変わる。そして、またそばに行くこともあるやもしれないから、悲しむでないと」

薬師はとたんに顔を上げた。

「生まれ変わるのですか。いったいいつ生まれ変わられるのでしょう」

「いつ生まれ変わるか、何に生まれ変わるか、それは分からん。しかし、薬師、生きとし生けるものはすべて生まれ変わる。輪廻転生しながら、誰もが仏陀への道を歩むのだ。だから、また会える」

人は生まれ変わる、生きとし生けるものはすべて生まれ変わる。ならまたいつか父上と母上に会えるのだ。薬師は胸の中でその言葉を繰り返した。

ある朝、文覚は給仕をしている薬師の手を見て、眉を寄せた。小さな手は霜焼けで赤く腫れ上がっていた。縹《はなだ》色の袴からのぞく足は細く、足の指も赤紫色に腫れていた。

「そのようになるとは、なんといたわしい。この薬をそなたにやろう」

そう言いながら、文覚は大事に取ってあった薬を薬師にくれた。蛤の殻の中に油で練った薬が入っていた。「これを塗ってな、よう手でこすってみよ。良うなるぞ」文覚は薬師にことのほかやさしかった。

「お前ばかり特別扱いする。文覚様はお前をお稚児《ちご》にでもする気ではないか」知念は薬師が持ち帰った薬を見ていった。

「お稚児ってなんですか」

「その、女の代わりをさせられる奴のことだ。お前は女みたいな顔をしているから、狙われるぞ」

知念はにやにやしながら、薬師の襟もとに手を伸ばしてきた。薬師は驚いてよけた。知念は声を立てて笑ったが、目は少しも笑っていなかった。冷たい目をしていた。夜中に知念がそばに立っていることもあった。薬師はなんとはなしの恐怖を感じた。

その冬はよく雪が降った。腰のあたりまでつもることもあった。毎朝、井戸まで水をくみに行くのは知念と薬師の仕事だった。

そんな雪の日でも、文覚はかんじきをつけて山を下りていく。雪も寒さも上人には何ほどのものでもないようだった。上覚もまた勧進に出て行くこともあったが、上人のお供で長い間、寺を留守にすることもあった。どこにいったのか誰にも分からなかった。

それでもやがて寒さも遠のいていき、待ちに待った春が来た。あたりは緑に染まり次々に小さな生き物が動き出す。小鳥たちもたくさんやってきた。知念は鳥の名をよく知っていた。鳥の話になると知念の目に光がともる。

「あれはなあ、四十雀、五十雀、カワラヒワ、ルリ、ヤマガラ。メジロはなあ、鳥もちを作って蜜柑の枝につけておくと捕れるぞ」

裏山ではゼンマイやコゴミ、ワラビがたくさん採れた。知念はそれを乾して保存する方法も知っていた。この季節、知念は機嫌がよかった。

「知念はなんでも知っているんだね」

「おう、小さいときから食い物を見つけるのが俺は得意だった。母じゃが教えてくれた。瓜生山でもぎょうさんワラビが採れた。ヨメナもセリうまいぞ。タラの芽にコシアブラ、藪や土手にいくらでも生えとった」

「採りにいこうか」

「おう、そうしよう」

朝のお勤めが終わると、知念の後について、薬師は清滝川沿いに草摘みに出かけた。日差しが暖かく、川の水は豊かに流れていた。土の上を毛虫が這っていく。花の中を蝶が舞う。桜のつぼみがふくらんで今にも咲きだしそうだった。

人は生まれ変わると上覚に聞いてから、薬師は生きているものすべてが愛おしくなった。それがいかに小さい命であれ、ただ生きている命そのものが愛おしかった。蛙や蝶、青菜に這う青虫にいたるまで、もしやこれは母君かもしれない、父君かもしれないと思う。

薬師は知念にその話をした。

「ほな、カエルがお前の親かもしれんな」知念はめずらしく上機嫌になって言った。

「それは分からないよ。なんに生まれ変わったのか、分からないから、みんな親だと思って大切にしないといけないんだ」

「ほな、お前の親はミミズかもしれんな」言いながら知念はさもおかしそうに笑いだした。

「ミミズがお前の親やて」知念は笑い転げた。

つられて薬師も笑った。久しぶりに知念と気持ちが通じ合った気がして薬師は嬉しかった。しかし、薬師は自分の笑い声を聞いたとたんどきりとした。

「……いけない。もし、父上母上が三途の川で迷い、苦しんでいらっしゃったら、笑っているこの姿をご覧になって、どうお思いになるだろう。きっと親と死に別れた悲しみも忘れて、我らが後生を祈ることも忘れて薬師が笑っていることよ、とがっかりなさるにちがいない。なんと申し訳のないことをしてしまったのだろう」ぞっとして薬師は笑うのをやめた。

「どうした」知念は薬師の顔をのぞき込んだ。

薬師は黙って首を振った。

「父上も母上も死んでしもうた。それだのに私が笑っているのを見たら、悲しまれるにちがいない。だからもう笑わないことにする」

薬師が言うと、知念は不思議そうな顔で薬師の顔を見つめた。

「そうか、お前の親は死んでしもうたんだったな。俺の親はまだ生きとるかな」

「会いにいかないの」

「行かん。生きとるかどうかも分からんし、どっちみち俺を捨てた奴だ」

以来、薬師はほんとうに笑うのをやめてしまった。


春の夕暮れ、その日のお勤めが終わると、薬師はひとり神護寺を抜けだし長い石段を駆け降りていった。さいわい寺を抜け出すのを見ている者はいなかった。降りていく間にも夕焼けの色は褪せていく。

桜が満開だった。峠まで行けば、花が夕日に染まるのを見ることができる。急がないと茜色の空はすぐに色褪せてしまう。薬師は石段の途中でわらじを脱ぐと懐に入れ、あとは一目散に駆け降りていった。峠の曲がり角まで来ると大好きなあの桜の大木が見えてくる。花は天空いっぱいに枝を広げ、薬師を誘っていた。

匂い立つ春の大気が薬師の全身を包んでいた。芽吹いたばかりの木々が風にざわめき、若葉が夕日を浴びて艶やかに光り揺れる。あたりの草も木もすべてが春を喜び、歌を歌っているようだった。

薬師は白い飛沫を上げて流れる清滝川の川縁へと降りていった。腰を降ろすと膝を抱いて桜の花を見上げた。風が吹くと花はいっせいにふるえ、薬師の頭上に花びらを降らせた。そうして春の気と花の香りに包まれていると、消えることのなかった寂しさも悲しみもいっときやわらぐ気がした。寺の中とちがって、ここには薬師のすることをいちいち見咎める者はいない。泣きたければ泣くがいい、と草も木も花も言っていた。

「母上さま、父上さま」

薬師はそっと声に出して呼んでみた。ふいに夕風が吹いてきて花びらをひとしきり散らせた。父母が返事をしてくれた気がした。見上げると、茜色に染まった雲が金色に縁取られて浮かんでいた。花はその色を映して濃さをまし、夕靄までが金色に染まっていった。

「……お釈迦さまのいらっしゃる浄土とはこんなところかしら、父上も母上もこのようなところにおいでになったらいいのに」と薬師は思った。

「薬師はほんとうにほんとうにお二人にお会いしとうございます」

薬師は声に出して言った。言ったとたん、ふいに喉に詰まっていたものがぬけたのか、息がもれた。それと同時に大粒の涙がぽたぽたとこぼれ落ちた。薬師は肩を震わせて泣いた。ここなら誰の目も気にせず泣くことができた。泣き始めると止めどなくあとからあとから涙がこぼれた。

薬師は大きく息を吐いた。気がつくと、夕暮れの空はすっかり色褪せ、風が冷たくなっていた。

「お上人さまの夕餉のお支度をしなくては」涙を袖の端で拭うと薬師は慌てて立ち上がった。なごり惜しくてもう一度桜の花を見上げると、あとは一目散に坂を駆けのぼって神護寺へと戻っていった。

森に囲まれている神護寺は一足先に夕暮れの色に包まれる。

上覚はふいに薬師のことが気になり、席を立った。文覚上人はなにかにつけて薬師をお呼びになる。ことに給仕だけは薬師でなくてはお気に召さなかった。

「薬師はどこにいる」上覚は庫裏にいた知念に聞いた。

菜を煮ていた知念はいったん顔を上げたものの、すぐに吹き出しそうになって口をつぐんだ。

「なんだ、どうした。言うてみよ」

「いえ、今朝ほど、極楽浄土の見えるところがあると言っておったので、もしかしたら、その極楽浄土とやらを見に行ったのかもしれん」

「極楽浄土とは、いったいなんのことだ。もしものことがあったらどうする。すぐに誰か地蔵院の方を見てきてくれ」

上覚は地蔵院の崖から身を翻す薬師の姿が目に浮かんだ。なにをしでかしても不思議のない子どもだった。

「地蔵院の方へは行っとらん。あのう、せんだって一緒に草摘みにでかけたおり、薬師は峠の桜の木の下に来ると、花を見上げて極楽浄土とはこのようなところなのだと言っておったゆえ、たぶんそのあたりにおるのではないかと思います」

「まったく困った奴だ」上覚は溜め息をついた。

「知念、お前も探しに行ってくれ。姿を見たらお上人様のところへすぐに行くように言ってくれ」

上覚は言いおいて境内に出ていった。

するとちょうど息を切らして薬師が石段を駆け上がってきたところだった。薬師は上覚が見ていることに気づかず、そのまま庫裏の方へ駆けていった。

その薬師の足下に子犬がじゃれてまとわりついた。寺に棲み着いている野良犬がこの春、産んだうちの一匹だった。急いでいた薬師はその子犬の上を飛び越えて走っていった。

それを見届けて戻ろうとしたとき、上覚の目の端にまた薬師が戻ってくるのが見えた。子犬の前まで来ると、薬師は土の上に両膝をつき、子犬の背を撫でながらしきりになにごとかつぶやいては頭を下げたり、手を合わせたりしている。

上覚は近づいていった。「薬師、何をしている」

「ああ、伯父上、遅くなって申し訳ありません。つい急いでいたので、この子犬の上をまたいでしまいました。それで、今お詫びをしていたところです」

「それはまたどういうことだ」

薬師の生真面目な顔を見て上覚は思わず吹き出しそうになった。

「父上や母上が亡くなってもう二年あまりになります。もし、この世に生まれ変わって、この犬になっておいでだったら、その上を飛び越えたりして、私はひどいことをしたことになります。それでお詫びをしていたのです」

それには上覚も返す言葉がなかった。庫裏へいっしょに戻っていきながら薬師が哀れでならなくなった。

「そなたはいつもそんなことを考えているのか。もしもミミズやカエルにでも生まれ変わっておられたらどうする」

「どのようなお姿に生まれ変わられたか、私には分かりません。ですから、どのような命でももしかしたら父上や母上の生まれ変わりかもしれないと思い、決して粗末にしたり殺したりしないようにしようと思っています」

「そうか、わかった。ところでお勤めをおろそかにしては本末転倒だぞ。お上人様がそなたを待っておいでだ。そなたの給仕でなくてはお気に召さぬ。すぐに行きなさい」

「はい、申し訳ありません。では」薬師は上覚に一礼すると駆け出していった。

その後ろ姿を見やりながら、母の彩が生きていたら今のこの我が子のありさまを見てなんと思うだろうか、と上覚は思った。このところまた痩せてきた。青ざめた顔に笑みの浮かぶのを見なくなって久しい。

ひたむきな澄んだ目で空をじっと見つめている薬師の細い横顔を見ていると、上覚はときに胸がつまった。九歳になった夏、紀州を離れたときのことが思い出された。あれっきり、薬師は一度も有田に戻っていない。

それにしても、と上覚は思った。あの子はもともと通念では計りがたいほど仏と深い縁で結ばれているのかもしれない。八つで両親を失ったことも、自分が文覚上人との出会いからこうして出家し、神護寺で暮らすようになったことも、すべてはあの薬師のために用意された道であったのかもしれない、と。

それから間もなく、関東の千覚から文覚に知らせが届いた。富士川の合戦で勝利をおさめた後、頼朝は主だった関東武士団の統合にもほぼ成功したという。

「そうか、ようやく思った通りになった。これからだぞ、上覚房」文覚は膝を打って喜んだ。

「おめでとうございます」

「断じて行えば、鬼神もこれを避くと申したのはこのことよ。法皇様もさぞ安堵なされておられることであろう」

後白河法皇はただちに勅を発して、頼朝の上洛を促された。ところが、意に反して頼朝は動かなかった。未だ関東の豪族の中には平氏に与する者も残っているというのが理由だった。関東の統合を揺るぎないものにするためには、まだ関東を出るわけにはいかないという。

その言葉どおり、頼朝は次に常陸を攻めた。状況を静観していた上野はやがて頼朝に協力を申し出てきた。残るは木曽義仲、奥州藤原だけとなった。しかし、攻めるには口実がいる。頼朝は時機を待った。

養和元年（一一八一）夏、文覚は鎌倉へ行った。久しぶりに見る頼朝は流人の頃とは打って変わって辺りを払う気迫に満ちていた。笑みを浮かべ、文覚を上座に据えた。

千覚も今や鎌倉勝長寿院別当を務めている。

「ようようこの日が参りました」感無量の面持ちで千覚は言った。

文覚は切り出した。

「ところで、法皇様は頼朝殿の一日も早い上洛を望んでおられます。いかなる理由で上洛を躊躇あそばしますか」

頼朝は黙って漆の箱を引き寄せ、中から書状を取りだした。

「法皇様には私の立場を明確にしておきたいと思い、このようなものをしたためました。いまだ平家は西国に力を持っております。それをいかにすべきか、この頼朝の意志を法皇様にはご理解いただきたいのです」

「お預かりをいたし、奏状はこの文覚がじかに法皇様にお渡しもうしましょう」

「かたじけなく思います。どうか内容をご確認いただきたい」

奏状には頼朝が法皇に対し謀叛の意志は全く持たないことを伝えていた。

『自分はひとえに法皇の敵を討たんがために戦っているのであり、もし万が一、如何にしても平家討滅が果たせなければ、かつてのように源平相並んで召し仕えるべきだと考えている。関東は源氏が、西国は平家が治め、国司については朝廷が任命をするというように。ただ東西の叛乱の鎮圧については、源平両氏に仰せつけられ、試みに源平どちらが王家を助け、君命に忠実であるかをご覧になっていただきたい……』

「文覚、しかと承りました」

はやる心を押さえて文覚は都へと取って返した。法皇のお住まいとなっている法住寺殿では、今では文覚を手厚く出迎えてくれる。

密奏状をご覧になった後白河法皇は、平宗盛を呼んでその奏状をお見せになったというが、宗盛は「頼朝とは最後まで戦いぬけというのが父の遺志でございますゆえに、お言葉には従いかねます」とこれをつっぱねたという。

その間の治承四年（一一八〇）九月七日、木曾の源義仲が挙兵したとの知らせが頼朝のもとに届いた。しかし、その年は全国的に大凶作で兵糧も思うに任せず、西に平氏、東には頼朝、北には義仲と三者ともが戦闘もままならず、にらみ合いを続けることになった。

その間、木曽義仲は頼朝との関係を密にしようという意図から、長子清水義高《よしたか》を人質として送ってきた。義高は十一歳、頼朝は喜んで長女大姫をこの少年の許嫁《いいなづけ》とした。義高は利発で気持ちがやさしく、六歳の大姫はたちまちなついた。二人が遊んでいる姿はあたかも一対の雛人形のように愛らしく、政子は目を細めた。


やがてしびれを切らして最初に動いたのは木曽義仲だった。

寿永二年（一一八三）四月、義仲は次々に兵を集めて都に攻め上りはじめた。その知らせを受けて法皇は平維盛に義仲討伐の勅をくだされた。ただちに維盛は四万の大軍を率いて越中から加賀へと向かったものの、五月なかばには国境の倶利伽羅峠で無惨な大敗を喫した。

勢いづいた義仲は破竹の勢いで京へと進行した。近江を経て、七月、延暦寺の衆徒勢力を配下におさめることに成功し、ついに比叡山にはいった。

平氏軍は総力を結集して戦いに望んだものの、もはや敗勢は誰の目にも明らかだった。京の大路を騎馬が駆けめぐり、平氏と義仲軍の間で日々戦闘が繰り返されたが、戦いはたちまち木曾義仲の圧倒的な勝利に終わった。

またその一方で、頼朝や義仲の動きに刺激されて、多田源氏の源行綱も摂津と河内の武士を糾合し、都をうかがいはじめていた。

このまま都に留まっても敗退を余儀なくされることは明かだと悟った宗盛は、法皇に西国に向かう旨、奏上しようと法住寺殿に参じた。しかしそのときすでに法皇の姿はそこにはなかった。比叡山の衆徒が義仲を受け入れたことを知ると、機を見るに敏な法皇は、義仲を自らの配下に置くためただちに比叡山に向かわれたのである。

宗盛について西国へ向かった公卿はわずかだった。前関白藤原基房も九条兼実も京に残り、平氏側についていたはずの近衛基通、土御門通親までが都落ちをこばんだ。

七月二十五日、宗盛、維盛は安徳天皇をいただいて西へくだった。

その知らせを受けると、後白河法皇は都に残った公卿たちをただちに比叡山に招集されて翌日には延暦寺で公卿詮議が開かれ、平氏討伐が決められた。

二十八日、法皇は義仲の軍をともなって京にもどられると、法住寺殿の蓮華王院を仮の御所とされ、木曽義仲に平氏追討の宣旨を下された。法皇は頼朝にもたびたび上洛をうながされたが、しかし、頼朝は関東を出ようとはしなかった。

都は勝利に酔う義仲の兵で溢れかえった。しかし、彼らは武士とは名ばかり、地方のあぶれ者の集団にすぎなかった。

しかもここ数年、全国をおそった大凶作の影響で、地方から運ばれてくる物資も例年に比べて極端に少なく、大軍を養う食糧はすでに底をついていた。西日本一帯の飢饉は深刻で多くの餓死者さえ出ていた。

飢えた義仲の兵はたちまち夜盗と化した。収穫を待つばかりの畿内の田畑は義仲の兵に刈り取られて奪い去られ、荘園、公領からの租税稲も輸送の途中で強奪されて、国庫はたちまち空になった。

地方からの輸送が途絶えた市中では売る物もなく、商いが滞ったその上に、食糧を手に入れようにも義仲の兵の略奪、暴行に怯えて容易に外を出歩くこともできなかった。戦の巻き添えで家を失い、都を捨てて逃げていく女たちまでが義仲の兵に襲われ、慰みものにされた。

朝廷は頭を抱えた。干魃を免れた地方から食糧を送らせたくとも、北陸は義仲の支配地ゆえに手が出せず、東海より東は頼朝の裁量を仰がなくてはならない。よしんばそれが可能になったところで、大抵は輸送の途中、義仲の兵に略奪されてしまう。

いったんは義仲に期待をされた法皇ではあったが、兵の粗暴さは目に余るものがあった。これでは都の警護を任せるわけにはいかないと、法皇は鎌倉に幾度となく使者を送られた。

今もし頼朝を説得できる人間がいるとすれば文覚しかいなかった。法皇はただちに高雄の神護寺にも使者をつかわされた。

「またこの文覚が出ていかなくてはならなくなった。蓮華王院に行く。法皇様がお待ちになっておる」

文覚は日が暮れるのを待って上覚を伴い、法住寺殿の蓮華王院にむかった。

高雄の山を灯りもなく降りていきながら、文覚は胸の高ぶりを抑えることができなかった。長年の宿願がいよいよ果たされようとしていた。

法皇の要請を待たずとも、文覚はこれまでもたびたび頼朝に使者を送り、都での義仲軍の振る舞い、また朝廷内で次第に孤立していく様子を逐次伝えてきた。あからさまな表現こそ避けたが、頼朝にとってかねてから強敵であった木曽義仲を叩く好機が間もなく到来しようとしていた。

蓮華王院に着くと、門番さえも文覚を見知っていて恭しく出迎えた。むさ苦しい勧進僧の姿に身をやつしていても、今はただちに法皇の昼の御座に案内される。

文覚が座ると、法皇は御座の御簾を巻き上げさせられ、おそば近くに召した。かつて今様を歌い狂っておいでになったころの面影はみじんもなかった。目まぐるしく変わる世情と飢餓や疫病の蔓延に心痛めておいでになったのか、御髪には白いものが目立った。

「文覚、そなたは此度のことをいかように考える。忌憚なく申せ」

院の仰せに文覚は平伏したまま答えた。

「今日の木曽義仲の兵どもの振る舞い、目に余るものがございます。もとより武士とは名ばかりの烏合の衆、都の警護というお役目を全うできる輩とは思われませぬ。よってこの上は源頼朝をば都に呼び寄せ、朝廷軍の指揮を執らせるが良策かと存じます」

「では、その方に任せる。鎌倉をただちに呼び寄せよ」

文覚は宣旨をおしいただくといったん神護寺に戻った。

「夜が明けぬうちに関東に出立いたす」寺に戻ってくるなり文覚は言った。

「お一人で参られるのですか」

「その方が目立たずによい。上覚、そなたは寺に残ってくれ」

院宣をしっかりと油を引いた生絹で包み、文覚は素肌にくくりつけた。いっとき身体を休めることもせずそのまま暗闇の中へ飛び出していった。

五日後、文覚は伊豆にたどり着いた。箱根権現を訪ねた文覚を土肥実平やその子行実らが丁重に出迎えた。もう隠れている必要もなくなったのがよほど嬉しいのだろう。行実は文覚の前で袖をひらひらさせておどけて見せた。

「いや、めでたいことでござるな。自由の身どころか、大いばりで外を歩ける。文覚殿のお陰じゃ」

文覚は実平の屋敷で手厚いもてなしを受けた。

「さきほど、文覚殿がお見えになったと殿に知らせましたところ、さっそく使いの者が参りまして、殿は鎌倉にてお待ちいたすとのことにございます。ついてはこの後のことなども、さまざまに祈願していただきたく、奈古谷の地に多聞堂一宇、建立したいと仰せでございました」

「なんと、そのようなお許らいをいただくとは思ってもおらなかった。そうか、頼朝殿がそのようなことを申されたか。いや、それはまたうれしいかぎりだ」


この日をどれほど待ち望んだことか。文覚は喜びを隠さなかった。

その夜、文覚は鎌倉に頼朝を訪ねた。頼朝は濃紺の直垂に烏帽子をつけ、文覚に深々と頭を下げた。その背後には千覚が控えていた。

「頼朝殿、面をあげてくだされ。今日のこの殿の御ありさま、文覚は我がこと以上にうれしく存じます。いよいよこの国を率いられる時が参った」

「今日のこと、すべてお上人様のお働きの賜物にございます。この頼朝、いずれ遠からずご恩に報いたいと存じます」

「荘園施入こと、忘れてはおられなんだ」文覚はそう言って、高らかに笑った。「この度は後白河法皇さまの使者としてまいりました」文覚は身体にまいた院宣を取り出し、頼朝の前に差し出した。「法皇様は一日も早く殿の上洛をお望みでございます」

「いや、そのことにつきましては、まだまだ私が上洛するわけには参りません。と申しますのも、いまだ関東には平氏側の豪族も残っております。ぬかりがあってはなりません。こちらに従うとみせて、いつまた寝返るか分からぬ輩をこのまま見過ごしにすれば、またも獅子身中の虫となるは必定。今こそ完膚なきまでに叩きつぶさなくてはなりません」

「では、殿はこの鎌倉から出る気はないと」

「その代わり、名代として弟の義経を参らす所存。また、この頼朝、平氏の所領の扱いについて、ぜひにも法皇様にお願いしたい議がございます」

「使者のお役目、この文覚がしかと承りましょう」

そうして、数日後、文覚は頼朝からの奏状をたずさえて京に戻った。そのまま、まっすぐに法住寺殿へと向かった。

奏状をご覧になった法皇は深く頷かれたご様子で、「そちも読んでみよ」と文覚に奏状を差し出された。

文覚は大殿油の明かりにかざして文面を見た。奏状には見事な筆跡で次のような内容がしたためられていた。

『……平家が押領した神社・仏寺領については、もとのごとく本社・本寺に戻すよう後白河院様から宣旨を下されるようお願い申し上げます。また院宮諸家の所領についてもこの頼朝に宣旨を賜りますならば、平氏から本来の領主へ返上させるようにいたします。しかし、もし平家方から投降してくる武士がある場合は各々その罪を許し、斬罪にしないことなどをあらかじめ約束していただきたくお願い申し上げます……云々』

「そなたはどう思う。頼朝が自ら東国支配権を放棄し、朝廷の統治下に置きたいと申しておるが、本心であろうか」

「おおそれながらこの文覚、頼朝殿には深くご信頼いただいております。運命とは皮肉なものと申しますが、頼朝殿がお命を長らえましたのも天の配慮。今日のこのためであったと心得ます。義仲殿、平氏の方々の扱いについては、頼朝殿にお任せになり、頼朝殿がどれほどの器量の者か法皇様にご裁量いただく、これはまさに好機かと存じます」

「そなたの申すこともっともよのう。では一両日中に所領の扱いについて宣旨を下すことにいたそう」

文覚との約束どおり、その三日後、院から諸国に当てて宣旨が出された。

『東海・東山両道諸国の国衙《こくが》・荘園は、もとのごとくに国司・本所の指示に従って年貢を運上すべし。もしその指示に従わないものがあれば、源頼朝をしてそれを実行させるものとする』

これをもって法皇は頼朝を配下においたことを全国に示され、と同時に義仲を牽制されはじめた。頼朝は早速、その兵力を削ぐために、木曽義仲に平家追討の宣旨を下し、さらに西国へ行かせるよう法皇に進言した。

頼朝が企んだとおり西へ向かった義仲軍はこの戦いで大敗した。地方にはいまだ平氏に与する者も少なくなかった。在地勢力を糾合しながら平氏軍は再び息を吹き返していた。援軍を頼んだ義仲に、もはや手を貸す源氏の諸将はいなかった。ほうほうの体で都へ逃げ帰ってきた義仲に朝廷も冷たかった。孤立した義仲は次第に焦り始めた。

そうしながらも政は平常に戻りつつあった。後白河法皇は院政を確立するための措置として、敗走した平家とともに西国に下られた安徳天皇の処置はそのままに、高倉天皇の第四皇子で四歳の尊成親王を践祚、後鳥羽天皇をおたてになった。

往年の華やかさに比ぶべくもないものの、ひととおり大嘗祭が営まれ、後鳥羽天皇が誕生した。京と西海双方に、いまだ言葉つきもつたない幼き天皇が並び立つという異例の事態となった。

その間、苦境に追い込まれた義仲は後白河院を深く恨むようになった。そして、ついに十一月十九日未明、法住寺殿に火を放ち、攻め入ってきた。

院をお守りしようと迎え撃った警護の者六百三十余名、壮絶な戦いとなった。御所の守りにつく北面の武士とはいえ、夜盗のごとき義仲の兵にはとうてい歯が立たなかった。

次々に斬られて死んだ。義仲は土足で後白河院の御座に乱入し、院を拉致して五条東洞院に幽閉した。

その知らせはすぐに神護寺に届いた。

「そのこと直ちに頼朝殿に伝え申したのか」

「はい、早馬がすでに鎌倉に向かっております。間もなくこのこと頼朝殿の御耳に入ることになりましょう」

「これで義仲を討つ大儀ができた。頼朝殿はすぐに手を打ってくださる。ご心配めさるな」文覚は言った。「義仲め、墓穴を掘りおった。これで話は早くなる」文覚は心中ひそかにほくそ笑んだ。

頼朝は義仲の暴虐の知らせを受けとると、ただちに伊勢国に進攻していた義経にその追討を命じた。義経の率いる軍勢は六万にのぼる。翌寿永三年正月、大軍団が一斉に都へと動き出した。平家を追って西へ向かっていた源行家にも義仲追討の命は下された。

元暦元年（一一八四）一月二十日、義経と行家双方の何万という軍団が一気に京に突入した。義仲軍はひとたまりもなかった。

比叡颪が吹き荒れる寒い日だった。神護寺の地蔵院の前に立つと山並みの向こうに黒い煙が上がっているのが見えた。夜になると赤々と空を焦がす炎も見ることができた。

「まだまだ戦は続くのでしょうか」上覚がつぶやいた。

「いや、義仲の兵はそうそう持つまい。義経は戦上手、すぐに決着がつくだろう」文覚は笑みを浮かべた。

翌日、法皇が無事救出されて蓮華王院に戻られたと使いの者が知らせてきた。

「して、義仲はどうなった」

「はい、北へと敗走していくところを、近江の粟津で捕らえ、その場で斬首されたとのことでございます」

「義仲も短い天下であったな。平家追討の宣旨を受けてからわずか半年しかたってはおらぬぞ。それにしても、これで邪魔者は一人もいなくなった。頼朝殿が天下を知行される時機が到来したのだ。どうだ、わしの勝ちではないか」文覚は高ぶる心を抑えかねるように言った。

「まことに」上覚は文覚を眩しいもののように見た。

「上覚、そなた使いに行ってくれ。約束じゃ、頼朝殿に約束どおりの寄進のお願いをする」

上覚は翌朝、文覚に言われるままに書状をたずさえて鎌倉に向かった。一介の流人であった頼朝が、天下を取った暁には神護寺に所領を与える約束だった。果たして頼朝がそれを守るのかどうか、誰にも分からなかった。

鎌倉に到着した上覚を千覚が迎えに出て頼朝のもとへと案内していった。

「千覚殿、立派になられたな」上覚が言うと千覚はうつむき加減に微笑した。今や頼朝にとってなくてはならない導師となっていた。

「今日のこの大勝利、すべては文覚殿のお陰でございます。どうかお上人様にこの頼朝がくれぐれもよろしく申したとお伝えください」頼朝は慇懃に言った。

「殿が天下を治められた暁には、所領を賜るとの約束がございましたよし、これがその折りの寄進状でございます」

上覚が寄進状を取り出そうとすると、頼朝は片手をあげてそれを制した。

「覚えております。この頼朝、天地神明に誓って約束を反故にいたすことはございません」

頼朝は用意してあった封書を漆の箱から取り出すと上覚に示した。

「これをお上人さまにお渡しいただきたい」頼朝の目には笑みが浮かんでいた。

上覚はあらためて深々と頭を垂れた。

二十日後、上覚は神護寺に戻った。待ちかねていた文覚に漆の箱を差し出した。

文覚は頼朝からの書状を開いた。そしてその内容に目を見張った。

書状には、『亡父義朝の私領で丹波国宇都郷も平家より取り戻した。それを含め丹波国吉富庄、備中国足守庄、若狭国西津庄などの所領を神護寺に施入したい。その旨、すぐにでも後白河院に奏上いたす所存である』とあった。

「上覚、喜べ。まさにまさに我が時は来たれりだ。しかも破格の褒美を賜った。いよいよ神護寺復興の時が参ったぞ。頼朝殿はみごとに約束を守られた。さすがに天下を治める方だけのことはあっ

た。私の見たてに間違いはなかった」文覚は驚喜した

文覚はその夜、上覚をねぎらい初めて杯を交わした。酔ったせいもあったのだろう、文覚はにじんでくる涙を何度も指先でぬぐった。上覚が見る初めての文覚の涙だった。

しかし、義仲が粟津で討たれた後、鎌倉ではその長子義高の処遇で頼朝と政子は対立した。頼朝は義仲の遺児を生かしておくことはできないと言い張った。

「それではあまりに不憫でございます。大姫があのようになついておりますのに、父上が命を取ったとなれば、姫はどう思うでしょう」

「今は人間の情で動くときではない。武家の子であれば、義高も覚悟はできておろう」

政子は何度も義高の命を助けてくれるよう頼朝に懇願したが、頼朝は聞き入れなかった。政子にとって義高は今や我が子同然、大姫にいたっては片時も義高のそばを離れようとはしなかった。

政子は乳母と図って義高を逃がすことにした。大姫にはよく言い聞かせ、義高付きの少年に義高の直垂を着せて大姫のそばに置いた。

翌朝、女房達と裏山のつつじ見物に出るふりをして、義高には女装をさせ、女たちに紛れ込ませ屋敷の外に連れ出した。高三郎が山の中で待っていた。馬の脚には蹄の音を消すため綿をいれた袋が履かせてあった。

「そなたのことは不憫でならぬ。どうか無事に逃げておくれ。生きておればまた会うこともあろう」政子が言うと少年は声も立てずに泣いた。

しかし、まもなく義高の失踪はばれてしまった。それを知って激怒した頼朝は郎党たちにただちにその後を追わせた。数日後、義高は武蔵国まで逃げたところで捕えられ入間あたりで斬首された。

義高の死を知らされた大姫はそれ以来、熱を出して寝込んでしまった。物を食べなくなり、魂をぬかれたようにぼんやりとしている。政子は大姫を抱いて泣いた。まだ十二歳になったばかりの義高を殺し、幼い大姫の心までも砕かずにはおかない武士の世界の酷さを政子は憎んでも憎み切れなかった。

その後、西に敗走した平氏を追討するよう後白河院から再び宣旨が出され、洛中に溢れていた六万の源氏の兵たちも、義経と範頼に率いられて西国へと下っていった。都にも束の間の静けさが戻ってきた。

それから間もなくのこと、文覚は法住寺殿から興奮の面持ちで帰ってきた。

「一ノ谷の合戦で平家が大敗したらしい。義経殿と範頼殿は平家の武将の首を持って戻ってくるという。しかし、義経殿はその首級をことあろうに市中を引き回した後、獄門にかけよと法皇様に要求してきたらしい」

「なんと酷いことをなさるのか。投降した武士については穏便なはからいがあると聞いておりましたのに」上覚は言った。

「いや、何しろ平清盛が、源氏の者は最後の一人まで抹殺せよと遺言していたから、誰も投降などしなかったのだろうが、しかし、それにしても……」

そばで聞いていた薬師は体が震えた。「これからは武者の世よ」などと祖父の宗重は言ったが、武者の世とは人が人でなくなる、恐ろしい世界ではないか、と思った。

「それでいかがあいなりました」上覚が尋ねた。

「それにはさすがの法皇様も他の公卿方も反対をとなえておいでだ。敵の武将とはいえ、少なくともつい先ごろまで朝廷の高位高官にあった方々だからな。しかも三種の神器はいまだ平家が擁し、安徳天皇のもとにある。これ以上、平家との間に感情的軋轢が深まれば、神器が戻ることはいよいよ困難になろう。どなたもそれを懸念しておられるのだ」

「なんの手だてもないのでしょうか」

「いや当然ながら法皇様は密かに平家との和解のため、幾度となく使者を遣わしておいでになっている。しかし、義経殿も範頼殿も最後の一人まで討つといって一向に引き下がろうとはせぬ。この文覚の見たところ義経殿は戦にはめっぽう強いが、頼朝殿とちがって深謀遠慮に欠ける小者と見た。ただのお調子者よ」

しかし、公卿詮議の結果、鎌倉幕府の力なしには都の平安は保たれない以上、義経の要求にも従わざるを得ないだろうという結論になった。

義経は騎馬数千騎を従え、意気揚々と凱旋してきた。槍に指した平家の武将の首を高々とかかげて、馬で市中を練り歩いた。そうして通盛、忠度、経正、敦盛などの首が六条室町の義経の屋敷に集められ、赤札に名を記した紙が首級にかけられた。

それを義経は歓喜のまなざしで見ていた。

首はさらに八条河原まで運ばれて獄門に向かって樹につるされた。

「なんとむごいことをなさるのか」

「あれでは清盛殿と同じではないか。気が触れた者のすることよ」

洛中の人々はささやきあった。

義経は後白河法皇の警護のためと、洛中の治安維持のためそのまま留まったが、範頼は再び平家を追って西国に下っていった。しかし、範頼が思いのほか苦戦を強いられているとの報を受けた頼朝は、義経にも出撃を命じた。


一年後の文治元年（一一八五）三月、義経は屋島の戦で平家を海上に追い落とし、ついに長門の壇ノ浦で平家を滅ぼし去った。七歳の安徳天皇は二位尼時子に抱かれて海に沈み、建礼門院徳子は入水したものの沈みきれず、引き上げられて身柄は都へ送られた。

報告を受けた頼朝の顔に苦渋の色があった。政子はすかさず尋ねた。

「勝利あそばしましたのに、なぜお心が晴れませぬ」

「義経め、思慮分別に欠ける。戦とはいえどのようなことがあっても安徳天皇様をお守りし、三種の神器とともに都にお連れするよう命じていたものを、戦に勝つことばかりに執心して、肝心のことを忘れてしまったらしい。しかも、源氏の武士には同じ戦でも守るべき約束がある。あの者はそれをも無視してただ勝とうとしおった。なんと情けない。源氏にとっては末代までの恥だ」

政子も義経の戦いぶりについては報告を聞いていた。義経はいわば汚い戦い方をして勝利を手にしたのである。

「思い出すだに腹立たしい。朝廷の方々に後々なんと言われようか」

源氏の武将には合戦の時の約束と作法があった。いかなる戦闘であれ、馬や船頭を攻撃してはならない決まりになっていた。しかし、義経は武士でもない舟子や舵取りを弓で射殺し、平氏の船団を混乱に陥れた。

女子どもを乗せた舟も例外ではなかった。漕ぎ手を失い、舵取りを殺された舟は互いにぶつかり合い、方向も定めず、潮に揉まれて流されていった。義経は正当な戦い方をして勝利したのではなく、その混乱に乗じて名誉なき勝利を手にしたのである。

「重ね重ね腹立たしいことよ。後白河法皇から検非違使に任官されたときも私に許可を得ることもせず、易々と受けおった。あの者には法皇様の腹の内など読めもすまいが」

政子は夫をなだめたいと思いながら言葉を探していた。その時、乳母に連れられて頼家がやってきた。ようやく歩くようになり、少しずつ言葉も覚えはじめていた。政子は頼家を膝に抱きとった。

「平家は滅したとしても、幼き天皇様が入水されたとは……。まだ七つになったばかりでおわす。こうして我が子の顔を見ていると、尚更その酷さが思われてならない」頼朝は我が子頼家を見て言った。

政子はそれには答えなかった。義高が殺されてから大姫は心を病み、いまだ癒えずにいる。人の子は殺しておきながら、我が子は愛おしいという。男とはどのような生き物なのだろうと思った。頼朝は他にも通っていく女がいた。子を身ごもるとかならず他に女を作る。頼家を身ごもったときから頼朝が通うようになった亀の前という女は、政子とは正反対の性格らしい。控えめでもの柔らか、まことに女らしいという噂だった。

政子は昔のように夫に心を添わせることができなくなっていた。あの燃えるような思いがいつの間にか底知れぬ恨みに変わっている。自分でも制御できない嫉妬の蛇が腹の中にとぐろを巻いていた。

「浅はかにもほどがある。これから先、義経の扱いには手こずることになろう」頼朝は嘆息まじりに言った。

「さようのこともありましょう。人は変わりますゆえ、義経殿も心が奢って先が見えなくなっておいでになるのやもしれません」政子は夜の庭を眺めやりながら冷ややかに言った。

五月、平宗盛以下、多数の捕虜を連行した義経は、意気揚々と鎌倉へ凱旋してきた。しかし、とつぜん鎌倉の手前の腰越で足留めされた。鎌倉に入ってはならないという。それは頼朝からの命令だった。

捕虜の受け取りには北条時政が酒匂までやって来て、宗盛や重衡を鎌倉へ連れさった。

「なにゆえに……。兄上に喜んでいただきたい一心でかくも戦い、平家を滅ぼしたものを、なんという仕打ちをなさるのか」

義経には兄の心中が分からなかった。しかし、何度嘆願しても、頼朝は拒否しつづけ、面会しようとはしなかった。その理由も明かさなかった。義経は大江広元にも書状を送り、何ゆえこのような目に会わねばならないのかと嘆いた。しかし、これもまた無視されただけだった。

かたくなに会おうとしないだけでなく、功労をも認めようとはしない兄の冷酷な仕打ちに、義経は茫然となった。進退きわまった義経には都に引き上げる以外、行き場がなかった。こうなっては頼るべき相手は後白河法皇だけである。

宗盛父子は鎌倉での取り調べの後、義経のもとに返されてきた。頼朝からの命令は宗盛父子は都に入る前に斬首せよ、また重衡については後ほど奈良へ送ることになる、というものだった。

陰鬱な軍団は捕虜をともなって、六月九日、京に戻った。命令のままに義経は宗盛父子を都の手前、近江の篠原で斬った。宗盛は最期の時まで抵抗し、泣いて命乞いをした。

「これが天下を治めた方のなさりようか。見苦しいにもほどがある」

宗盛の振る舞いは、憐憫の情どころか、源氏の武将たちの侮蔑と憎悪をあおっただけだった。

かつて東大寺の毘盧遮那《びるしゃな》殿を焼き討ちした重衡は、源頼兼に伴われて奈良におくられた。しかし、奈良の衆徒たちの恨みの烈しさを思い、頼朝は重衡を奈良に入る前に梟首するよう密かに命じておいた。奈良に入れば生き残った衆徒たちになぶり殺しにされるのは目に見えていたからである。

この時の頼朝の義経に対する扱いは鎌倉御家人衆だけでなく関東一円の武将たちにも伝わってい

たが、その真の理由を知る者はなかった。義経本人ですら、兄の仕打ちが何によるものか少しも理解していなかった。

義経は悔しさに体が震えた。平家の捕虜たちまでが自分をあざ笑っているかに思えた。兄に裏切られた恨みばかりがつのった。都に戻った義経はただちに法住寺殿に参じ、涙ながらに法皇に兄頼朝の仕打ちを訴えた。

「なんとそれは気の毒なことであろうか。そなたの働きあっての今日の勝利である。鎌倉は何を考えておるのやら。もしや鎌倉はそなたの武将としての働きをねたみ恐れているのではないか」法皇は御簾のうちから仰せになった。「義経、案ずるな。朕がよきように計らおう。さていかようにいたしたい」

法皇の言葉に義経は平伏した。

「このように恥辱にまみれておめおめと生きていたくはございません。どうか頼朝追討の院宣を賜りたく……」

「なに、そなたは実の兄を討とうというのか」

「兄弟であれば尚のこと、このような仕打ちを許すわけにはまいりません」

法皇は義経の訴えを受けて、頼朝追討の宣旨を与えられた。これもまた法皇の深謀によるものだと義経が気付くはずもなかった。

政治に長けた頼朝と戦に長けた義経、この両名が手に手を取って中央権力を目指すなら、院政はたちまち弱体化させられることになるだろう。それだけは避けなければならない。法皇にとって義経はいかようにも操ることのできる小者にすぎなかった。

この国の動向を見る力もなく、人心も読めない浅薄者と笑われていることを義経本人だけが知らなかった。義経に心を寄せる源行家をともなって頼朝追討のため京を出たものの、鎌倉に配慮して義経に荷担する武将はひとりもいなかった。


法皇が義経に頼朝追討の宣旨を与えたという話はすぐさま鎌倉に伝えられた。

「法皇様のお心内は分かっているつもりであったが、このようにあからさまに愚か者の義経を利用しようとなさるとは、まさに天下一の大天狗……」

頼朝は不快でならなかった。ちょうど亡父義朝の供養のため南御堂を建立し、盛大な法要を営もうとしていたところだった。

頼朝の怒りは収まらなかった。「天下の君がこのような姑息な真似をなさるとは、なんということか……」と。考えた挙句、頼朝は北条時政に告げた。

「義経をこのような形で利用されるとはまことに言語道断。この怒りがいかほどのものか知らしめなくてはなりますまい。舅殿、亡父の法要が終わり次第、千騎の軍団を率いて先に法住寺殿に向かい、法皇様に抗議をしていただきたい」頼朝は珍しく感情をあらわにした。

「異存はござらぬ」なかなか上洛しようとしない頼朝にいささか苛立っていた時政はようやく胸をなでおろした。

法要が無事終わった日、頼朝は鎌倉御家人衆を前に、初めて上洛する旨を告げた。

文治元年十一月二十四日、北条時政は頼朝より一足先に千騎の兵を率いて上洛した。法住寺殿に向かい、法皇に対して、行家と義経の叛逆はひとえに法皇の院宣に力を得て始まったことであり、頼朝がいかに激怒しているかを伝えた。

一旦、法皇の庇護を受けた義経と行家はそれぞれ西海道と山陽道の荘園の地頭職を得て西へ向かおうとした。しかし、悲劇はさらに続いた。

今や頼朝と義経の関係は国中の知るところとなっていた。西に向かった一行を鎌倉からの褒賞にあずかろうとする者たちが待ち受け、襲ってきた。命からがら逃げてようやくたどり着いた大物浦では嵐に見舞われた。乗った船は転覆。同行した者たちはついにちりぢりになってしまった。義経のそばには武蔵坊弁慶と静、そして伊藤有綱など数名が残っただけだった。

一方、源行家は和泉の国に逃げ、在庁清実の宅に隠れているところを鎌倉からの刺客に発見され、息子の光家とともに討たれた。

からくも命だけは長らえたものの、義経と静、武蔵坊弁慶らは追手を逃れて伊勢から奈良の山中を転々とした。そんな義経の身の上に同情する者も少なからずいた。いったん比叡山延暦寺に匿われたものの、幕府の追及は激しく、そこもまたすぐに去らねばならなかった。

あてどなく山中をさまよい、一行は吉野を越えて多武峯《とうのみね》へと向かった。しかし、季節はすでに冬を迎えていた。静の足ではとうてい逃げ切れるものでもなかった。そのうえ静は義経の子を身ごもっていた。

「そなたのことはまことに不憫に思う。しかし、この先、身重の身で冬の山中を逃げるのは到底無理だ。できるだけのものは持たせる。都へ戻り、無事、子を産んでくれ」

「私ひとりでは生きていく甲斐もございません。どうかどうか私もお連れください」静は泣いて懇願した。

「このままでは誰一人生き残ることはできないだろう。私は奥州藤原を頼るつもりだ。この冬山を越えて奥州へたどりつくのは男の足でも容易ではない。くれぐれも体を厭うて、生きていてくれ。生きていればいつかまた会うこともあろう」

弁慶にも説得され、静は泣く泣く義経と別れて都にむかった。しかし、その途中、静は侍者たちの裏切りにあい、義経が持たせた財宝は全て奪われたあげく、鎌倉からの追手に捕えられ、上洛していた北条時政の前に引き出された。

義経の行方について激しい尋問を受けたが、静は身重の身で沈黙を守りとおした。

「健気といえば健気。これ以上の尋問も無駄かもしれぬ。ともかく一旦、この者は鎌倉に送ろう」

時政は静を鎌倉へ送った。

翌文治二年（一一八六）七月、静は鎌倉で男子を産んだ。政子は必死でかばったが、頼朝は耳を貸さなかった。生まれた子は殺される運命だった。静の悲嘆は激しかった。

その間も執拗に義経の探索は続けられた。京にも奈良にもひそかに義経を庇おうとする者たちがいた。それを放置するなら、頼朝にとって京はまだまだ安泰とは言い難かった。

義経の消息は偵察に出した者たちから頼朝のもとに次々に伝えられた。

匿っていたらしいという寺だけでも、比叡山延暦寺、仁和寺、園城寺、醍醐寺、興福寺などが上がっている。伊勢神宮にも立ち寄ったことも分かっていた。吉野から多武峯へと逃亡する義経の足跡が次々に伝えられてくるものの、その所在はいまだようとして知れなかった。

「山門も南都も、公卿たちまでがこの頼朝を憎んでいる。このような結果になるよう仕組んだのは法皇様だが、さていかがいたしたものだろう」頼朝は政子に言った。

「人は情で動くもの。今、鎌倉があるのは義経殿の働きあってのことだと世の人々は思っております。けれど義経殿は一人の兵も持たず、殿の兵を借りて平氏追討に向かったいわば殿の兵の一人にすぎません。人は肝腎のことを忘れております」

「それにしてもいかにしてくれよう」

「殿、そのお怒りをそのまま法皇様はじめ公卿方に書き送るのがよろしいかと」

政子の進言で頼朝は法皇初め公卿たちに当てて書状を送った。このまま義経探索に手を貸さないのであれば、数万の兵を差し向けると。

ついに行き場を失った義経には奥州の藤原秀衡《ひでひら》を頼る以外、もはや手立てはなかった。かつて赤子のときから匿ってくれ、父親代りに育ててくれたのは秀衡である。もし自分が奥州藤原に匿われたと知ったら、その先、鎌倉との戦は避けられなくなるのは明らかだった。しかし逡巡している暇はなかった。義経は奥州に向かった。

すべてを承知で秀衡は義経を迎え入れてくれた。義経は泣いた。

しばしの安息を得て、義経は河越重頼の娘を妻にめとり、間もなく女子をもうけた。秀衡は息子たちにいずれは義経を総大将に鎌倉と一戦を交えることになるだろうと話していた。

その間も頼朝の追及は続いていたが、秀衡は頑として義経の引き渡しを拒み続けた。しかし、一年が過ぎようとするころ、秀衡は急の病を得て寝付いた。息を引き取る前、秀衡は息子たちに言った。

「これは遺言である。私が死んだ後、鎌倉がこのまま見過ごしにすることはあるまいと思う。どうか兄弟が手を携え、義経殿には総大将として立っていただき、鎌倉を攻めよ。よいな」

文治三年三月、父親が息を引き取ると、その遺言を無視して、泰衡と国衡の兄弟はたちまち義経の館を襲った。頼朝と戦ったところで負け戦になることが明らかだったからである。

義経の絶望は深かった。味方はもうどこにもいなかった。逃げるところもなかった。追いつめられた義経は、妻子とともに自害して果てた。

泰衡は義経の首を取ると、膝の箱に入れて酒に漬け、使者に鎌倉へとはこばせた。これで、頼朝との和睦が成立すると思ってのことだった。

「こざかしいことをする。殿はこれで奥州と和睦を結ばれるおつもりですか」義時が訊いた。

「いや、いよいよ奥州を攻める時が来た。奥州追討の院宣を頂戴する」頼朝は抑揚のない声で言った。

奥州藤原はこれまで豊かな砂金と駿馬など莫大な財を後ろ盾に朝廷に取り入り、一代勢力を為した。そのおかげで今も朝廷とは密接な関係を維持している。それだけに頼朝にとっては、都の東に奥州藤原という一大勢力が存在すること自体が脅威だった。奥州藤原を攻め滅ぼして初めて東日本全域を制したことになる。

義経という謀反人を長きにわたって匿ったことを理由に頼朝は法皇に藤原討伐の院宣を賜るよう度々使者を送った。しかし、さすがの法皇もこれについてはなかなか宣旨を与えようとはしなかった。藤原からは毎年、大量の金や供物が贈られていたからである。

「これ以上、待つわけにはいかぬ。奥州を攻める」

ついに七月、頼朝は法皇の意向を無視して、一千騎の軍勢を率いて奥州に攻め込んだ。頼朝が戦に出るのは富士川の合戦以来、九年ぶりのことである。十日後には白河の関を越え、八月七日、戦闘は開始された。

しかし、安逸に慣れた奥州藤原は頼朝の敵ではなかった。一月ほどで敗れ去った。そうして頼朝は無事、十月には鎌倉に戻ってきた。政子はようやく安堵した。この奥州討伐によって、頼朝の東国支配はようやく盤石なものになった。

建久元年（一一九〇）十月三日、頼朝は騎馬の大軍を率いて上洛した。先頭が茅ケ崎あたりに到着したとき、最後列の騎馬隊がようやく鎌倉を出ようかという、それほどの大軍だった。十一月七日、頼朝は晴れて京に入った。

頼朝は折烏帽子に艶やかな紺の練り絹の水干袴に紅衣という姿で黒い馬にまたがっていた。その前を何十騎という鎧をつけた騎馬団が守り、背後には何万という騎馬団を従えている。その威容に京の人々は驚嘆の声を漏らした。

頼朝はまず後白河法皇に謁見し、そして権大納言兼右近衛大将の位を賜った。十三歳で都を追われてから三十年がたっていた。

しかし、武士である自分が公卿の列に加わるべきではないとして、頼朝はただちにこれを辞退し、武士の頭領としての立場に自らを留め置くことを述べた。それで後白河法皇の懐柔策など自分には決して通用しないことを暗に示したのだった。

このごろでは神護寺を訪れる者も増えた。誰もが文覚を相手に壇ノ浦での出来事を噂していた。客が訪れるたびに、興奮の面持ちで文覚は源氏の勝利を語った。流罪から頼朝の知己を得て今日にいたるまでの文覚の話をみな聞きたがった。

しかし、薬師は複雑な思いだった。文覚に唆されて頼朝は挙兵したという。父はその頼朝との戦に敗れて死んだ。その頼朝が今は神護寺の庇護者になろうとしている。

上覚はしばらく前から薬師に『倶舎頌《ぐしゃじゅ》』を少しずつ読み授けていた。『倶舎頌』とは玄奘三蔵によって梵語から漢訳された三十巻からなる仏教経典である。

そこには、あらゆる観点からこの世界の存在論が詳細に展開されていた。存在とはどのように認識するのか、この世界の現象はいかなる活動なのか、世界の構成とはいかなるものなのか、何項にもわたって書かれていた。

薬師は読み授けてもらうたびに、それを次々に暗唱していった。意味を理解するより、今は暗唱するのが先だと上覚は言った。意味はいずれわかってくるものだと。

そんなある日、講義が終わると薬師は上覚を見た。なにか問いたげな表情だった。

「どうした、何か聞きたいことでもあるのか」

「亡くなられた父君は、私がこの神護寺にいることをどう思っておいでになるでしょう。敵であった方の助けでこれから普請が始まるのでしょう。そんなことを考えていると、気持ちが混乱してくるのです」

思い詰めたような薬師の様子に上覚はいたましさを覚えた。何につけても考えすぎる子供だった。大人は都合よく現実を割り切って考える。しかし、この子にはそれができない。

「確かにこのようなことについては、容易に答えは見つからない。しかし、人は時代の流れのなかでなんとしてでも生き延びていくしかない。生きていなければ、真理に出会うこともない。大事なのは、自分がどこを向いて歩いているのか知っていることだ。今は不本意かもしれない。しかし、何のための仏の教えか、何のための神護寺復興か、そこをしっかり見るしかないのだ」

「はい、そのことはこの薬師にも分かります。お上人様もすべては衆生救済のためだと常々申されておいでですから。でも、この度のことはどうしてもよく分からないのです。平家の方々が壇ノ浦でたくさん亡くなり、そのおかげでようやくこの神護寺が復興できるのですから。そう思うとつらくなってしまうのです」

「なあ薬師、この現実はすべて人間の業が引き起こしている。しかし、人は自らが犯した行為は自ら償わなければならない。それが何劫年かかろうともだ。因果応報とはそういうことだ。この世のありさまを見て、その意味を探っても混乱する。しかし、一人ひとりの人間の心のありようと行為がこの現実を作っていることは間違いない。あくまでも個の問題としてとらえるのだ。世の中の動きにばかり気を取られていると、そなたでなくても混乱してしまう。だから何のために仏の教えを学んでいるのか、それをひたすら見つめていくしかない」

薬師はじっと考え込んでいた。

「しかしなあ、薬師、人は一朝一夕には目覚めない。さまざまに学び、苦しみ、そしていつか光明に出会う。それは確かだ。それが何劫年先になろうともな。法師というのはな、人々の気づきをいくらかでも助けるのが仕事だ。それに、この世のすべては学ぶためにある。どのような生き方をしようと、どんな人間だろうと、いずれは悟りを開くときがくる」

「どんな人もですか」

「そうだ、どんな人間もだ。だからこの世の生きとし生けるものはみな生まれ変わる。生まれ変わりながら悟りへの道を歩む。それになあ、薬師、この世のことで、何ごとであろうと永遠に続くものは一つもない。良いことも悪いことも必ず終わる時が来る。変転は世の常のことだ。現実だと思っていることも、実は幻想だ」

薬師の横顔はひどく悲しげだった。

「薬師、地蔵院の方へ行ってみようか。外の気を吸いに行こう」

ふたりは外に出た。山々はむせかえるような緑におおわれ、青い空にはひとはけ白い雲が浮かんでいた。穏やかな日和だった。

上覚は薬師にはそう言いながらも、自らもまた日々絶望の思いを深くしていた。

「しかし、つらいというのも、悲しいというのも事実だ。そなたの気持ちはよく分かる」

「人はなぜ争うのでしょう。なぜ人は人を殺してでも天下を欲しがるのでしょう。なぜ人は人を憎むのでしょう。釈尊の教えを学べば学ぶほど、私にはかえって人というものが分からなくなってしまいます」薬師はうつむいたまま言った。

「答えは容易に見つかるまい。ただ、この私は人を殺すのが嫌で出家した。ただなあ、いつの世も権力争いというものがなかったことはない。これからもなくなることはないだろう。権力を欲しがる人間もいる、その無意味さに気付いた人間もいる、ということだ」

地蔵院からは重なり合う山並みが眼下に見渡せた。かたわらの石垣の上に上覚は腰を降ろした。

「そなたもここへ座れ」

二人は並んで石垣に腰を下ろした。瞼が重くなるほど明るい日差しだった。

「平家が滅んで、お祖父様はこれからどうなさるのでしょう」薬師がぽつりと言った。

「そうだな、父上だけでなく兄上方の身の上も心配だ。湯浅家がこれからどうなるのか、私にも分からないが、お上人様が考えてくださるはずだ。お上人様が申されることなら、頼朝公も法皇様もあだやおろそかにはなさるまい。あまり心配するな」

「源頼朝という方は、どのようなお方なのですか」

「頼朝殿か、怜悧とはあのような方をさして言うのであろうな。器量も並ではない。底知れぬ力を持っておられるように見える。しかし、人らしい温もりというものはあまり感じなかったな」

神護寺復興の願を発した文覚上人が後白河院に勧進を強訴して、院の御所法住寺殿に乱入したのは十三年前のこと。院のお怒りを買って伊豆に流されたとき、上覚は文覚について伊豆に下った。あれはちょうど、薬師が生まれた年のことだった。

「時のたつのは早いものだな。そなたももう十三歳、親があれば元服を果たしている年齢だが……」

上覚はあらためて薬師を見た。このところ背丈も大分伸びた。普通なら元服の年頃だった。しかし、何かと忙しい文覚は一向に薬師の得度を行おうとはしなかった。薬師はいまだに垂れ髪の少年のままだった。

「母上は、いずれ世の中がこのようになることをご存じだったのでしょうか」

「さあ、どうであろう。しかし、なにやら不安を覚えておられたのは事実だ。男の子が生まれたら武者にはしない。この神護寺に預けるのだと仰せだった。そしてそのとおりになった」

言いながら上覚は笑った。

「人には自らの運命など読めないものだが、そなたの母上はきっとなにかに気づいておられたのだろう」

「父君は私を武者にしたいと仰せでした。姿が美しいから御所に上げようと。私はそれがいやでたまらず、体をそこなってしまえば武者にならずにすむと思い、縁先から転げ落ちたのを覚えております。下に大きな沓脱ぎ石があって、その上に落ちて体を傷つけようとしたのです」

それを聞いて、上覚は声を立てて笑った。武士の相貌を持つ上覚の鼻筋の通った横顔が、笑うと一瞬くずれてやさしくなった。

「腕を見せよ。火箸を当てたのは、はてどちらの腕だったかな。そなたも母上に似て、一度思い決めると何をしでかすか分からぬ子だった」

上覚は薬師の袖をまくりあげて見た。傷はなかった。

「もう消えたな」

「でも、私には今ではすべてのことが、あまりにも遠いできごとのような、夢の中のことのような気がするのです。父君がいらして、母君がそのそばで笑っていらした。加弥は母上の膝に抱かれていました。あれは夢だったのかしら、と思うときがあります」

父が着ていた直垂の匂いがふいに鼻先に蘇る。母は美しい小袖を着ていた。長く艶やかな髪が、抱いている加弥の頬にかかっていた。あれはいつのことだったのだろう。

「夢なものか。そのような日も確かにあったのだ」上覚は言った。

「寂しいか、薬師」

はい、と言おうとしたとたん薬師は喉がふさがって声にならなかった。寂しいとことばにすることもできないほどの寂しさ、体が砕けてしまいそうな悲しみはいまだに消えてはいない。それでも人は生きていなくてはならないのだろうか、と薬師は思う。

「寂しくないはずはないな。悪かった」上覚はそう言って薬師の肩をたたいた。

その夜、薬師はなかなか寝付くことができなかった。知念は寝転がったまま、自分が聞いてきた壇ノ浦の話をした。

「壇ノ浦では幼い安徳天皇が二位尼に抱かれて海に沈まれたというぞ。海に女たちが沈み切れずにぷかぷかと浮いておったという」知念はそう言って愉快そうに笑った。「あのような装束が海の波間にぷかぷか、魚が食いに来よったろうが、驚いたであろうな。昆布かと食いついてみたら女の髪であったとな、ははは」

薬師は黙っていた。

源平の争いでどれだけたくさんの命が失われたことか。鳥辺野での火葬が追いつかず、たくさんの遺体がこの神護寺の下の三昧原にも捨てられ、烏や野犬の餌食になった。

「のう、俺はこの間、獄門を見に行ってきた。公卿だかなんだか知らんが、首を斬られて獄門の前にぶら下げられておった。名を書いた赤札がひらひらしておった。おい、知っとるか。烏はなあ、目玉から食いよる。人間の目玉はよほどうまいのかのう」

薬師もその話は聞いていた。数ヶ月前にはかつて公卿であった人々、錦繍をまとい、月や花を愛でていた人々が首を切られ、市中を引き回された後、獄門に晒されたという。

「人はどこまで酷くなれるのだろう」

薬師が言うと、知念はまた笑った。

「あいつらに俺は同情などせん。赤子が飢えて死んでも気にもせん奴らが、いい気味だ。烏の餌になりよるのだからな。お前も獄門を一度見に行け。面白いぞ。明日、どうじゃ、俺と一緒に獄門見物に行こう。あれを見たら、気色が悪うてしばらくは物が食えんようになるぞ」そう言って知念はまた愉快そうに笑った。

人は生まれ変わる。生まれ変わりながら学び、気づき、少しずつ仏の教えに近づいていくという。しかし、世の中のことを知るにつけても、人がほんとうに変わるということはあるのだろうかと薬師は思う。

「知念、お上人さまは人々の安寧のために弘法大師様の教えを今一度この国に復興させる、それには華厳経を学びなさいと申されている。これまでも学んだ方はたくさんいらしただろうに、確かに世の中は少しも変わらない。戦ばかりだ」

「それはそうよ、みな強欲だからのう。欲が深いから大層立派な屋敷に住んで、蔵には米がいっぱいあって、贅沢三昧して、それでもまだ足りんといって、人の領地まで欲しがりよる。それで戦になりよる。だから俺は言うとるだろう。この世には神も仏もおらん。強い奴が国をとる。俺も武者になろうかのう。手柄を立てて、たんと褒美をもろうて出世する。人をぎょうさん殺した者勝ちじゃろ」

「知念は人が殺せるの」

「ああ、殺せる。殺しまくってやる。そのうちお前も油断するな。俺は人の命なんぞなんとも思うておらん」

知念が強がりを言っているのは分かっていた。小鳥の好きな知念にそんなことができるはずもない。

「知念、提婆達多《だいばだった》の話を聞いたことがあろう」

「知らん」

「提婆達多はお釈迦様を殺そうとした奴だ。でも、伯父上が申されるには、どんなにひどいことをされても、お釈迦様は提婆達多を責めなかった。提婆達多もきっといつか悟りを開く。提婆達多が悟りを開くときは誰もかなわないくらい大きな働きをするとお釈迦様は申されたのだ。だから、どんなことがあっても、人はみんないつか悟りを開くのだと。私も知念も」

知念はうめいた。突然起きあがってきて、薬師の脇腹を蹴った。

「いい加減なことを言いやがって、お前に俺のことが分かってたまるか。お前の顔をみているだけで無性に腹が立つ。馬鹿げたことばかり言いやがって、飢えたこともない奴が勝手なことを言うな」

知念は怒り狂った。なぜそんなに腹を立てるのか、薬師には分からなかった。何かが気に食わないのだ。

「お前みたいな奴はなあ、犬にでも食われて死んじまえ」知念は怒鳴った。

知念は怒りで体が震えた。提婆達多がどうのこうのと分かったようなことを言う薬師の小利口なものの言い方が勘に触った。それでもどうしてこうも腹が立つのか自分でも分からなかった。薬師がこの神護寺に来てからというもの、上覚もまた知念にあまり気を向けなくなった。ひがみだと分かっていても腹が立った。

「……こんな奴と一緒におるのはいやだ。比べられるのがいやだ。人の目を見れば分かる。俺と薬師をいつも比べている。どいつもこいつも哀れな奴だという目で俺を見やがる」

その夜、知念は怒りで眠ることもできなかった。これまで自分の身に起きたことを思いだすと、なにもかもに腹が立った。

「……好きであの女のところに生まれてきたわけではない。あの女が男を引き入れて好きなことをしたせいで生まれてきただけだ。それだのにどこへ行っても嫌われ、屑のように扱われる。畜生、このままで終わるものか」

知念は起き上がった。薬師が眠っているのを確かめてその荷物の中から直垂を出して着た。少し小さかったが着られないこともなかった。足音を忍ばせて庫裏の隅に行きそばにあった袋に米を入れた。薬師が目を覚まさないかと暗がりにじっと目を凝らしたが、起きた気配はなかった。

空がいくらか白み始めるのを待って知念は外に出た。まだ誰も起き出す気配はない。金堂に行って、供物の中で食べられそうなものを袋に詰めた。そうして挑むように薬師如来を見上げた。仏像は微動だにしない。ただの仏像でしかないではないか、と知念は思った。如来を睨みつけ、肩をいからせて金堂を出た。後は一目散に石段を駆け下りた。神護寺が見えなくなるところまできてようやく息をついた。二度と帰るつもりはなかった。

朝、薬師が目覚めると知念の姿は消えていた。裏山にもいなかった。峠まで下りていってみたが、知念はどこにもいなかった。自分の直垂が一枚なくなっていた。供物もいくつか消えていた。知念が神護寺を出て行ったのは明らかだった。

「私がなにか気に障ることを言ってしまったのです。でなければあんなに腹を立てるはずがありません」薬師は文覚に言った。

「もうよい、あ奴のことは忘れなさい。もともと寺に居つくような奴ではない。知念はもう子供ではない。一人前の男だ。一度は好きなように生きてみたいのであろう。どこぞの悪党の仲間にでも入ったにちがいない。放っておきなさい。行き場がなくなったら、また平気な顔をして戻ってくる。あれはそんな奴だ」文覚はこともなげに言った。

「薬師、お上人様の申されるとおりだ。知念に学ぶ気持ちがあればいくらでも学ぶことができたはず。あれはそのようなことが嫌いだった。それより、賄には人を頼んだ。丹波から人が来ることになっている。そなたは庫裏を出て、こちらに移りなさい。僧房の普請が終わるまで、私の庵を使いなさい」上覚は慰めるように言った。

知念がいなくなり、賄の老人がやってくるまでしばらくの間、薬師は庫裏で一人寝た。毎日、知念が帰ってくるのを待った。しかし、十日たっても知念は戻らなかった。

一人になると胸が痛かった。知念には自分の気持ちが通じなかった。慰めるつもりで言ったのだが、それどころかとても腹を立てさせてしまった。

「……私の何がいけなかったのだろう。知念がどれほど苦しんで生きてきたか、私にはまだ分かってはいないのかもしれない。でも、人はどこまで苦しんで生きればいいのだろう。親もいない。戦と飢えと寒さと、これ以上どうやって耐えていけばいいのだろう」

いくら考えても答えは見つからなかった。今の薬師には釈尊の教えも弘法大師空海の教えもすべてがただの言葉の世界、実態のない絵空事の世界にしか思えなかった。絶望の思いだけが深くなっていく。

「……ただひとり、暗い海に浮かんでいる小さな木ぎれのよう。それなのに、なんのために生まれ、なんのために生きなくてはならないのかさえ分からない。ああ、こんな世界にもうこれ以上生きてはいられない」

人は所詮生老病死。父も母もいない身には自分が死んだところで、さして悲しむ者もいない。そう思うと、ふいに涙が溢れだした。涙はあとからあとから止めどなく頬をつたいおちた。薬師は深い疲労を感じた。

「……私はもう充分に生きた。ほんとうにへとへとに疲れてしまった。寂しさで体が痛い、息をするのもつらい……」

薬師は泣いた。喉も胸も、体中が痛かった。いっそこの体を捨ててしまいたい、と薬師は思った。死んでしまえばこの苦しみも悲しみも終わるはずだ、と。

「……死のう。死ぬことにしよう。そうすれば、この身を切るような寂しさも、この悲しみもすべて終わる」

生きることがどんなことか、人生とはどんなことか、すべて分かってしまった気がした。生老病死、それ以上でもそれ以下でもない。薬師は起きあがって両手を合わせた。そして、どこかにおられるにちがいない仏に向かって言った。

「薬師はもう充分に生きました。そして、充分に老いてしまいました。悲しみと苦しみしかない、このような世の中をこれ以上生きていく勇気も力も私にはありません。だから、薬師はもう死ぬことにいたします」

大きなため息をつき、涙を袖の端で拭った。死ぬ決心をしてしまうといくらか心が軽くなった。

昼間は裏山の楠のうろの中で過ごした。昨晩のことがあってから、心がからっぽになったようだった。肉体を捨てるという決心、死ぬという決心をしてからは、心がとても軽くなっていた。

「……どうやって死のう。そうだ、菩薩の中には自分の体を飢えた虎の子に与えた方があったとか。同じ死ぬなら、この体は三昧原の野犬や狐たちにやろう」

その日の夜更け、みなが寝静まるのを待って、薬師は灯りを手に山を下りていった。峠を降りたところに三昧原があった。たくさんの人がここに捨てられていた。死人が捨てられたときは、昼間は蝿がたかり、烏が群がっていたりするが、日が暮れると野犬や狐がやってきて骸を食べ尽くす。死体は数日で白骨になった。

見上げると黒々とした森の上に三日月が浮かんでいた。どこかで梟が鳴いている。歩くたび、ひたひたと自分の足音だけが耳に響いた。

三昧原まできて、薬師は生い茂った薄を分けて入っていった。腐臭が鼻をつく。明かりを消すと、人骨が月明かりに青白く浮かび上がって見えた。まだ半ば食われ、腐りかけている死体があるらしく、風が吹くと腐臭が一段と強くなった。

遺体のなさそうなところを選んで、薬師は横になった。

「今、この私にできるのは、悲しみや寂しさを感じるこの体を捨てることだけです。薬師はここで犬に食われて死ぬことにいたします」何者かに向かってそうつぶやくと眼を閉じた。

風が草むらを鳴らす。やがて三日月が森の向こうに姿を消すと、闇がおそってきた。薄く眼を開くと、空いっぱいに恐ろしいほど星がひしめき合っていた。間もなく、どこからか獣の唸り声が聞こえてきた。野犬の群が姿を現したのだろう。

薬師は体を硬くしてその気配に耳をそばだてた。唸り声は次第に近づいてくる。すぐそばで何かをむさぼり食らう音が聞こえた。犬同士が死体を取り合って唸っている。

いきなり恐怖が襲ってきた。喉が塞がりそうだった。薬師は震える身体を抱いて丸くなった。目を閉じ、息をつめた。

やがて死体をむさぼり食う音が止んで、ひたひたと獣が近づいてきた。生臭い息を頬に感じた。犬の群れのようだった。恐ろしくて目を開けることもできなかった。動悸がますます激しくなった。

犬たちは薬師の顔や首筋に鼻を近づけ、しきりに匂いを嗅いだ。濡れた鼻先が頬にあたる。恐怖のあまり、いまにも叫び出しそうになった。いつ食われるかと恐怖におののいていると、犬たちはやがて離れていった。ほっとすると同時に力が抜けて全身がわなわなと震えた。

「犬たちは死体しか食わないのだ。生きているものは食わないのだ……」

動悸はやがて鎮まっていった。犬たちの気配が消えるのを待って薬師は目を開いた。空一面に星が光っていた。いくつもの流れ星が尾を引いて流れていく。星を見ているとただ涙が溢れた。

「……人はいくら死のうとしても、その時期が来るまでは死ぬことができないのかもしれない。人は寿命が尽きるまで、いかに苦しくても、ただ生きるしかないのかもしれない。死にたくても死なせてはもらえないんだ……」

そう思ったとたん、また涙があふれてきた。薬師は肩を震わせて泣いた。

そうするうちにも星が少しずつ色褪せていき、やがて東の空が光り始めた。あたりにはびっしりと朝露が降りている。辺りがほの白く浮かび上がると同時に、森では鳥たちが一斉にさえずりはじめた。

袴も直垂もすっかり湿っていた。寒かった。立ち上がろうとすると、足がふらついた。明るくなって、あらためて三昧原を見渡すと、あちこちに人骨が転がっていた。夥しい数だった。三昧原に向かって薬師は手を合わせた。そして、ため息をひとつつくとまた神護寺に戻っていった。


それから間もないある日のこと、上覚は文覚に呼ばれた。

「上覚、安心せい。湯浅家のことで穏便に計らっていただきたいと頼朝殿に願い出たところ、ご沙汰があった。そこで相談だが、頼朝殿からはひとつだけ条件が出された」

「その条件とは」

「宗重殿に出家していただく。寺に入れというのではない。宗重殿には刀を捨てたという証を立ててもらい、そなたの兄弟には頼朝殿に仕えてもらうというのが条件だ。ついては宗重殿にその旨知らせて、意向のほどを伺ってくれ」

出家せよとは……。あの頑固一徹の父上のこと、死んでも平家に仕えると申されるのではないか、と上覚は思った。しかし、いまや仕えるべき平家は滅び去っていた。

上覚は父を訪ねた。屋敷内はすでに片付けられて、人も少なくなっていた。間もなく源氏の者に明け渡すことになっていた。

「ようこそお訪ねくださいました。父上がお待ちです」

出迎えた母の髪はすっかり白くなっていた。顔色も冴えず、心労の跡は隠しようもなかった。

「よう来た。久しぶりであったな。薬師はどうしておる」

そう言う宗重の声にも力がなかった。上覚には父の姿が急に老いて小さくなったように見えた。

「息災にございます。驚くほど熱心に仏法を学ぼうとつとめております。……実は、本日こちらへ参りましたのは、文覚上人様からの言付けをお伝えするためでございます」

宗重は沈黙し、庭へ視線を向けた。覚悟はできている、という顔だった。

「して、どのような……」

「このたびのこと、お上人様から湯浅家にはお咎めなきよう鎌倉殿にお願いをしていただきましたところ、その条件として、父上には出家を果たしていただき、兄上や宗光には鎌倉殿にお仕えするという誓願をたてるなら、湯浅家の存続を許そうということでございました」

「この坊主嫌いの宗重に出家せよとな。武者の髻《もとどり》を切るとは、首を切られるも同じこと」宗重は自嘲気味に言った。

「父上、湯浅家を潰してはなりません。有田の者たちはみな父上を心から頼りにしております。あの者たちのためと思し召し……」

「それ以上言うな。分かっておるわい」

「またそのような言い方をなさって……。上覚殿、この度の御計らい、まことにありがとう存じますと、お上人様にお伝えくださいさい。近々、私も薬師の顔を見に参りたいもの。障りはございませんか」千賀がそばから言った。

「寂しがっております。母上が参られるなら、薬師も喜びましょう。ただ、里心がつくのが心配といえば心配ですが……」

「私もそのことが気になって、やすやすとは会ってはならないと、自分をいましめておりました。なにが薬師にとって一番よいのか、迷うばかりです」

千賀はそれでも文覚上人と上覚のために僧衣を縫い、薬師には直垂を用意していた。


湯浅宗重が神護寺を訪れたのはそれからしばらく後のことだった。千賀が付き添っていた。

「薬師、達者にしていたか」

宗重は孫の顔を見て言った。憔悴しきった祖父の顔を見上げて、薬師はすぐに声がでなかった。頭髪はほとんど白くなっていた。

「また痩せたのではないか」

宗重は薬師を見て言った。背が伸びただけではない。その顔は青ざめ、疲れきっていた。千賀は言葉がでなかった。

「これを。着替えにと思い、縫ってまいりました。不自由はありませんか」

千賀は包みを薬師に渡した。それにしても元服の時期だというのに、薬師はまだ垂れ髪のままだった。気になったが尋ねるのもはばかられて千賀は口をつぐんだ。

その日、文覚上人の手で宗重は髻を切り落とし、剃髪した。法名は念尊。髭もそり落とされ、墨染めの衣に香色の如法衣をつけて現れた宗重の顔はいくらか精彩を取り戻していた。

「いやあ、さっぱりしたものよ」宗重は剃った頭を撫でまわした。

「爺もいまや出家、後は紀州糸野の宗光に家督を譲って、念仏三昧の日々でもおくることにいたそうかのう」宗重はそう言って笑った。

そんな父の姿を見て、上覚はひとことも言葉を発することができなかった。なぜか涙が出た。

「これでよいのじゃ。湯浅一族もひとまず安泰だ。上覚房行慈よ、礼を言うぞ」

そう言い残して宗重は湯浅へと帰っていった。

元暦元年（一一八四）十一月二十一日、文覚は朝の勤行が終わると、薬師に身支度を手伝わせ、上覚を伴って高雄を降りていった。

後白河法皇からの使者が文覚に法住寺殿へ参るよう知らせてきたからである。今では追い払われるどころか御堂内陣まで進参を許されるようになっていた。

文覚は高鳴る気持ちを抑えて、院の御前にぬかずいた。上覚は濡れ廂に控えた。

「法皇様におかれましてはご機嫌うるわしゅう……」文覚は殊勝な面持ちで言った。

「文覚、そなたらしからぬ挨拶じゃな、何が望みじゃ、言うてみよ」御簾のうちから笑みを含んだ法皇のお声が聞こえてきた。

「では、単刀直入に申し上げます。この文覚、今日まで耐えがたきを耐えて参りましたのは、ただただ神護寺復興を果たしたい一念からでございました。すぐにでも神護寺の修復にかかりたく存じます。頼朝殿が天下を平定され、荘園を寄進してくださりました。すぐにでも神護寺の修復にかかりたく存じます。いや、神護寺だけではございません。薬師寺も東寺も弘法大師ゆかりの寺はすべて、再興いたしたいのでございます。この国は天への畏れを知り、大いなるものへの信仰を土台として栄えて参りました。それを忘れてはこの国の存続そのものが危うくなるのは、これまでのことでお分かりのことと存じます。さすれば、この国の土台を今一度、揺るぎないものにいたしたいのでございます。それでこそこの国の繁栄と民の幸福の礎となりましょう。それには莫大な費用がかかります。その費用をまかなうため、どうか鎌倉殿からの荘園の施入のこと、お許しを賜りますよう」文覚は深く頭を垂れ、両手をついたまま訴えた。

「よくぞ申した。私利私欲ではなく、この国の土台、大和の国の魂の礎を今一度築き直したいというそちの気持ちはよう分かった。また、この度のそなたの働きを朕は決して忘れてはおらぬ。鎌倉からの荘園施入も許そう。また朕からは紀伊国綛田庄を神護寺に施入いたそうと思うが、いかがか。それではまだ足りぬか」

思いもかけぬ法皇のことばに文覚は思わず大粒の涙を落とした。床に大きな黒い染みができた。

「ははは、これはこれは、まさに鬼の目にも涙と申すものかな。案ずるな、すぐにでも執り行うよう急がせよう」法皇は声を立ててお笑いになった。

「まことにありがたき幸せにございます」文覚はその場に額をすりつけて言った。

法住寺殿を出て、神護寺に向かう道すがら、文覚は声を殺して泣いていた。上覚には痛いほど文覚の思いが分かっていた。

「上覚房、ついにこの日がまいったな。ついに神護寺を復興することができる。それだけではない、このような思いがけぬ寄進までいただけるとなると、弘法大師ゆかりの寺はすべて再興できるだろう。東寺も薬師寺も、それに高野山の金剛峯寺もだ。この国に、再び仏法をよみがえらせることができる」

「まことにおめでとうございます」

「そなたも今日までよう付いてきてくれた。礼を言う」

苦難の日々はすぎた。願い続けたことが実際に現実になってみると、上覚にはそれこそが夢のように思えた。

命を捨てることもいとわず神護寺復興を叫びづけた文覚の志の高さ、意志の強さ、天を信じて行動する一途さが現実を生み出していく。夢が現実になる、それをまさに今、目撃したのだった。

「……無から有を生み出す、この方はまことの賢者なのかもしれない」と上覚は思った。家を出た日のこと、伊豆配流に随行した山中での暮らし、思い出すと上覚もまた涙を抑えることができなかった。

その日、薬師はいつもどおり、夕餉の膳を持って文覚上人の草庵へ行った。

「薬師にございます。ご膳をお持ちいたしました。たいへん遅くなりまして申し訳ございません」

薬師は膳を置くと両手をついて深々と頭を下げた。

文覚は灯明の下で書き物をしていた。

文覚は目を上げて薬師を見た。その口元に笑みが浮かんだ。いまだ垂れ髪を残している薬師の華奢な顔立ちはまるで少女のように愛らしかった。

「入りなさい」

薬師は膳を上人の前に置いた。菜の和え物に粟や稗の混じった粥だけの質素な夕餉だった。

「明朝より、明王堂と大師堂の改修がはじまる。人の出入りも多くなる。騒がしいからといって勉学をおろそかにしてはならぬぞ」上人は粥をすすりながら言った。

「はい、承知いたしております。修復がはじまれば二年、三年はかかることと存じます。騒がしいからといって怠ける口実にはなりません。かえって勉学の妨げになることが心配になります」薬師は眉間に小さな縦皺を寄せて言った。

文覚上人はかすかに笑った。

「……この小僧はなにを尋ねてもいつも曇りのない答え方をする。その目には陰りというものがないのは、利発さの現れだろう。それに、この愛らしい顔に似ず、その内にはなにやら剛胆なところをひそませている。先が楽しみだ」

翌日から多くの職人たちがやってきて、神護寺の修復が始まった。足場が組まれ、屋根瓦はすべて剝がされ、壁が取り払われていく。

薬師は落ち着かなかった。寺のどこにいても普請の木槌の音や騒がしい人声から逃れる場所はなかった。それどころか寺の中には落ち着いて座る場所もない。庫裏では一日中、賄いのために男や女が忙しく出入りしていた。新たに建てられた借りの厨房からは一日中、煮炊きをする食物の匂いが流れてきた。

頼朝と後白河院から驚くほど多額の施入があってから、文覚のもとに弟子入りする者もたちまち増えた。この源平の戦で父を失い、後ろ盾を失った子供は大勢いた。源氏の子が優先されたとはいえ、神護寺にも預けられる子どもが増えた。

寺の中は経を読むどころではなかったが、それを苦にするふうもなく、他の弟子たちは手持ち無沙汰に工事を見物したり、職人に壁土のこね方を聞いたりしている。

薬師ひとり焦っていた。三昧原で死のうとして死ねなかった日以来、人はその時が来るまで死なせてはもらえないのだと分かって以来、薬師の中で何かが大きく変わった。

人は決められた最期の日まで生きねばならないのなら、漫然と生きても仕方がない、と薬師は思った。何のために学ぶのか、それは人々を苦しみから救うためである、と文覚は言う。衆生救済、それこそが仏道に入ったものの使命であると。では、どうしたら人は苦しみから解放されるのか、その方法を探しださねばならない。それにはひたすら釈尊の教えを学ぶよりほかに手立てはなかった。

しかし、釈尊の教えは膨大だった。それで言えば、自分はまだその足元、わらじの紐に手をかけたくらいのことだと思った。いや、それすらまだできていない。そう思うとにわかに気が焦った。喧騒に耐えかねて、薬師は『倶舎頌《ぐしゃじゅ》』を数巻いれた袋を抱えて、裏山に登っていった。大きな樫の木の下でそれを声に出して読み始めたものの、風の吹きすさぶ山中にじっとしていると寒さは骨にまで染みた。

ますます声を大きくして読んでいるといくらか体が温かくなってくる。しかし、風が吹くたびに体温を奪われていき、やがていたたまれないほど体が冷えてしまい、体中に力を入れていたせいでくたくたに疲れ果てて庫裏に戻った。

仏の教えをほんとうに知るにはまず字から覚えなくてはならなかった。意味まで知るにはまたもっと時間が必要だった。時間がない、時間がない、薬師は焦りで喉がひりひりしはじめていた。しかし、神護寺には経典もなく、指導する導師もいなかった。

いつものように夕餉の給仕に行った薬師に文覚が言った。

「ところで上覚はそなたに今何を教えている」

「はい、一年ほど前から『倶舎頌』を読み授けてくださっております」

「そうか、それはそれでよいが、薬師、明日、仁和寺に行きなさい。上覚房が連れて行く」

薬師は驚いて文覚の顔を見た。

「私がなにも分からずにいたと思うのか。そなたが眉間に皺を寄せて、悲しげに山から下りてくるのを見ておったぞ。ここは騒がしい。そなたの心中はよう分かる。仁和寺の方々にしっかと頼んできた。思うさま、経典を学ぶがいい。とはいえ、そなたの給仕がないのはちと寂しいがな」そう言って文覚は笑みを含んだ目で薬師を見た。

「ありがとうございます」

自分の焦りを文覚は気づいていたのだと知って、薬師は胸がいっぱいになった。

「私には学がない。そなたは私にかわって学んでくれ。華厳経《けごんきょう》をもう一度この国に復興させなくてはならん。私はそのための学問所をしっかりと建てよう。それが私の仕事だ。そなたはそこで精いっぱい学んでくれ。そしてこの文覚に教えてくれ。そこでじゃ、仁和寺の華厳院には景雅上人がおられる。景雅上人は華厳経についてはこの国第一の学者だ。上人から直々に『華厳五教章』を教授してもらうがよい。弘法大師の著作の主要なものについては土橋鏡房尊実上人が指導してくださることになっている。『悉曇字記《しったんじき》』は賢如房尊印上人がよかろうと思う。すべて第一級の碩学であられる。そなたには最高の指導を受けさせたいからと、よくよく頼んできた」文覚はそう言って笑った。

「書状を用意しておく。それを持って行くがよい。どれをどう始めるかは上人方がお決めになるだろうから、それに従いなさい」

「こちらでのお勤めはいかがいたしたらよいのでしょう」

「上覚房に伝えておく。この世相だ。仁和寺といえども通わせるのはあまりに物騒で気が進まぬ。しばらく向こうに預かってもらうことになろう」

薬師は深々と文覚に頭を下げた。

薬師は庫裏に戻っていきながら心が躍った。待ちに待った日がやってきたのだ。

『華厳五教章』は華厳経を理解する上でもっとも基本となる大切な解説書だと上覚に聞いていた。華厳経には釈尊が悟りを開かれたとき、観じられた世界について述べられていると言う。これでやっと釈尊のお教えにいくらかでも近づくことができる。

日が暮れて人々が引き上げてしまうと、とたんに寺は静まりかえる。寝支度をする前に、薬師は携えていく物を袋にいれた。有田から多恵が縫って送ってくれた直垂がいまだ袖を通さずに取ってあった。明日はこれを着て行く。持って行くものといって、わずかな着替えと『倶舎頌』の入った袋だけだった。

翌朝、いつものように薬師は誰よりも早く起きだし、閼伽の水を汲み、金堂の拭き掃除をした。霜が真っ白にあたりをおおっている。水は凍るほど冷たかった。たちまち霜焼けのできた手はまっ赤になった。それでも薬師は黙々と金堂の床を拭き清めた。

香水を変え、灯明に火をともし、薬師は薬師如来の前で五体投地を繰り返した。そして手を合わせて仁和寺で学ぶことになったことを報告した。

薬師は上覚の所へ行った。冬の空は抜けるように晴れ上がり、東の空が金色に輝き立っている。まるで自分の心を映しているような空だと薬師は思った。

「伯父上、お支度をお手伝いいたします」

「うれしいか、薬師」上覚は頬を紅潮させた甥の顔を見て言った。

「お上人さまが言っておられた。あれほど学問が好きな者はおらぬ。先が楽しみだとな」

「学問が好きというより、私はお釈迦様の教えを知りたいのです。よく学んだら、今はわからないでいることの答えが見つかるかと……」

身支度を整えると、上覚とともに文覚に挨拶に行った。文覚は薬師の目をじっと見て言った。

「よいか、薬師、そなたは華厳経を今一度この国に広めることが務めだと思いなさい。華厳経には覚醒された釈尊がご覧になったこの三千世界のこと、人の意識のことなど、さまざまに詳細に書かれている。なんとも目のくらむような世界を見ることになるだろう。この文覚もうらやましいかぎりだ。しっかりと学んで来られよ」

文覚の言葉が薬師の胸にしみた。

峠を降りていくと、やがてあの桜の木が見えてきた。裸の枝にはすでに小さな尖った花芽がびっしりとついていた。この桜が咲く頃までには『華厳五教章』をひととおり学び終えてもどってきたい、と薬師は思った。

「……少しの間、留守にいたします。お会いできないのは寂しいけれど、『華厳五教章』をしっかり学んでまいります。それまで待っていて下さい」薬師は胸の内で桜の木に語りかけた。

薬師が上覚に連れられてはじめて仁和寺の門をくぐったのは文治元年（一一八五）正月のことだった。守覚法親王や法橋尊実師に挨拶をした。仁和寺御室《にんなじおむろ》守覚法親王は後白河法皇の第一皇子で、十歳のとき北院で出家された、静かな目をした方だった。

ここには神護寺とちがう空気が流れている、と薬師は思った。いずれも出自を辿れば高貴な方々ばかりではあるが、どなたも政治向きのことからは遠ざかっておいでになる。兵乱の害もここまでは及んではいなかった。境内は掃き清められ、清涼な香りの漂う写経所では静かに写経が続けられていた。

薬師は他の若い修行僧たちと同じ房をあてがわれた。

「しっかり学んで戻られよ」そう言い残して上覚は神護寺へ戻っていった。

早速翌日から景雅上人の『華厳五教章』の講義が始まった。

『華厳五教章』は非常に難解な仏教書として知られていた。これは華厳経こそがお釈迦様が説こうとされた真理について、もっとも真実であり、誠実な経典であることを宣言した書だと言われている。

薬師は夜明け前に起きて、他の弟子たちとともに作務をする。御堂の拭き掃除に始まって、庭園の落ち葉をひろい、掃き清めていく。掃き方にも作法があった。掃き目は一定方向に筋を描く。

講義が始まると、薬師は景雅上人のことばに一言一句聞き漏らすまいと耳をすませた。その講義は知識に飢えた心に染みた。しかし、講義を聞いたからといってすぐに理解できるほどその内容は生やさしいものではなかった。しかし、それでも薬師は学ぶ喜びに満たされていた。

そうしてほぼひと月を仁和寺で過ごすと神護寺に戻り、上覚を相手にその復誦をするという日々が続いた。

「なかなか頼もしい。ようそこまで理解したものだ」上覚はしきりに感心してみせた。

『華厳五教章』はあまりに難解で、唯識《ゆいしき》教学を理解していなければ到底歯が立たない。唯識とは人間の意識を八識に分類し、心の構造を明らかにしたものである。しかし、薬師はまだ唯識を学んではいない。

人の心の表層と深層のありようをこの子はこの子なりにすでに理解しているのかもしれない、と上覚は思った。

薬師は桜が咲き始めるころ、『華厳五教章』の講義がいったん終わり、神護寺に戻った。しかし、寺では相変わらず普請が続いていて騒がしかった。薬師は仁和寺の静けさが懐かしかった。

若い弟子たちも増えた。新しく入ってきたとはいえ、皆すでに得度していた。垂れ髪のままの薬師に彼らは当然のように兄弟子のごとくに振る舞った。わざと賄いの手伝いや掃除など雑用を押しつけてくる。薬師は黙って従っていたが、内心焦りはつのっていった。

『華厳五教章』を学ぶようになって、ようやく死に急ぐ気持ちがなくなっていた。あのころは、自分には何もかもうすでに分かっていると思っていた。人生は生老病死、それ以外のなにものでもないと。

しかし、それは間違っていた。まだ何も分かってはいなかったのだ。自分には何もかも分かっていると思っていたその無知ぶりが今では耐えがたいほど恥ずかしかった。

そう思ったとたん薬師ははっとした。知念を傷つけた原因はこのことにあったのではなかったか。自分には何もかもわかっていると思い込んでいた傲慢さ、その鈍い心を知念は見抜いていたのではないか。自らの孤独も癒せないでいながら、さも分かったように偉そうな口をきいていたのだ。薬師は恥ずかしさに身が縮むようだった。

薬師は考え続けた。

「この世には分からないことが満ち満ちている。私はまだ何も知らないし、何も分かっていない。人の『命』とは、『時』とは、『生』とは何か。人はなぜ生きねばならないのか、この世界を動かしている『真理』とは、『真実』とはなにか。私はまだ何も知らない」

それを知るためにだけでも、厖大な経典が書かれている。それを学ばないうちは死ぬわけにはいかない、時間が足りない、この一生をかけたとしても時間が足りない、と薬師は思った。

ここでこんなことをしているくらいなら、どこか静かな山奥にでも入ってひとりで学んだほうがまだましだ、と金堂の前庭の草をむしりながら、薬師は思った。

「……ここを出なくては。ここにいては何ひとつ学ぶこともできない。仁和寺で知った学ぶということの喜び、無知の闇が晴れていくときの驚き、それがここにはない。学ぶにはやはりここを出るしかないのかもしれない」

神護寺を出ようと思い始めるといてもたってもいられなくなった。庫裏に戻ると他の弟子たちに気づかれないように、こっそりと荷物をまとめた。

その夜、皆が寝静まるのを待って、薬師はそっと金堂に入った。薬師如来と脇侍の三尊、そして八幡大菩薩に暇乞いをするためだった。

「おそれながら、ここにおりましてもいつまでも仏の教えを学ぶことも、人のために何かをなすことのできる法師にもなれません。私は仏法を学ばねばなりません。ここを出て、しかるべき寺で教えを請い、勉学に励もうと存じます」

手を合わせ、そう薬師如来に語りかけた。夜明けには高雄を出ていくつもりだった。とはいえ、どこへ行くという当てもなかったが、仁和寺御室にお願いをすれば、もしやおいていただけるかもしれない、とは思っていた。その夜、薬師は経袋に『倶舎頌』数巻と着替えを一組入れ、横になった。夜が明けぬうちにここを出ていこう、そう決心して目を閉じた。

薬師は夢を見た。

夢の中で薬師は高雄を出て、三日坂を下っていくところだった。すると目の前に道を塞ぐように長々と横たわっている大きな蛇がいた。灰色の大きな蛇は薬師を見ると鎌首をもたげ、赤い炎のような舌を震わせながら薬師に向かって来ようとした。

薬師は足がすくんで一歩も歩けなくなった。すると、今度は巨大な蜂が飛んできて薬師のまわりを飛び回り始めた。それでも薬師は袖で顔を覆ってなおも進もうとした。すると、蜂が言った。

「これ薬師や、私は八幡大菩薩の御使いである。そなたはこの山を去ってはならぬ。もし無理にでも行くというなら、先々難に会うだろう。ここを出るにはまだ早すぎる。今はまだ行ってはならぬ。戻れ」

そこで薬師はふいに目が覚めた。蜂が口を利くなどと言うことがあるのだろうか、と夢から覚めて思った。しかし、蜂は言った。自分は八幡大菩薩の御使いだと。

夜明けにはまだ間があった。薄い衾にくるまり、薬師は今し方見た夢を反芻した。まだここを出てはならないと蜂は言った。大きな蛇も道を塞いで自分を行かせまいとした。

薬師は起きあがると、昨夜用意しておいた経袋を膝の上に置いた。どうしよう、出ていこうか、それとも蜂の言うことに従うべきだろうかと迷った。

迷ううちにも少しずつ夜は明けていき、板戸の透き間からほの白い光が差し始めた。薬師は溜め息をつき、袋から『倶舎頌』を出し、着替えをもとに戻した。今見た夢は、まだしばらくはここに留まれ、という八幡大菩薩の知らせなのだと思うしかなかった。

寺では普請のために毎日、大勢が出入りする。一日中、音の止むことはなかった。薬師は喧噪に耐えかね、毎日ひとりで経典を抱えて裏山に上った。腹が減ったからといって、また降りてくるのが面倒だったので、初めのころは大工たちのために用意されていた握り飯を三つ四つ食べてから、裏山に走ってのぼった。

しかし、それでは毎日山を下りていかねばならない。次第に薬師が食べる握り飯の量は増えていった。一気に二、三人分を食べつくす。そうしていれば、二、三日は裏山から下りないですんだ。

以前から裏山の楠の大木のうろの中にじっと座っているのが好きだった。そこにいると誰にも邪魔されず、天地にただひとりあるような心地になった。『倶舎頌』を読み、覚えているかぎり書き取った『華厳五教章』を復誦する。

暗くなると、そのままうろの中で眠った。喉が渇くと岩から染み出る水を飲んだ。いよいよ空腹に耐えられなくなると寺に下りて行った。初めのころこそ奇異な目で見られていたが、このごろは姿が見えなければ、どうせ裏山でまた経典の勉強でもしているのだろうということになり、次第に薬師のすることを気にする者もいなくなった。

文覚は薬師寺や東寺の改修工事が始まったことで、神護寺を留守にすることも多く、上覚もそのおともで出かけていく。

薬師は『華厳五教章』にのめりこむ日々が続いた。まったくの暗闇を手探りで歩いているような感覚は次第に薄らいでいった。何を言おうとしているのか、少しずつ理解が進む。頭の中の霧が次第に晴れていくようだった。

「人の意識、意識が具現化したにすぎない世界を私たちは現実だと思い込む。この現実を変えるには、人の意識が変わるしかないという。意識が変われば、現実が変わるというのはほんとうだろうか。では、意識を変える方法というのはあるのだろうか。どうしたら人の意識は変わるのか……」

薬師はひたすら考え続けた。

八　明恵房成弁

三昧原でのできごと以来、薬師はもはや死のうとは思わなくなった。ならば、残された生を精一杯、自分らしく生きるより他に道はない。そう思った。

知念のことも気になっていた。いまだ忘れることができなかった。どこでどうしているのか。神護寺でも仁和寺でも、行く先々で薬師は大切にされた。それだけ努力しているつもりだったが、心のどこかに他の誰よりも優れていたたい、そんな思いがあった。

それに自分を見る他人の目になにが映っているのかにも気づいていた。称賛の眼差しは自分の容貌にも向けられていた。知念に向けられていた視線とは違う。

「……かわいそうな知念」そう思った瞬間、薬師はふいに奇妙な不快感に襲われた。持つ者が持たない者にむける憐れみ。それは明らかに偽善めいた嫌な匂いがした。

「知念はきっと私のこの隠れた卑しい心に気づいていたにちがいない。持つ者が持たない者に向ける密かな憐れみに。それに、知念もいつか提婆達多のように悟りを開く時が来るなどと、たまたま聞き知ったことをさも分かったように言った私の傲慢さにきっと我慢がならなかったのだ。知念、ほんとうに許しておくれ。私が悪かった。私はなんと卑しい人間だろう」

薬師は恥ずかしさに顔をおおった。

そう思いいたってから、薬師はそれまでよりさらに真剣に仏と向き合おうと心に決めた。そして、毎日三度、金堂に入堂し祈ることを薬師如来の前で誓った。

明け方、夕刻、夜と、毎回、五体投地を百八回繰り返し、薬師はひたすらに願った。

「どうか世間に認められたいという虚栄の心を捨てさせてください。栄華を求める心を捨てさせてください。この心の内にひそむ傲慢さを捨てさせてください。名声など求めず、ひたすら謙虚に仏の弟子として生きられるよう、この薬師を助けてください」と。

以来、それは七年間、変わることなく続けられることになる。


薬師にはすこしずつ分かりかけていた。親を恨み、世をすねていた知念と、生きることに苦しみしか見いだせなかった自分と、見えていた世界はいったいどこが違うというのか。

「ほんとうは違わなかったのだ。知念も私もこの世に絶望しか見ていなかった。知念はまさに私自身の心のありようを見せてくれていたのだ」

人は生涯自分の意識から出られないと、興福寺に伝わる唯識教学では言っている。それなら私自身はどうなのだ。私がこの苦しみから解放されなくて、どうして衆生救済などできるだろう、と薬師は思った。

「そうだ、まずは自らのためにこそ、その方法を見つけ出さなくてはならない。もしもいつか私が真の幸福に辿り着くことができたら、それこそが衆生救済の鍵になるにちがいない。とにかく今は学ばなくてはならない。釈尊はその膨大な教えのどこかに人が苦しみから解放される方法を遺していてくださっているはずだもの」

ひとりもの思いに入ると止めどがなかった。薬師はいつものように裏山へ上っていくと楠のうろのなかに座った。そこにいると梢を揺らして過ぎる風の音しか聞こえない。

目を上げると野も山もあたりは命の息吹に溢れかえっていた。焼かれても踏まれても季節が巡り来れば木や草は何ごともなかったかのように青々と芽吹き、生の営みをつづける。なんという命の力だろう、と薬師は思った。

「ああ、この山の木々のように、花のように、草のように、人もまた命を持てるかぎり開いて生きられたらいいのに。人は自分の心にとらわれ、ほんとうに生きるとはどんなことなのか、いまだ知ることもなく生きている」

薬師はうろを出るとさらに上に上っていった。木立の中に石楠花《しゃくなげ》が咲いていた。紅のあでやかな花だった。

「……誰かに見られようとしてこの花は咲くのではない。それに自分がどんなに美しいかさえこの花は知らない。ただ命のままに咲いている。私もこの花のように生きたい、なにもたくらまず、ただ命を生きて開く、この花のように」

上覚はこのところの薬師の様子が気になり、文覚の庵に行った。

「いったん思い詰めるととどまることを知りません。お上人様のお耳にも入っているかもしれませんが、いつぞやは、自分はもう充分に老いたとか申しまして、三昧原で犬に食われて死のうとしたとか。いや我が甥ながら時にどう扱っていいものやら途方にくれるときがございます」

上覚の話を聞いて文覚は笑った。

「一途と申すべきか、無垢と申すべきか……。しかし、まだたったの十三歳で充分に老いたと言うとは、面白いことを申すものだな。して、その後はどうしておる」

「はい、それ以来、人は死ぬ時期がある。その時が来るまで人は死ぬことはできぬ。ならば、この上はさらに精進いたし、仏の正智を得たいと申しております。今は、その智慧を真に学びたいと、日に三度、金堂で祈っております」

「見上げたものではないか。この寺との因縁といい、その名といい、ただ者ではない」

文覚は境内に目を遣りながらふっと笑みを浮かべた。

「大事にしてやってくれ。これまであのように心のやさしい子に会ったことはなかった。いや、やさしいだけではない。あのような細やかな心を持つ人間にいまだに一度も会ったことがない。あのような心を持って生まれたということは、身の内に両刃の刃を抱えているに等しい。感じやすい人間はそれだけ傷つきやすくもある。いたわしくてならぬ」

上覚が文覚の口からそのような言葉を聞くのは初めてだった。鬼をも恐れぬ上人の心の深奥に、このような細やかなことに対する感性が隠されていたとは……。上覚はあらためて文覚の顔を見た。凡庸の人ではないということはそのようなことを含めてのことなのだと、改めて気づかされていた。

「なにがどうのというのではないが、いつぞや濡れ廂でつい居眠りをしておったら、足音をしのばせて薬師が近づいてきおった。それとすぐに気づいたが、何をするのやらと思い、そのまま眠ったふりをしておったら、そうっと衾をかけてくれおった。あのような衾のかけ方をされたのは生まれてはじめてだった。あたかも天女の羽衣か蟬の羽でもかけられたようだった。まだ十歳かそこらの子どもがあのような気遣いをするとは、と感心した。ほんに心やさしい子よ、薬師は。あのようなやさしさを他には知らぬ」

早くに親を失い、九つでこの寺に預けられた薬師に、何をどうしろと誰が教えたわけでもなかった。だが、薬師という子は誰に教えられなくとも、人への気遣いをすでに知っていた。やさしい子、文覚の口から思いもかけない言葉を聞かされて、上覚はふっと胸が熱くなった。

「私は剛胆な人間だと思われている。確かにそうだ。しかし、人がどう感じているのか即座に感知することができなくて、どうしてこの国が動かせよう。国を動かすというのはな、上覚房、力ではない。人を見抜き、人を動かすということだ。人を動かすには、相手の気に敏感であらねばならぬ。ただ強いだけでは阿呆にひとしい。薬師はな、人の気づかぬ細かなことも感知する。それは大きな器量を持っているということだ。とはいえ、感じ入る心を持つことは、本人には重荷にもなり、今はただ苦しいにちがいない。しかし、いずれそれが花開く時がくる。華厳経をこの国に広める者は薬師以外にはない。あの経は薬師のためにあるようなものだ。いずれ分かる」

上覚はただ嬉しかった。神護寺に連れてきた後でさえ、それが正しかったのかどうかたびたび迷ったのも事実だった。ただでさえ感じやすい子がこの寺で暮らすことなどできようかと。しかも、知念とのことも心配しなくてはならなかった。世をすね、怨みがましく生きていた知念。今はどうしているのか。

しかし、今はすべてこれでよかったのだ、万事は良い方へと動いていると思えた。

文覚と薬師、まるで対照的な二人だが、実は仏の深い縁で結ばれているのだろう。上覚はそう思わずにはいられなかった。

それから一年後の秋のある日、法住寺殿から戻るなり文覚はすぐに横になった。上覚が庵室を覗くと、衾をかぶり、蒼白な顔をして震えている。

「いかがなされました」

「悪寒がしてならぬ。少々のことならやり過ごしてきたが、この度はどうも様子がちがう。立っているのも難儀だ」

その夜、文覚はさらに熱が上がり、吐き気に襲われて、食事もできなくなった。二、三日もすれば快復するだろうと文覚自身も弟子たちも思っていたが、いっこうに良くなる気配はなかった。日を追って悪化していく。文覚の様態を見て皆うろたえはじめた。

確かにこのところの文覚の働きは尋常を欠いていた。いつ眠っているのかと思うほどだった。しかし、年齢もすでに四十半ば、それまでの無茶がたたったのか、かつての精彩はなかった。

「お疲れが溜まりに溜まったせいでこのようになられたのだろう。よけいなことを口にするでないぞ」

上覚は弟子たちに言った。このようになられたのは、いかなる物の怪の仕業だろうかと噂話をする者がいたからだ。それが厨房に出入りする商いの者の口から広がらないとはかぎらない。

「これまでのご無理がたたったのだろうが、それにしてもこのような様子は今まで見たことがない。法皇様にもお願いをいたし、医師を差し向けていただこう」上覚は自ら法住寺殿に向かった。

法皇はその日のうちに医師を差し向けてくださった。その診断によれば、体熱の悪化が原因だろうという。あれこれと薬も処方され飲ませてみたが、数日経っても快癒のきざしはなかった。熱はなかなか下がらず、次第に体力を消耗していき、やがて粥すらも口にできなくなった。

「このまま神護寺復興を見届けることもできずに逝ってしまうのかと思うと、この文覚、悔しうて死んでも死にきれぬ」

気力までも萎えてしまったのか、文覚はときおり弱音を吐くようになった。

「お気の弱いことを申されますな。じきに回復あそばされます」

そう言いつつも上覚もまた内心気が気ではなかった。

「のう、薬師を呼んでくれ。思うところがある」文覚は弱々しい声で言った。

薬師がいつものように金堂に入ろうとしていると、上覚に呼び止められた。

「薬師、こちらへ来てくれ」

上覚は薬師を文覚上人の庵へ連れていった。

文覚は寝付いて以来、この十日あまりのうちに頬は削げ落ち、肌の色は黄ばみ、目もどんよりと濁っていた。室内には異臭がこもっていた。

「薬師か、そなたに頼みがある」文覚は首だけ薬師の方に向けると、弱々しい声で言った。

「そなたは日に三度、一日も欠かさず金堂の薬師如来に祈っていると上覚に聞いた。そなたの頼みなら、薬師如来も必ずや聞き届けてくださるにちがいない。このまま、この身が病で死ぬことがあれば高雄を興隆し、弘法大師の仏法を興そうという大願も果たせぬ。どうか、この文覚の病を平癒し、大願を成就させ給えとそなた祈ってはくれまいか」

文覚はそれだけ言うと目を閉じた。その顔には死相があらわれはじめていた。

「伯父上、急がねばなりません。思いの外、病は重いようにお見受けいたしました」

「薬師、くれぐれも頼んだぞ」

薬師はうなずいた。水だけを竹筒に入れて持ち、閼伽の井戸で口をすすいで清めると、薬師は金堂に入った。扉を閉ざし、閂を内側からかけて邪魔の入らないようにした。薬師如来像の前に座ると、不動法による病平癒祈願の作法に入った。

一日が過ぎ、二日が過ぎたが薬師は金堂に籠もったままだった。金堂の外に立つと、陀羅尼を唱える声が聞こえてきた。

「オンバイセーゼ　バイセーゼ　バイセージャ　サンボリ　ギャーテイ　ソワカ……」

薬師如来の真言だった。上覚が金堂を立ち去ろうとしていると、相照《そうしょう》という最近高野山から移ってきた僧が庫裏の方からやってくるのが見えた。

「上覚殿、薬師はいかがいたしておりますか」

「薬師如来の真言をどうやら一座に千八十回、唱えているらしい。いつ病平癒の加持祈禱法を覚えたものやら、私は知りませんでした」

「ああ、それは私が教えたのです。教えたというか、教えるまでもなく、不動法の病平癒の次第を一通り示してみせたら、すぐに全部覚えてしまった。それを見ていると、どうやら前世から経を読んでいたのではないかと思いたくなります」

相照もまた金堂のそばで薬師の上げる真言に耳を傾けた。

「寝食を断つつもりのようで、いささか心配になります」上覚は言った。

「見上げたものです。ようよう十四歳になったばかりだというのに」相照もしみじみと言った。

上覚は実際に心配していた。いつまで金堂に籠もるつもりか聞いてはいなかった。

それから三日の間、薬師は寝食を断って請願を続けた。上覚はやはり心配でならず、時折、そっと金堂の中をうかがった。しかし、灯明の明かりに照らされてひたすら祈り続ける薬師の後ろ姿には何ものをも寄せ付けないものがあった。

「どの仏だろう。どなたかがともにいてくださっている」と上覚は思った。

薬師が金堂に入って二日目が過ぎようとするころ、ようやく文覚の顔に血の気が戻ってきた。体熱も下がり薄粥を飲めるまでに回復してきた。

入堂から三日目の朝、薬師はようやく金堂から出てきた。座り続けていたせいで、立つのもおぼつかなかった。縁から降りようとしたが、足に力が入らず、そのまま沓脱石《くつぬぎいし》の上に倒れ込んだ。

金堂の扉が開く音を聞いてすぐに上覚は僧坊を飛び出した。金堂の前に薬師が倒れていた。体を支え起こすと、頼りないほどに軽くなっていた。

「薬師、しっかりしなさい」

上覚が体をゆすると、薬師はうっすらと目をあけた。

「お上人さまのご様子はいかがでございますか」

「薬師よ、ようやった。今朝ほどはすっかり熱も下がり、床に起きあがって粥を召し上がった。目にも光が戻ったゆえ、間もなく快癒されるだろう」

「ようございました。さきほど、薬師如来さまのお声が聞こえ、お上人様はもうよくなられたと申されましたので……」

それを聞いて上覚は思わず涙ぐんだ。

「さあ、そなたは少し休まなくては。少し眠りなさい。起きたら、私が粥を食べさせてやろう」

上覚は薬師を抱きかかえるようにして僧房につれていった。そんな薬師にそこに居合わせた者たちは畏敬の目を向けた。

数日後、文覚はすっかり痩せてしまったものの、もとの気力と覇気を取り戻した。

「あの熱で体内の塵芥がみな燃え尽きたようだ。仏は悪いようにはなさらないものだと分かってはいたが、さすがにこれで終わりかと思った。薬師、ようやってくれた。この文覚、生涯、そなたの働きは忘れぬぞ。礼を言う」上人は愛しげな目で薬師を見た。

「あれは人の子ではない。菩薩の生まれかわりだ」

薬師が部屋を下がると、文覚は上覚に言った。

それは上覚にも感じられた。薬師のほっそりとした面立ちは、いまだ少年とも少女ともつかない美しさがあったが、形の美しさだけではない、並はずれた一途さゆえのものか、その顔はほのかな光に彩られているようにさえ見えた。

やがて二年が過ぎて、神護寺の普請もようやく終わりに近づいていた。寺は生まれ変わった。訪ねてくる人も多く、本堂では参拝の人の列が絶えなかった。この頃では山門を下ったところに茶店ができ、物売りの市までが立つようになった。

高雄の聖人文覚のことを今や知らぬ者とてなく、高貴な方々までがときおり訪ねてくる。源平の戦の後は源氏の追求を恐れて子息を寺に預ける者も多く、神護寺もまた例外ではなかった。今では見習の小僧が七人ばかりになった。全員が寺に入ると同時に剃髪した。薬師はその中でもぬきんでて行にも経にも通じていたが、それにもかかわらず、その姿はまだ垂れ髪のままだった。

上覚は気がかりでならなかった。薬師も間もなく十六歳になる。得度する年齢をすでに越えていた。声変わりをし、その面ざしももはや少年ではない。

世間一般の慣例でも出家得度の時期は十三、四歳頃までとされている。上覚が幾度となく水を向けてはみたが、文覚は聞こえているのかいないのか、曖昧に返事を濁してばかりいた。

「伯父上、私はいつ出家がかなうのでしょう。一日も早く髪をおろしたいのですが」

薬師もとうとう上覚に訴えた。

「どうしたものだろう。そなたの得度式ともなれば、当然、お上人さまに采配していただくのが筋だからな。幾度となく言ってはみたのだが、そうかそうか、と申されるばかりで一向に埒があかない」上覚自身がそのことではずっと悩んでいた。

そうしたある日のこと、とうとう思いあまって上覚は文覚に迫った。

「薬師のことでございますが、年が明ければ十六歳、背丈もそろそろ私に追いつきます。得度には今でも遅すぎるくらいでございますが、お上人さまはいかようにお考えあそばしましょうか。薬師を出家させないことについては何か特に問題でもございますのか」

またしても文覚はしばし考え込む風情だった。ややあってから、文覚はぼそりと言った。「あの垂れ髪を剃るのは見るに忍びない、あのように美しい姿をそこなうのが惜しうてのう……」

上覚は唖然とした。まさか荒上人として名を馳せた文覚がそのようなことに執着していたとは考えてもみなかった。確かに女人禁制の寺でも見目のよい稚児をかたわらに侍らせる方も珍しくはないものの、文覚のこの言葉は予想だにしないものだった。

「それにしても、どういたしたらよいのでしょう」

「いや、私は自分の手で薬師の髪を剃ろうとは思わぬ。どなたかしかるべき方にお願いしてもよいが、文覚がいて、なぜ剃髪させないと思われよう。そなたがよいように計らえ」

結局、上覚は覚悟を決め、年明け早々、自分の手で薬師の得度式を執り行うことにした。見るに忍びないと言って、文覚は薬師の得度式にも立ち会おうとはしなかった。

金堂の薬師如来の御前で上覚は薬師の剃髪を行った。自分が得度したときと同じように正式の作法に則って次第を行うことはできなかったが、上覚は自ら薬師の髪を切り、剃り落とした。丁字を浮かべた湯で体を清めさせ、白衣の上に墨染めの衣を着せた。薬師は両手におしいただくようにして上覚の手から欝金《うこん》で染めた香色の如法衣《にょほうえ》を受け取り、身に着けた。数珠を手に掛け、金剛印を結んで、まっすぐに上覚を見上げた。

その姿に上覚はあらためて目を見張る思いだった。凛として清らかな若い僧侶がそこにいた。形のいい額にすずやかな目元、鼻筋のとおったその横顔は美しかった。

「本日ただいまより、そなたの法名を明恵房成弁とする。ますます精進され、善き法師となって仏道を極められるようこの上覚も祈っている。具足戒を授けることは位の低い私ではできないので、東大寺の林観房聖詮殿にお願いしてある」

明恵房成弁としたためられた度牒を手渡しながら、上覚は胸がつまった。妹の彩が生きていたら、この日をどれほど喜んでくれたことか、この日の薬師の姿をどれほど待ち望んでいたことか、と思った。

明恵が上覚に伴われて初めて東大寺の門をくぐったのは、それから間もない小雪が舞う底冷えのする日だった。

東大寺は承安四年(一一七四)、平重衡の焼き討ちにあい、法華堂と二月堂のみを残してすべて焼失してしまった。戒壇院もまた類焼をまぬがれず、土壇と礎石を残すだけになっていたが、頼朝が全国を平定した後、後白河法皇の宣旨を受けて俊乗房重源が造東大寺勧進として動いた。九条兼実をはじめ多くの貴賎の寄進を得て東大寺復興がはじめられたのは、その翌年の養和元年八月のことである。宋からも陳和卿《ちんなけい》が招聘され、南都には全国から仏師たちが集められた。

文治元年、明恵が十二歳のとき、修復なった毘盧遮那仏の開眼供養がふたたび執り行われ、間もなく講堂を中心に東南院も再興された。今は南都行幸のおりの後白河院の御所となっている。

真新しい戒壇院に一歩足を踏み入れると、檜の香が鼻を打った。明恵は大きく息を吐いた。深い喜びが体の奥底から突き上がってくる。積年の夢がまたひとつ叶おうとしていた。かねてから憧れていた華厳教学の大本山東大寺戒壇院で具足戒を授けられるのである。

具足戒を受けるには出家を果たした者のなかでも、いかなる罪過も犯したことがなく、若く心身壮健でなくてはならないとされている。その上でさらに二百五十もの戒を守ることが要求される。八正道は当然のこと、戒は日常の細かい作法にまで及ぶ。

その日、具足戒は東大寺尊勝院の林観房聖詮によって授けられた。

戒壇院を出ると、上覚はあらためて明恵の横顔につくづくと見入った。

「よくぞここまで辛抱なされた。母上が今のそなたの姿を見たらどれほど喜ばれたことか」

「はい、私も母上にこの姿を見ていただきとうございました」

言いながら明恵は目を伏せた。母のことは一日も忘れたことがなかった。ほんとうにこの姿を見ていただきたかった、そう思うとふいに胸が詰まった。

「今日からはそなたのことを私も明恵房と呼ぼう。ここ東大寺もこれから毘盧遮那殿の造営が始まる。普請が続いていて静かとは言い難いが、なんといっても華厳教学の総本山だ。せっかくの機会だからそなたはここにしばらく留まり、聖詮殿について『倶舎論《ぐしゃろん》』の講義を受けるがいい」

「お上人さまのご承諾はいただいたのですか」明恵は思わず聞いた。

「高雄ではそなたがいないとお上人さまはご機嫌が悪くなる。なにかと頼りにしておいでだからな。しかし、先にこのことを申したら何かと不都合だと思い、帰ってからご報告いたすことにした。何、心配はいらない。かならず承知してくださるはずだ」そう言い置いて、上覚はひとり高雄に戻っていった。


『倶舎論』とは瑜伽《ゆが》（ヨーガ）行唯識派の開祖で天竺の僧世親《せしん》（ヴァスバンドゥ）が著し、玄奘三蔵法師によって漢訳された三十巻におよぶ阿毘達磨倶舎論《あびだるまぐしゃろん》のことである。仏滅後九百年に生まれたとされる世親は後に『唯識二十論』及び『唯識三十頌』という唯識教学についての解説書を著し、これらの著作もまた玄奘三蔵法師によって梵語から漢訳されて興福寺に伝えられ、法相宗の大乗仏教唯識説の綱要書となっている。

唯識では、人はその自らの意識の内に住み、意識の外に出ることはないとして、その意識の構造について詳細に語っている。

興福寺には解脱房貞慶というやはり大乗仏教の王道を学ぶ非常にすぐれた僧侶がおられるという話を明恵は人づてに聞いていた。いずれのおりにかその貞慶上人にぜひにもお会いし、教えを乞いたいと思っていた。

与えられた僧房は門閥出身者とはちがい、厠に近い庫裏の一隅だった。粗末な造りの何もない小部屋であったが、寒い夜など厠へ行く足音が寝ている枕元にひっきりなしに響いてきた。

それでも明恵にはなんの不足もなかった。一度は焼けてしまった経堂の厖大な経典も多くの僧たちの奔走であちこちの寺にあったものが写され、少しずつ整いつつあった。明恵には経堂に納められたあまたの経典と体を横たえる場所、それに身を養うだけの食い物があればよかった。

貴族の子弟など贅沢に慣れた者たちにはここの暮らしが苦痛だったのだろう。手を暖める炭櫃もないと不平を言っていた。しかし、神護寺には雪の夜でさえも火鉢ひとつなかった。そのせいで明恵はいつしか寒さにも慣れてしまった。

東大寺では毘盧遮那殿の建設が始まったばかりだった。見上げるような高さに足場が組まれ、木槌の音や人の声が絶えないのは神護寺と同じだったが、ただここは神護寺とは比較にならないほど広大な寺領を有していた。明恵が逃れる場所はいくらでもあった。何にも増してここには多くの経典があった。まともな経典もない神護寺に比べれば、明恵にとってここは夢のような場所だった。できれば、これらの経典を書写して神護寺に持って帰りたい、と思った。

聖詮の講義は非常に難解なものだった。どう書いたらよいのか分からない言葉も多く、明恵は必死で聞き取りながら、書き写していった。

それでも、墨の香りとさらさらと走る筆のさやかな音を聞きながら、明恵は喜びの中にいた。学ぶことがただ嬉しかった。尊勝院の空気も聖詮の声も、明恵にはこれまで抱えてきた学ぶことへの飢えと渇きを癒す慈雨のようにさえ思えた。

唯識教学にも目を見張った。唯識では人の心のありようを八層に分類し、これまで思ってもみなかった心の深層を明らかにしていた。

聖詮は護摩壇を背に一段高い位置に座して講義を続けた。

「この三千世界のすべてのもの、すべてのことは実は『一』なるもの、ひとつのことである。『私』というものも、そして『貴方』であるものも、実はこの世のすべて、森羅万象までが、ただひとつのものであり、『私』が目にするものはすべて『私』の心の内部を映し出したに過ぎないのである。それゆえ、絶対的客観というものは存在しない。客観というものも、すべて主観による心の変現であり、その認識作業から独立したものではない」聖詮の声が堂内にしずかに響く。

明恵は講義に聴き入りながら、目を見張る思いだった。「今、こうして見、感じていることのすべては、私の意識が映し出したものだという。それならば、一人として同じものは見ていないことになるではないか……」

人は自分の意識が映し出す世界に住んでいる。それこそが世の中であり、世界であると信じている外界のすべては、その人自身の意識が生み出したものであり、投影であると唯識は言っていた。『心外無法』、人生の出来事のすべて、経験した世界のすべては、自分の意識から生じたものであり、そこから一歩たりとも出るものではないという。

明恵は尊勝院を出ると、ひとり春日の森を歩いた。日差しが明るかった。木々は芽吹きの季節を迎えていた。青い空を雲がゆっくりと流れていく。

唯識を学び始めてからは、空を見る目が変わった。風のそよぎを感じる感覚も変わった。感覚が鋭敏になり、何を見てもそれを見、感じる心の目が開いていくようだった。

「ああ、私はようやく広大な世界、知恵の海辺へと辿り着き、その彼方を目指して舟をこぎ出したところなのだ」と明恵は思った。心が思い込みの鎖を解かれてどこまでも広やかな青い空へと上昇していくような気がした。

その夜、横になってからも明恵はさまざまに思いを巡らせ眠ることができなかった。

「悟りがすべての捕らわれから自由であるということなら、私たちは現実のすべてへの執着の種を絶たねばならないということだ。ああ、それにしてもこの私はなんとたくさんのことに捕らわれていることだろう……」

いつしか灯明の油が尽きかけていることにも気がつかなかった。

「でも、肉体は朽ちても魂は死なない。私たちの魂は死ぬことがないという。輪廻転生しながら、気づき、学び、成長しつづける。すべてのとらわれから解き放たれるその時まで。全き自由に辿りついたとき、すべてのものへの執着を捨て去ることができたとき、そのとき私たちは華厳経に書かれたことの意味を知るであろうという。もしかしてそれこそがこの世に生を受けたことの真の意味なのだろうか……」

灯明の蓬《よもぎ》の芯が次第に細くなりふっと消えた。するととたんに開けはなった窓から一気に月光が差し込んできた。

明恵は立っていき、春日の森の上にのぼった満月を見上げた。

突然、心の底から激しい喜びが突き上げてきて、明恵はじっとしていられなくなった。裸足で庭に降りた。辺り一面、夜露がびっしりと降り、露の一滴一滴が光を宿してあたりを銀色に輝かせていた。素足の裏に月の光を踏みながら歩いた。

月を見上げて明恵は思わず笑った。何故自分がここにいて、何故にこのようなことをしているのか、明恵には分かった気がした。

「ただ、生きよ、そのままに、と大いなる者が言っている。それはそのまま私のこの命の声なのだ。この私は私であると同時に私ではない。もっと大いなるものの一部なのだ。私とは学びのためにかりそめの命と形とを与えられた宇宙そのものなのだ……」

明恵はそのまま二月堂の前を過ぎ、春日の森の方へと歩いていった。したたるような月光を浴びて森は静まり返っている。木立の下では鹿の群が眠っていた。

草が香り立つ。森は月光を浴びて安息の溜め息をもらしていた。浮き立つような思いで袖を翻し、明恵は一気に傾斜を駆け降りていった。そして、飛火野まで来て足を止めた。緩やかな草地が月光を浴びて銀色に縁どられていた。

蓮の葉の一滴の露に全宇宙は宿る、と華厳経は言う。降り注ぐ月光を浴び、歓喜に満たされて、明恵は月に両手をかざし、その場に立ちつくした。

しかし、東大寺での暮らしが二ヶ月、三ヶ月になると、明恵は自分の周囲の若い僧たちの言動が気になり、煩わしく思いはじめた。

ほとんどの者が真剣に教義を学ぼうとはしていなかった。ましてやそれを実践しようともしない。ただ講義を聴き、面倒だ、分からんと言いながら、駄弁を弄している。家柄といい、環境といい、明恵よりはるかに恵まれた者ばかりだった。

この東大寺ばかりでなく興福寺、またあの仁和寺でも多勢をしめるのは門閥の出身者である。言葉や建て前とは裏腹に家柄を誇る彼らは、地方武士の家から出た者を見下していた。さらに始末が悪いのは、ただ僧籍にあるだけで、自分たちの方が俗界に生きる人々よりずっとすぐれていると思いこんでいることだった。

ほんの概論程度を学んだくらいで、すでに仏道の奥義を極めたかのような言動をする。『悉曇《しったん》字記』を少々読みかじったくらいで学僧をきどる者もいた。梵字がすこし読めるだけで、梵語による膨大な理論体系を理解しているような口をきく。

さらに明恵が我慢ならないのは、理論だけでは不足だと豪語し、密教をほんの少しかじったくらいで実践と称してあれこれと祈禱のまねごとをしてみせる者たちだった。自ら学生真言師などと名乗ってよろこんでいる。

明恵はいつしか彼らと距離を置くようになっていた。明恵自身は真言密教を修めたところで祈禱師になる気など毛頭なかった。どれもそれなりの価値があることは認めている。しかし、そのうちのどれかひとつを選べと言われても、どれも自分が求めているものを満たすには不十分だった。

人が執着から自由になり、真の幸福にいたるにはどうすればいいのか、そのための方法と知恵が欲しかった。明恵にとって、仏教を学ぶ理由は他にはなかった。

このごろでは時間が許すかぎり写経所にこもっている。できうる限り多くの経典に触れ、さらに深遠なる叡智に触れ、学び取りたいと思っていた。そんなある日、講義が終わって尊勝院を出たところで、明恵は他の学生たちに取り囲まれた。

「明恵房、とか申されたな。時には朋輩との交わりも大事ではないか。そうそう気難しい顔で写経所に籠もってばかりでは、面白くもなかろうに。はては、文覚上人のご指示あってのことかな」

「その文覚殿こそ、行あれど学なき荒上人などと陰口を叩かれたお方というではないか。もとは武者の出で色恋沙汰のあげくに出家とか。下世話なことにも通じた話の分かるお方ではないのかな」

明恵は黙っていた。何か言ったところで通じるはずもないと思った。

「のう、今宵、興福寺で延年があるという。見物に行こうではないか。それに評判の猿楽者も出るというぞ」

「せっかくのお誘いではございますが、まだ所用が残っておりますので今宵は失礼させていただきとうございます」

明恵は顔を伏せたまま言った。会釈をして彼らの脇をすり抜け、足早にその場を離れようとしたとき、明恵の前をいきなりその内のひとりが足でさえぎった。

「見かけによらず頑固者よのう。付き合いの悪いことこのうえなしだが、それより聞きたいことがある。膳に出されたものも半分しか食わないのはどうしてだ。食べることを罪悪のように考えているらしいが、なにゆえだ」

「それは私も聞いてみたかった。飯のみ食べて、昨夜は凍り豆腐にも手をつけなかったが、なにゆえそのようなことをする」

明恵は顔を伏せて黙っていた。なぜ食べないのか、こんなところで話す気にはなれなかった。

「腹がすかないからでございます」

「そんなことがあるはずがない。誰もが今の量では足りぬ。一汁一菜ではどうにもならない。なんとしてでももう少し食べたい、食い物のことが頭から離れぬのじゃ。今日もこれから興福寺に行くのはそのためだ。物売りがきておる。なんぞ干した柿でも手に入れようと思うとる」

「のう、そうもったいぶらずに食べないわけを教えてくれ」一人が明恵の前をふさいだまま言った。

「腹がいっぱいになればろくなことを考えません。ただ祈り、経を学ぶにはさほどに食い物がいるとは思いませんゆえ」

「ろくなこととはなんだ」

「余分に食べれば、よけいなことで悩みます。経に集中ができなくなります」

「わかった。女人のことだな。それはそれは……。明恵房にも悩みがあったか」そう言って一斉に笑った。

明恵は不覚にも頬が熱くなった。逃げるようにその場を離れた。

充分な食い物があり、贅沢に慣れてしまえば、自分の中で出口を求めてうごめいている得体の知れない獣が暴れ出すにちがいなかった。健康で若い体はつねに自らの欲望に振り回される。もし、その欲望にいったん出口を与えたら最後、取り返しのつかないことになりそうな気がしていた。

それゆえに甘美な幻想を抱くことも自分に禁じた。具足戒を授かった以上、鉄のような意志と不断の決意がなくてはとうていこの誓いを守りきれるものではなかった。明恵がそのために見つけ出した方法が必要最小限しか食べない、余分の精力を持たないようにする、という方法だった。

とはいえ、今の明恵にとっては延年や猿楽などを見物するより、経典に埋もれて釈尊へ思いを馳せているほうがずっと楽しかった。経典を読みながら、明恵は意識を集中し、天竺のありさまを想像するようにしていた。

獣や鳥たちまでが菩提樹の陰で釈尊の声に聞き入っている。花が咲き乱れているその場所には善男善女もまた遠巻きに講話を聞いている。風は、空は、そして香りは、その場のありさまを明恵は克明に思い浮かべてみる。

するといつしか自分がまるでその場にいるような心地になった。それが明恵の唯一の楽しみでもあった。

「それにしても……」と明恵は思った。「なぜ私はこのような戦乱と疫病と飢餓の末世の時代に生まれてしまったのだろう。それも自分の因果がさせたことなのかもしれないが、でも、もしお釈迦様と同じ時代に天竺に生まれていたら、どんなにか幸福だったたろう。そこにあのお釈迦様が実際にいらしたのだから」

明恵にとって、今では釈尊こそがもっとも身近な存在に感じられた。読んでいると経文の一語一語からそのお声が響いてくるような気さえした。

それほどまでに強く、明恵は釈尊を慕い始めていた。同じ時代に生まれたかった、お側にいたかったという思い。それはあまりにも切実な、胸が痛くなるほどの感覚だった。

「私はもしかしたらあの時、あの時代におそばにいたのかもしれない。ずっと身近かにいて、その教えを聞いていた一人なのかもしれない」

そう思うと涙があふれてきた。懐かしさと寂しさとが入り混じった、それは恋にも似てひどく切ない生々しい思いだった。


聖詮による『倶舎論』の講義は続き、十ヶ月後、ようやく十九巻目に辿り着いた。しかし、その中でも『有身見』と外道の『神我見』という全く異なる世界観が、聖詮の講義では曖昧でよく理解できなかった。ふたつの意味がどちらも不明瞭なまま混同されている気がした。

そのことが気になって仕方がなかった。気になり始めると、そのまま先に進む気にもなれなかった。明恵は思い切って聖詮に直接その違いについて尋ねてみたが、明確な答えは返ってこなかった。

『有身見』とは、この世界で、意識がかりそめに物質化することによって現れたにすぎない自分の肉体を見て、それが自分だと思い、実際に自分という存在があるかのごとくに錯覚して自分に執着を起こし、また他のものに対しても執着することをいい、狭量な自我のことを示していた。

しかし、一方『神我見』は外道のひとつ神我外道の考え方で、人と天界の双方に常に変わらない

『神我』が存在し、これが万有を支配していると説いている。

そこでは『私』という存在はいったいどう考えられているのか。自分が実際に存在していると思い込んでいるだけで、『私』とは実は幻想であるというのは分かった気がした。では、『神我』とよばれるものはいったいどんなことなのか。夜が更けてきて、仕方なく横になったものの、そのことを考えるとどうしても眠れなかった。

明恵は眠るのを諦めて床の上に起きあがった。そして、目を閉じると手を合わせた。「どうか文殊菩薩よ、できうればこの私に無我法印の正理を授けて下さい」と祈った。

外では木枯らしが吹き荒れていた。再び横になったものの風の音が耳についてなかなか眠れなかった。明恵は溜め息をついた。

眠れない夜はついついつい余計なことを考える。孤独だった。今はもう父母の顔も思い出せない。現実に身内の暖かさも知らず、人肌の温もりも知らない。この世にたったひとり取り残されたような、身の置き所もない寂しさは今も消えない。

孤独をつらいと思い、逃げたいと思うこともまた執着なのだろうか、と明恵は思った。肉体を持つゆえの苦しみ。しかし、たとえ死んだところで、それは肉体だけのことにすぎない。

「……では執着の種をいっさい無くすということが果たしてできるのだろうか。できはしない。だとすれば、私というこの意識、この魂には死さえ許されないということだ。それは永遠に苦界を彷徨わねばならないということではないのか。死ぬことができない、終わることがない、というのはなんと恐ろしいことだろう」と明恵は思った。

「死ぬことができるからこそ、今の『生』が輝きたつのではないか。喜びだろうと悲しみだろうといつか終わると心のどこかでわかっている。だからこそ、今日という一日を生きることができるのではないか。死ぬことがないとしたら、それはまるで底なしの奈落を永遠に落ちていくようなものではないか」明恵は暗がりの中で考え続けた。

翌朝、未明に目覚め、明恵は明かりを手に井戸へ行った。風はいくらかおさまっていた。まだ誰も起き出してくる気配はなかった。雲が吹き払われた空に星が鋭い光を放っていた。桶には薄氷が張っていた。それを割り、井戸の水を汲み上げた。水の方が暖かかった。擦りきれてしまった房楊枝で歯を磨き、凍るような水で顔を洗った。

闇が次第に底深い青へと変わる夜明け前の空は美しかった。空に見とれながら明恵は経堂の方へと歩いた。

経堂の扉を開けると、火の気のない室内は冷えとおっていった。かじかんだ手に息を吹きかけながら、なんとはなしに辺りを見回した。

膨大な経典が棚に整然と積み上げられている。ふとその中の一本の巻物に手が伸びた。それを外の薄明かりにかざして見ると、題字に「一切経開題　沙門空海」と書かれていた。

「沙門空海、ではこれは弘法大師が自ら書かれた解説だということではないか……」

空海、という文字を見て明恵は体が震えた。とっさに弘法大師が自分の疑問に答えようとしてくださっているのではないかと思った。

焦る気持ちをおさえて震える指で紐をほどいた。開いてみたちょうどそのところに、昨夜、文殊菩薩に祈ったあの疑問への答えが書かれていた。

『有身見』とは我執の世界に留まる私たちの自我意識のことを指し、『神我見』は自我意識を脱した意識が、『我』でありながらそのまま『一なるもの』としてあることだと書かれていた。

明恵は嬉しさのあまり経典を胸に押しつけた。

「ああ、そうなのだ。悟りとは、このことなのだ。覚醒した意識とは『我』でありながら大なる『一なるもの』として同時にある、という覚知にいたることなのだ。それが『神我見』なのだ。ああ、なんてありがたいのだろう。文殊菩薩は私の願いをちゃんと聞いていてくださった」

そう思うと、一気に眠気が吹き払われ、身が引き締まる思いがした。

経堂では経典の持ち出しは固く禁じられていたので、明恵はすぐにその部分の暗誦にかかった。ある程度暗記すると急いで自分の部屋に戻り、書き写した。経堂に行ってはまた暗誦し、走って戻っては書き写す。三日の間、時間の許す限り明恵はそれを繰り返した。

東大寺で学び始めてから二年後の春、明恵はふたたび高雄神護寺に戻った。

周山街道を上っていくとやがてあの大好きな桜の木が見えてきた。花が終わり、今は緑の葉がつややかに風に揺れている。

「明恵、ただいま戻りました」木の下に立つと帰京の挨拶をした。ひとしきり風が吹いて枝をゆらした。その下には清滝川が白い飛沫を上げて流れていた。橋を渡ろうとして、あらためて高雄の山を眺めた。目の覚めるような鮮やかな緑に覆われている。風までが光っていた。

やはり自分にとってはここが我が家なのだ、と明恵は思った。

山門をくぐると庫裏も宝蔵も明王堂までが普請が終わり、神護寺は見違えるほど立派な佇まいをみせていた。寺に住みついている犬が走り寄ってきて足下にじゃれついた。

「よう戻られた。また背が伸びたな」上覚がうれしげに出迎えた。

明恵は文覚の僧房へ行った。

文覚は明恵の顔を見ると、一瞬沈黙した。少し間があって、「なかなかの相になった。たいそうなことを学び取ったとみえる」と言った。

「東大寺に参りますときは、そのままあちらに残るとは思ってもみず、ご挨拶もいたさないまま二年もの無沙汰をいたしてしまいました。お許しください」

「なに、前もって言われれば、なんのかんのとそなたを引き留めたかもしれん」文覚は自嘲気味に言った。「しかし、かように立派な僧になったそなたに、もう給仕など頼むことはできぬな」

「いえ、こちらに留めていただきます間は、この明恵、できますればかつてのようにまたお上人様のお給仕をさせていただきとう存じます」

明恵が言うと、文覚は手を振った。

「そのようなことはもうさせられぬ。そんなことより、そなたにはこれからやらねばならないことがたんとある。気にするでない。伝法灌頂までどう早くても二年はかかる」

「伝法灌頂でございますか」

「そうだ、そなたには一日も早く阿闍梨になってほしい」

伝法灌頂は阿闍梨になるための儀式を言う。密教の奥義は阿闍梨にならなければ伝授されないことになっている。それまで四度加行といい、定められた修法にしたがって厳しい行をすべて満行しなければならない。それにはどう頑張っても二年はかかる。

知りたいことは山ほどあった。一生かかっても学びきれないほどの量である。その手始めに伝法灌頂を通過しなくてはならない。十八道加行に始まって、金剛界念誦次第と胎蔵界念誦次第に従って修法を行い、最後は五段護摩を修する。

密教を学ぶことの意味は、『神我見』に言うように、『我という個』の意識が『我』でありながら、同時に『大いなる一』であるということを身を持って感得し、真に理解することにある。

「上覚に申しつけてある。十八道加行は上覚が伝授してくれる」文覚が言った。

上覚はすでに多くの修行を積んで伝法大阿闍梨の職位を得ていた。

庫裏に行ってみると、また新しい弟子たちが増えていた。明恵を知らない者もいた。

「義誓と申します」と一人が言い、明恵の荷ほどきを手伝い始めた。年の頃は十四、五歳、まだ少年の面ざしを残している。

「良顕と申します」

またもう一人がそばにやってきた。二人とももとは武士の子弟らしく、立ち居振る舞いもきびきびとして隙がなかった。

「これはみんな明恵様が書写なさったのでございますか」

荷をほどきながら、良顕は目を見張った。かついで帰ってきた荷物のほとんどは東大寺の写経所で写し取った経典だった。二年の間、写経が許されているものは時間が許すかぎり写した。神護寺に持って帰るためだった。

「そうだ、いくら頑張ってもこのくらいしか持って帰れなかった」

必死で書き写したもののその量はまだわずかだった。

「いつかまた東大寺に行こうと思う。経堂には写して持ち帰りたい経典がまだまだたくさんあるからな」

「そのときはぜひお供させて下さい」義誓が言った。目の明るい少年だった。

上覚はその夜、明恵のいる庫裏にやってきた。

「帰って早々ではあるが、明朝、十八道加行《じゅうはちどうけぎょう》の伝授をしようと思う」

「ありがとうございます。いよいよ四度加行に入らせていただけるのですね」

「そうだ。私が伝授できるのは十八道加行のみだ。それが満行した後は、金剛界念誦次第と胎蔵界念誦次第に入らなくてはならないが、それについてはしかるべき方にご指導をお願いすることになる」

「ありがとうございます。ただ、ひとつお願いがございます。その間にどうしてもやりたいことがございます」

ひとつの行を満行するのに必要な期間は一日三座、合計百座と定められている。明恵はすでに頭の中で計画を練っていた。

「いったい何をやりたいのだ」上覚は怪訝そうに聞いた。

「ご存じのとおり、ここ神護寺にはいまだ経典が充分にはございません。むしろ基礎的なものも含めて足りないものの方が多いのが実情です。東大寺はまさに経典の宝庫でした。聖詮様にお願いをして、もしお許しいただけた暁には、それらのうち必須のものから順に書写をさせていただきたいと思っています。後進のためにもこの神護寺にできるだけ経典をととのえておきたいのです」

「それは私もなによりのことだと思う。確かに今のままでは問題だ。学びたくともここにはほとんど経典がない。早速お上人様に相談することにしよう」

翌朝、明恵は上覚から十八道加行の伝授を受けた。本尊は如意輪観音菩薩である。身《しん》・口《く》・意《い》の三業を浄め、十八契印を結び、諸尊それぞれを供養する作法を学ぶ。

ところが初めてこの行にはいった日の夜、明恵は不吉な夢を見た。満月の上に七、八尺はあろうかという黒い剣が被さるように浮かんでいた。目覚めた後も、体の芯に何かしら不快な感覚が残っていた。行のやり方になにか間違いでもあるのかと思い、上覚に確かめてみたが、分からなかった。

「とくに問題はないはずだが……」

「しかし、なにかしらまだしっくりしないのです」

明恵はそんな気持ちのまま行を続ける気になれなかった。夢のことが気になって、結局、迷ったすえにこの行を中断した。

そうしたある日、ふと足が向いて、明恵は神護寺西山の別院に行ってみた。そこには、まだ開いてみたことのない経文があることを思い出したからだった。別院までは手が回らなかったとみえ、中に入ってみると、かなりの量の経文が埃をかぶったまま棚に雑然と積まれていた。

明恵は古い経文をひとつひとつ手に取ると、丁寧に埃を払い、開いて見ていった。その中に『遺教経』と書かれた巻物があった。かなり傷んでいたが、間違いなくそれは文字通り、釈尊が入滅される直前に弟子に残された最後の経典だった。

それが分かったとたん、胸が震えた。それまでずっと恋慕にも似た思いを抱いてきたお釈迦様の最後の言葉に自分は今、出会ったのだ、そう思ったからだった。

書かれている文字は粗悪きわまりなかったが、どうにか読むことができた。

「……お釈迦様が入滅されて二千年も経ったというのに、今、こうして自分が最後のお言葉を手に取って見ているのだ。慕い続けてきたこの思いが届いたのかもしれない」

そう思うとふいに涙が溢れた。父の形見を手にしているのも同じだった。涙にかすんだ目を袖で拭いながら、明恵は一語一語を確かめるように丁寧に読んでいった。

『遺教経』では自らの入滅後に弟子たちが歩むべき道として、まず身口意の別解脱戒について触れられていた。「三毒五欲の煩悩を抑制して邪事を離れ、八大人覚を修して退転することなく、常に静寂な地を求めて精進すべし」と書かれていた。

不吉な夢見が気になって、十八道加行を途中で止めてしまったわけはここにあったのか、と思った。加行に入る前に、どうしても心得ておかなくてはならないことが、そこには縷々記されていた。これをきちんと守ることを認識してから十八道加行に入りなさい、とお釈迦様から直に言われている気がした。

経典の紐を結び、両手に捧げ持って頭を下げたあと、明恵はしっかりと胸に押し当てた。そうしていると、お釈迦様の時代から二千年も後に生まれてきたことへの悲しみと、こうして今、まさにその遺教を手にしていることの喜びが入り混じって、ふいに嗚咽が漏れた。

明恵は『遺教経』を自分の経袋に大切にしまいこんだ。これこそが父を知らぬ我が身に、お釈迦様が与えてくださった形見だと思えたからだった。

以来、明恵はこの経を生涯その身から離すことはなかった。


そうしたある日、男の子がひとり母親に連れられてやってきた。武士の子らしく藍色の小袖袴をきちんと着せられている。年は十一、二歳くらい、ひどく痩せてはいるものの、垂れ髪を残した顔にはまだあどけなさが残っていた。親と別れる悲しみを必死で堪えているのか、終始顔をうつむけて硬くなっていた。

文覚に呼ばれ、明恵は上覚とともに文覚の後ろに控えた。

母親は文覚の前で深々と頭を下げた。黒髪が床にこぼれた。着ている小菊をあしらった小袿も紅の袴も色あせて、困窮ぶりは繕いようもなかった。

「この子の父も兄もかつては後白河院さまの武者所におりましたが、西国にて討ち死にいたしました。この子がまだ三つになったばかりのころでございます。平氏追討の手からこの子を守りたい一心で私の里に身を隠し、命をつないでおりました。累代の武者の家に生まれたからといって、父や兄のようにむざむざ死なせとうはございません。この上は亡父や亡兄の菩提を弔い、自らも二度と殺生などせずに済みますように、どうかお弟子の一人に加えてやってくださいませ」母親は涙ながらに言った。

「そなたは今幾つじゃ」文覚が尋ねた。

「十一歳にございます」本人に代わって母親が答えた。

「楽ではないぞ。覚悟はできておろうな」

「はい」その子は消え入るような声で答えた。

「よろしいですか、牛頭丸《ごずまる》、皆さまの言いつけをよく守って一日も早くよき法師になるのですよ」

牛頭丸と呼ばれた少年は黙ってうなずいた。膝に置いた手がかすかに震えていた。

母親は挨拶を終えると泣く泣く帰っていった。虫の垂れ衣が木の間隠れに遠ざかるのを明恵と上覚は山門から見送った。

牛頭丸は清滝川にかかる橋のところまで母親を送っていった。戻ってきた牛頭丸は目を真っ赤に泣きはらしていた。それを恥じて、声をかけても顔を上げようとはしなかった。

「牛頭丸、こちらへ。庫裏へ案内しよう」

明恵が言うと黙ってついてきた。明恵は先に立って新しく増築された庫裏へ連れていった。

「さあ、ここに荷物を置くがいい。朝は当分の間、誰かが起こしてくれるが、慣れたら夜が明けないうちに自分で起きるのだぞ。まずは諸尊に差し上げる閼伽の水を汲むことから始まる。他の兄弟子たちに習って作務と勤行の仕方を覚えなさい。義誓、良顕、牛頭丸のことを頼む。いろいろ教えてやってくれ」

よほどの困窮ぶりだったと見え、牛頭丸は肩がとがるほど痩せていた。母のことを思い出すのか、明恵の言葉にいちいちうなずいてはいるものの、ふっと目が涙でいっぱいになる。

その姿を見て、明恵はかつて自分がここへ連れて来られた日のことを思った。あまりの寂しさにいつも涙をこらえてばかりいた。

「今はここで若い弟子たちがみなで寝泊まりしている。私がここに来たばかりのころは兄弟子とは年が離れていて、私は賄の者と庫裏の隅に寝かされていた。なにがつらいといって、冬の夜中に厠に行くときが一番つらかったな」

明恵がそう言うと牛頭丸ははじめてかすかに笑みを見せた。

「なに、すぐに慣れる。なにか分からないことがあったら、いつでも良顕か義誓に聞きなさい」

「はい」牛頭丸はうなずいてまた涙ぐんだ。

牛頭丸はその二年後、十三歳で得度、名を義林房喜海と改めた。以来、喜海は生涯にわたって明恵のそばを離れることはなかった。

ある日のこと明恵が上覚に呼ばれて庵に行ってみると、見知らぬ僧がいた。初老のその僧はかつて重代の勇士とうたわれた藤原秀郷の血脈につながる家柄であるという。体躯の立派なきりりとした風貌の方だった。

「西行殿だ。ご挨拶をしなさい」

西行と聞いて、明恵は一瞬身を引き締めた。西行は歌詠みとしてもその名を馳せ、都ではその名を知らぬ者はなかった。

「明恵房成弁にございます」

「明恵房と申されるか。湯浅党の武者になるのはお嫌であったか」西行は明恵をじっと見て言った。目には笑みが浮かんでいる。

「亡くなりましたこの子の母が、この寺の薬師仏に法師として参らせるゆえ、男の子を授かりたいと願をおこしたのです。ついこの前までは、それゆえ薬師と呼ばれておりました」

横合いから上覚が言った。西行は上覚が心酔している歌詠みのひとりだった。

確かに西行には老いを迎えようとしている今も、人の心を惹きつけずにはおかないものがあった。端正な風貌もさることながら、出家のいきさつにまつわる伝説がその姿に深い陰影を与えているかに思われた。西行には恋慕の激しさを歌ったものも数多くある。西行はしばし歌のことなど上覚と語り合い、これから丹波を越えて敦賀へ行くのだといって帰っていった。

西行を見送り、庫裏へと戻りながら上覚が話すともなく話し始めた。

「西行殿はかの藤原秀郷の血脈に連なるお家柄だが、そなたのように幼くして父を亡くされた。そのせいか、若い頃から求道心は人一倍強かったという話だ。それもあって若くして武士を捨て、出家を果たされるのに未練はなかったようだ。この旅では鎌倉の頼朝殿にも会われたよし」

西行が出家をはたしたのは二十三歳の時だったという。

「西行殿は後白河院の北面の武士であられたが、噂にさる高貴の女人に懸想をされ、かなわぬ恋ゆえに諦めざるを得ず、それが原因で出家されたと人づてに聞いた。そなたにこの歌は分かるかな。『思ふれどさらに心は幼びて　魂切れらるる恋もするかな』……」

上覚は西行が若い頃詠んだという歌を口ずさんだ。

「かなわぬ恋に身をさいなまれながら、ただひとり山を歩く、凄絶な思いが伝わってくるいい歌だ」

それを聞いて、魂が切られるほどの恋とはいったいどんなものなのだろう、と明恵は思った。明恵には人の恋というものがまだ分からない。誰かを恋うるというのは、釈尊に対する自分の思いに似ているのだろうか。そう思いながらも、なぜかその歌は明恵の胸に深く刻まれた。

建久二年（一一九一）、明恵が十九歳になった春のこと、文覚の招きで勧修寺《かじゅうじ》慈尊院の理明房興然が神護寺を訪れた。時に興然は七十一歳、明恵はこの方からいよいよ金剛界念誦次第と胎蔵念誦次第という両界の大法と五段護摩の修法を伝授されることになっていた。

これらの行をすべて満行した後、はじめて伝法灌頂を受ける資格が得られ、その後、阿闍梨となった暁には一字を持つことが許され、密教の奥義を伝授されることになる。興然は東寺を根本道場とする東密の小野流の高僧だった。

興然は伝授の道場となる大師堂に金剛界と胎蔵界の両界曼荼羅をかけ、その中心、一段上に本尊として持参してきた仏眼仏母尊《ぶつげんぶつもそん》像の軸を掛けた。その開眼供養には仏眼法《ぶつげんほう》が修された。

明恵は興然の背後で仏眼仏母尊呪を唱えながら、陶然とそのお姿に見入っていた。美しい女人のような姿の仏はうっすらと微笑を浮かべて白い蓮の花びらのうえに座しておられる。

「なんて美しい仏様だろう。お釈迦様を父君と思い慕ってきたけれど、この方はまさに母君のようではないか……」明恵はそう思った。

それから半年あまりの間、興然は神護寺に留まった。明恵は金剛界念誦次第を伝授された。また上覚をはじめ相照などすでに阿闍梨の資格を持つ者たちには興然から理趣経法、孔雀明王法などの伝授が行われた。

神護寺はいよいよ形だけでなく内実をともなった密教の寺になろうとしていた。文覚の大願はまさに成就の時を迎えていた。

明恵はまだ夜も明けない寅の刻に道場に入る。堂に入ると、座を整え、水を換え、香を焚く。仏眼仏母尊の前で五体投地を繰り返す。灯明のほのかな光に照らされて微笑を浮かべた眼差しがそっと自分を見守ってくれている気がした。

金剛界念誦次第にしたがって修法を行う。一座終えるのに二時間を要した。三座が終わって道場を出るときにはすっかり日が暮れている。

三時の行が終わっても、どうしても仏眼仏母尊のお顔を拝したくなった時は、夜更けてひとり道場に入った。そのお顔を見ている時だけは消えることのなかった寂寥の思いが癒される気がした。

思いが深かったせいかどうか、そのころから眠りに就くと度々夢を見るようになった。美しい童子が宝玉で荘厳された絢爛な輿に乗っていたり、馬に乗っていたりする。手綱を取って下さるのは仏眼仏母尊だった。そんなときは、「ああ、この童子は私だ、私は仏眼尊と同体になっている」と思ったりした。

そんな朝は暖かな思いに満たされて目が覚めた。今ではこの仏が母のようにもかけがえのない女人のようにも思われた。いとしさは日々深まっていく。

ある日、行のなかばのことだった。明け方、背中に星を持つ猪の群れの夢を見た。三、四寸ほどの星が猪の背中に燦然とかがやいていた。

目が覚めてから、その夢はきっと金剛界念誦次第を満行できるという知らせにちがいないと思った。ある高僧に七つの星を持つ猪を捕って料理して差し上げたという伝説を明恵は思い出したからだった。

そのせいかどうか、今度はその高僧らしい人が夢に現れた。そして、「明日、金剛薩埵《こんごうさった》の大楽、般若理趣経を授ける」と言った。目覚めてからふと夢見のことを思い出し、金剛薩埵の大楽とはいったいなんだろうと思ったものの、そのまま忘れてしまった。

翌日も明恵はいつもどおり金剛界念誦次第の行に入った。千八十回の散念誦《さんねんじゅ》に入ってまもないころだった。仏眼仏母尊像の上辺りからさやかな経を読む声が響いてきた。空耳かと思い、真言を止めていったん耳を澄ませてみたが、声は聞こえなかった。

そしてふたたび明恵が真言を唱え始めたとき、声がまた聞こえてきた。遠く近く虚空に響くような声だった。

「もしや、これが昨夜の夢に現れた僧が言った般若理趣経かしら」と明恵は思った。真言を唱えるのを止めて、またもその声に耳を澄ませた。もしかしたら、自分は今もまだ夢を見ているのかもしれない、と思ったその時、明恵はふと我に返った。

「いや、これこそ金剛薩唾の大楽という理趣経にちがいない」

明恵はそばにあった筆を執って急いでこれを書き留めたが、初めの部分だけがどうしても思い出せなかった。それにしても不思議なできごとだった。

行が終わると、明恵は再び目を閉じて、必死に念じた。

「もしあなたさまが大聖の指授であられるなら、もう一度、どうか理趣経をお聞かせください。『金剛手若有聞《こんごうしゅやくゆうぶん》此《し》清浄《しょうじょう》出生句《しゅっせいく》……』以下がどうしても思い出せません」

しかし、声はもう二度と聞こえては来なかった。

その日の夢にまた仏眼仏母尊があらわれ、明恵に一通の文を手渡した。表書きに『明恵房仏眼』と書かれていた。願いは叶うということか、と明恵は目覚めてから思った。

再び行に入ると、上壇から声が響いてきた。理趣経だった。明恵は書き残した部分を急いで書き取った。一座の行が終わり、明恵はさきほど書き取った経を、灯明の明かりにかざしてあらためて見た。その意味を理解しようとよくよく読んでいくと、その内容に明恵は一瞬、目眩を覚えた。男女が惹かれ合い、互いに見つめ合うのも菩薩の境地であり、互いに触れあいたいと思うのも菩薩の境地であり、互いを抱きしめ合い、喜びを感じるのも菩薩の境地である、五感が感じるすべてのことは清浄であると言っていた。

明恵は呆然となった。五欲のうち、戒律を守る僧というものは決して女と交わってはならぬ、色欲を捨てよと教えられていた。具足戒を授けられた者は二百五十もの戒を守らねばならない。

しかし、この理趣経には人の持つ意識のすべて、欲望のすべて、肉体が感じるであろう感覚のすべては清浄である、と書かれていた。

明恵は夢とうつつの間をさまよっているような心地で金堂を出た。般若理趣経の言葉はこれまで学んできた仏教の教えとは根本から異なっていた。不浄だと教えられてきた男女の営みすらも清浄であると理趣経は言っていた。


それを深く理解しようと、繰り返し読んでいたせいだったかどうか、数日後、明恵は美しい女人の夢を見た。

その女人は色の白いふっくらとした面差しの美しい人だった。高貴な方らしくまとっている綾織りの小袖には色鮮やかな花蝶の刺繍がほどこされている。

「あなたにお会いしたく訪ねてまいりました」とその人は言い、伏し目がちに微笑んだ。豊かな胸元からは匂うような色香が立ち上っていた。

「……なんて美しい人だろう」

明恵はたちまちその人に恋をしてしまった。

女は明恵を誘うように艶やかな笑みをうかべ、先に立って歩いていく。その先には立派な御堂があった。女は扉を開け中にはいると、明恵を誘い入れた。堂に入ると女は恥じらうそぶりも見せず、するりと美しい小袖を脱ぎ、うちきの前を開いた。緋色の袴の紐を解くとその豊かな肉体をあらわにした。

女は明恵の手を取り、引き寄せた。明恵もまたその人が愛おしくてならなくなり、抱きしめた。体と体が交わる心地がして、暖かな女の体が深々と感じられた。と同時に、激しい喜びが明恵の背骨を貫いていた。歓喜に明恵は声を漏らした。

そのとき、どこからか声が響いてきた。「その喜びこそが菩提を開くもとである。忘れてはならぬ」と声は言った。しばらくは陶然とした心地のまま、明恵は女の暖かく柔らかな肌の感触をいとおしんだ。

夢から覚めてみると寝具を汚していた。しかし、激しい歓喜の余韻はいまだ体の芯に残っていて、体が溶けてしまいそうだった。『男女が交わるのも菩薩の境地である』と般若理趣経は言っていた。

夜が明け始めていた。明恵はそっと起き出すと湯殿にいき、桶の水で体を洗い、着替えた。朝霧のなかを金堂の方へ向かいながら、あの女人は菩薩の化身だったのだろうか、と思った。あたかも積年の恋が成就したかのように、胸のうちには夢の女への愛おしさがいまだ色濃く残っていた。


それからさらに一年の後、胎蔵界念誦次第、五段護摩とすべての行を滞りなく終えた明恵は伝法灌頂を待つだけとなった。

「いよいよ伝法灌頂だな」上覚が嬉しげに言った。

「はい、しかし、その前にどうしてもやりたいことがございます。以前にも申し上げたとおり、この神護寺には経典があまりに少なく、不便で仕方がありません。学ぼうにも、教えようにもこれではどうにもなりませんので、焦っております。できれば、伝法灌頂の前に、東大寺に参りたいのです」

「わかった。その件についてはすでにお上人さまにお願いしてある。さすがに明恵房だと仰せであった」

明恵は上覚とともに文覚のところへ行った。

「いや、よう言うてくれた。確かにここにはろくな経典がない。いずれそなたが華厳経を復興させるときがくる気がしておったが、これもそのことの現れだ。いや先だって上覚房からその話があったおり、こちらからも聖詮殿にはその旨お願いしておいた。いつ始めてもよいとのご返事だ」

「ありがとうございます。すぐにでもかかりたいのですが、実は……」

「なんじゃ、言うてみよ」

「書写するとは申しましても、その量は厖大です。ひとりでやっていてはいつ終わるともしれません。書写するだけではなく、間違いがないよう校合しなくてはなりませんので、何人か手のきれいな者を手伝いとして連れて行きたいのですが」

「それもそうだな。手のきれいな者というと、義誓か良顕がよかろうと思うがどうだろう」上覚が言った。

「はい、異存はございません。それに喜海も連れていきたいのですが、よろしいでしょうか。たいへん利発で言ったことは一度で覚えてしまいます。校合には打ってつけかと思われますので」

喜海は素朴で善良だった。しかも打てば響く感度の良さと明晰さがあった。明恵の行くところならどこにでも着いていきたいと言う。明恵には実の弟のようにも思えていた。

「そなたの思うようにするがいい」文覚が言った。

「はい、ありがとうぞんじます」

明恵はいさんで庫裏にもどった。若い僧たちの指導はいつしか若い明恵に任されていた。

そうして間もなく、月に一度の奈良東大寺通いがはじまった。明恵一人のこともあったが、時には義誓や良顕、喜海などを伴って出かけた。良顕は十五歳、義誓と喜海は十四歳、若い者ばかりの旅だった。道中、みんな楽しげに大声で陀羅尼《だらに》を唱えてみたり、ふざけあったりした。だが、明恵だけはいつも静かだった。それでも若い者たちに小言を言うことはなかった。

はじめて東大寺の南大門をくぐった時、全員が声を上げた。東大寺はいまだ毘盧遮那仏をおさめる大伽藍の普請が続いていたが、その大きさは想像を超えていた。

「これが重衡の焼き打ちで一度は焼けてしまった大伽藍なのですね」

「そうだ、しかし、他の建物は修復が終わっている。経堂も一度は焼けてしまったが、全国の寺から仏典が寄せられ、今ではこの国随一の量を誇っている」

尊勝院の宿坊の一部屋をあてがわれ、みなそこで眠った。朝は神護寺と同様に作務をしてから写経所にこもる。四人はすぐに膨大な数の経典の書写に着手した。墨の香りが清らかで、さやかな筆の走る音だけが聞こえる。

まずは金剛界念誦次第の書写に入り、四、五日の間にすべて写し終わった。校合が終わると、最後には明恵が必ず立ち会い、まちがった箇所は小刀で削って書き直す。そして、書写の責任者として自分の名を記す。

おどけて『当山第一の非人成弁の本なり』とか『当寺の瓦礫明恵房、この山の厠掃除の夫、法師成弁の本』、または『日本国第一の乞食法師、今身より未来際にいたるまで、長く僧都僧正になるべからざる非人法師成弁の本なり』などと書いた。

それを見てみな笑った。

食事は大勢の学生たちとともに食堂で摂る。朝は粥と漬物。昼は摂らず、夜は玄米を蒸した強飯一膳のほかに菜や豆の煮たものが少し出た。それだけでは食欲を満たすことができず、他の学生たちは何やかやと手に入れてきてはこっそりと食べていた。

明恵が連れて行った若い者たちもまた空腹はつねのことだった。床に就くころになると頭に浮かぶのは食べ物のことばかりだった。

「ああ、腹が減った」良顕は腹をかかえて唸ってみせた。食べざかりの者ばかり、一膳の飯ではとうてい足りなかった。

「喜海殿は腹が減らないのですか」義誓が訊いた。

「減ります。だからさっき水をたくさん飲んできました」

「それでおさまるのですか」

「いくらかごまかせます」

そんなやり取りを聞いていた明恵が起きあがって言った。

「瞑想をしよう。心が静かになれば身体も静かになる。気が高ぶっていると、身体も高ぶってきて食い物を欲しがるようになる」

そういうこともあるのか、と喜海は思った。言われるとおりにみんな結跏趺坐を組み、目を閉じた。

「ではこれより阿字観瞑想に入る。阿字観本尊はないが、目の前にあると思いなさい」

明恵の指示にしたがって浄三行を行い、蓮華合掌の印を結んだ。

「蓮華の汚泥に染ざるがごとく、我が身もまた三業清浄なることを観想せよ」

金剛合掌から発菩提心、三摩耶戒とすすみ、やがて呼吸が整い始めると、正観に入る。法界定印を結ぶ。

「己の心は清浄にして慈しみの心を開く蓮華である。己の心は清涼な光を放つ月輪である。これの色、形、徳を感得せよ……」明恵の声が静かに響く。

いつしか四人とも禅定に入っていた。目の前に鮮やかな蓮華の花が開き、空には満月が輝きわたり、その光が自らの呼吸に解け、体内に満ちてくる。

どれだけ時が過ぎたのか覚えないままに、再びささやくような明恵の声が聞こえた。

「三力加持の後、祈念せよ。生かされていることに感謝し、生きとし生けるものに慈悲の心を抱き、すべてを仏の御心にお任せをすることを思いなさい。印は金剛合掌である」

やがて静かに目を開き、瞑想から出ると、さきほどの空腹感も何かに心急かされているような焦燥感もすっかり消えていた。

「ではお休みなさいませ」

良顕が言い、互いに一礼すると眠りに就いた。

喜海はなかば眠りかけながら思っていた。

「明恵という人はほんとうにやさしい方だ。どうしたら私たちをいたわることができるのか、よくよく考えてくださっている。いつか私もあのようになりたい……」

建久二年（一一九一）、明恵十九歳の春より始まったこの作業は、あしかけ四年、建久六年の秋まで続くことになる。


建久三年、時代の激流を巧みに泳ぎ抜かれた後白河法皇もついに崩御された。時代は後鳥羽天皇の世となり、摂政には頼朝の息のかかった九条兼実が据えられた。九条兼実は当代随一の老獪な政治家だった。清盛の時代を生き抜き、後白河法皇の信頼も得て、頼朝にも重用されている。

源頼朝もまた征夷大将軍に補任されて、名実共に権力の頂点に達した。

そうして建久六年（一一九五）三月、ようやく東大寺大伽藍の再建が終わった。

文覚はじめ上覚、明恵たちもまた東大寺に招聘された。多くの信徒たちに混じって、明恵と若い弟子たちも東大寺の境内の隅から毘盧遮那殿を仰ぎ見た。

「胸がどきどきします」義晢が目を輝かせて言った。

覆いがはずされると、その中から極彩色に彩られた大伽藍が現れた。屋根の鴟尾《しび》が燦然と日の光に輝いている。見ている者たちの間から感嘆の声が漏れた。目が眩みそうなほど荘厳な眺めだった。東大寺はようやく往年の華やぎと荘厳さを取り戻した。

次々にさまざまな供養の品が運ばれてくる。頼朝からは馬千頭、米一万石、黄金一千両、絹千疋が施入されたという。供物を捧げ持ったおびただしい人々の行列は延々と続いた。千頭の馬が居並んで進むさまは壮観の一語につきた。南都の人々は頼朝の力に圧倒された。

供物が備えられ、開眼供養《かいげんくよう》の準備が着々と進められていく。

しかし、開眼供養の前日から夜通し雨風が吹き荒れた。風雨の中、警護についた関東の武士団はずぶぬれになりながらも誰一人みじろぎひとつしなかった。その姿が人々の心を打った。

尊勝院ではすべての学生と同じく、明恵たちもまた毘盧遮那仏の供養の列に連なるため、朝廷から新しい僧衣が下された。上覚と文覚もともに東大寺に到着していた。

すぐに上覚は尊勝院の宿坊にやってきた。

「お上人様は聖詮殿と一緒におられる。ようようこの日を迎えられて、さぞかし感無量であられるだろう。後で顔を見せるようにとの仰せだった」

開眼供養が始まる頃に雨は止んだ。前夜の嵐が嘘のように空は青く澄み渡っていた。春日の森はちょうど桜が満開だった。そよ風に花びらが舞う。

関東の騎馬団数万騎を従えて大路を後鳥羽天皇の鸞輿《らんよ》、九条兼実以下公卿たちの檳榔毛車《びろうげ》、女房たちの八葉車が賑々しく進んだ。騎馬団の先頭に立つのは白馬に乗った武官姿の源頼朝だった。

文覚の晴れがましさはいかばかりだろうと、明恵は思った。大伽藍修造の資金を調達するためにも文覚は鎌倉と南都の間を幾度となく往復した。今は高僧たちに混じって壮麗な唐織の袈裟をまとい静かに瞑黙している。

天皇や公卿たち、頼朝が毘盧遮那殿の中に入り、正面の席につくと、左右に別れ、位並んだ千人の僧侶が読経を始めた。上覚や明恵もその中にいた。

やがて華厳経が上がり始めると千の声は光のつづれ織りのごとく渦を巻きながら伽藍の天井へと駆け昇り、響き合って再び光の滝となって毘盧遮那仏の頭上に降り注いだ。誰しもが今一度、この国に平和で豊かな時が訪れることを祈らずにはいられなかった。

供養が終わると明恵は文覚のところへあいさつに行った。文覚は明恵の顔を見るなり相好を崩した。

「ようよう大伽藍も完成がなった。供養も無事に終わって私も安堵した」

「はい、このような機会に巡り会い、ほんとうに幸せでございました」

「そうかそうか。それはなによりだ。ところで、実はのう、尊勝院でそなたの話が出たが、どなたも感心しておいでであった。あれほど真摯に華厳経学を学ぶ者はこれまで見たことがないとな」

「まだまだ大したことはなにもしておりません。これからようやく華厳経を学ぶ準備ができたという程度のことでございます」

「そなたのこと、そう言うであろうと私には分かっていた。しかし、他人の見る目はちがうぞ。実は華厳経復興については、東大寺のどなたもがそなたを頼りにしておいでのようだ。この私も鼻が高かった」

文覚がそう言ったのにはわけがあった。東大寺尊勝院では朝廷によって執り行われる法会に出仕させる僧を探していた。多くの学生《がくしょう》の中で明恵はその能力において際だっていた。それが尊勝院の院主弁暁の目にも止まった。文覚はその弁暁からじかに依頼を受けた。

「朝廷に出仕させるには、学業に優れているだけではどうにもなりません。姿形が美しく、気品と知性とを兼ね備えていなくてはならない。その点、明恵房は申し分がございません。明恵房を朝廷に連れて参りますなら、多くの親王方や公卿方の目を引くこと、間違いございません。そうなれば華厳経にもさらに目を留めていただけましょう。ぜひにも明恵房をお貸し願いたい」

華厳経の理解を深め、その教えを広めるには、朝廷での公請《くじょう》はまたとない機会だった。明恵はうってつけの人材だとだれもが考えていた。

文覚は明恵に言った。

「そこで、そなたにはここに残ってもらい、朝廷の法会に出仕してもらいたい。また公請も引き受けて欲しいと弁暁殿からもこの文覚に直々に依頼があった」

公請とは朝廷の方々やその家族、学生たちに華厳経の講義をする役目をいう。

明恵は黙っていた。

「明恵房、どんな人間もこのような機会を与えられれば、名誉なことだと小躍りして喜ぶものを、そなたは少しも喜ばぬ。なにが不満なのだ」

明恵とはどこまで気真面目で不器用な人間であろうか、と文覚は嘆息混じりに思った。

翌日、高雄に帰っていく文覚と上覚たちの一行を明恵は南大門の外まで送っていった。

「明恵房、まだ写したいものがあるなら、好きなだけここにとどまってよいぞ」

「はい、もう少し残っております。一、両年中には終わるかと……」

文覚を見送った後、明恵は弁暁に呼ばれた。

「そなたに頼みがある。文覚殿からすでに聞いているとは思うが、華厳経興隆のため、そなたの助けがいる。手を貸してはもらえまいか」

「はい、ただ私のような若輩者につとまりますかどうか」

「この目に狂いはない。学生は数多くいるが、そなたの日頃の精進ぶりは群を抜いている。私はこれまでずっとそなたを見てきた。ぜひにもこの役目を引き受けてはくれまいか」

しかし、明恵は逡巡した。朝廷の法会に出仕したり、華厳経について講義をすることは名誉なことに違いなく、誰しも競って出たがった。明恵自身ですら、その話を聞いたとき、晴れがましく誇らしげな気持ちにならなかったと言ったら嘘になる。

しかし、十三歳のころ、神護寺の薬師如来に願ったことを明恵は今も忘れてはいない。毎日金堂にこもってひたすらに祈った。「名利を捨てさせてください。名声を得たいという心を捨てさせてください。傲慢さを捨てさせてください」と。

野心を捨て、ひたむきに、ひたすらに、名もなき者として生きたいと薬師如来に祈り、そしてそ

う生きてきたつもりだった。今もその気持ちに変わりはないと思っていた
しかし、もし断ったとしたらこの先、公請は断るが、経堂での経典の書写だけは続けさせて欲しい、などと虫のいい要求など通るはずもなかった。書写を断られたら、二度と経典を神護寺に持ち帰ることはできなくなる。

明恵はじっと弁暁を見た。

透きとおるような明恵の視線に出会って弁暁は一瞬たじろいだ。

「なにか不都合でも……」

「いえ、ただお受けするかどうか、数日、考えさせていただけますでしょうか」

「それは構わぬが……。よもや断りはすまいな」

「心を整理する時間をいただきたいのです」

尊勝院を後にしたものの、明恵の心はすっきりとしなかった。このことで最大の問題があるとすれば、自分の心のありようだった。「今は自らの驕心を浄化する機会としてこのお話を引き受けることにしよう」と明恵は思った。

数日後、明恵はようやく東大寺で営まれる朝廷の法会に出ることを承諾した。

承諾したものの、同僚の嫉妬もまた受けなくてはならなかった。聞えよがしに明恵の出自を笑う者さえいた。所詮、下級武士の子ではないかと。彼らがここにいる目的は名を得ること、しかるべき地位に就くことだった。

しかし、嫉妬を被ることもまた、己の心の投影でしかない、と明恵は思った。自分の心にもまた

同様のものがあるはずだと。明恵はそれから数日間、己の心の内を探り続けた。

しかし、講義も二年目に入る頃から、明恵は迷い始めた。

朝廷の方々、学生たちには本気で学ぼうという熱意を持った者は少なく、中には聞きいっている振りをして居眠りをする者、扇で口元を隠して私語を交わす者などいた。明恵は気づかぬ振りをしながら講義を続けたが、いよいよ我慢がならなくなって、院主の弁暁のところに行った。

弁暁は硬い表情で現れた明恵を見て、何を告げにきたのかおおよそ見当はついていた。

「そろそろお暇をさせていただきたく、お願いに参りました」

「そなたが何を言いたいか、私にも見当はつく。続けてくれと頼んでも、聞いてはくれまいな」

「申し訳ございません。私の力不足でございます」

「いや、構わぬ。おおかたこちらの目的は達せられた」弁暁は敢えて明恵を引き止めようとはしなかった。


建久六年（一一九五）十月十六日、ようやく東大寺を離れる日が来た。春日の森は燃えるような紅葉に覆われていた。最後の書写を終えて、明恵は弁暁と聖詮に挨拶に行った。

「ありがとうございました。これで神護寺にも必要な経典がほぼそろいました」

「文覚殿によろしく伝えてくれ。そなたがいなくなると、私もこの東大寺の者たちもまことに寂しい。またいつでもここには顔を見せてくれ。待っておるぞ。できればここに残ってほしかったが、文覚殿が手放すまい」聖詮は寂しさを隠さなかった。

昼近く喜海や良顕たちが迎えに来た。全員で経典をしっかりと包み、籠に詰めた。

「背中がなにやら熱うございます」良顕が言った。

「それはそうでしょう。大変なものを背中にいただいているのですから」

喜海もまた中でも一番重い籠を背負った。十八歳になった今、喜海は弟子たちの中でも体が大きく、背丈も明恵を越そうとしていた。大らかで穏やか、忍耐強い性格で他の弟子たちからも好かれていた。

喜海は先に歩いていく明恵の後を追った。明恵は考え込んでいる風情で黙って歩いていく。南大門を出るとき、明恵は振り返り、毘盧遮那殿に向かって両手を合わせた。

「なにか気がかりなことでもおありなのですか」並んで歩きながら喜海は尋ねた。

「いや……。しかしもう二度とここに来ることはないと思う」明恵はぼそりと言った。

「書写すべき経典はもうないのですか」

喜海が聞くと、しばらくしてから明恵はようやく口を開いた。

「そうだ。必要なものは一通り写し終わった。それに、ここに留まってももうこれ以上は学ぶものがない。ここの学僧たちは官位にしか関心のない出世欲の強い者か、無欲は無欲だがただ仏教を研究するだけで、三密の実践には関心がない者、そんな者ばかりだ。学問のための学問ではなんの役にも立たない。仏教は本来、衆生のためにこそあるというのに、誰もがそれをすっかり忘れてしまっている。だから、朝廷の公請となれば我先に行きたがる。そんな人間しかここにはいない」明恵は足早に歩きながら話した。

「私たちが仏法を学ぶ目的は、さまざまな苦しみを抱えた衆生を救済したいからだ。仏に仕える者は、本来、多くの衆生のために働く下僕にすぎない。しかし、そんなことを本気で考えている者は東大寺には一人もいなかった。みんな派閥を作って互いに地位や名誉を争っている。あれではなんのための大乗の教えだろう。あのような所にいるくらいなら、深山幽谷に入って、遁世の聖にでもなったほうがよほどましだ」

明恵は言いだすと容赦がなかった。これまでも喜海はこの兄弟子がほっそりとした華奢な風貌に似ず、激しい気性を見せるのを何度か見てきた。喜海は思わず口元に笑みを浮かべた。

「どうした」明恵は喜海の顔を振り返って言った。

「いえ、そう仰っていただいて私も溜飲が下がります。それこそがまさに仏道に精進する者のあるべき姿のように思われます」

「いくら気をつけているつもりでも、凡夫たるものいつしか慢心して真実の教えから遠ざかってしまう。ましてや、僧籍にありながらあの体たらく。かえって罪は重い」

喜海もまた東大寺の学生や僧たちを見て、同じことを感じていた。仏に仕える者の謙虚さも人を思いやるやさしさも感じられなかった。高慢で冷たく、人を見下すような視線を向けられたことも一度や二度ではない。

「この喜海、どこまでもあなた様について参ります」思わずそう口走っていた。

「そなたが一緒にいてくれると、私も何かと心強い」明恵はそう言って初めて微笑を浮かべた。

「ともに心を合わせて学んでいこう」

脚力にものを言わせて一行は道を急いだ。南都から洛中へ戻る途中、一夜だけ神社の軒先を借りて眠った。未明にはまた歩き出し、二日後の日暮れには神護寺に辿り着いた。暮れなずむ高雄の山は美しい紅葉に覆われていた。

「ここに帰ってくると、やはりほっとしますね」良顕が言った。

明恵も同じ気持ちだった。南都の華やかで壮麗な寺院より、この山寺の方が心身によくなじんだ。

「よう戻られた」上覚や相照たちが出迎えた。わらじを脱ぎ、一息いれるのを待って上覚が嬉しげに言った。

「そなたに良い知らせがある。お上人様からそなたに別院を使わせるよう沙汰があった。これでそなたも自分の房を持つことになるぞ」

「それはまことでございますか」明恵は素直に喜んだ。

「その前に私から弥勒法も伝授する。忙しくなるぞ」上覚が笑うと目尻に深い皺が刻まれた。文覚について上覚が家を出てからすでに三十年近くがたっていた。

明恵は小さいながら神護寺の別院となっている一房をはじめて与えられた。鬱蒼とした杉木立に囲まれたその寺は長く住む人がなかったので荒れはててはいたが、明恵は嬉しかった。これでだれに気遣うこともなく瞑想修行にも学問にもうちこめるはずだった。神護寺から少し離れているだけ、人の訪れに邪魔されることもない。静かだった。裏山には瞑想するのに都合のよさそうな場所もあった。

別院には喜海や義誓、良顕もついてきた。庵に風を入れ、床を拭き清めた。ここでこれから若い僧たちに『倶舎頌』を読み授けたり、自らも東大寺で書写してきた経典をじっくりと読むことができる。明恵はようやく自分の居場所にたどり着いたような安堵を覚えた。

冬が終わり、春の気配が次第に濃くなっていき、いつもの暮らしにもどったころ、明恵はまた夢を見た。

その夜、竜樹の『探玄記』と遺教経を枕元においてぐっすりと眠ったせいだったのだろうか。夢の中で明恵は『華厳五教章』の十玄縁起《じゅうげんえんぎ》について説かれた部分にある無尽という言葉が十個連なり、空に浮かんでいるのを見た。

それはまるで仏の世界に咲くという花《け》鬘索《まんさく》が十重に開いたような形で、しかも文字が白い花びらのようになっていた。きっとこれは縁起の法が尽きることなくこの世界を満たしていることを示してくださっているのだ、と夢の中で思っていた。明恵はうれしくて、両腕を伸ばし、てのひらに十箇の無尽の字をすくって飲んだ。

目覚めてしばらく、明恵は床に座ったまま呆然としていた。美しい花鬘索の花がまだ目の前にふんわりと浮かんでいた。明恵は久々に深い喜びを感じた。心が暖かなもので満たされていた。その美しい夢にちなんで明恵はその房を『十無尽院』と名付けた。

（下巻へつづく）

明恵上人　年譜

西暦	年次	年齢	事蹟	備考
1173	承安三 高倉天皇	一歳	一月八日、紀州有田・湯浅家にて誕生。幼名は薬師。父は平重国。母は湯浅宗重の娘（作中仮にその名を彩とする）	五月、文覚上人、伊豆に配流。明恵の伯父・上覚も随行
1180	治承四 安徳天皇	八歳	正月母が死亡。九月、頼朝討伐のため父重国は東国へ。戦死。	八月、頼朝が北条氏とともに石橋山にて兵を上げる。
1181	養和元年	九歳	八月ごろ神護寺に入る	閏二月四日、平清盛死す。春ごろ文覚、流罪を解かれて上覚とともに上洛か。
1188	文治四 後鳥羽天皇	一六歳	上覚について出家。明恵房成弁となる。東大寺戒壇院で具足戒を受く。写経のため十九歳まで東大寺へ通う。	
1191	建久二年	一九歳	興然より胎蔵界、金剛界、護摩の伝授を受ける。東大寺での写経校合。華厳章疏等、多数。	院宣により東大寺伝法灌頂阿闍梨定員一名増。四月千覚、守覚法親王より伝法灌頂を受け、阿闍梨となる。
1192	建久三年	二〇歳	神護寺の再興始まる。騒音を嫌って裏山にこもり、倶舎頌に読みふける。	三月、後白河法皇薨去。七月、源頼朝征夷大将軍となる。

西暦	年次	年齢	事蹟	備考
1193	建久四年	二一歳	東大寺弁暁の依頼で公請に出仕。一、両年通いしもこれを止む。	
1195	同　六年	二三歳	春、東大寺再建供養に列する。秋、神護寺を出て紀州有田に戻り、白上の峰で一人修行に入る。	三月十二日、東大寺再建供養のため源頼朝上洛す。後鳥羽天皇と共に参列。
1198	同　九年	二六歳	八月、高雄神護寺に戻り、栂尾興隆を文覚より託される。神護寺にて『探玄記』を講じる。秋の末、再び紀州に戻り、筏立にて『唯識観行式』を定む。	後鳥羽天皇譲位、上皇となり、土御門天皇受禅。 先年神護寺復興。東寺の修復始まる。
1199	正治元年 土御門天皇	二七歳	春、神護寺に戻り、『探玄記』講義を続ける。文覚佐渡配流後、東寺の延杲が神護寺別当となる。地領は院の近臣に譲渡。明恵は弟子たちを連れて筏立に戻る。庇護者を失い困窮す。	正月十三日、頼朝死す。 三月十九日、後鳥羽上皇の勅勘を被り、文覚佐渡に配流。上覚随行す。湯浅宗光、地頭職を解かれる。五月、文覚弟子千覚、鎌倉より神護寺に戻る。
1200	同二年	二八歳	筏立で弟子の指導と修行に当たる。	
1201	建仁元年	二九歳	二月、糸野の草庵にて『華厳唯心義』を著す。	

西暦	年次	年齢	事蹟	備考
1202	同　二年	三〇歳	星尾にてインド渡航を計画。 糸野にて上覚より伝法灌頂をうける。	文覚佐渡より召還の宣旨。 十二月神護寺に戻る。
1203	同　三年	三一歳	正月二六日、宗光の妻に春日明神降りて、インド渡航を留まるよう託宣あり。 二月春日明神に参詣。笠置寺に解脱房貞慶を訪ねる。	九月実朝将軍となる。 十一月師の興然寂す。
1204	元久元年	三二歳	湯浅宗景邸にて涅槃会を修す。有田一族の地頭職騒乱により、四月神谷山寺に移る。九月、上洛、栂尾に住す。養父崎山良貞死す。これを見舞う。	文覚対馬配流。上覚随行。文覚、鎮西にて寂す。 法然、七箇条起請文を定む。 伊豆修善寺にて源頼家暗殺さる。
1205	同　二年	三三歳	春、再びインド渡航を計画すも、中止。 九月十九日、上覚にあてて書状を送る。 槙尾に移る。	十月、貞慶、『興福寺奏状』を朝廷に送り、法然の教えを批判す。
1206	建永元年	三四歳	十一月、高山寺を後鳥羽院より賜る。 十一月二十日、九条兼実邸にて星供養。 同二七日、栂尾高山寺に住す。	九条兼実死す。
1207	承元元年	三五歳	秋、東大寺尊勝院学頭の要請。華厳経を興隆すべしとの院宣を賜る。	二月十八日、専修念仏停止。

西暦	年次	年齢	事蹟	備考
1208	同　二年	三六歳	冬、崎山の屋敷を寺とする。	
1210	同　四年	三八歳	名を明恵房高弁とあらたむ。秋、喜海に講じてきた華厳章疏を完了す。	
1212	建暦二年 順徳天皇	四〇歳	十一月、『摧邪輪』を著す。	正月二五日、法然寂す。
1213	建保元年	四一歳	六月二二日、『摧邪輪荘厳記』を著す。	二月三日、解脱房貞慶寂す。
1215	同　三年	四三歳	二月、高山寺恒例の『涅槃会』を始める。夏、練若台の草庵を造る。十一月『三時三宝礼釈』を著す。	北条時政死す。
1216	同　四年	四四歳	後鳥羽院より石水院を賜り、住まいとする。	
1217	同　五年	四五歳	九月、紀州に下る。	頼朝遺児公暁、鶴岡八幡宮別当となる。
1218	同　六年	四六歳	八月、栂尾より賀茂に移る。十月督三位局邸にて加持す。	実朝右大臣となる。

西暦	年次	年齢	事蹟	備考
1219	承久元年	四七歳	高山寺金堂に釈迦像入仏。十一月鐘楼完成。金堂の長日の供養始まる。	建保七年正月二七日、実朝、公暁により暗殺さる。元号建保より承久に改め。後鳥羽上皇、摂津国地頭改補を要求。返使として北条時房上洛。九条道家の子、三寅、次期将軍として鎌倉下向。
1220	承久二年	四八歳	七月二五日、石水院にて『仏光観略次第』を著す。九月三十日、『入解脱門義』を著す。	三寅、着袴の儀。頼経と名を改む。
1221	承久三年 仲恭天皇	四九歳	承久の乱にて神護寺、高山寺に逃げ込んだ人々をかくまう。九月二一日、賀茂にて『華厳信種義』を著す。高山寺本堂の釈迦像を賀茂に移す。	五月、北条義時追討の宣旨。同月二一日泰時以下上洛軍進発。承久の乱勃発。七月に及ぶ。七月後高倉院院政始まる。後堀河天皇践阼。後鳥羽上皇、隠岐に配流。順徳天皇は佐渡に配流。十月土御門上皇、土佐に移る。西園寺公経、太政大臣となる。北条泰時、明恵に帰依す。
1222	承久四年	五〇歳	四月十九日、『光明真言句義釈』を著す。秋、賀茂別所にて『四十華厳』如法書写を行う。	泰時、六波羅に命じ守護の不法を糺す。

西暦	年次	年齢	事蹟	備考
1223	貞応二年 後堀河天皇	五一歳	四月十九日、西園寺公経の沙汰により、金堂に本仏を安置す。七月、善妙寺（尼寺）を供養。秋、栂尾に帰る。	五月、後高倉院崩御。三月、道元、入宋す。高野山に金剛三昧院建立さる。
1224	元仁元年	五二歳	冬、楞伽山にこもる。	北条義時死す。泰時、執権となる。泰時、受戒。
1225	嘉禄元年	五三歳	四月八日、初めて仏生会を行う。六月高山寺本堂にて毎月十五日の法会を始める。九月神護寺納涼房にて伝法会での学頭を務める。	十二月、北条泰時、評定衆評議を開始。六月大江広元死す。七月北条政子死す。
1226	同　二年	五四歳	九月紀州に下る。白崎にて行法。上覚寂し、生前の約束として棺に種子真言を書く。	頼経元服。征夷大将軍に任じられる。
1227	安貞元年	五五歳	七月、西園寺公経夫人を出家せしむ。九月修明門院に授戒す。十月由良西方寺の開堂供養で導師を務む。	専修念仏停止。道元、宋より帰国。泰時、飢饉により伊勢神宮役夫工米を出挙米によって納む。政子の三回忌を営む。

西暦	年次	年齢	事蹟	備考
1228	安貞二年	五六歳	石水院、水難に見舞われる。禅堂院を移築。九月、光明真言法により土沙加持。十一月『光明真言土沙勧信記』を著す。十二月、『光明真言土沙勧信別記』を著す。	六波羅、高野山僧徒の兵仗を禁ず。
1229	寛喜元年	五七歳	六月、三重塔の文殊（運慶作）を開眼供養。十月、神護寺講堂供養の導師を務む。定真、高雄に還住せず、高山寺に留まる。	正月、泰時の娘死児を産む。三月、日吉社宮司六波羅武士に殺され、山徒蜂起。
1230	同　二年	五八歳	正月、亡父の供養に関東に赴かんとするが、果たせず。閏正月、高山寺の四至を定む官牒下る。春、不食の病悪化す。夏頃回復。八月十五日より説戒を始む。	泰時、明恵に見舞いの歌を送る。六月武蔵国に降雪。八月大風雨。源頼経、頼家の娘竹の御所と婚姻。
1231	同　三年	五九歳	紀州、施無畏寺供養に趣く。十月、不食の病再発。覚厳に事後を託す。	泰時、伊豆や駿河の窮民を救済。この年、大飢饉。
1232	貞永元年 四条天皇	六〇歳	正月十日、重態。正月十九日、寂す。禅堂院の裏に葬る。	七月、明達入水。八月、泰時が明恵の指導による『御成敗式目』施行。

〈著者略歴〉

高瀬千図（たかせ・ちず）

一九四五年、長崎県長与町生まれ。作家、カウンセラー。長崎県立西高校、熊本県立大学卒業。森敦に師事し、一九八四年、『イチの朝』で芥川賞候補。『夏の淵』で新潮新人賞受賞、芥川賞候補。

一九八七年、『風の家』（講談社）を上梓。翌年、三島由紀夫賞候補となる。一九八八年、『天の曳航』（講談社）を上梓。野間文芸新人賞候補となる。

一九九七年、菅原道真の生涯を描いた『道真　上下』をNHK出版から上梓。二〇一六年、Y'zネット社から北条政子の真実に迫る『龍になった女―北条政子の真実』を上梓。

明恵《みょうえ》――栂尾《とがのお》高山《こうざん》寺《じ》秘《ひ》話《わ》　上

二〇一八年　九　月三〇日発行

著　者　高瀬千図

発行者　小野静男

発行所　株式会社 弦書房

〒810-0041

福岡市中央区大名二―二―四三

ELK大名ビル三〇一

電　話　〇九二・七二六・九八八五

FAX　〇九二・七二六・九八八六

印刷・製本　シナノ書籍印刷株式会社

ISBN978-4-86329-178-2 C0023